编著

上海三联书店

序言

用脚丈量
百年信仰之路

在老沪杭铁路线上，一个解放日报"90后"记者，找到了一块残留的月台基石。然后，他穿过铁道下漆黑的涵洞，看到一列崭新的"绿巨人"动车迎面而来。

这个刚递交入党申请的年轻记者，在"信仰之路"采访途中感触良多。一百年前，中共一大代表正是经这条铁路，从上海转移到嘉兴继续开会，在过往和当下交汇的刹那，他一下子意识到——从旧铁路上渐渐腐朽的枕木，到时速超过 350 公里的中国速度，中国共产党带领中国人民整整走过了一百年。

一个世纪斗转星移，这个百年大党领导人民，探索出一条堪为奇迹的"中国道路"。这是一条民族独立之路、人民解放之路，人民富裕之路、国家富强之路，是一条民族复兴之路。归集到一起，就是一条信仰之路。

2021 年是中国共产党成立一百周年。上海是党的诞生地和初心始发地，解放日报作为中共上海市委机关报，宣传报道好党的百年奋斗历程、成功经验和伟大精神，义不容辞。2020 年 9 月，按照中共上海市委、市委宣传部的要求和部署，报社启动了"信仰之路"建党百年主题报道，近百名中青年采编人员组成 41 个融媒体报道小组，先后奔赴全国各地，重访和重温百年党史上的重要地标、重要事件，开展一系列采访报道活动。

在筚路蓝缕的石库门，在星火燎原的井冈山，在确定宗旨的延河畔，在"进京赶考"前的西柏坡，在青藏高原的"天路"，在大漠深处的航天城，在印下红手印的小岗村，在冲破禁区的蛇口，在连通世界的"桥头堡"，在制度创新的"示范区"，在脱贫攻坚的主战场……回到历史现场，探究历史脉络，寻找一代代中国共产党人矢志奋斗的精神密码，是这次大型采访活动的初衷与使命。

习近平总书记曾说，"一个政党，如一个人一样，最宝贵的是历尽沧桑，还怀有一颗赤子之心"。我们的寻访，正是不断追寻这颗赤子之心——中国共产党人的不变"初心"。

在海拔 4000 多米的西藏当雄，一个摄影记者背着沉重的器材，一口气爬上 100 米台阶。这一刻，强烈的高原反应与青藏铁路的路基，同时出现了。

也是在那一刻，"信仰"二字一下具象了起来——当年那些冒死筑路的战士们，日后那些坚守护路的官兵们，他们也会头痛欲裂吗？他们是靠什么撑下来的？他们所做的一切，又是为了什么？

我们在"信仰之路"上找答案。答案可以很宏大，那是一种精神，一种信仰；却也很具体——精神与信仰，无非是在最具体的实践里，克服困难，不断向前走。

庞大而漫长的寻访中，这是再普通不过的一瞬。这次寻访取名为"信仰之路"，因为我们知道，是信仰的力量，支撑着一个不过 50 多人的小团体一步步变成了 9500 多万人的世界第一大党；也是信仰的力量，让曾经积贫积弱的中国脱胎换骨，让中华民族在历史长河中逐步趋近伟大复兴。

中国共产党领导中国人民的百年奋斗历程中，形成了许多宝贵的革命精神。如，建党精神、井冈山精神、长征精神、抗战精神、延安精神、西柏坡精神、抗美援朝精神、大庆精神、红旗渠精神、焦裕禄精神、特区精神、女排精神、抗震救灾精神、抗疫精神、脱贫攻坚精神等。这些形成于不同时期，百年来又代代相传、不断发扬的宝贵精神，正是中国共产党坚持崇高信仰、牢记初心使命的生动展现，共同构成这个百年大党的精神谱系，也是党永葆青春的"红色基因"。

紧扣崇高信仰这个主题，突出伟大精神谱系这根主线，是"信仰之路"

主题报道的核心内涵。记者们回到历史现场，探究历史脉络，努力寻找一代代中国共产党人矢志奋斗的精神密码，用手中的笔、相机，向读者和用户生动再现一个百年大党的初心与使命。

我们身处的城市是上海，她在百年党史上占有重要地位。这次"信仰之路"主题报道，除了全国寻访的 28 条线路，还特别设计了 15 条上海寻访路线，旨在展现上海作为党的诞生地和初心始发地，坚定按照党中央要求，坚决落实习近平总书记考察上海的重要讲话精神，继承和发扬革命精神，"让初心薪火相传，把使命永担在肩"所取得的一系列新成绩、所展现出的"不忘初心""不辱门楣"的精气神。

"行走历史现场，才会知道看似平静的会议桌上涌起过多少惊涛骇浪，才能体会这条前人从未走过的路上什么叫大浪淘沙、什么是向死而生。"

"信仰的力量可以超越现实、突破现实、改变现实，创造出逆境求生、以弱胜强、点石成金的奇迹。让这股精气神薪火相传，直至实现伟大复兴。"

"在太行山、延河畔、青藏高原、深圳湾，历史一再告诉我，路终究是走出来的，有怎样的脚步，就有怎样的路。"

……

一路寻访、一路学习、一路感动，记者们归来后都有千言万语。按照报社党委会的布置，"信仰之路"不仅是庆祝建党百年的报道战役，同时也要打造成在采编人员中加强党史教育、锤炼党性作风，不断增强"四力"的重要抓手和平台。

这次参加报道的都是中青年业务骨干和青年记者，绝大多数是"80 后""90 后"甚至"95 后"。每一路记者都在项目专班和组长的指导带领下，就各自报道专题，收集、研读了大量权威资料，准确把握报道主题，梳理报道线索，修改形成报道方案。在寻访过程中，各小组奔赴全国各地的革命历史现场，不顾路途遥远、高原缺氧，翻山越岭，连续作战，看遗迹、寻前辈、访专家，宛如接受了一场场"沉浸式"党史教育，也深刻感受到了各个历史时期中国共产党人的初心和精神。

从 2020 年 11 月到 2021 年 7 月，解放日报纸媒和上观新闻客户端，同步连续推出"信仰之路"融媒体报道。在报纸上，每周五推出一期"信仰之路"特刊，以"特刊封面＋内页组稿"的形式，推出述评、调查、评论、专访、记者手记等各类报道逾百篇，总字数近 32 万字。从今年 6 月起，又连续推出上海寻访报道，到 6 月底刊出全部 15 期。国内寻访和上海寻访共 43 期报纸特刊报道，篇数达 150 篇，总字数超过 50 万字。

在上观新闻客户端，共上线图文报道百余篇及视频产品近 50 个，并在学习强国、今日头条、B 站等互联网平台分发传播，均取得较好的传播效果，有的作品还被中央网信办推荐全网置顶转发。

同时，报社还组织专门力量，利用各报道组寻访采集到的大量照片、音视频资料、数据等素材，与社会力量合作，开发长图、H5、数据新闻以及大型融媒体产品等，于 7 月 1 日前后陆续上线推出，持续助推营造庆祝建党百年的浓厚氛围。

这次"信仰之路"主题报道，是解放日报集全报社之力的一次大型采访活动，是对记者编辑的一次精神洗礼，更是提升"四力"的一次重要实践。各报道组通过跨部门协作、融媒体报道，文字记者学会剪视频，视觉记者尝试写评论，互相探讨交流，取长补短，全媒体融合报道的能力得到进一步增强。

百年风华，始于寻路。鲁迅先生说"世界上本没有路"，以此描述那个年代的中国无疑是贴切的。泱泱大国何去何从，没有一条现成的路。黑暗中的探路者们一再摸索，终于找到一道希望的光。

一个大党何以成其大，又何以成其伟大？百年历史证明，秘诀不在时间长短、规模大小，而在于信仰的力量。历史一再发问，最终，都由信仰作答。

我们的"信仰之路"，也得到了答案。很多答案其实早已记入史册，但当我们真正用脚丈量这条信仰之路，答案更鲜活、更具象、更直击灵魂。

编　者

2021 年 8 月

目录

第七章 奋力创造新奇迹

第一章

石库门到天安门

作始也简

建党精神 （上）

"其作始也简，其将毕也必巨。"

——《庄子》

采访组：张　骏　洪俊杰　顾　杰　吴　頔

　　　　周　楠　肖书瑶　曹　俊　沈　阳　董天晔

采访时间：2020 年 10 月

缓缓开启厚重的库房大门，仔细戴上白手套，珍而重之地从柜子里取出档案袋，轻轻打开，一幅深藏半个多世纪的题词展现眼前——

"作始也简，将毕也钜"。

1956 年，古稀之年的中共一大代表董必武重回上海一大会址。35 年过去，弹指一挥间，思绪万千间，他挥毫写下这 8 个字。

这 8 个字，语出《庄子》"其作始也简，其将毕也必巨"。

董必武题词的 11 年前，也就是 1945 年，党的七大预备会议上，毛泽东引用了这句话，并说："我们那时候就是自己搞的，知道的事情也并不多，可谓年幼无知，不知世事。但是这以后二十五年就不得了，翻天覆地！"

董必武题词的 61 年后，也就是 2017 年，党的十九大闭幕后一周，习近平带领中央政治局常委到上海、嘉兴瞻仰中共一大会址和南湖红船，又引用了这句话，并郑重表示：事业发展永无止境，共产党人的初心永远不能改变。

8 个字，道尽中国共产党从稚嫩走向成熟的百年历程：从最初 50 多人到拥有超过 9500 万党员、引航中国从一穷二白发展到世界第二大经济体；从一根铁钉、一盒火柴都要进口，到造出"两弹一星"，实现"嫦娥"奔月、"蛟龙"入海……

是什么，让这个党历经腥风血雨，却一次次绝境重生？是什么，让这个党走过百年风雨，却长盛不衰、愈发枝繁叶茂？

沿着早期共产党人的足迹，我们一路追寻这个百年大党早在建党之初就深深镌刻进肌体、深深融入血脉的精神密码和红色基因。

开天辟地，敢为人先

兴业路 76 号，这座石库门小楼里，前来瞻仰的人络绎不绝。

1921 年 7 月，中国共产党第一次全国代表大会在这里召开。13 名代表，代表全国 50 多名党员，缔造了中国第一个马克思主义政党，后来被称为"开天辟地的大事变"。

在上海中共一大会址纪念馆的墙上，醒目地挂着 13 名代表的照片。这批代表，平均年龄 28 岁，当时毛泽东正值 28 岁。在南湖革命纪念馆的展陈中，也有一面墙，挂着建党时期 58 名最早党员的名字和照片，因年代久远，个别党员的照片至今未寻获。

区区十几人，敢于创建一个政党，立志要使中国改天换地，这是何等的气概！党史专家金冲及曾评价：说它是"开天辟地，敢为人先"，丝毫不为过。

站在百年前的时空交汇点上回望：洋务运动、戊戌变法、辛亥革命……曾有多少仁人志士抱以家国情怀，前仆后继寻求救国之道，发出"四万万人齐下泪，天涯何处是神州"的悲歌，甚至不惜殒命牺牲，却迟迟难以找到救亡图存的正道。直到一个"幽灵"，共产主义的"幽灵"，从欧洲传来中国。

不过，这群中共创建者并非一开始就将马克思主义当作信仰。他们年轻、热血，却不盲目，他们在反复比较中作出选择。

陈独秀是中国最早接触并传播马克思主义的知识分子之一，但直到 1920 年上半年，还没完全服膺马克思主义。在他看来，世上没有"万世师表的圣人""推诸万世而皆准的制度"和"包医百病的学说"。到了下半年，他才承认，"用革命的手段建设劳动阶级（即生产阶级）的国家，创造那禁止对内对外一切掠夺的政治法律，为现代社会第一需要"，并将自己定义为一个共产主义者，信仰列宁主义。

1921 年 1 月，毛泽东在新民学会长沙会员大会上发言，列举了世界解决社会问题的五种方法：一是社会政策，二是社会民主主义，三是激烈方法的共产主义（列宁的主义），四是温和方法的共产主义（罗素的主义），五是无政府主义，进而提出"我们可以拿来参考，以决定自己的方法"。他逐一分析，认为只有第三种，"即所谓劳农主义，用阶级专政的方法，是可以预计效果的，故最宜采用"。

这条前人没有走过的路，没有现成"作业"可抄，大家走得磕磕碰碰，一路不断"争吵"。

一大会议上，中共要走什么样的路，是作为一个研究宣传马克思的团体，还是要立即采取武装暴动夺取政权？李汉俊和刘仁静争论过。共产党员能不能当官和当国会议员？一大代表也曾热烈争论过。三大会议上，同样争论激烈。就国共合作问题，瞿秋白、张太雷支持陈独秀的主张，张国焘、蔡和森等明确反对，邓中夏则明显表现出对国民党的不信任。

无论如何，中国共产党从诞生开始，就坚定地把马克思主义作为自己的指导思想，信仰社会主义、共产主义是人民最幸福的理想社会。这一点，从不曾动摇。

千难万险，矢志奋斗

南湖边的红船里，一大代表经历了最后一天的会议。会议闭幕时，代表们高呼："共产党万岁！第三国际万岁！共产主义、人类的解放者万岁！"中国共产党的跨世纪航程，自此启航。

从"始"到"毕"，中间是漫长的奋斗历程。毛泽东后来说，"马克思主义者不是算命先生，未来的发展和变化，只应该也只能说出个大的方向，不应该也不可能机械的规定时日"。走通这条道路，不仅需要智慧、谋略，而且需要坚定的信念，要有百折不回的韧性，不怕抛头颅洒热血的勇气。

缺席一大的中共创始人之一李大钊，后来代表党中央指导北方地区党的工作。他领导北方党组织发动群众，开展轰轰烈烈的反帝反军阀斗争，猛烈冲击了帝国主义势力和北洋军阀统治。李大钊被捕后，面对敌人的威胁、利诱和严刑逼供，大义凛然，坚贞不屈，他坚信"共产主义在中国必然得到光辉的胜利"。1927 年 4 月 28 日，李大钊等 20 名革命者从容走上绞刑架，英勇就义。

李大钊牺牲不到一个月，李汉俊在一次纪念他的演讲中毫无畏惧地说："无论何时何地，均必须有牺牲的决心。"一大代表李汉俊虽已被开除党籍，但表示自己"永远是一个共产主义者"，他利用在武昌高师任教的机会，以全部精力宣传马克思主义。同年 12 月 17 日，李汉俊被军阀以"共产党首领"和"密谋暴动"等罪名逮捕，当晚 9 时即被杀害，年仅 37 岁。

"中国共产党是富有斗争精神、敢于斗争、善于斗争，不怕牺牲、奋斗不息的政党。"中国中共党史学会原会长欧阳淞说，初心和使命一直体现在党勇于牺牲、前仆后继的不懈奋斗之中。

在井冈山斗争时期，有一种带子叫"识别带"，又称"牺牲带"。每个红军战士都会系上一条带子，上面写上自己的籍贯、名字，表示随时用自己的鲜血或者生命保卫红色政权的信念。活着的战友，也可以根据牺牲战友的这条"牺牲带"，将牺牲的消息告诉战友的家人。

据不完全统计，从 1927 年到 1949 年的 22 年间，能够查清作战名称、作战地区、我方参战部队、敌方参战部队、作战结果等基本要素的主要战斗、战役共计 3203 个，全国有名可查的革命烈士有 370 多万人。这意味着，从 1921 年至 1949 年按 1 万天计算，每天为革命牺牲的人超过 370 人。

在长期的革命斗争中，毛泽东一家有 6 口人为革命献出了生命，徐海东一个家族有 70 多人牺牲，贺龙的贺氏宗亲中有名有姓的烈士多达 2050 人……

一路苦难、一路赶考、一路拼搏。

这其中，有人坚守信念，也有人迷失信仰。一大代表们的归宿，恰似一个缩影：国家主席、烈士、被判死刑的汉奸……大浪淘沙，真正留下的都是有坚定理想的人。

赤子之心，扎根人民

对于共产党员的品质，毛泽东曾有一个"松柳之喻"：共产党员好像柳树一样，到处插下去就可以活，长起来。柳树也有缺点，容易顺风倒，所以还要学松树，挺而有劲。

何以能保持柳树之坚韧、松树之刚劲？重温一大召开前后这段历史，可以看到，党从成立之日甚至在酝酿之初，就将"人民至上"植入基因。

党的一大通过的中国共产党纲领，明确"革命军队必须与无产阶级一起推翻资本家阶级的政权，承认无产阶级专政，直到阶级斗争结束，即直到消灭社会的阶级区分；消灭资本家私有制，没收机器、土地、厂房和半成品等生产资料，归社会公有"等。

这些，并不是写在文件中的口号。

早在"南陈北李"相约建党后，陈独秀就在上海一些工会团体进行调查。1920年5月1日，《新青年》出版《劳动节纪念号》，为工人大众服务。翻开这个专号，第一篇是李大钊写的《五一运动史》，介绍了国际劳动节的由来和欧美工人为实现八小时工作制的斗争史；陈独秀有两篇文章，一篇是《劳动者底觉悟》，一篇是《上海厚生纱厂湖南女工问题》；对国内劳动状况调查的文章约占全部篇幅的三分之二，还刊登了33幅工人劳动状况的照片。

尤其让人震撼的是，这本刊物中还有9位劳苦工人的题词，如怡和纱厂绒毯间工人武毓源的题词"不劳动者人类公敌也"、植树工人刘朗山的题词"黜逐强权，劳动自治"、先施大菜间工人王澄波的题词"不劳动者口中之道德神圣皆伪也"……

从一开始，他们就没在乎个人利益。

陈独秀在《新青年》中写道："个人的生命最长不过百年，或长或短，不算什么大问题，因为他不是真生命。大问题是什么？真生命是什么？真生命是个人在社会上的永远生命，这种不朽的生命，乃是个人一生的大问题。"他又引"蝗虫渡河"的故事：蝗虫一个个落水，它们的尸骸堆积成桥，其余的便过去了。"那过去的人不是我们的真生命，那座桥才是我们的真生命，永的生命！"这也是共产党人对生命价值的独特注脚。

不谋私利才能谋根本、谋大利。

"花了五倍功夫"翻译《共产党宣言》的陈望道，和茅盾一起下决心做工人工作。因为与工人根本不熟悉，在厂门外踩在一个箱子上向工人演讲，却无人理睬。后来他们办工人夜校，教工人认字，才慢慢与工人群众打成一片。

董必武从日本大学法律系毕业归国后，武汉的故旧们提供了收入丰厚的律师职位，他却志在办报和建校。因办学经费无着，他脱下仅有的一件皮袄，送到了当铺。

邓小平曾说："中国共产党员的含意或任务，如果用概括的语言来说，只有两句话：全心全意为人民服务，一切以人民利益作为每一个党员的最高准绳。"也正是"一切为了群众，一切依靠群众"，这条道路越走越宽。

习近平总书记也曾在多个场合说，"中国共产党根基在人民、血脉在人民"，

"人民是我们党执政的最大底气"。

没有一种根基，比扎根人民更坚实；没有一种力量，比从群众中汲取更强大。

千秋伟业，百年恰是风华正茂。

（文／张骏　图／中共一大纪念馆）

一个崭新的政党 走了出来

推开文物库房厚重的大门，呈现在记者眼前的，是一列列藏品柜。

从一个牛皮纸袋中，戴着白手套的工作人员小心翼翼取出一张册页，上书"作始也简，将毕也钜"，落款为"董必武 一九五六年二月"。

此时，距离董必武参加一大会议已经过去35年，新中国成立也已6年有余，当年立下的"以无产阶级革命军队推翻资产阶级"的理想已经实现，"废除资本私有制"马上就要完成，建设一个社会主义国家的航程即将展开。回到中国共产党人的初心发源之地，董必武感慨万千。

故事，要从百年前风云际会的上海讲起。

相约建党

1920年2月中旬，上海十六铺码头，一艘外国轮船上走下一名中年男子。他就是新文化运动领袖陈独秀。

在上海，陈独秀从他最熟悉的教育和宣传做起，行程密集。2月29日，他应江苏省教育会之邀演讲教育问题；3月2日，应邀出席上海船务栈房工界联合会成立大会并发表《劳动者底觉悟》的演讲……

　　此时他的心中，还藏着一件重要的事。在从北京南下途中，李大钊亲自送至天津。两位志同道合的朋友，在一辆不起眼的骡车里聊了一路，从对思想文化的研究和传播，谈到在中国建立共产党，留下了一段"南陈北李，相约建党"的佳话。

　　陈独秀南下上海，是为避开北洋政府监视，更重要的是，这里有他的工作对象。数据显示，1919年上海工人总数达51万，约占全国工人总数的四分之一。而严重的经济剥削和政治压迫，锻造了上海工人阶级很强的反抗性；近代企业的集中生产，又培养了上海工人阶级的组织性和纪律性。

　　经历过北京五四学生运动的陈独秀，已然发现"仅有学界运动，其力实嫌薄弱，此至足太息者也"，"六三大罢工"更让他看到了上海工人阶级的巨大力量。

　　在上海，陈独秀重编《新青年》，很快聚集起一批将民族危亡视为己任的知识分子。李汉俊、陈望道、沈雁冰、邵力子等成为《新青年》的编辑。上海逐渐成为宣传马克思主义的新中心。俄共（布）代表刘江在报告上海之行时说："上海是中国社会主义者的活动中心，那里可以公开从事宣传活动。那里有许多社会主义性质的组织，出版300多种出版物，都带有社会主义色彩。"

这些知识分子脱下长衫，换上短装，开始有意识地在工人群体中宣传马克思主义。面对码头工人，陈独秀发表《劳动者底觉悟》演说，"社会上各项人只有做工的是台柱子"，"只有做工的人最有用，最贵重"，并主持创办宣扬马克思主义的刊物《劳动界》。李汉俊等人深入工人队伍中宣传，先后发起成立上海机器工会、上海印刷工会。

当代表先进生产力的工人阶级与代表先进文化的马克思主义结合时，一股伟力喷涌而出。当时进步期刊《共产党》如此评价兴起的工人运动："最近两三月间，上海劳动界反抗资本家的空气愈益紧张，工人自动的组织工会，创办劳动学校，都是很好的现象。"它还作出乐观判断："照这样发展下去，不出三五年，上海劳动界，必定能够演出惊天动地打倒资本制度的事业来的。"

后来的历史证明，这的确是一个颇具先见的判断——时代巨幕已然拉开，火种开始点亮舞台。

弄堂里的火种

穿过茂密的法国梧桐，石库门房舍成排出现。走进南昌路100弄2号（原法租界环龙路老渔阳里2号）逼仄的天井，抬头看，二楼一扇漆红木窗恰开着，雕花窗楣边静摆着一张空无一物的旧式书桌。

时间拨回到100年前的那个夏天。这张漆黑的小木桌上堆满了各类待校编的文章，伏案的陈独秀正忙着为即将下印的《新青年》杂志做最后的校改工作。如今，在旧址一楼的大厅里，还悬挂着一块小黑板，上有粉笔写就的一行繁体小字："会客谈话以十五分钟为限。"当年盛况可见一斑。

彼时，另一重"盛况"——1917年十月革命的余波仍在中国社会震荡发酵。1920年5月，俄共（布）远东局代表维经斯基一行来到上海，向陈独秀提出了在中国建立共产党组织的建议。

道路尚未完全清晰，真理却越辩越明。陈望道回忆："越谈越觉得要根本改造社会制度，有研究马克思主义的必要，有组织中国共产党的必要。"

时间到了 1920 年 8 月，中国共产党第一个早期组织——中国共产党发起组在这间宅子里正式成立。这座不起眼的石库门建筑，已然成为各地共产主义者进行建党活动的"枢纽"。从那时起到第二年春，一封封信函从这里发出、一个个"使者"奔向各地，先后在国内 6 个城市及旅日、旅法华人中建立共产党早期组织。

"一大的整个组织筹备工作是在上海老渔阳里完成的。"中共一大会址纪念馆副馆长徐明告诉记者，共产党上海早期组织担纲起"发起组""中央局"的角色，为一大召开做了大量前期工作。

1921 年 6 月，在与来沪的共产国际代表马林和尼克尔斯基商议后，上海早期组织成员李达和李汉俊写信给各地党组织，通知速派两名代表赴上海开会。

马林的迫切心情不亚于中国同志。他在 7 月致信共产国际代表的信中提到："希望本月底我们要召开的代表大会将大大有利于我们的工作。同志们那些为数不多而分散的小组将会联合起来。此后就可以开始集中统一的工作。"

老渔阳里 2 号发出的一封封"邀请函"，酝酿着一个大事变。李大钊信心满满："黄金时代，不在我们背后，乃在我们面前；不在过去，乃在将来。"

"绝不是为改变个人命运"

记者行走在繁华的上海新天地，太仓路 127 号并不起眼。这里是博文女校旧址，一栋内外两进、两层砖木结构的老式石库门建筑。

1921 年 6 月末到 7 月中旬，9 位"北京大学暑期旅游团"成员陆续住了进来。他们都是在收到李达、李汉俊的书信后，赶来上海出席中共一大会议。

之前的 6 月 29 日傍晚，何叔衡与毛泽东在长沙小西门码头登上开往上海的小火轮。当时与何叔衡同在《湖南通俗报》的谢觉哉在日记中写道："午后六时叔衡往上海，偕行者润之，赴全国〇〇〇〇〇之招。"对于 5 个圆圈，谢觉哉后来解释是"共产主义者"，当时他知道这件大事，但怕泄密，故用圆圈代替。

武汉代表陈潭秋日后回忆："因为暑假休假，学生教员都回家去了，只有厨役一人。他也不知道楼上住的客人是什么人，言语也不十分听得懂，因为他们都不会说上海话，有的湖南口音，有的湖北口音，还有的说北方话。"

有学者分析，早期的 50 余名中共党员多为知识分子："南陈北李"是大学教授，13 位出席代表中，8 人有大学学历，其中 4 人留学日本、3 人就读于北京大学，4 人有中师学历，1 人是中学学历。当时九成国人是文盲、半文盲或勉强粗通文墨。这些一大代表如果只是想凭自己学识过上衣食无忧的生活，不算难事。"可见他们义无反顾投身建党伟业，绝不是为改变个人命运，而是希望以自己一腔热血，在黑暗中探寻民族出路。"上海市委党校常务副校长徐建刚感慨，"这就是立党为公！"

正因为有较高的学养、开阔的眼界，他们接受俄国"十月革命"送来的马克思主义思想，成为民族最先觉醒的人。

1921 年 4 月，李汉俊告诉来访的日本文学家芥川龙之介："种子在手，唯万里荒芜。或惧力不可逮。吾人肉躯堪当此劳否？此不得不忧者也。"时年 31 岁、通晓四国语言的李汉俊，在当时被称为马克思主义理论家。他对着日本朋友自问：如何改造现在的中国？"要解决此问题，不在共和，亦不在复辟。这般政治革命不能改造中国，过去既已证之，现状亦证之。"他说，"故吾人之努力，唯有社会革命之一途。"

1921 年酷暑 7 月，上海滩群贤毕至。看似平静的博文女校之下，激荡的却是之后中国红色画卷的"初心之作"。据史料记载，一大会议多项筹备工作在此完成。

多次"有力的争论"

7 月 23 日晚，树德里的灯光从窗棂门缝中透出。穿长衫的、穿西式衬衫打领带的，留八字胡的、长络腮胡子的，教授派头的、学生模样的，一个个走入望志路 106 号。

望志路 106 号，一大代表李汉俊之胞兄李书城寓所。1964 年，毛泽东对时任农业部长的李书城说："你的公馆里诞生了伟大的中国共产党，是我们党的'产床'啊！"

这是一处典型的上海石库门建筑，院内是一上一下的大开间。李汉俊把一楼的客堂间布置成会场。一个长方形餐桌，十几把圆形椅凳，15位革命者、包括两个老外，带着兴奋心情齐聚于此。

当晚，第一次会议举行，两位共产国际代表致辞，随后代表讨论大会任务与议程。24日第二次会议，各地代表报告本地区党、团组织情况。之后休会两日，起草党纲和今后工作计划，27日、28日和29日，代表举行三次会议，对党的纲领与决议做了详尽讨论。

多位参会者日后回忆，会场上发生过多次"有力的争论"。最激烈的思想碰撞，发生在两位饱读马克思著作的代表之间：李汉俊主张，共产党要走什么路，最好派人去俄国和欧洲考察，之后再来决定。而被称作"小马克思"的刘仁静则认为，应该武装夺取政权，建立无产阶级专政，实现共产主义。

这样的分歧与争论，折射出政党草创时期的真实状态。这个党成立后该走怎样的革命道路、采取怎样的斗争策略，与会者还想得不够深入、细致与透彻。毛泽东日后回忆起一大时说："当时对马克思主义有多少，世界上的事情如何办，也还不甚了了……什么经济、文化、党务、整风等等，一样也不晓得。当时我就是这样，其他人也差不多。"

究其原因，有理论与思想准备不足的因素。13位代表在接受马克思主义之前，有人主张"实业救国""教育救国"，有人信奉"维新思想""改良主义"，甚至有人宣扬"无政府主义"，即使之后他们接受马克思主义思想，但囿于接触时间长短不一，每个人理解掌握的程度也不相同。

但更重要的原因，是共产党人自觉肩负起"时不我待救中国"的责任，没有时间远去欧洲"取经"。"他们一经掌握马克思主义，就想马上用于改造世界。"徐建刚说。

就如年轻气盛的刘仁静。建党次年，他在团刊《先驱》发刊词中说，只"富于反抗的和创造的精神"而不知道"中国客观的实际情况，还是无用的"。他强调，要"努力研究中国的客观的实际情形，而求得一最合适的实际的解决中国问题的方案"。

"第一声啼叫"

在述及树德里那一次次争论时，历史学者多会联系到1903年列宁和马尔托夫间关于建党原则之争。

马尔托夫主张实行"自治制"，建立"党员俱乐部"，党员可以不参加党的组织。在列宁看来，党应该具有严密的组织、统一的意志和行动，只有按照集中制原则建立起来的党才是一个"真正钢铁般的组织"。

18年后的中国共产党人，显然意识到确定组织原则的重要性。虽然没有赴上海出席一大，但身在广东的陈独秀给出席会议代表写信提出几点意见，希望会议能郑重讨论。"一曰培植党员；二曰民主主义之指导；三曰纪律；四曰慎重进行发动群众。"前三点，都直指党的建设。

包惠僧在1953年回忆一大现场讨论情况："我们的党是受了俄国十月革命影响而诞生的。代表们的思想和情绪对于学习苏俄与组织无产阶级革命的党，大体都是一致的。"

经过代表热烈讨论并通过的《中国共产党纲领》及《关于当前实际工作的决议》，成为"新生儿"的"第一声啼叫"——

《纲领》规定了党的性质：有别于同时期其他政治团体，这是一个以马克思主义理论武装的、以实现共产主义为奋斗目标的新型无产阶级政党。

《纲领》订立了党员标准："承认本党纲领和政策，并愿成为忠实党员的人""在加入我们队伍之前，必须与企图反对本党纲领的党派和集团断绝一切联系"。

《纲领》明确了组织纪律："在党处于秘密状态时，党的重要主张和党员身份应保守秘密""凡有党员五人以上的地方，应成立委员会""地方委员会的财务、活动和政策，应受中央执行委员会的监督"。

《决议》提出了工作重点："凡有一个以上产业部门的地方，均应组织工会""党应在工会里灌输阶级斗争的精神""党应特别机警地注意，勿使工会执行其他的政治路线"。

百年后的今天再读这两份红色文献，依然让人热血澎湃。尽管文字上略显粗糙、某些观点稍显幼稚，但完完全全抓住关键之关键——党的奋斗目标是什么，拿什么理论、用什么组织原则来建党。这将中国共产党同其他形形色色的政治派别严格区分开来，成为一个目标明确、组织严密的无产阶级政党。

万物得其本者生，百事得其道者成。我们的先哲在千年前就说过："先立乎其大者，则其小者弗能夺也。"

同一个时期的中国，以类似聚会方式探讨中国革命之道的人还有很多，但付诸实践者少。一个最直观的例子是，建党更早的国民党，召开第一次全国代表大会却比中共晚了 3 年。

崭新的政党

走在嘉兴南湖边，湖面波光潋滟。靠近湖心岛处，一艘复建于上世纪 50 年代的单夹弄中型画舫静静停泊着。

当年，正是这艘不起眼的小船，改变中华民族的前进航向。

1921 年 7 月 30 日晚，望志路李公馆内突然闯进不速之客。"他张目四看，我们问他'找谁'，他随便说了一个名字，就匆匆走了。"李达日后回忆。有地下工作经验的马林建议大家紧急转移，经李达夫人王会悟牵线，部分代表登上开往嘉兴的火车。几小时后，南湖上聚集起这批革命者的身影。

南湖革命纪念馆馆长张宪义告诉记者，一大代表去嘉兴开会，主要考虑交通和安全两方面。"通过沪杭铁路，上海到嘉兴只需不到 3 小时。在南湖开会，可以用游客身份作掩护。湖面视野开阔，有情况也能立刻发觉。"

于是，浩渺烟波中，代表们在画舫上召开最后一次会议，通过党的纲领和关于工作任务的决议，选举临时领导机构中央局，党的一大顺利闭幕。

这些意气风发的年轻人或许没想到，这次会议会如此深刻改变中国命运。或许相较于他们之后的峥嵘岁月来说，这只是历次有惊无险经历中的一次。以至于多年后，他们竟难以回忆出开会的具体日期——这，是"作始也简"的最好注脚。

"那些平时慢慢悠悠顺序发生和并列发生的事，都压缩在这样一个决定一切的短暂时刻表现出来。它决定着一个人的生死、一个民族的存亡甚至整个人类的命运。"奥地利作家茨威格在《人类的群星闪耀时》中说，这个瞬间宛若星辰一般永远散射着光辉，普照着暂时的黑夜。

曾撰写《中国共产党的三十年》的胡乔木感慨："'一大'开过了，似乎什么也没有发生，连报纸上也没有一点报道。"但历史已然发生，当一个新的革命火种在沉沉黑夜的中国大地上点燃时，"中国的伟大事变在实质上却开始了"。

建党 24 年后，毛泽东在以党的七大名义召开的中国革命死难烈士追悼大会上说："'巨'就是巨大、伟大，这可以用来说明是有生命力的东西，有生命力的国家，有生命力的人民群众，有生命力的政党。"此时，中共党员人数已从一大召开时的 50 多人发展到 121 万人——这，是"将毕也钜"的确凿鉴证。

正是这份生命力，成就了一番震烁古今的事业。

历史终于可以宣告：当红色的激流汇入黄色的土层，这个伟大的党坚定选择马克思主义，彻底改写人民命运与国家前途。

伟大仍在继续。当我们在向"两个一百年"目标昂首迈步时，一定会想到这个画面——

天边破晓，望志路 106 号的门缓缓打开，一个崭新的政党走了出来。

（文／洪俊杰　顾杰　图／蒋迪雯）

"十月革命一声炮响,给我们送来了马克思列宁主义。"

接受了先进思想的早期共产主义者,已不甘于书斋里的研究,他们拿起了这件"武器",誓要改造中国。

从 1920 年 8 月到 1921 年春,短短半年多时间里,这群先进知识分子在国内 6 座城市建立起了共产党早期组织,同时旅日、旅法的华人中也成立了共产党早期组织。"起初,在上海该组织一共只有五个人。领导人是享有威望的《新青年》的主编陈同志。这个组织逐渐扩大其活动范围,现在已有六个小组,有五十三个成员。"一份译自俄文的 1921 年重要档案文献这样记载。

正是有了这些早期组织的努力,建立全国统一的共产党的条件日臻成熟。其后,在共产国际代表推动下,召开全国代表会议的准备工作提上议事日程。

各地代表,应邀来上海赴会。一个新的革命火种,即将在沉沉黑夜的中国大地上点燃起来。

北 方

曾"相约建党"的中国共产党主要创始人陈独秀、李大钊,却双双缺席大会。

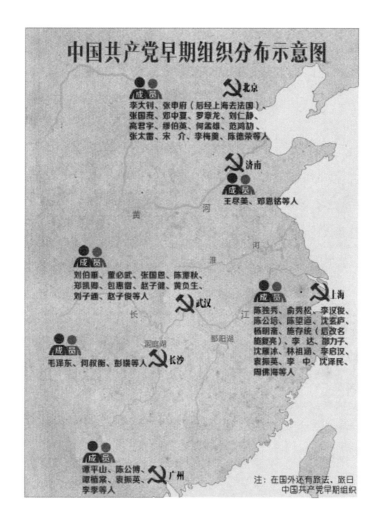

李大钊日本留学回国后，来到北京大学任教授兼图书馆主任，成为新文化运动的一员主将。俄国十月革命后，李大钊以《新青年》和《每周评论》等为阵地，发表了大量宣传十月革命和马克思列宁主义的文章，积极领导和推动五四爱国运动的发展，成为我国最早传播马克思主义的人。

1920 年初，李大钊与陈独秀相约，在北京和上海分别活动筹建中国共产党。同年 3 月，李大钊在北京大学组织了中国第一个马克思学说研究会，聚集了邓中夏、高君宇、张国焘、黄日葵、何孟雄、罗章龙等一批具有共产主义思想的青年知识分子，为建党作准备。这年 10 月，在北大红楼的李大钊办公室内，北京的共产党早期组织成立。

接到上海来信，北京的共产党早期组织马上开会讨论出席人选。由于不久前率领师生请愿被军警殴打伤势未愈，李大钊遗憾地难以赴会，张国焘和刘仁静被推荐为代表前往上海。因要参与一大的筹备工作，张国焘便提早一步，在 6 月下旬动身。

北京代表刘仁静年仅 19 岁，是中共一大最年轻的代表，他看似文弱，在五四运动中却是行动坚决。随游行队伍行至曹汝霖住宅时，刘仁静与同学一道爬窗进屋打开大门，放学生进门痛打章宗祥并火烧赵家楼。加入北大马克思学说研究会后，他阅读了大量马克思主义经典著作，被誉为"小马克思"。不过，刘仁静能作为北京代表参加一大，不得不说也是因为李大钊、罗章龙、邓中夏、高君宇都因种种原因无法脱身。"这个莫大的光荣就这样历史地落在了我的头上。"几十年后，刘仁静如此回忆。

济南的共产党早期组织派出的代表是王尽美和邓恩铭。

王尽美长脸寸头，一对大耳虎虎生威，被大家亲切唤作"王大耳"，邓恩铭则圆脸清秀，留着三七开分头。五四运动期间，两人分别作为济南省立第一师范和济南省立第一中学的学生领袖参加了反帝爱国运动，并一见如故，成为亲密无间的革命战友。1919 年下半年，为学习和研究马克思主义，王尽美作为山东学生会代表到北京，接触了李大钊等中国早期的马克思主义者。次年，王尽美与邓恩铭等人发起成立"励新学会"，创办《励新》半月刊，研究和传播新思想、新文化，并发起建立马克思学说研究会。

到了 1921 年，在上海、北京党组织的影响和帮助下，济南的共产党早期组织就在马克思学说研究会的基础上秘密诞生了。

武　汉

武汉代表董必武与李汉俊交情甚笃，他将李汉俊称为自己的"马克思主义老师"。

"李（汉俊）带有许多关于俄国革命的日本书刊，我借读后，逐渐了解俄国革命中列宁党的宗旨和工作方法与孙中山先生的革命宗旨和工作方法迥然不同。"1919 年春，由鄂赴沪的董必武结识了李汉俊，彼此一见如故。

虽然仅比李汉俊年长 4 岁，身着长衫、长脸清瘦、留着山羊胡的董必武，与他清末秀才的身份颇为契合。董必武熟读四书五经，28 岁时东渡日本，在东京私立日本大学攻读法律。读书期间，他拥护孙中山的民主主义革命纲领，投身辛亥革命、二次革命等历次革命活动，还曾两度被捕入狱。

在上海思想骤变、走上马克思主义道路的董必武，回到武汉后主持创办了私立武汉中学，并任国文教师，比他年轻 10 岁的湖北人民通讯社记者陈潭秋也前来兼任英语教员。

陈潭秋出生于湖北黄冈县一个书香之家，兄长是参加过辛亥革命的同盟会员，从小便受革命思想影响。五四运动期间，他与恽代英、林育英等人领导了武汉的学生运动，组织学生罢课、游行，显示了卓越的领导才能，并被推选为武汉学生代表前往上海联络各地学联。通过阅读《新青年》杂志并经董必武介绍，陈潭秋在思想上接受了共产主义。

1920 年夏，董必武接到李汉俊的来信，得知上海成立共产党早期组织的消息。这年秋天，他在武昌抚院街寓所里秘密召集陈潭秋等人，发起成立了武汉的共产党早期组织。1921 年 7 月，董必武、陈潭秋在武汉登上江轮，顺着长江一路向东，驶向上海。

长 沙

1921 年 6 月初，湘江之畔，接到来信的毛泽东兴奋不已。

这一年，毛泽东 28 岁，是长沙第一师范的主事。对于上海，他早已不陌生。

3 年前，毛泽东与萧子升、何叔衡、蔡和森等人一道，发起成立了新民学会。从湖南省立第一师范学校毕业后，为组织湖南赴法勤工俭学运动，毛泽东离开湖南老家，经老师杨昌济介绍，成为北京大学图书馆的一名助理馆员。那时的北大群英荟萃，毛泽东深受李大钊、陈独秀的影响。

后来为响应五四运动，毛泽东在长沙发起成立了湖南学生联合会，创办并主编《湘江评论》，反响热烈。

1920 年 5 月，在第二次从北京返回长沙的途中，毛泽东专程来到上海，住在哈同花园旁哈同路民厚里 29 号一个石库门房屋，专程拜访陈独秀。

　　在老渔阳里 2 号，毛泽东与陈独秀促膝长谈。他后来这样对美国记者斯诺回忆："陈独秀谈他自己信仰的那些话，在我一生中可能是关键性的，这个时期，对我产生了深刻的印象……他影响我也许比任何人要大。"

　　近两个月的时间里，与陈独秀的多次会面，让这个"睡在鼓里"的年轻人看清了方向。"到了 1920 年夏天，在理论上，而且在某种程度的行动上，我已成为一个马克思主义者了。而且从此我也认为自己是一个马克思主义者了。"

　　回到长沙后，毛泽东、彭璜等人创办了文化书社，大量销售马列书籍，还在长沙教育界、新闻界发起组织湖南俄罗斯研究会。这一年底，毛泽东与何叔衡、彭璜等人在长沙组织成立了共产党早期组织。

　　由于湖南军阀的残酷统治，革命环境异常险恶，1921 年 6 月 29 日，毛泽东与何叔衡便在极端秘密的情况下悄然动身前往上海。

　　45 岁的何叔衡，是年龄最大的代表。当他考入长沙第一师范，与毛泽东成为同学，已到中年，由于留着八字胡，被人戏称"何胡子"。何叔衡曾在清末中过秀才，经过辛亥革命的洗礼，他深感想救中国还得学习新文化、新思想。他不仅参与了长沙的反帝爱国行动，也与毛泽东一道，发起成立了长沙的共产党早期组织。

　　毛泽东后来曾高度评价他的革命精神和工作能力，赞其"叔翁办事，可当大局"。

上　海

　　1921 年初夏，夜幕降临，一名三十出头的男子神色匆匆，敲门进入望志路 106 号。

　　来人名叫李达，戴着细圆眼镜，一副学究模样。从日本留学回国后，李达来到上海帮助陈独秀编辑《新青年》，主编《共产党》月刊，还翻译了《唯物史观解说》《马克思经济学说》《社会问题总览》等数十万字的马克思主义著作。

此番前来，李达要找的人是李汉俊。此时，李达是上海共产党早期组织的代理书记，而李汉俊，是他的前任。

上海的共产党早期组织成立于 1920 年 8 月，成立地点就在离此不远的环龙路老渔阳里 2 号。那里是陈独秀在上海时的住处，也是《新青年》杂志编辑部所在地。5 月初，陈独秀等人商议发起"社会主义研究社"，希望加快翻译出版马克思主义著作，陈望道翻译的《共产党宣言》便是其一。到了 8 月，陈独秀、李汉俊、李达、邵力子、沈玄庐、施存统、俞秀松、陈望道、周佛海等 17 人在这里齐聚，成立了共产党早期组织，并推选陈独秀为书记，这是中国的第一个共产党组织。

陈独秀南下广州后，李汉俊任代理书记。在中共早期组织中，李汉俊被称为"最有理论修养的同志"。他与李达一样，曾留学日本，深受河上肇、堺利彦等日本社会主义者的影响，后来毅然选择了马克思主义。回国后，他在上海先后担任《星期评论》编辑，主编《劳动界》周刊，并翻译《马克思〈资本论〉入门》等著作。

上海的共产党早期组织，实际上是中国共产党的发起组织，也是各地共产主义者进行建党活动的联络中心。1921 年，共产国际代表马林和共产国际远东书记处代表尼克尔斯基先后来到上海，在与李达和李汉俊几次交谈后，他们一致认为应该尽快召开全国代表大会。

得到远在广州的陈独秀和北京的李大钊的确认后，在上海召开全国会议的时机已然成熟。李达趁夜前来，正是与李汉俊商议邀约代表的事。开会地点则在李汉俊提议下，选定为其兄李书城家。

翌日，李达、李汉俊分别去函北京、长沙、武汉、广州、济南及法国、日本的共产党早期组织成员，通知各位代表前来上海白尔路 389 号博文女校报到。

广 州

应广东省长陈炯明之邀，陈独秀在 1920 年底离开上海，南下广州担任广东省政府教育委员会委员长，并兼任大学预科校长。当时要争取一笔修建校舍的款子，他脱不开身，便派从上海前往广州向他汇报工作的包惠僧参加会议。

包惠僧是湖北人，宽鼻厚唇，曾在武昌教了半年书，随后在《汉口新闻报》《大汉报》《公论日报》《中西日报》等报社担任记者。五四运动期间，包惠僧正在北京大学文学系旁听，耳濡目染，深受鼓舞。陈独秀到武汉讲学时，包惠僧在一次采访中与其结识，并始终保持着深厚的情谊。受到陈独秀影响，包惠僧也走上了共产主义的道路，1920 年，他参加武汉的共产党早期组织，在武昌组织共产党临时支部，任支部书记。

1921 年 1 月，包惠僧前往上海，准备赴莫斯科留学，却因海路中断未能成行，便留在上海参与党的早期组织活动。5 月，他受李汉俊委托前往广州向陈独秀汇报工作，便参加了广州的共产党早期组织的活动。

广州的共产党早期组织筹建经历了一些曲折。最早成立的"广东共产党"成员中多数是无政府主义者。陈独秀 1920 年 12 月到达广州后，经过一番讨论，这些无政府主义者退出了党组织。在陈独秀主持下，以《广东群报》编者谭平山、陈公博、谭植棠等为主要成员，于 1921 年春"开始成立真正的共产党"，陈独秀、谭平山先后担任书记。

谭平山、陈公博、谭植棠都是陈独秀的学生。1920 年暑假，他们三人从北京大学毕业，回到广州的途中停留上海，与陈独秀商谈了宣传马克思主义的问题。毕业后陈公博一边在广州法政专门学校教书，一边在《广东群报》担任总编。

接到开会通知后，陈独秀召集广州早期组织的全体成员开会，决定推举陈公博为代表，并委派包惠僧作为他的特别代表出席会议。

远在日本的施存统也接到了开会通知，他与周佛海都曾参加上海的共产党早期组织，也是旅日的共产党早期组织仅有的成员，便请周佛海利用暑假回国出席中共一大。

在欧洲，张申府、赵世炎、陈公培、刘清扬、周恩来等旅法华人也于 1921 年成立了共产党早期组织。不过，由于路途遥远，时间仓促，已来不及派代表回国赴会。

（文 / 吴頔　图 / 朱伟）

"寻路"启示

建党精神 (下)

一个个看似平静的会场，隐藏着多少曲折复杂与惊涛骇浪；一项项危急时刻作出的重要决策，又是多么深刻地影响着此后中国的前途命运。

1921 年 7 月 23 日，党的一大在上海召开，迈出了漫长征程的第一步。

方向有了，但路该怎么走？此时的中国共产党，理论准备不足、经验缺乏……犹如一个呱呱坠地的婴儿。

对这个仅有 50 多人的稚嫩政党来说，如何拿起马克思主义这个武器来实现改天换地的抱负，是一项前所未有的艰巨工程。

筚路蓝缕，以启山林。早期中国共产党如何寻找自己的道路？我们聚焦党发展进程中的标志性事件——党的代表大会，逐一寻访党的二大至五大的举行地，穿行回"历史现场"一窥究竟。

从最初几乎没有会议原始资料，到最早的一张会议通知、最早的两张会场照片，纪念馆里的展品佐证了党从小到大、从秘密走向公开的历史进程。与之相印证的，是党员人数变化：党的一大至五大，党员从最初的 50 多人、195 人、420 人、994 人，发展到 57967 人。

一个个看似平静的会场，隐藏着多少曲折复杂与惊涛骇浪；一项项危急时刻作出的重要决策，又是多么深刻地影响着此后中国的前途命运——

党的二大，破天荒地提出了反帝反封建的民主革命纲领，区分了最高纲领和最低纲领，并且有了第一部党章；

党的三大，跨出了国共合作的第一步，迎来了大革命的滚滚洪流；

党的四大，第一次提出了无产阶级在民主革命中的领导权和工农联盟问题，使党由"一个小团体转入真正的党的时期"；

党的五大，选举产生了党的历史上第一个中央纪律检查机构。

……

它们犹如漫长征程中的一个个路标，引领着这个年轻政党前进，并逐步完善成为党领导革命和建设的制胜法宝，助推这个政党不断走向成熟。

模仿中寻求"独立自主"

毋庸讳言，中国共产党是在共产国际的帮助下成立的。也因此，这群接受马克思主义的年轻人，很容易将共产国际的指示奉为圭臬。

1922 年，党的二大确认中国共产党是共产国际的一个支部。这对于"蹒蹒学步"的中国共产党来说，其实是一个必然也是必需的选择。由此，年幼的中共开始了一段依赖、模仿又试图作一些独立思考的旅程。

二大上第一次提出反帝反封建的民主革命纲领，背后也有列宁和共产国际的影子。共产国际二大根据列宁的民族和殖民地理论提出，"殖民地革命在其初期，应该推行列有许多小资产阶级改良项目的纲领，如分配土地等等。"

不过，即使在此时，中国共产党人也并未完全照搬照抄。二大召开前，陈独秀在《中国共产党对于时局的主张》一文中指出，"中国共产党的方法，是要邀请国民党等革命的民主派及革命的社会各团体开一个联席会议""共同建立一个民主主义的联合战线"。这被认为是"党运用马列主义分析中国社会状况、解决中国问题的新起点"。三大则更进一步，在对中国社会现状、中国革命道路认识不断深化的基础上，找到了"党内合作"这一当时历史条件下唯一可行的合作方式。

工人运动、农民运动蓬勃兴起，而敌人又异常强大，资产阶级"那妥协犹豫的态度，已经足够让帝国主义者及军阀乘虚而入"……生动丰富的革命实践为共产党人提供了许多新鲜经验，错综复杂的革命斗争又把许多缺乏现成答案的新问题摆到了共产党人面前：中国革命的性质和发展前途到底是怎样的？怎么看待武装斗争？怎么实现自己的领导权？残酷的现实不断推动年幼的共产党成长。

大革命的失败，使共产党人更清楚地认识到，"共产国际过去在中国的代表，有的不胜任工作，有的犯了严重错误"，也应对中国革命的失败负一定的责任。周恩来后来说："中国共产党的产生及其发展，是得到了共产国际不少的指导和帮助的，但中国共产党的靠山却不是共产国际，而是中国的人民。"

真正找到一条适合自己的道路，要到 1935 年——党成立之后的 14 年。正如毛泽东所说，中国共产党"真正懂得独立自主是从遵义会议开始的"。但行走在建党初期的党代会"现场"，一个个历史画面，仍然清晰展现出早期共产党人为自主寻找一条合适道路所作出的努力。

鞋子合不合脚，自己穿了才知道。尽管形势复杂，过程艰辛，共产党人在不断探索、不断思考，寻一条自己的路。

寻找最广泛的"同盟军"

资产阶级是无产阶级革命的对象，现在要帮自己的敌人掌握政权，反过来压迫无产阶级，这不是笑话吗？党的二大上，也有代表提出这样的异议，但很快达成共识：从现实的阶级力量对比看，工人阶级不可能单独完成民主革命任务，必须联合资产阶级和广大的小资产阶级。

二大提出的"民主的联合战线"，被认为是党的统一战线理论的发端。

党的三大提出"国共合作"议题，尽管经历了激烈争论，最终还是通过了《关于国民运动及国民党问题的议决案》，共产党员以个人身份加入国民党，使得两党能在孙中山的旗帜下，广泛发动群众，发展革命力量。在总结国共合作的基础上，党的四大提出了无产阶级在民主革命中的领导权和工农联盟问题，进一步巩固发展自己的力量。

但是，"孰敌孰友"，此时党内认识并不清晰。1925 年 12 月，毛泽东在《中国社会各阶级的分析》中一针见血："谁是我们的敌人，谁是我们的朋友？这个问题是革命的首要问题。"

实践很快证明了毛泽东的判断。1926 年，周恩来在《现时政治斗争中之我们》中指出，五卅以来的事实说明，这种冲突与分裂"不但于国民革命以至国民党无损，而革命势力转因是而愈加团结，国民革命才得有今日的发展"。在周恩来看来，统一战线需要"团结"，但也不能惧怕分裂。

而早期被忽略的"天然同盟军"，也有部分共产党人在尝试"组织起来"。大地主家庭出身的彭湃是农民运动的组织者，在早期得不到广东省委任何指示的情况下，一直坚持在海丰工作，直到 1924 年。在经过改组的国民党一大上，他提出了土地问题，并竭力主张解决这一问题。此后，广州农民运动讲习所风生水起，彭湃、阮啸仙、毛泽东等先后主持，培养了一批农民运动骨干。

1926 年 9 月，毛泽东发表《国民革命与农民运动》，指出"农民问题乃国民革命的中心问题""如无农民从乡村中奋起打倒宗法封建的地主阶级之特权，则军阀与帝国主义势力总不会根本倒塌"。次年，他在《湖南农民运动考察报告》中提到，"组织起来""打倒土豪劣绅，一切权力归农会"，并指出

"农村中须有一个大的革命热潮，才能鼓动成千成万的群众，形成大的力量"。

瞿秋白也一贯重视农民问题。党的五大上，瞿秋白的政论《中国革命中之争论问题》指出"中国革命的中枢是农民革命"；在党的六大政治报告中，瞿秋白进一步强调和论述了农民问题，提出"建立农民武装组织工农革命军……创造割据的局面"。

善于团结一切力量，调动一切积极因素，无疑是党由弱到强、不断壮大的力量源泉。党创立短短数年间，党员人数就增长了百倍，即是一大佐证。

锻造"极严格的铁的纪律"

布尔什维克的建党原则，强调"极严格的铁的纪律"，这一思想极大地影响了早期中国共产党人。一大通过的党纲，就已明确党组织的原则和纪律。

二大在中共纪律建设方面迈出了实质性一步——特别强调民主集中制原则和铁的纪律。二大通过的《关于共产党的组织章程决议案》中，提出中共要成为从事革命运动的"大的群众党"的"两个重大的律"之一，就是"党的内部必须有适应于革命的组织与训练"，核心便是"严密的集权的有纪律的组织与训练"。

用列宁的话说，纪律就是"行动一致，讨论自由和批评自由"。这些原则和纪律，在五大时被写入党章。对此，瞿秋白曾作过阐释："与其由盲目一致而弄到实际不一致，不如由意见不一致而得到实际的一致！"

刘少奇后来回忆："我们党从最初组织起就有自我批评和思想斗争，就确定了民主集中制，就有严格的组织与纪律，就不允许派别的存在，就严厉地反对了自由主义、工会独立主义、经济主义等""就这方面说，我们走了直路"。

二大制定了第一个党章，详细规定了党员条件、入党手续、党的组织系统，以及党的组织原则、纪律和其他制度。此后，党的组织建设不断完善，尤其在三大决定与国民党实现合作后，更是明确强调："我们加入国民党，但仍旧保存我们的组织，并须努力从各工人团队中，从国民党左派中，吸引真有阶级觉悟的革命分子，逐渐扩大我们的组织，谨严我们的纪律，以立强大的群众共产党之基础。"

制度越来越严密。三大修改党章，规定新党员入党由原来一人介绍改为"须有正式入党半年以上之党员二人之介绍"，规定新党员有候补期制度，首次规定党员可以"自请出党"。四大提出，"组织问题为吾党生存和发展之一个最重要的问题"，第一次将支部明确为党的基层组织，"凡有党员三人以上均得成立一支部"，并明确"我们党的基本组织，应是以产业和机关为单位的支部组织"。

当大革命到来，党的力量迅猛发展，大批工人农民、知识分子、进步青年和革命军人纷纷加入党组织，少数投机分子也混入其中；当大量共产党员以个人身份加入国民党后，一些人开始追求享受、贪污腐化、思想动摇……尤其四一二反革命政变后，脱党、"自首"甚至叛党投敌等现象屡见不鲜。党的先进性和纯洁性面临严峻考验。于是，在党的五大上，中央监察委员会应运而生。

五大对违纪惩处作了具体规定，"不执行上级机关的决议及其他破坏党的行为，即认为违背党的共同意志"，并首次提出了警告和留党察看的处分形式，"对于整个的党部则加以警告，改组或举行总的重新登记（解散组织）。对党员个人，则加以警告，在党内公开的警告，临时取消其党的，国民党的，国民政府的及其他的工作。留党察看，及开除党籍"。

毛泽东有句名言：路线是"王道"，纪律是"霸道"。也正是做到了令行禁止，步调一致，才使党赢得了工人阶级和其他劳动群众的信赖，成为党领导革命和建设的有力保证。

这也正应了现在常讲的一句话——全面从严治党，永远在路上。

（文／张骏　图／洪健作品，中华艺术宫供图）

火种悄悄点燃，徐徐燃烧，渐渐燎原

1921 年中国共产党的成立，顺应了中国近代以来社会进步和革命发展的客观要求，兴业路上燃起的明灯划破漫漫长夜。

从 1921 年到 1927 年，年轻的中国共产党铁肩担负起救国救民时代重任，历经艰难曲折逐步将马克思列宁主义普遍原理与中国革命具体实践相结合，找到农村包围城市、武装夺取政权的成功之路。其间召开的中国共产党第二至第五次全国代表大会，见证了我们党不断革故鼎新，自我淬炼，履初心、践使命的成长历程。

党的二大·上海
"基石"：再次选择上海，指明中国革命方向

记者轻轻翻开早已泛黄的 1951 年《解放日报》，3 月 24 日三版底部有一行《寻人启事》："张静泉（人亚）一九三二年后无音讯，见报速来信，知者请告。"

这是一位历经战乱的父亲，正在苦苦寻找儿子：1927 年的上海一片白色恐怖，张静泉悄悄回到宁波老家，托付给父亲张爵谦一个包裹。几天后，父亲对外佯称"不肖儿在外亡故"，于是在山上修一座墓穴，葬一个空棺，埋入那

个包裹。从此，老人独守秘密。

寻人启事刊登数月后，仍杳无音讯。父亲这才打开空棺，取出包裹，交给新中国。里面，是一批中共早期珍贵档案，其中名为《中国共产党第二次全国代表大会决议案》的铅印小册，内有中国共产党的首部党章。它诞生于1922年，那年共产党人再次相聚上海，召开二大。

"再次选择上海"

穿过延中绿地，青瓦灰墙的辅德里625号（现老成都北路7弄30号）静卧于延安路高架旁。当年这里是李达、王会悟夫妇租住的寓所。98年前，12位代表由此门进，共商大业。

由于缺少档案文献、仅凭当事人回忆，12名与会代表中尚有一位姓名不详，而且多数一大代表未能出席二大。对此，党史专家的看法是：作为"初期党组织的中坚力量"，一大代表们忙于培养党员、宣传革命思想，无法从繁忙的工作中脱身。

当时的毛泽东已是中共湘区执行委员会书记，正深入当地建立基层党组织。1936年，毛泽东在陕北窑洞中对美国记者斯诺说，"那年冬天（应为夏天），第二次党代表大会在上海召开，我本想参加，可是忘记了开会的地点，又找不到任何同志，结果没有能出席。"

据多位当事人回忆，曾有过在广州开二大的计划，但革命者还是再次选择上海。上海师范大学教授苏智良认为："当时中央局设在上海，多位代表在上海或周边工作生活。"而且在一大召开后，党领导的工青妇运动也率先在上海蓬勃开展。中央档案馆选编史料记载："到1922年6月底，中共有195名党员，其中上海就有50人，数量最多，约占总数的26%。"

历史竟如此巧合——一大召开地叫"树德里"，二大召开地名"辅德里"。一"树"一"辅"，一个开天辟地，一个相辅相成；一个指明了方向，一个制定了章程，共同奠定了党创建的"基石"。

"重要的里程碑"

1922年7月16日，辅德里内，12位代表齐聚八仙桌旁，在昏黄的灯光下热议中国革命的光明前途。王会悟日后回忆，"他们持续不断地开会，下楼吃饭的时候，也在饭桌上讨论会务"。

鉴于一大召开期间有过不速之客，为确保会议安全，二大采取严格保密措施。当年王会悟就抱着孩子坐在后门灶间"放哨"。8天会期中，只进行3次全体会议，其余时间代表分散开会。

纪念馆中展示了二大的累累硕果。会议共产生11份文件，并创造党史上的多个"第一"：第一次提出党的反帝反封建民主革命纲领，第一次提出党的统一战线思想——民主的联合战线，制定了第一部党章，第一次公开发表了《中国共产党宣言》，第一次比较完整地对工人运动、妇女运动和青少年运动提出了要求，第一次决定加入共产国际，第一次提出"中国共产党万岁"口号。

二大闭幕后，中央领导机构将党章与决议案送给莫斯科的共产国际，同时将文件铅印成册，分发给党内人员学习。作为中共最早的工人党员之一，张人亚也得到一本，他小心保存，直到1927年送到父亲手中。

翻阅《中国共产党第二次全国代表大会宣言》，我们可以描绘出一幅革命图景——明确了革命对象：帝国主义与封建军阀；革命动力：工人、农民和小资产阶级；革命任务：打倒军阀，推翻国际帝国主义的压迫，实现中华民族的独立和中国的统一。

二大还辩证地提出党的最低纲领——反帝反封建的民主革命纲领以及最高纲领——达到共产主义社会的最终奋斗目标。从一大确立直接进行社会主义革命，到二大确定进行民主革命后再进行社会主义革命，这是党的战略方针一大重大转变。"二大是马克思主义基本原理与中国实际相结合的重要里程碑，为中国革命指明方向。"苏智良说。

走进二大纪念馆党章历程厅，一面红色基调的党章墙格外醒目，80余本各个时期党章复制件挂于墙上，最珍贵的是从张人亚空棺中取出的首部党章陈列件。

张人亚却再没有音讯。直到今天，我们依然没找到张人亚的埋葬处。但是，无数像张人亚这样的共产党人，前赴后继，从石库门出发，毅然奔赴革命战场。

夜色如墨，风雨飘摇，革命的火种在树德里与辅德里悄悄点燃，徐徐燃烧，渐渐燎原，映红神州。

党的三大·广州
"联合"：掀起光辉一页，合作革命开创新局

广州越秀区恤孤院路 3 号，党的三大会址所在地。记者到访时，三大会址纪念馆正在改扩建，工棚围起的长方形展示坑内，有数十块斑驳的红阶砖，这是当年挖掘找到的三大会址仅剩的建筑遗迹。

"说来也巧，三大会址的考古挖掘还是我主持的。"中共三大会址纪念馆馆长朱海仁告诉记者，因为原建筑在抗战时被日机炸毁，三大结束后将近半个世纪，会址在哪成了未解之谜。上世纪 70 年代，经调查初步确定了三大会址范围，一直到 2006 年才用考古学方法对会址进行了挖掘、考证，在此基础上做了保护展示并修建了纪念馆。

1923 年 6 月 12 日至 20 日，党的三大在广州举行。一群共产党人在此作出了影响中国革命进程的重要决定——国共合作。

21 票赞成，16 票反对

党成立后，设中央局于上海。但自二大确立"民主的联合战线"方针后，共产国际已有意让中共的工作重心迁到广州。

广州是孙中山领导的国民党长期开展革命活动的根据地，政治环境相对宽松。瞿秋白曾说："我们要在广州刻一个'中国共产党中央委员会'的图章，就可以拿到广州街上去刻；在上海我们就不能拿到街上去刻。"

共产国际代表马林在给共产国际的报告中说："我们在广州有充分的行动自由，而且只能在这里公开举行党的代表大会和劳动大会。"在中共三大会址纪念馆研究馆员吴敏娜看来，中共中央南迁广州及三大召开，马林起了至关重要的作用。

此时，两党高层频繁接触。1922 年 8 月底，中共中央在杭州西湖召开特别会议，讨论共产党员加入国民党的问题。会后，李大钊赴上海拜访孙中山。后来回忆当时情景，李大钊说达到了"畅谈不厌，几乎忘食"的地步。

1923 年 3 月，陈独秀到广州与孙中山接触，不久后就出任大元帅府宣传

委员会委员长。距三大会址不到 200 米的春园，是当年中共中央机关办公地，门前有一条小河静静流过。朱海仁告诉记者，据说当年这条小河通向珠江，孙中山经常从珠江乘船来此，与陈独秀等人商谈两党合作。

中共中央决定召开三大后，当时的北方、两湖、江浙和广东四区分别推选代表参加，共有代表 30 多人。据三大代表徐梅坤回忆，他们从上海坐船到广州开会，"船不能从上海直开广州，必须在香港停留一天"。三大召开 49 年后，年近八旬的徐梅坤重访旧地，辨认出附近的逵园，进而确认了三大会址所在地。

一切准备就绪，三大的帷幕徐徐拉开。值得一提的是，这是陈独秀和李大钊第一次也是唯一一次共同出席的党的全国代表大会。

徐梅坤后来回忆，三大的中心议题是讨论国共合作及共产党员是否加入国民党，这引起了激烈争论。

马林、陈独秀提出"应该加入国民党"，因为中国无产阶级在数量和质量上都非常幼稚，所以"要做工人运动只有加入国民党"。对此，瞿秋白是赞成的。他说，"如果我们——作为唯一革命的无产阶级，不去参加国民党，后者就势将寻求军阀、资产阶级和帝国主义的帮助。"

蔡和森、张国焘持反对意见。他们认为，那样做就会取消共产党的独立性，并且"将工人置于国民党的旗帜下"。邓中夏则明显不信任国民党，认为"国民党是一个内部利益迥异的政党，很难改造"。

党内高层领导人在会议桌上的争论，也折射出此时多数普通党员内心的困惑。最终，《关于国民运动及国民党问题的议决案》21 票赞成、16 票反对，仅以 5 票优势通过。这也反映出当时党内对这一决议的真实态度。

大会还选出了 14 人组成的新一届中央执行委员会。据瞿秋白笔记，陈独秀、蔡和森、李大钊得票最高。张国焘则落选中央执行委员。随后，中央执行委员会选举 5 人组成中央局，毛泽东入选并担任秘书。这是毛泽东第一次进入党的核心领导层。

"开始懂得军事的重要"

党的三大之后，国共合作步伐加快。1924 年 1 月，国民党一大在广州召开，制定了联俄、联共、扶助农工三大政策，第一次国共合作正式形成。

工人、农民、学生、妇女等革命群众运动迅速发展。同年 7 月起，广州开办了六届农民运动讲习所，先后由彭湃、阮啸仙、毛泽东主持，培养了一批农民运动的骨干。由毛泽东主持的第六届农讲所，学员来自全国近 20 个省。在第六届学员名单上，两名崇明籍学员陆铁强和俞甫才的名字引起了记者注意。陆、俞二人是崇明最早的党员，从广州农讲所回来后，在崇明领导农民运动。1927 年 11 月，陆铁强在海门牺牲，时年 20 岁。俞甫才则因劳累过度于 1934 年春逝世，时年 28 岁。

国共合作的另一个"重要产物"是黄埔军校。走访位于黄埔区长洲岛的陆军军官学校旧址，首先映入记者眼帘的，是两侧白墙上的孙中山遗训"革命尚未成功，同志仍须努力"。

周恩来后来回忆说："当时黄埔军校有六百学生，大部分是我党从各省秘密活动来的革命青年，其中党团员五六十人，占学生的十分之一。"军校的政治教官几乎都是中国共产党人，周恩来、包惠僧、熊雄先后任军校政治部主任。军校苏联顾问曾说："共产党人在军队教育方面做了大量工作，保证了军队具有旺盛的战斗力。"

对于共产党来说，从事军事活动正是从黄埔军校开始的，并由此"开始懂得军事的重要"。

党的四大·上海
"核变"：政治团体突破成为全国性群众政党

在中共四大纪念馆内，收藏了一份珍贵的中共四大会议通知。据考证，通知的落款"锺英"是中共中央的代名，由毛泽东亲笔签署。

据党史专家查证，这份会议通知可能是现存最早的党的全国代表大会会议通知，也成为中共四大纪念馆的一件珍品。

正是从这份通知开始，全国各地 994 名党员推选了 20 名代表，来到上海。1925 年 1 月 11 日到 22 日，在虹口区东宝兴路 254 弄 28 支弄 8 号，中共第四次全国代表大会召开。

中共四大之后，中国共产党基本完成了从一个政治小团体到全国性群众政党的突破，实现了中国共产党力量发展的第一次"核变"。

群众路线实践的新起点

1925年1月的上海，元旦刚过，邻近淞沪铁路天通庵站的虹口东宝兴路上，出现了一些陌生面孔。听说话口音，南腔北调；看相貌打扮，更是五花八门，甚至还有个老外。

在"朋友"的接应下，这些异乡来客陆续拐进一条石库门弄堂。弄堂走到底，敲开门，穿过客堂，上到二楼，朝南的房间里，摆着一张大桌子和一块小黑板。桌上是一些英文讲义，黑板上写着英文单词，大大小小的凳子椅子，把屋子挤得满满当当。

没人想得到，这个小小的"英文补习班"，竟是成立3年多的中国共产党将要召开的第四次全国代表大会。那些风尘仆仆的远方客，正是来自全国及海外的四大代表。那位老外，则是共产国际代表维经斯基。

这是一股年轻的力量。除了46岁的陈独秀，其他与会者平均年龄29岁：意志坚强的蔡和森，气质儒雅的瞿秋白，不苟言笑的李维汉，风度翩翩的周恩来，还有工运领袖汪寿华、陈潭秋、李立三、项英……

中共四大纪念馆馆长童科说："中共四大在党的历史上第一次明确提出无产阶级在民主革命中的领导权和工农联盟问题，明确提出要加强党的领导、扩大党的组织、执行使党群众化的组织路线。"

值得一提的是，大会通过的《对于农民运动之议决案》阐明：农民是无产阶级的同盟军，农民在中国民族革命中有重要的地位。当时未能出席中共四大，正在韶山养病的毛泽东，已在着手开展农民运动，而在大革命的洪流中，湖南的农民运动声势最为可观。

这次大会对党章进行了修改，第一次将党的基本组织由"组"改为"支部"，同时设立了"支部干事会"，确立了基层党组织集体领导的制度。并且，将党的最高领导人由"委员长"改称为"总书记"。

中央党史研究室原副主任李忠杰表示，中共四大在党的组织问题上的贡献，可以说是"顶天立地"。"地"，是支部建设的历史起点；"天"，是党的中央机构。从此,党始终重视基层,这是其区别于其他政党和组织的一大特点。

一支成熟的独立政治力量

中共四大的召开，推动了大革命高潮的到来。纪念馆里的一张全国地图上，陈列了各地开展运动的情况。其中最著名的是，1925 年 5 月 30 日，震惊中外的五卅惨案发生后，上海开始的反对帝国主义总罢工、总罢课、总罢市。这场声势浩大的反帝爱国风暴迅速席卷了全国，参与人数达 1700 万人。

1925 年 5 月，在中国共产党领导和影响下的工会已有 160 多个，拥有有组织的工人 54 万人，为即将来临的大革命高潮奠定了广泛群众基础。

1927 年 3 月中旬，上海工人在陈独秀、罗亦农、周恩来等共产党人的领导下举行了第三次武装起义。这次起义打败了军阀部队，占领了除租界外的上海，建立了上海特别市临时市政府。

五卅运动和第三次工人武装起义，都是在中共四大之后，中国共产党直接领导下取得胜利的。这也意味着，中国无产阶级作为一支独立的政治力量日渐成熟。

在上海市中共党史学会会长忻平看来，中共四大既是革命道路探索的过程，又是群众路线逐步实践和实现的过程。我们党经过百年的革命、建设、改革实践，充分证明了"群众路线是党的生命线和根本工作路线"是行之有效的优秀传统和宝贵经验。

党的五大·武汉
"铁律"：创多个"第一"，危难中执纪更严明

党的五大开幕式在武昌高等师范第一附属小学举行，现在这里是中共五大会址纪念馆。纪念馆负责人高万娥向记者展示了两张黑白照片。这两张 2016 年在俄罗斯国家社会政治历史档案馆发现的珍贵照片，不仅还原了五大的真实场景，更成为已发现的最早的党代会现场影像。

1927 年，在大革命生死存亡的危急关头，党的五大于 4 月 27 日至 5 月 9 日在武汉召开。从开幕式现场照片上可以看到，马克思、列宁、孙中山的照片

依次悬挂在墙面正中，两侧分别悬挂中国共产党和国民党党旗——这是党的历史上唯一有国民党代表团出席的党代会。

不仅如此，五大创造了党的历史上多个"第一次"：第一次正式确立民主集中制的组织原则，第一次选举产生中央监察委员会，第一次提出政治纪律概念并置于突出地位……五大的召开，成为党内监督组织建设的源头，在党的发展史上书写了浓墨重彩的一笔。

扑朔迷离，革命将往何处去

北伐战争的胜利推动革命重心北移，武汉一度成为全国革命的中心。为更好领导全国的革命斗争，1926 年 9 月到 1927 年 4 月中旬，中共中央各部委陆续迁至武汉办公。

五大召开的地点选在国立武昌第一小学，中共创始人之一陈潭秋曾居住于此，以教书为掩护开展革命活动，校长王觉新也是一名共产党员，同时这里距离农讲所不远，实行军事化管理的学员可负责会议的安保。

会议安全之所以如此重要，与当时的革命形势不无关系。

随着五卅运动的爆发，大革命高潮呼啸而来，共产党得以迅速发展，国民党右派掀起的反共逆流也在滋长。北伐胜利后，蒋介石开始暴露其反动面目。在此背景下，召开党的全国代表大会，明确革命方向，显得迫在眉睫。

1927 年 3 月，共产国际根据中共代表蔡和森的建议，同意中共适时在武汉召开第五次全国代表大会。瞿秋白作为负责筹备五大的核心人物之一，于 3 月中旬抵达武汉。

就在大会筹备期间，形势急转直下。4 月 6 日李大钊在北京不幸被捕，蒋介石发动的四一二反革命政变则成为大革命从高潮走向失败的转折点。在武汉，一批国民党将领也开始反共"清党"。血雨腥风之中，一些意志薄弱、信仰动摇的不坚定分子纷纷登报退党，甚至公然叛变投敌。

前路漫漫，扑朔迷离，如何正确认识严峻复杂的局势，如何从危难中挽救革命，中国共产党将往何处去，成了赶往武汉开会的五大代表们心中最牵挂的问题。

五大有正式代表 82 名，代表着全国 57967 名党员。以罗易、多里奥、维经斯基组成的共产国际代表团参加了大会，由谭延闿、徐谦和孙科组成的国民党代表团也到会祝贺，此时尚未露出反动真面目的汪精卫，还应邀列席了一天会议。

为防反动派干扰，五大也选择了秘密召开。考虑到多数代表都住在汉口，乘船渡江既不方便也不安全，29 日，会议转移到位于汉口的黄陂会馆继续举行。参与筹备工作的蔡以忱回忆，当时的黄陂会馆既有驻汉口国民革命军威慑，也有公安局军警布岗，还有黄陂帮会等民间进步人士的帮助。

穿着长衫的陈独秀代表第四届中央执行委员会向大会作了长达 6 个小时的《政治与组织的报告》，涉及中国各阶级、土地、无产阶级领导权、军事、国共两党关系等 11 个问题。不过报告既没有正确总结经验教训，也只字不提挽救时局的方略，反倒继续抛出错误主张。这让一些代表面露不满。

第二天，一本小册子出现在每位代表面前——这本《中国革命中之争论问题》是瞿秋白在 1927 年 2 月上海工人第二次武装起义前后写的，他在书中旗帜鲜明地指出，中国革命的前途应该是"无产阶级取得领导权"，将矛头直指陈独秀、彭述之等人的机会主义理论和政策。

尽管陈独秀承认了一些错误，瞿秋白等人的看法也得到了代表们的支持，但引发的讨论仍非常有限。大会通过的《政治形势与党的任务议决案》认为，中国的资产阶级已经背叛，中国革命已经发展到建立"工农小资产阶级之民主独裁制"的阶段，"应该以土地革命及民主政权之政纲去号召农民和小资产阶级"，使革命向非资本主义前途发展。

1936 年毛泽东在同斯诺对话时回忆，当时他正担任中共中央农民运动委员会书记，参会前曾邀请彭湃、方志敏等各省农民协会负责人开会，议定了一个广泛地重新分配土地的方案，提交给了大会。但毛泽东要求迅速加强农民斗争的主张，"甚至没有加以讨论"。大会通过了《土地问题议决案》，却把实现土地革命的希望寄托在了武汉国民政府身上。

铁的纪律，严明党的自身建设

大会一直持续到了 5 月 9 日。大会选出了中共中央委员会，由 31 名正式委员和 14 名候补委员组成。在会上遭到严厉批评的陈独秀，仍连任党的总书记。

五大创造了党的历史上多个"第一次"——第一次初步健全中共中央领导机构，第一次正式确立将民主集中制写入党章，第一次选举产生中央监察委员会，第一次提出政治纪律的概念并置于突出地位，第一次决定设立中共中央党校，第一次明确划分党的组织系统，第一次明确规定党员年龄必须在18岁以上，第一次把党与青年团的关系写入党章……这些"第一次"大多都与党的自身建设密切相关，成为党的建设史上的一座里程碑。

大革命时期党员人数猛增，因而严明党的纪律、纯洁党的队伍，成为党面临的一个重要课题。首届中央监察委员会由正式委员7人、候补委员3人组成，主要工作是维护党的政治纪律和组织纪律，对未能执行党的决议或者没有完成工作任务的党员严格问责，并按党纪严肃处理。

中央监察委员会的产生，开启了党内监督的组织创新，中国共产党执纪监督的大旗冉冉升起。监察委员们也都用生命诠释了对党和人民的绝对忠诚：10位监察委员无一人叛党投敌，8人先后牺牲。

"在任何时候，哪怕是最危险的时候，党也从没有忘记保持先进性，时刻牢记铁的纪律。"高万娥说，"这就是中国共产党能够从小到大，从弱到强，从胜利走向胜利的原因所在。"

五大闭幕后，南昌起义打响了武装反抗国民党反动派的第一枪。而在五大当选为中央候补委员的毛泽东，4个月后率领秋收起义部队进军井冈山，使中国革命峰回路转，走上了农村包围城市、武装夺取政权的正确道路。

（文／洪俊杰 张骏 顾杰 周楠 吴颉）

星火燎原

井冈山精神

"奶奶告诉我,在井冈山,红军是依靠人民群众才能发展壮大,所以她选择把孩子留在井冈山,回到人民中去。"

——中共中央组织部原副部长曾志之孙 石草龙

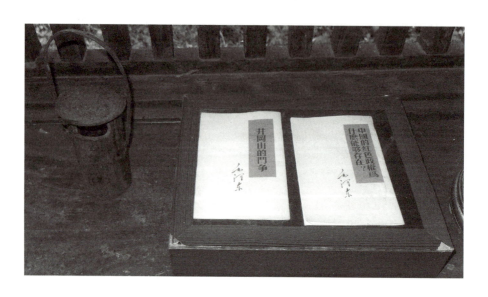

采 访 组：缪毅容　茅冠隽　王闲乐　李楚悦　肖雅文
采访时间：2020 年 11 月

　　1927 年 9 月 29 日，当原本 5000 人的秋收起义部队转战来到江西省永新县三湾村暂时歇脚，已不足千人，士气低落。

　　差不多同时，千里之外的广东揭阳一带，南昌起义部队作战接连失利，原定南下打通出海口、获取国际援助的计划已难以实现。

　　在当时的仁人志士看来，1927 年无疑是黑暗的一年。先是国民党反动派背叛革命，向共产党人举起了屠刀。随后，中国共产党领导的武装起义又大多遭遇失败，革命的火种宛如风中残烛，十分微弱。

　　今天，我们回顾历史，当然知道，1927 年的白色恐怖，终究没有将那星微弱的火光完全吹灭。革命的火种，在一个叫井冈山的地方保存了下来，继而发展壮大，并最终照彻整个神州。

　　星星之火，何以燎原？

人民军队浴火重生

　　1927 年的江西省永新县三湾村，只有 50 来户人家。见到有军队来了，除了一些上年纪的老人，村民们大多逃进了山里，直到下午时分，见没有危险，才陆续返回。

　　后来成为三湾村第一批共产党员的村民钟荣华生前回忆，这支军队穿得不太整齐——有穿青蓝色军装的，有穿学生装的，还有人穿得和老百姓差不多，他们介绍自己是共产党的队伍，是救穷人的，让大家不要害怕。他们不仅待人客气、秋毫无犯，还帮村民挑水、扫地，给村里的几位贫弱老人送去了布匹、鞋子。"毛委员开群众大会，向我们解释，我们日子过得这么苦，都是因为被地主剥削了。要想不再受苦，就要起来革命。"

　　当时的钟荣华还不知道，在发动群众的同时，这支军队还做了一件事，那就是载入史册的"三湾改编"。

中国共产党成立之后，党内便不断有人指出军事工作的重要性。周恩来早在1922年便指出："真正革命非要有极坚强极有组织的革命军队不可。没有革命军，军阀是打不倒的。"彭湃也说："不建立农民武装队伍，不把好的武器发给他们，我们的工作就得不到必要的结果。"

但是，由于缺少经费、武器，以及国民党反动派的掣肘，直到南昌起义之前，中国共产党始终没能建立真正属于自己的军队。即使在共产党员起领导作用的叶挺、贺龙等部，党组织对基层士兵的影响也不明显。因此，当革命形势遭遇挫折时，部队逃跑、叛变的情况时有发生。

毛泽东显然看出了这一点，于是，在三湾村做了三件事：部队缩编，支部建在连上，官兵平等。

部队先是发钱遣散了一部分不愿留队的人员，剩余人员缩编为一个团；在部队中建立党的组织，做到连有支部，营团有党委，连以上设党代表；规定官长不打士兵，官兵待遇平等，建立士兵委员会，参加部队的管理，协助进行政治工作和群众工作。曾担任士兵委员会主席的宋任穷回忆，在军队内部实行民主给当时的士兵群众留下了深刻印象，士兵委员会同打人骂人等军阀习气作了大量斗争。

这是一个新的起点，人民军队浴火重生。这支军队便与以往任何一支军队都不一样，从政治上、组织上奠定了新型人民军队的基础。两年后的古田会议，在此基础上进一步明确了党对军队绝对领导的原则。

在三湾村停留数日后，毛泽东带着这支队伍继续向南抵达井冈山。上山前，他宣布了应该遵守的"三大纪律"，对战士们说："我们要在这里安家了，大家要遵守纪律，要把群众关系搞好。脱离了群众，我们就站不住脚，就像鱼没有水一样。"

可是，部队的作风一时半会儿没法完全改过来。一次，两名战士争论老乡家的坛子里是酱菜还是米酒，当倒出来确认是米酒后，一名战士忍不住喝了点。有人觉得这是小事，毛泽东却很生气，在他看来，革命军队对待人民利益要做到秋毫无犯。于是，他提出了人民军队的"六项注意"，并把"三大纪律"中"不拿群众一个红薯"改为"不拿工人农民一点东西"。

"严明的纪律奠定了坚实的群众基础，红军后来才能不断打胜仗。"中国国家博物馆党史专家常瑞卿说。

人民群众大力支持

"红旗飘飘五角星，共产党来哩有田分；打倒土豪和劣绅，劳苦大众乐盈盈。""田里豆子开红花，红军来到笑哈哈；土豪劣绅都打倒，山林土地回老家。"井冈山革命博物馆收集的几十首井冈山歌谣，饱含老百姓对共产党的深情爱戴。

革命为了谁，革命依靠谁？90多年前的井冈山上，在极端困难的环境中，中国共产党人给出了答案：人民，还是人民。

井冈山革命斗争时期，毛泽东先后在湖南酃县（今炎陵县）水口和江西宁冈、永新等地进行了调查研究。他发现，由于地方军阀和豪绅地主阶级的血腥统治和横征暴敛，当地群众陷入了苦难的深渊。苛捐杂税之多，比北洋军阀统治时期有过之无不及。占人口5%左右的地主阶级，却占有60%左右的土地，农民的生活极度贫困。因此，湘赣边界工农兵政府开展了插牌分田运动，让农民得到了他们梦寐以求的土地，农民们发自内心地喊出了"土地革命万岁""中国共产党万岁"。

"要使中国广大的农民能投身轰轰烈烈的革命战争之中，就必须做到尽一切努力解决群众问题，切切实实改变群众生活，才能动员广大群众加入红军，帮助战争。"井冈山革命博物馆馆长刘宇祥说。

黄洋界海拔1300多米，峰峦耸立，陡不可攀。秋日暖阳下，从山脚到山顶，层林尽染，游人如织。

90多年前，这里是红军保卫井冈山必须守住的要地。1928年8月末，敌军4个团大举进犯井冈山，黄洋界保卫战爆发。此时红军主力远在湘南，留守部队仅有数百人，武器装备也远不如敌人。这仗该怎么打？

关键时刻，井冈山的百姓走上前线。茅坪等地的农民赤卫队、暴动队手持梭镖大刀赶来参战；妇女们组织支前队运弹药、送茶饭；老人儿童日夜赶削竹钉，插满黄洋界周边道路，筑下一条人民战争的"竹钉防线"。军民齐心，打退了敌人的进攻，等到了红军主力回师。得知黄洋界保卫战胜利的消息后，毛泽东非常高兴，提笔写下了《西江月·井冈山》："山下旌旗在望，山头鼓角相闻。敌军围困万千重，我自岿然不动。早已森严壁垒，更加众志成城。黄洋界上炮声隆，报道敌军宵遁。"

有了人民的支持，人民军队屡战屡胜，井冈山革命根据地不断扩大。八角楼的灯光下，毛泽东详细总结了井冈山革命根据地的建设经验，写下了《中国的红色政权为什么能够存在？》和《井冈山的斗争》，为中国革命的发展进一步指明道路。中国革命虽历经挫折，但大致就是按照毛泽东在井冈山的判断向前发展，从湘赣边界到瑞金中央苏区，从陕甘宁到西柏坡，最后走向全中国。

两年零四个月的井冈山斗争，4.8万名英烈牺牲，中国共产党在血与火的锤炼中逐渐成长、成熟。1931年11月7日，中华苏维埃第一次全国代表大会在瑞金叶坪谢家祠堂召开，中华苏维埃共和国在瑞金建立。这是中国革命第一个全国性红色政权，《中华苏维埃共和国宪法大纲》明确，苏维埃政权的性质是"工人和农民的民主专政的国家"，其"全部政权属于工人农民红军士兵及一切劳苦民众"。全盛时期，中央苏区包括28个县境、拥有15座县城，总面积5万多平方千米，人口250多万。

毛泽东曾用诗一样的语言描述即将到来的革命高潮："它是站在海岸遥望海中已经看得见桅杆尖头了的一只航船，它是立于高山之巅远看东方已见光芒四射喷薄欲出的一轮朝日，它是躁动于母腹中的快要成熟了的一个婴儿。"

人民政权心系人民

1952年底，24岁的青年石来发离开了井冈山，踏上南下广州的旅途。这是他第一次出这么远的门，他有些紧张，不仅因为陌生的环境，更因为在远方等他的人，是他几乎没有印象的亲生母亲——曾志。

井冈山斗争时期，曾志被迫将儿子石来发寄养在当地一户人家。新中国成立后，已经是广州市领导的曾志，托人找到了石来发，但没有把他留在身边，相聚一段时间后，又让他回到了井冈山。"我的儿子做一个农民，为什么不可以？"她这么说。

共产党人不是高高在上，更不是为了自己谋富贵前程。只有真正植根于人民群众，才能赢得人民群众的真心拥护。"争取群众、组织群众、依靠群众、植根群众、凝聚群众，这是中国共产党人在井冈山这片红色的土地上培育起来的最大政治优势。"刘宇祥说。

1928 年，井冈山根据地喜获丰收，陈毅随红四军一小分队来到大井村帮助农民秋收，他发现，靠山边的三亩田还没人开镰。原来，邹老倌的儿子参军去了，媳妇在小井红军医院帮伤病员洗衣服，邹老倌自己又病倒了。陈毅立即组织人员进行抢收，很快便帮邹老倌收好了全部庄稼。

在 1933 年 8 月 12 日至 15 日召开的中央革命根据地南部十七县经济建设大会上，毛泽东作了题为《必须注意经济工作》的报告。报告中指出："我们要使人民经济一天一天发展起来，大大改良群众生活，大大增加我们的财政收入，把革命战争和经济建设的物质基础确切地建立起来。"

1934 年 1 月，毛泽东在江西瑞金召开的第二次全国工农兵代表大会上再次提出："我们应该深刻地注意群众的问题，从土地劳动的问题到柴米油盐问题。总之，一切群众生活的问题，应该注意，应该研究，应该解决。"在沙洲坝居住办公期间，毛泽东见当地居民饮水困难，便带领村干部打好一口井，还亲自下到井底，铺上木炭和沙子。

1956 年，作为党和国家领袖的毛主席，派中央慰问团来瑞金慰问，当时的沙洲坝人在这口井边竖起了一块木牌，后来衍生出一句话——"吃水不忘挖井人，翻身不忘共产党"。

从井冈山茅坪八角楼到瑞金叶坪谢家祠堂，再到北京人民大会堂，直至今日，群众路线一直是中国共产党的一大法宝。2019 年 5 月，习近平总书记在江西考察时再次强调，党员、干部特别是领导干部要增进群众感情，践行群众路线，把井冈山精神和苏区精神继承和发扬好。

2017 年 2 月，井冈山在全国率先实现脱贫"摘帽"。赣州 8 年累计减贫192.06 万人，贫困发生率由 2011 年底的 26.71% 降至 2019 年底的 0.37%，1023 个贫困村全部退出贫困序列，实现历史性整体脱贫。

"中国共产党人的初心和使命，就是为中国人民谋幸福，为中华民族谋复兴。"坚持人民至上，赢得人民支持，星星之火，因而燎原。

（文／王闲乐 茅冠隽 李楚悦 肖雅文　图／王闲乐）

九十年沧海桑田，
有些精神却从未远去

　　暮色四合，一幢幢贴着白瓷墙砖的独立院俨然而立，几只白鹭由西向东飞过夕阳染透的层林，古色古香的长亭与村委会隔水相望。汽车沿着平整的水泥路驶入井冈山深处的马源村，映入眼帘的是这样一幅如画美景。

　　"红米饭，南瓜汤，天当被，地当床"，这首从井冈山革命根据地传唱开的歌谣，歌颂了红军战士艰苦奋斗的精神，但也反映出这里经济落后、物资匮乏。90多年过去，红军战士曾经走过的路，青山仍在，旧貌却已换新颜。

老区已实现整体脱贫

　　"这座桥就是'红军桥'，当年秋收起义部队就是从这里经过。"马源村党支部书记魏成芳指着村中一座古朴的石拱桥说。1927年10月，毛泽东带领秋收起义部队来到井冈山时，先行联系了当地农民武装的领导者袁文才。之后，袁文才陪同毛泽东一起走过这座桥。

　　"袁文才正是我们马源村人，这里有非常光荣的红色传统。"魏成芳说。可是，很长一段时间里，贴在马源村身上的，还有"贫困"这个标签。作为一个曾经的省定贫困村，这里山深路隘、田少地薄，土坯房灌风漏雨。别说外人不愿来，就连村民都不想留在这里。

记者一路寻访，像马源村这样的村子不在少数。江西省瑞金市叶坪乡黄沙村华屋，是一座远近闻名的"红军村"。红军长征时，村里17位青壮年种下17棵松树，相约革命胜利之日回乡团聚。然而，他们最终一个也没有回来。

华屋村史馆前，向左，是几十幢崭新的客家小楼；向右，是7套歪斜的土坯老屋。"我们特意留下几套老屋，让后人知道，好日子来之不易。"黄沙村党支部书记黄日生说。

村民华水林是红军后代，也是打工者的一员。他曾在瑞金踩过三轮车、开过摩的，也去过深圳，在工地干杂活。外出打工的村民都不乐意说自己来自华屋村，因为"太穷了，太破了"。

2012年，《国务院关于支持赣南等原中央苏区振兴发展的若干意见》出台，在好政策支持下，华屋的发展走上快车道。

在华屋遇到华水林时，他正着急赶到自家蔬菜大棚去。2014年，在外打工多年的华水林听说家乡精准扶贫、精准脱贫的好政策，便回到村子承包了8亩蔬菜大棚。仅一年时间，他就摘掉了贫困帽子，成了村里首批脱贫户。

2015年3月6日，习近平总书记参加全国人代会江西代表团审议时再次强调：决不能让老区群众在全面建成小康社会进程中掉队。

随着脱贫攻坚战打响，柏油路铺进大山，马源村里幢幢客家新居拔地而起。走进村民廖华梅家的小院时，天色已黑，崭新的三层小楼灯光明亮。除正对大门的会客屋之外，一层还设有客房两间、包厢一间、厨房一间。廖华梅身体不好，干不了重活，看病又花了不少钱。村干部找上门，问她愿不愿意加入合作社办民宿。回想当初的迟疑，廖华梅笑了："幸好村干部没有放弃我，不仅有补贴，还教我们开民宿的技巧。去年一年，我们家的收入就达到了10万元。"

经过数年努力，如今的老区已是旧貌换新颜。2017年2月，井冈山在全国率先实现脱贫摘帽。2018年，华屋整村脱贫摘帽。2020年，瑞金所属的赣南地区也实现了历史性整体脱贫。

继承苏区干部好作风

谈起自家脱贫经历时，村民们不约而同地对村里的党员干部和扶贫干部竖起大拇指。"苏区干部好作风，自带干粮去办公。日着草鞋干革命，夜打灯笼访贫农。"90年沧海桑田，有些精神却从未远去。

这几年，黄日生都是村里最忙的人之一。大到制定规划、小到邻里不和，村里的事情都需要他操心。前些年，村里兴起办民宿，但各家民宿质量参差不齐，有时面对大批客人，村干部也犯难：客人当然得安排住好的，家里条件差的收入就少，时间一长，大家心里难免犯嘀咕，是不是村干部分配游客时偏袒哪家了？

黄日生组织大家多次讨论，最后决定成立合作社，通过市场引进有实力的公司，提高民宿的规模和标准，加强整体规划，整村推进。

2016年春节，习近平总书记在江西看望慰问干部群众时指出，保障和改善民生没有终点，只有连续不断的新起点，要采取针对性更强、覆盖面更大、作用更直接、效果更明显的举措，实实在在帮群众解难题、为群众增福祉、让群众享公平。

十多年前，马源村就有种莲子的习惯，但种子质量一般，销售渠道单一，种植户的收入始终没有提上去。得知消息后，当地政府派出工作组进驻，将113户村民组织起来创办农业经济实体，引进莲藕新品种，开办夜校，聘请专家传授种植技术，帮助村民实现增产增收。

"我们不能躺在功劳簿上，要继续发扬老一辈无产阶级革命家的光荣传统，争取更大光荣。"魏成芳说，革命传统教育是马源村的一大旅游特色，依托当地红色资源，马源村建起了"红色大讲堂"，当地村民和红军后代为来到这里参加"红军的一天"体验培训的游客讲述当年的红军故事。在他看来，不断重温井冈山斗争历史，对当地党员干部也是一种鞭策。

在马源村的采访结束时，天色已经全黑，乡村的路灯不似城市那般密集明亮。"这段路啊走的次数太多了，现在我闭着眼睛都能走。"走在前面引路的魏成芳说，"我们干部脱层皮，群众才能脱贫啊！"

（文／王闲乐 茅冠隽 李楚悦 肖雅文）

不怕远征

长征精神

"集思广益、实事求是、民主团结、知错能改，这些中国共产党在长征中显现出来的优点与精神，当下，不都继承下来了吗？"

——遵义长征学会会长　曾祥铣

采 访 组：刘　斌　孔令君　俞陶然　雷册渊　孟雨涵

采访时间：2020 年 11 月

　　长征，距离我们已 80 多年了。记者出发之前，心下惶恐：红军不怕远征难，万水千山只等闲，可该选哪一个点，才能体现长征精神？

　　摊开地图，从江西看到贵州，从四川连到甘肃，选了遵义。

　　遵义是长征中浓墨重彩的一笔，遵义会议彪炳史册。1935 年，红军在这里转战 3 个多月，演绎了四渡赤水的传奇。这里是中国共产党第一代中央领导集体开始形成的地方，是毛泽东思想开始形成的地方，是党独立自主解决自身重大问题开始的地方。

　　赴遵义，寻访关于长征的故事，采访对象从耄耋老人到"90 后"女生，我们发现，在他们心中，都有属于自己的长征；从"强渡乌江"到"四渡赤水"，我们也重走了一小段长征路……

继承长征精神正当时

　　记者想先去看看在遵义的老红军李光，可一打听，老人家 2019 年过世了。

　　老人家的过世，在遵义城里是一件大事。前段时间，记者与当地公务员、教师、司机都聊起过李光。从 2001 年起，李光先后被确诊患直肠癌、重症胰腺炎、皮肤癌，但这些年来他一直在奔忙，到学校、部队、工厂里讲课，并陆续资助了遵义 1000 多名学生，捐款总额达 30 万元。李光曾告诉记者，他觉得当下的年轻人未必能明白，红军当年为何能受得住那样的苦，信念和信仰的力量究竟有多大。因此，他觉得"教育很重要"。

　　老人家的心愿，有很多人帮着继续实现。距离遵义会议纪念馆不远，遵义城南小学边上，记者找到 84 岁的曾祥铣，他是遵义长征学会会长。曾祥铣一见上海的记者来，就说起报纸上的"好消息"：为了迎接建党百年，现在《遵义晚报》每周二刊发"长征地名故事"，接下来《遵义日报》也要开专栏，刊发长征故事。

反反复复讲长征故事，现在的人真能理解长征精神吗？"这不用操心。"曾祥铣曾任遵义市政协副主席，这些年每隔一段时间，遵义市领导都会向老同志们通报当下市委、市政府的工作要点，他每次都知无不言，绝大多数中肯的意见都会被采纳。"集思广益、实事求是、民主团结、知错能改，这些中国共产党在长征中显现出来的优点与精神，当下，不都继承下来了吗？"

发掘散落的宝贝和故事

记者再去找 73 岁的黄先荣。退休前，他曾任遵义市旅游局局长，还当过宣传部副部长，遵义红色景点的一些解说词，都是他自创的。比如，他把"土城战斗"描述为"五任国防部长，七大元帅，三百将军，在一个两平方公里的地方打了这一仗"。

近几年，遵义通了高铁，机场航线更密了。2017 年，娄山关景区完成一期建设，景区附近的板桥村，农家乐从最初的十几家发展到现在的 300 多家。黄先荣认为，这两年，遵义将迎来红色旅游发展的最好时期。2019 年，遵义会议纪念馆单日游客量最高达 3.2 万。22 年前他任旅游局局长时，纪念馆全年接待人数不过约 10 万人次。遵义名气大了，来的人多了，长征精神愈发深入人心。

记者住在遵义宾馆，经常见外地来的中学生，穿着红军服装，大清早集合，口中呼着白气，出发重走长征路。类似的"重走长征路"活动越来越多，也感染了遵义本地人。记者在播州区新民镇，见到了 63 岁的张正举，他和不少遵义人一样，不等发问，便说起自家跟红军的关系：外公家在某某村，长征期间当过红军某队伍的指挥部……他不太会操作电脑，可这些年努力搜集资料，慢慢打字，插入图片，整理出厚厚一本"书"，用 A4 纸打印出来。

"娃娃们都来了，我们连这里的历史都讲不清，怎么行？"张正举说，这几年，几位老人自发组织的历史考察队成绩斐然，找到了红军用过的手电筒、行军床、军号、桐油灯、马灯，以及红军战士给村民的银元等，这些原本藏在村民家里的压箱底宝贝，都重见天日；还有许多散落在老人们的记忆中，村里人口耳相传的红军故事，被发掘出来，整理成文。

"老船工"是金字招牌

红军与长征，确实给沿途留下了"宝贝"，一直留在当地人的心里。

听人推荐，记者离开新民镇，赴尚稽镇茶山关村。茶山关是红军抢渡乌江战斗的要津。村子很小，站在险要处可见乌江奔流。在"强渡乌江战斗遗址"的石碑附近就有人家。其中一户，把一张模糊的、翻印的老照片挂在外墙上。记者忍不住打听，据说这照片上的，是当年茶山关上冒着生命危险帮红军过江的老船工宋月钊，这户人家，是宋月钊的后人。敲门不应，记者便去附近寻地方吃饭，没走几步，一家"罗义华餐馆"吸引了记者的注意，49岁的罗义华是宋月钊的外孙。他掏出外公的照片给记者看，这是多年前他去遵义会址纪念馆要来底片，花钱在城里的照相馆里放大洗出来的，精心塑封。

老船工们的故事，记者是听《尚稽镇镇志》编纂者吴发明说的。1935年1月，化装成百姓的红军侦察员，向关上的村民询问茶山关的情况，以及如何渡江⋯⋯后来，他们找到宋月钊、黄德金，问可不可以帮助红军渡江，两位船工同意了，并潜入江中，捞出一艘沉船。此后，红军在茶山关渡江时船桥并用，人从浮桥上经过，船运军事物资。

离罗义华餐馆不远，还有一家"老船工山庄"，一栋老木屋在院子中间，两侧是新建的小楼。一打听，老板是另一位船工黄德金的儿子。茶山关被列为重点红色旅游景区后，修通了旅游公路，"老船工山庄"的生意越来越好。浙江乌镇投资打造的乌江村古村落景区就在茶山关附近，开业之后，这里的发展会更好。

"红色基因"有家传

记者也重走长征路，"强渡乌江"之后，打算"四渡赤水"，去了土城县。

"进来看看吧！这是我祖祖家（方言：曾祖父家）。"在土城县老街的一家沿街民居门前，一个扎两条小辫、戴着红领巾的小女孩站在门槛上，热情地招呼来往游人进屋。吸引人们驻足的，不是这间看似普通、甚至有些破旧的木屋，而是门口那块述说历史的牌子，上面写着"老红军何木林住居"。

"快请进！"何木林的儿媳、69 岁的林成英热情地将我们迎进家门，她7 岁半的孙女何克英乖巧地跟在后面。

里屋的回风炉烧得正旺，让朴素老旧的家居陈设增添了许多暖意。"公公讲了一辈子长征故事，核心是，不管做什么事情，永远都要为别人着想。"还没等记者开口，林成英就动情地讲起来。1935 年，负伤的红军战士何木林是当地百姓救下来、藏下来的。由于腿伤严重，无法继续追赶部队，何木林就在土城安下家来。然而，江西籍的何木林口音浓重，为了保护救助过自己的当地百姓，从进入土城的第一天开始，何木林就假装自己是聋哑人，就连妻儿都不知道他会说话。直到 14 年后，新中国成立，何木林的红军身份得到确认，他才重新开口说话。

从那时起，只要组织上需要，何木林就会到不同的单位、学校、部队讲述长征故事。因为那次受伤，何木林落下终身残疾，可他直到 75 岁去世也没领过残疾军人补助，他说，要把国家的钱留给更需要的人；他拒绝当年老战友要帮自己儿子安排工作的好意，坚持把儿子送到南山煤矿做矿工，因为他说，红军的孩子就该到最艰苦的地方去；何家人不能倒饭倒菜，即使不新鲜了也要吃完……"那些年，我对公公的做法确实不理解，觉得他固执，太不近人情。"林成英说，后来，公公何木林和丈夫何世州先后去世，讲好红色故事的接力棒交到了自己手中，一遍一遍，反复述说，感动了别人，也说服了自己。

"爷爷对理想信念的坚守影响了我们一家人，从爷爷到父亲，再到我妈妈。"坐在一旁沉默许久的林成英的女儿何莉一开口就红了眼眶。去年，68 岁的林成英带着年仅 6 岁的孙女何克英徒步 70 余公里，沿着当年红军的足迹，从土城走到了赤水。一路上，何克英没有叫过一句苦、喊过一声累，这让何家人很是安慰。2020 年，45 岁的何莉开始像小学生一样重新苦练普通话，她的目标是成为一名"四渡赤水纪念馆"的讲解员，她说："传承红色基因，讲好新时代的长征故事是我们的责任。"

即将离开遵义，寻访中还有些只言片语，记者反复在心底回味：

一是遵义市委党史研究室宣教科负责人刘畅说的，她是"80 后"，小的时候家就住在遵义会址纪念馆附近，父亲对她说，全国各地的人都来我们这里参观，家门口人山人海。一栋老房子，凭什么引来这么多人？

二是遵义会址纪念馆解说员童丹说的，她是"90后"，给人们讲解了这么多次，她总会在纪念馆里的一面照片墙旁停留，照片中的红军战士，走长征路时，都比童丹的年纪还小，20岁不到。没有留下照片的大多数，把青春永远留在了长征路上。她说，想想现在年轻人，想想我们的生活，就该把这面照片墙讲解得再仔细些，再认真些。

三是80多岁的曾祥铣说的，那是约50年前的旧事，他当时在茅台镇当老师，曾见过大批外地来的学生和寻访者，他们离开时不带茅台酒，个个都捡那赤水河边的鹅卵石。曾祥铣听说之后开了次班会，主题就是"茅台酒与鹅卵石"，他问学生：这些人是不是傻？

学生们答：当然不傻，因为这是红军渡口的鹅卵石。

（文／孔令君 俞陶然 雷册渊　图／孟雨涵）

转折之城的『新转折』

　　遵义是上海对口支援帮扶地区之一。一路上，记者见了很多人，听了很多故事，深切感受到：红色遵义，向来不凡。

　　它率先在贵州省实现了"三个第一"：第一个脱贫的贫困县是遵义市赤水市（县级市）；第一个脱贫的深度贫困县是遵义市正安县；第一个整体脱贫、全面脱贫的地级市是遵义市。这里，还涌现出两位"时代楷模"："政治坚定、一心为民、埋头苦干、百折不挠"的黄大发和"你退后，让我来"的杜富国，影响着越来越多的遵义人……

　　一路寻访，一路解惑：正是那流淌在遵义人血脉中的红色基因、红色精神，一代一代薪火相传，成为他们在脱贫攻坚路上不忘初心的奋斗源泉。

"红军糖"成致富经

　　从遵义市区出发，驱车近 3 个小时，记者来到了赤水河边一个曾经籍籍无名的小村落，习水县隆兴镇淋滩村。车在村史馆门口停定，淋滩村党支部书记赵伟迎了上来。从他手中接过一本沉甸甸的《淋滩村志》，这个平凡村庄不凡的一面徐徐展开：

1935年2月，红军在扎西过了新年，突然甩开敌人挥戈东进，准备二渡赤水。2月15日，中央军委发出《关于二渡赤水的行动计划》，将淋滩选为主要渡口之一。2月19日，红一军团侧翼部队从淋滩渡河，攻占土城。仅仅过了一个月，3月20日至21日，当红军三渡赤水调动迷惑敌军后，其中一部数千人再一次从淋滩渡河，这次淋滩渡河与主力部队从太平渡、二郎滩渡河一同称为"四渡赤水"。

　　"四渡赤水后，数十名红军伤病员流落在川黔边境，他们一路辗转来到了我们淋滩。"土生土长的淋滩村主任王茂应娓娓道来，"村里老人说，当时，他们纷纷砍下地里的甘蔗熬制红糖，还拿出家中珍藏的鸡蛋为伤病员补充营养。在村民们的精心呵护下，一些伤愈的战士赶上了大部队，一些人留在了淋滩。从此，村里人就将这世世代代传承的红糖称为'红军糖'。"

　　据载，淋滩是长征途中集中救治红军伤病员最多的村庄，光有名有姓、有证可考的就有60多人。"小小的红糖，不仅承载了红色革命历史，更成为近年来淋滩脱贫致富的重要产业。"王茂应说。

　　过去，淋滩村民多数都是种植玉米、水稻等传统农作物，产业结构单一，生产技术落后。尽管家家有甘蔗，可一年到头，用土灶熬制红糖换来的一点收入也只够维持基本生活。

　　2016年，赤水河旅游公路打通后，处在仁怀市茅台镇到赤水市中间地带的淋滩村，有了发展产业的支点：举办红糖文化节，讲好红糖和红军的故事，并通过"党支部＋合作社＋公司＋农户"的模式，让资金变成"股金"，让村民变成"股民"。甘蔗种植面积从过去的二三百亩发展到现在的1000余亩，原来几元一斤的手工红糖价格升至四五十元一斤，红糖产业升级让淋滩村民人均增收5000元以上。

　　一路聊着红糖带给村民们的利好，记者来到了赤水河边一栋白墙黑瓦的老宅前。只见门前一座石碑，上刻"贵州省文物保护单位　淋滩红军党支部旧址"字样。

　　"这是长征途中唯一一处由红军伤病员建立起来的地下党支部，并且一直延续到今天。"赵伟说。1938年5月，四川古蔺地下党特支书记熊少阳等人，召集留在淋滩的红军党员刘清华、杨泰山、宋加通等人，成立了中共地下党淋滩红军支部。"老宅的主人宋加通已去世多年，但他的小儿子宋光平至今仍住在这栋民宅里。"

闲话间，71 岁的宋光平走来。"你们看这蜜柚，还有一段故事呢！"宋光平指着门前树上的柚子说，1983 年，宋加通回到阔别已久的江西老家，特意精挑细选了几株蜜柚苗带回淋滩，带着村民一起试种。幼苗在河谷边茁壮成长，结的蜜柚甘甜可口，淋滩人叫它"红军柚"。后来，大片大片的"红军柚"成了贫困村脱贫致富的新产业。"当年，是淋滩村的群众救了我父亲，他在这里娶妻生子、落地生根，他对淋滩有着一种深沉的感恩与惦念。"

宋光平一边说着，一边推开了堂屋的大门。屋里朴素得有些过头：正中一张方桌，配 4 条长凳，看得出有些年头；墙边靠着一个老旧的木柜子，上面放着宋加通和妻子的遗像；家里屈指可数的电器是墙角的一个电冰箱和堂屋正中垂下的白炽灯……"父亲朴素地过了一辈子，从小我们就知道，要努力奋斗，要为人民服务，绝不向组织要什么待遇。"宋光平说。

（文 / 雷册渊）

砥柱中流

抗战精神

"不考察中共军队的战场，就不可能弄清强国日本何以最终败于弱国中国。"

——日本史学家 菊池一隆

采 访 组：朱珉迕　茅冠隽　杜晨薇　戚颖璞　栗　思　董天晔
采访时间：2020 年 11 月

"我们现在去哪儿？"

"我带你们去看看烈士。"

太行山区的初冬。一个阴天下午，70 岁的关卫平带我们爬上关家垴村的山顶。若干天前一批参观者献上的花篮还留在那里，花朵已枯萎，关卫平却下意识地伸手整理了一下缎带。

花篮前的纪念碑上，刻着彭德怀的字："烈士之血革命之花"。

关家垴，山西省武乡县蟠龙镇东部一个典型的太行山区小山村。70 多年前，这里是太行抗日根据地的腹地，距离武乡八路军总部砖壁村仅十多里路。1940年，这里见证过一次惨烈的战斗。

1937 年，抗日战争全面爆发。8 月，中国工农红军主力部队改编为国民革命军第八路军，接着，南方八省的红军游击队改编为国民革命军陆军新编第四军，均成为中国共产党直接领导的抗日武装力量。从 1937 年到 1945 年，包括八路军、新四军在内，中国共产党领导的抗日军民共作战 12.5 万余次，歼灭日伪军 171.4 万余人，创建了面积约 100 万平方公里、人口约 1 亿的解放区。

日本史学家菊池一隆说："不考察中共军队的战场，就不可能弄清强国日本何以最终败于弱国中国。"又有人说，一部抗战史，让中华儿女尝尽了人间所有的滋味，有悲惨和屈辱，有抗争和牺牲，有独立和觉醒。这一切叠加在一起，才有了最后的胜利。

这是一段怎样的历史？

我们从这里出发，沿着太行山，重寻八路军的足迹，寻找胜利的答案，寻找"中流砥柱"的密码。

垴：18 次必死的冲锋

讲到关家垴，崔韶光哽咽了，泪水就在眼眶里打转，声音忽而变得颤抖。

她是在八路军太行纪念馆干了一辈子的讲解员，这段故事不知讲了多少次。可这一次，我们依然能感同身受她心底的痛。

关家垴战斗发生在 1940 年 10 月 30 日到 31 日，是百团大战第三阶段最大的一次进攻战役。那两个血战的昼夜，八路军究竟牺牲了多少人？崔韶光说她看到的许多公开资料写着，"我军牺牲了 500 多人"。

一位亲历的老战士却告诉她，战争结束的时候，关家垴满坡满沟铺满了战士的尸体。"500 多？或许远远不止。"

关家垴村是我们临时决定去的。当地人说，那不过一座孤寂的山头罢了。我们没有联系谁，也不晓得能采访到什么，时间已近黄昏。但我们一定要去。

进了关家垴，村口正对着的唯一的旱厕，没有门，像个四处漏风的小猪圈。上山的路是新近用石阶铺的。我们在山上偶遇 70 岁的关卫平。关家垴打仗时，他的父亲 30 多岁，参与了埋尸。打扫战场前后花了十二三天，当年很多村民来埋烈士。一层尸体，一层土，一层尸体，一层土，就这么埋。埋了多少？没人敢去数，也实在没法数，埋的有时是一只胳膊、一条腿，有时是半个脑袋……

"关家垴战斗，18 次冲锋，人人都知道，冲上去就是送死，他们还是上去了。"在纪念馆，崔韶光无数次重复过这句话。每每哽咽。

关卫平做了一辈子老师，他总是给孩子们讲关家垴的故事，在讲黄继光、董存瑞这些英雄时，"把这些东西'掺和'在里面"。

崔韶光采访过很多老战士，每次都问，关家垴究竟牺牲过多少人。谁能告诉她？采访当时的 769 团 1 营营长李德生，李德生问，你去过关家垴吗？崔韶光说，我去过。李德生不说话了，长时间的沉默，而后是失声痛哭。

她所能见到的八路军和他们的子女，没有一个人能说清这个数字。有一位老八路制止她："你不要问了，我不会告诉你的。如果当时你在，你也会上去的。"

"因为这不是生死。这是我们的土地。"

垴：料敌制胜，计险隘远近

只看账面实力，八路军并不是日军的对手。

根据日军文档记载，早期八路军的子弹非常有限，平均每支步枪配发的子弹还不到 5 枚。为了节约子弹，八路军基本打完三枪就要冲锋拼刺刀，近身肉搏。

当时一个日本士兵被击毙，常常要有好几个中国军人活生生倒下；为了缴获一件敌人的武器，也要以一两个战士的生命为代价。

武器不如人，就一定"战必败"吗？中国会"再战必亡"吗？

1938 年 5 月，毛泽东在延安写下《论持久战》。"抗战十个月以来，一切经验都证明下述两种观点的不对：一种是中国必亡论，一种是中国速胜论。前者产生妥协倾向，后者产生轻敌倾向。他们看问题的方法都是主观的和片面的，一句话，非科学的。"

什么是科学？

对进入战场时只有几万余兵力的共产党军队来说，如果不合理布局，极易"陷入于被动的、应付的、挨打的、被敌各个击破的境遇中"。

1937 年 8 月下旬，中共中央召开洛川会议，决定开辟敌后战场。太原失守后，正面战场几无胜算。八路军创建了晋察冀、晋西北、晋冀豫、晋西南等敌后抗日根据地，打起了"敌进我退，敌驻我扰，敌疲我打，敌退我追"的游击战。

如果把当时的时局比作棋局，那么一块块敌后根据地就像是下围棋做活的"眼"——日本兵力供给不足，无法占领全中国；在敌后，看起来是日军围困我们，其实是一个个"棋眼"在爆破敌方势力。

而在山间，还有特别的战术。

"峪"，北方地区多见的山谷。平型关大捷，发生在"蔡家峪"，八路军总部，曾设在"王家峪"。

王家峪的八路军总部，是 4 座相连的四合小院，小院依山而建，靠山一侧为窑洞结构，洞里不仅能藏粮食、武器，还能当地道。当时，太行山西麓的武乡沟连沟、洞连洞，既能藏身，又能战斗。

平型关以北老爷庙附近的山沟有一条马路，叫乔沟，是日本车队必经之路。乔沟地形一边高一边低，从军事角度看很适合伏击。起初，八路军靠的，就是这种经济实用的作战方式。

打到涞源，还是依靠伏击。雁宿崖三面环山，中间是一条沟，有点像个口袋。雁宿崖战斗持续了一天，大早上钻进伏击圈的日军，除了指挥官和少数几个人逃跑，其余全军覆没。八路军缴获了炮、机枪、步枪、骡马和部分军品。伏击的那个连队，一半战士换了枪。

"夫地形者，兵之助也。料敌制胜，计险隘远近，上将之道也。""小米步枪"到底是怎么赢过"飞机大炮"的？这里有部分答案。

人：胜利之最深厚的根源

还有更重要的答案。

游击战的主力并非传统意义上的"正规军"。这是一支不断变化的特殊军队。1937 年，中国共产党领导的武装部队规模大约 5 万人，到 1940 年 8 月，已经发展到 50 余万人，还有大量的地方武装和民兵。

1939 年到 1940 年的两年，敌后抗日作战 1 万余次，粉碎日军 1000 人至 5 万人的"扫荡"近百次。后来记述时，对这些作战主体的描述用了一个词——"抗日军民"。

《论持久战》中，毛泽东用了一个相似的词："兵民"。"兵民是胜利之本，"他写道，"战争的胜利之最深厚的根源，存在于民众之中。"

八路军驻扎的武乡，当年不过是一个 14 万人口的小县，武乡百姓却为八路军做了 49 万双军鞋，送了 240 万担军粮。半个多世纪后，崔韶光在各处讲故事，总要说一句话：老区的人民"最后一尺布用来缝军装，最后一碗米用来做军粮，最后的老棉袄盖在了担架上，最后的亲骨肉送他上战场"。

还有许多八路军的子女，是"太行奶娘"养大的。鲁艺木刻厂厂长严涵的儿子，出生后取名白桦。孩子满月当天，两口子执行任务要走，只能把孩子托给北上合村的奶娘高焕莲。奶娘养了孩子整整 4 年。其间日军扫荡村子，奶爹爹替白桦堵了一刺刀，被捅死了。白桦受了惊吓，奶娘去山上给他采草药治病，一脚踩空落下终身残疾。4 年后严涵来接儿子，一看自己的儿子又白又胖，高焕莲的亲儿子又黑又瘦……

在当年的太行山，这样的故事比比皆是。与之相应的，还有这样的故事——

1991 年，参加过抗战、担任过灵丘县县长的董信回忆，1937 年八路军到灵丘，第一个过的就是他家所在的青羊口村。那是农历八月十七日，正是秋收大忙时节，老百姓听到八路军来了，能跑的都上山了。村民们一度听人宣传，"共产党的军队要杀人"。

几天后，部队开拔了，老百姓们站在村口送部队，直到部队转过山头看不见了，还手搭凉棚望着。"当时正是刚刚收打完核桃的季节，老百姓的房上院内到处堆放着核桃，战士们一个也不动，有的坐在核桃堆上也不吃一颗。他们在临走前给你把家里、院里打扫得干干净净，还让房东亲自看看丢了、坏了什么东西没有。"

1995 年，八路军总部机要科副科长林桂森老人站在八路军太行纪念馆序幕厅一边哭一边讲：就是因为一把玉米，彭老总骂了娘。"他说别的人碗里没有玉米面，我的碗里怎么会有玉米面，有那么一个人帮助老子搞落后。当时炊事员站门槛上，头都抬不起来。"

林桂森一辈子记得彭德怀的一句话——"共产党八路军只有一个特权，那就是吃苦。"

而在纪念馆内，一面硕大的展示武器装备的玻璃柜下，最醒目的则是毛泽东的话——

"武器是战争的重要因素，但不是决定的因素，决定的因素是人不是物。"

（文／朱珉迕 茅冠隽 杜晨薇　图／董天晔）

历史远去 音犹在耳

讲故事的人

　　一个民族的奋斗与抗争，总应当被更多人知道、记住，进而从中寻找到前进的力量。但同样重要，或者说更加重要的，是"讲什么""怎么讲"，就如八路军太行纪念馆讲解员崔韶光在讲述中脱口而出的，"艰苦奋斗，什么叫艰苦？"谁都可以轻松道出的语词背后，承载着多少沉甸甸的东西，我们能读懂吗？我们又会讲述吗？

肖江河：当年他被朱德任命为儿童团团长

　　邂逅肖江河，是在山西省武乡县砖壁村的一条坡道上。他扛着一把锄，拄着一根拐，走得缓慢却笔挺。毕竟91岁了，耳朵听不真切，他的眼睛却明亮，讲起当年故事，像闪着光。

　　那是他一辈子不曾磨灭的记忆。

　　1939年夏，八路军总部进驻砖壁村。肖江河当年9岁，一天放学后和同学一起，在圪道沟边看小松山上的战士们攀爬悬崖。一时技痒，男孩们开始顺着坡攀爬，个子高的肖江河动作最迅捷，第一个爬上去。这一切被路过的一名八路军老战士看在眼里。

  "他远远地喊，小孩子们，来来，我有话和你们说。我走到那老战士跟前，他就摸摸我的头说，因为你穿着红肚兜，还第一个爬上去，我记住你了，你叫什么名字？我说，我叫肖江河。老战士说，你们是爬崖小英雄，过几天我到学校看你们。"肖江河回忆。

  这名老战士正是时任八路军总司令的朱德。几天后朱德来了学校。"他说了一件大事，就是要组建儿童团，在村三大路口站岗放哨，防止敌特汉奸来刺探军情。"肖江河被推选为儿童团团长。孩子们从八路军手里接过 8 支红缨枪、8把大砍刀。

站岗要负责查验通行证，拿不出来，要带回村公所审查。肖江河脾气最硬。"在村南路口站哨的一天，来了两位八路军，一人骑着大马，一人在马后跟着步行。我拦住他，让他下马拿出部队通行证。战士从衣兜里掏了一下，伸出空手说，小同学，我是八路军，走得慌忙忘记带通行证了，放我过去吧，我不是坏人。我说不行，没有通行证，就得回村公所审查。我和王金书带着他往回走，走到八路军总部门口，他突然又拿出了通行证。我一看确实没错，生气地问他为什么刚才不拿出来，耽误我们站哨。没想到战士大笑道，就是想看看你们敢不敢向当兵的要证。"

几天后，一二九师政委邓小平派战士给儿童团送来奖品，一人一本笔记本，两支铅笔，还有一张奖状，写着"抗日战线上的小英雄"。肖江河那天拦下的，正是邓小平的马。

话音落下，他颤颤巍巍站起身来，拉开老榆木抽屉，取出三枚徽章，其中一枚显然被反复擦拭过，那是"中国人民抗日战争胜利70周年"纪念章。其实肖江河成年后做了老师，退休前是当地联合学校的校长。可朱德钦点儿童团团长的经历影响了他的一生。早年被划归右派，回乡改造期间，他依然搞剧团、写诗著文，回忆八路军；退休后，他编写了《砖壁村志》《武乡琴书——八路军总部在砖壁》等书册。

肖江河把家安在八路军总部旧址旁。家里人说，要不是上了年纪，说话时中气远不如从前，肖江河还每天坐在门口的石台子上，给路过的外乡人讲故事呢。"他知道的那些八路军的事，三天三夜也说不完。"肖江河不讲了，还有人讲。肖家的孙子以及孙媳妇，10年前正式成为八路军总部旧址的讲解员。"每次说故事，就感觉爷爷在当时现场的某一个角落，小孩子模样，在那里站岗放哨，唱抗日歌曲。"

历史远去，音犹在耳。采访过半，肖江河主动唱起了那时的歌："青天呀蓝天这样蓝蓝的天，这是什么人的队伍上了前线，叫声呀老乡静听分明，这就是咱坚决抗战的八路军……"布满褶皱的右手打着节拍，很用力。

崔韶光：催人泪下的秘诀是真实

从上海出发，千里奔赴山西武乡，我们还要寻找一位特殊的"讲述者"。

她是一位传奇讲解员，每当解说抗战精神，总会数次哽咽，闻者也动容落泪。带着好奇与敬意，我们找到了她——崔韶光，八路军太行纪念馆的第一代讲解员。

武乡县坐落在太行山深处，入冬之后寒意逼人，刚刚结束差旅的崔韶光马不停蹄赶来。从平型关大捷，到关家垴战役，再到百团大战；从光荣牺牲的叶成焕，到横刀立马的彭德怀，再到壮烈殉国的左权……一开口，崔韶光全然不见差旅疲惫。在场记者不少是"90后"，听之闻之，也潸然泪下。

作为八路军的后代，她对"红色历史"有着特殊情结。1985年9月，彭德怀夫人浦安修来到山西，选送10名应届高中毕业生到山西师范大学进修，希望为太行山革命老区培养一批人才，崔韶光便是其中之一。4年后，八路军太行纪念馆落成招收讲解员，她毫不犹豫报名应聘，开始长达17年的讲解员生涯。

八路军太行纪念馆占地面积15万平方米，馆藏文物近9000件，只需要摸清纪念馆的每一寸土地、每一件展品，然后熟练背诵出它们背后的故事，就能成为一名不错的讲解员。但一位老八路的到来，让崔韶光改变了想法。

那天，一位老人刚进展厅，便急切地请求工作人员帮忙寻找"叶团长"。他是八路军129师772团团长叶成焕的警卫员，当工作人员将他引至叶成焕的遗像前，老人隔着橱窗抚摸照片，泣不成声地讲述了这位年轻烈士牺牲时的情景——1938年，叶成焕刚满24岁，深受刘伯承和陈赓器重。但在保卫太行的长乐滩战役中，他不顾肺病和多次咳血，抱恙带兵指挥作战，最后被子弹击中头部后牺牲。临终前，叶成焕的最后一句话是："哎，队伍呢？"

这段当时鲜为人知的英雄故事，深深触动了崔韶光，她开始了长达数十年的寻访之旅——从馆内走到馆外，从武乡走向全国。她多次自费甚至借钱凑路费，去北京拜访陈锡联、李德生、卢仁灿、李雪峰等，还和全国300多位老八路建立通讯联系，积累上百万字的采访素材。

时至今日，她还能清晰回忆起那些画面：提及关家垴战役之惨烈，上将李德生先是沉默，随后失声痛哭；86 岁老兵陈晓在临终前找到崔韶光，向她托付了 34 张"抗战卡片"；一位癌症晚期的老人，在孩子们盖新房时不愿意拆掉大门，她怕自己的父亲不认识回家的路，而她的父亲早在她 3 岁时就离家参军，从此再没有回来……

这些故事催人泪下，在崔韶光看来，"催泪"的秘诀不是煽情，而是真实。"只有真实地还原历史，才能打动人心。"她接待过来自全国各地的观众多达 70 多万名，有国家领导人，也有普通百姓。在很多人眼中，崔韶光是一座行走的纪念馆。但没人能想到，她曾是一名白血病晚期患者，存活几率只有 10%。与病魔顽强搏斗后，她活了下来，依然在讲述抗战故事。

病愈之后的崔韶光走进大学、走进社区、走上党课讲堂、走入红色遗址，走到哪里就讲到哪里。从业 33 年，她总是在路上；也不断有年轻人跟着她，走在这条路上。

赵洪波：让故人故事再获生命

"赵老师，我们准备重新布展，您方便过来一起聊聊，指导指导吗？"带着记者前往平型关大捷纪念馆的路上，赵洪波接到了馆长的电话。

赵洪波是中共灵丘县委党史研究室原主任，研究平型关战役多年，几年前已退休。不过，退休不代表退出，每每遇到纪念馆的事情，作为资深研究员的他，总是避免不了被"麻烦"。

他自己说，这辈子跟平型关大捷，是"绕不开"了。

平型关大捷，八路军抗日的首场胜利，打破了日军"不可战胜"的神话，振奋了全中国的士气民心——很早以前，赵洪波就无数次听过、写过。1999 年末，赵洪波调职到党史研究室，愈加发现平型关大捷的特殊性。"灵丘的党史是从平型关大捷之后写起的，没有平型关大捷，就没有灵丘的地方党组织。"2006 年，重建平型关大捷纪念馆的消息传来，赵洪波开始了一项特别的工程：深挖这段历史的细节。

走在主战场乔沟的沟底，赵洪波指着两面的山坡，向记者展示当时 115 师的几个团的具体作战位置。"你得来现场看看，才能知道八路军怎么靠'地利'

夺取胜利的先机。我也是当年去基层采访，才知道了八路军夺取胜利究竟有多么不容易。"

3年多的时间里，他一面四处联系参战军人及后代，一面寻找各个村里超过70岁的老人，探索他们对于平型关的记忆。

"我去了东跑池、作新、白崖台等十几个村，有时候跟老人们一坐就是一天。"那段时间，赵洪波听到了许多从未耳闻的故事，比如有个叫宋守堂的老人，曾经赶着家里仅有的3头毛驴运送过伤员和物资，三趟跑了将近一个月……

曾思玉将军在访谈中介绍，1937年9月24日那天，师部综合各方情报，判断日军可能于翌日进犯平型关，于是便命令各部队当晚冒着倾盆大雨进入预定伏击阵地。战士们忍受着饥饿和寒冷，纹丝不动地趴在冰凉潮湿的阵地上，严阵以待。敌人进入伏击圈，人送外号"猛子连长"的685团5连的曾宪生在白刃格斗中英勇牺牲——在被日军团团包围之际，他用尽力气拉响了身上最后一枚手榴弹。一天后的9月25日，就是平型关大捷的日子。

至项目结束，赵洪波共计走访了110多人，其中包括平型关战役的亲历者、参与者和研究者。这些鲜为人知的口述资料经过多方验证，填补了平型关战役研究诸多的空白。

最令赵洪波感慨的是，挖掘历史的过程，是一个与时间赛跑的过程。2008年，他辗转联系到当年参加纪念馆建设的原63军的李根源时，却得到了老人3个月前已谢世的消息。

而在当年发生驿马岭战斗的地方，赵洪波曾经采访过二三十位亲历战事的老人。2010年，赵洪波撰写的厚厚一本《平型关风雨七十年百人访谈录》正式出版，第一批书准备分送给采访对象的时候，赵洪波发现，这些老人几乎都不在了。

赵洪波说，抢救史料的过程充满了遗憾，但他终究与那么多亲历者聊过，"能让这么多人和事再次获得生命，可以算是不幸中的万幸了"。

（文／杜晨薇 戚颖璞 栗思 图／董天晔）

奋斗延安

延安精神

"所有共产党人都把'延安精神'称颂为壮丽的革命年代的象征……一种能为未来提供模式的活生生的革命传统。"

——美国学者 莫里斯·迈斯纳

采访组：朱珉迕　杜晨薇　戚颖璞　栗　思　束　涵　董天晔
采访时间：2020 年 12 月

为什么是延安？

80 多年前，无数人带着各种各样的诉求和眼光，去往陕北的这个小城。

美国记者斯蒂尔在延安待了 10 天就回去了。延安对他而言是个"可怕的地方"。"我要是在延安住上 11 天，那我一定也将变为一个共产主义者！"

美国学者莫里斯·迈斯纳说，"所有共产党人都把'延安精神'称颂为壮丽的革命年代的象征"，这是"一种能为未来提供模式的活生生的革命传统"。

1935 年 10 月，中共中央和中央红军历经二万五千里长征后落脚陕北。此时的革命队伍人数锐减，烽火连天，内忧外患。1948 年，中共中央离开陕北，全国党员近 300 万，人民军队已是百万雄师，革命胜利在即。

从 1937 年 1 月到 1947 年 3 月，中共中央机关驻扎在延安。陕北 13 年，延安 10 年，这个马克思主义政党完成了历史性的蜕变。

毛泽东曾说，陕北是"两点"，"一个落脚点，一个出发点"。对中国共产党来说，延安是成熟之地，也是定型之地。日后诸多思想、理论、制度、范式，在这里都能找到原点。

为什么是延安？80 多年来，无数人尝试回答。我们的寻访之旅，也是一次求证之旅。

奋斗的信念

延安革命纪念馆，66 岁的原副馆长霍静廉对我们讲起蒋介石的延安之行。

这是一个被讲述过无数次的故事——1947 年 8 月 7 日，去过枣园的毛泽东旧居后，原本要再逗留一天的蒋介石决定当天离开延安。他发了三个感慨，霍静廉说："第一，没想到延安这么艰苦的环境，毛泽东竟然有那样旺盛的斗志，跟他斗了那么多年。第二，延安这么一个偏僻的山沟里，毛泽东竟然率领他的军队和国军打了多年，还打了胜仗。第三，毛泽东办公的就是一个原木没有油漆过的破桌子，坑坑洼洼，还写出了那么多的激扬文章……"

"穷苦"是延安的标签。1935年秋天，这里还是中国最为贫穷落后的、几乎与现代文明完全隔离的农村。第二年，随长征一路到延安的党内元老徐特立曾告诉美国记者埃德加·斯诺，这里"是地球上最黯淡无光的地方之一……我们不得不一切从头开始。我们的物质资源非常有限。"

比之穷苦，更大的考验是敌方的封锁。作为第一个到达陕北苏区的外国记者，斯诺甚至感慨这里"比西藏还要难以进入"。1937年9月，陕甘宁边区政府成立后，国民党顽固派扬言"不让一粒粮、一尺布进入边区"，边区遭遇的经济封锁长达数年。

1939年2月，陕甘宁边区成立生产委员会，中共中央在延安召开生产动员大会。毛泽东穿着补丁裤子出现在演讲台前。"在我们面前摆着三条路，饿死呢？解散呢？还是自己动手呢？"

"饿死是没有一个人赞成的，解散也是没有一个人赞成的，还是自己动手吧！这就是我们的回答。"于是就有了"自己动手，丰衣足食"，也有了三五九旅开赴南泥湾，不到3年将蛮荒之地变成"陕北的好江南"。

到1944年，犹太记者爱泼斯坦来到延安，这里"已变成一个实行精耕细作、牛羊满山、手工业发达的地区，人民丰衣足食"，而"驻扎在这里的八路军部队是我在中国各处所看到的穿得最好、吃得最好的部队之一"。

埃德加·斯诺的夫人海伦·斯诺后来发现，中国共产党人的奥秘是，"一个人社会名望的上升和他降低自己生活标准的能力（在低标准情况下仍能保持工作效率不变）正好成正比例""能以最少量的东西维持生命，这就是天生优越的标志，也是天然领袖的资格"。

而用毛泽东的话说，"共产党也有他的作风，就是艰苦奋斗！这是每一个共产党员，每一个革命家的作风"。

1945年，等待了17年的中共七大终于召开。出席七大的正式代表547人、候补代表208人，是六大的5倍之多；此时的中共党员有121万人，是六大时的30倍之多。在杨家岭的中央大礼堂，毛泽东作完开幕报告后，年近六旬的朱德第一个发言，上来先说了一句话："这次开会有一个特点，就是在我们自己修的房子里开会。过去是租人家的房子秘密开会。"

"自力更生"有了生动的注脚。而它的意义，超出了一片土地、一场大会、一栋礼堂。

"求是"的标杆

从一开始，"边区"就不是一个简单的驻扎之地。陕甘宁边区有自己的货币，有新兴手工业和商业，也有自成体系的教育、文化、社会生活，更有一套逐渐成形的制度安排。

1940 年 1 月，毛泽东写下《新民主主义论》。近三万言的文稿以"中国向何处去"的问号开篇，紧接着就是回答，"我们要建立一个新中国"。

此时，"鲁艺"即将定名为"鲁迅艺术文学院"，"三三制"原则已经呼之欲出，三五九旅一年后就将开赴南泥湾，两年后的杨家岭将召开旷日持久的延安文艺座谈会——日后的诸多举措都可以在 1940 年初找到伏笔。这里就是一个试验田。1942 年，时任中共中央宣传部副部长的李维汉（又名罗迈）即将调任边区政府秘书长时，毛泽东对他说了一句话，"罗迈，延安好比英国的伦敦"。

对中国共产党人来说，边区的试验是最为具象的，却又是宏观的。这是一场制度的革命，也是一场思想的革命。

1944 年，爱泼斯坦在延安发现，延安人很在乎理论，但"模棱两可，空话连篇，特别是有些人不是为了清楚明白地表达而引经据典地引用马克思、恩格斯、毛主席的话吓唬人或卖弄学问，这一切都会让人笑话"——这是一个崇尚马列的地方，但绝不仅仅是留在书本上的马列。

始于 3 年前的延安整风，正是要向"模棱两可、空话连篇"开刀。1941 年 5 月，在被视为整风运动开端的《改造我们的学习》中，毛泽东直斥"我们中的许多人，他们学马克思主义的方法是直接违反马克思主义的。这就是说，他们违背了马克思、恩格斯、列宁、斯大林所谆谆告诫人们的一条基本原则：理论和实际统一"。半年后，毛泽东在中央党校开学典礼上又说："真正的理论在世界上只有一种，就是从客观实际抽出来又在客观实际中得到了证明的理论。"

在经历过 20 年的探索之后，延安是真正让共产党人明白理论方向的地方。爱泼斯坦的观察里，延安人"对理论学习是很认真的，目的是为解决当前的问题有实际帮助"。而在 1941 年春天，毛泽东告诉过全党，真正的"马克思列宁主义的态度"，应当是"有的放矢的态度""实事求是的态度"。

"'的'就是中国革命，'矢'就是马克思列宁主义""'实事'就是客观存在着的一切事物，'是'就是客观事物的内部联系，即规律性，'求'就是我们去研究。"他写道，"我们要从国内外、省内外、县内外、区内外的实际情况出发，从其中引出其固有的而不是臆造的规律性，即找出周围事变的内部联系，作为我们行动的向导。"

几个月后，由其手书的"实事求是"4 个大字被挂上了中央党校大礼堂门口。这是党校的校训，也成为全党思想路线的核心，是衡量一切的标尺。也正是此时，马克思主义在中国共产党这里经历着一次历史性的"中国化"进程。

而在 1938 年，毛泽东第一次提出这 4 个字时就说："共产党员应是实事求是的模范，因为只有实事求是，才能完成确定的任务。"

认同的力量

延安城北的杨家岭，中共七大会址的中央大礼堂内至今保持原貌。主席台正上方的拱形标语是"在毛泽东的旗帜下胜利前进"，会场背后墙上是"同心同德"；两侧悬挂的标语则写着"坚持真理""修正错误"。

"共产党人必须随时准备坚持真理，因为任何真理都是符合于人民利益的；共产党人必须随时准备修正错误，因为任何错误都是不符合于人民利益的。"在为七大准备的开幕报告中，毛泽东这样写道。

"实事求是"与"坚持真理""修正错误"是连在一起的。美军观察组成员 S. 谢伟思当年就发现，"一项具体措施或者政策发现是失败的或是不适合情况的，而经过讨论产生出看来是一种较为合适的替代措施或政策时，他们就毫不犹豫地承认失败，作出改正。"

这关乎自身的真理观，同时关乎更大范围的认同。

霍静廉几十年的讲解生涯，常常要纠正一种偏见：延安生来就是"晴朗的天"？并不是。"党中央到达陕北，国民党给了我们 23 个县，除了 5 个偏远地区外，其他 18 个县，国民党同时安排了自己的县党部、县长、保安团。这是双重政权。"霍静廉说，这意味着一种考验——人民有选择的权利，"为什么最后国民党的县委书记、县长又走了？是老百姓挤走的。"

共产党为什么没有被"挤走"？

在 S. 谢伟思的印象里，延安的共产党人"完全没有贴身保镖、宪兵和重庆官僚阶层中的哗众取宠的夸夸其谈""衣着和生活都很简朴，除农民外，几乎每个人都穿着同样普通的、用土布缝制的中山装"。女作家安娜·路易斯·斯特朗发现，在与共产党人交谈时，后者总会说起"人民""中国人民"，最后则往往要提到"世界人民"。爱泼斯坦则注意到，已经成为党的领袖的毛泽东，"他会在遍地黄土的大街上散步，跟老百姓交谈，他不带警卫。当和包括我们在内的一群人拍照时，他不站在中间，也没有人引他站在中间，他站在任何地方，有时在边上，有时站在别人身后"。

中共七大召开后，人们知道，一切源于一个叫做"群众路线"的名词——这是党的生命线。这场将毛泽东思想确立为党的指导思想的党代会，同时将"全心全意为中国人民服务"写进党章。

有人说那时的延安有一种"特殊的气场"。没有一个共产党干部的生活不是简单朴素的；与之相连的是，延河畔"没有贪官污吏，没有土豪劣绅，没有结党营私之徒，没有萎靡不振之气……"1938 年末，等待批准进入陕甘宁边区的青年学生就有 2 万人，到了 20 世纪 40 年代初期，延安已经形成一个约 4 万人的知识分子群体；1938 年到 1940 年，全中国加入共产党的人数达到了 80 万。

这是什么气场？或许就是七大会址内的标语上写的——"同心同德"。

"我们共产党人区别于其他任何政党的又一个显著的标志，就是和最广大的人民群众取得最密切的联系。"1945 年，毛泽东在《论联合政府》中写道，"全心全意地为人民服务，一刻也不脱离群众；一切从人民的利益出发，而不是从个人或小集团的利益出发；向人民负责和向党的领导机关负责的一致性；这些就是我们的出发点。"

5 年前的 1940 年，爱国华侨陈嘉庚到访延安，目力所及，同此前到访的重庆有天壤之别，以至于考察结束回程时疾呼：“中国的希望在延安！”

　　同样在这一年，延安人还听到了毛泽东的宣言。“新中国航船的桅顶已经冒出地平线了，我们应该拍掌欢迎它，”他说，“举起你的双手吧，新中国是我们的。”

（文／朱珉迁　图／董天晔）

奔向延安

这座小城，何以成为一块巨大的磁石

"延安的城门成天开着。成天有从各个方向走来的青年，背着行李，燃烧着希望，走进这城门。"这是现代诗人何其芳亲历的延安。

入冬之后，延安城透着瑟瑟寒意。沿着革命路线，我们一路"打卡"许多旧址，发现有不少外地客人，和我们一样，特地来看看、来瞻仰。当地人说，要不是因为疫情和冬天，来的人还要多，场面还要热闹。

如今的景象，对于老一辈人来说，仿佛穿越时空，与 80 多年前奇迹般叠合在一起。上世纪 30 年代末，延安城有着熟悉的热闹。

那时的延安，只是一座小城，环境恶劣、物资匮乏，却像一块巨大磁石，吸引着全国青年竞相奔来。据统计，1938 年至 1939 年间，来到延安的学者、艺术家和知识青年大约有 6 万人。

他们为什么要来延安？

800 华里旅途

从西安去延安，买一张动车票，大约两个半小时就能抵达。而在上世纪三四十年代，大多数从西安奔赴延安的青年，仅仅依靠一双腿，历经长途跋涉，才最终望见热切期盼的宝塔山。

明知前路艰险重重，多数知识分子，甚至有些从前还是过着"小姐""少爷"的生活，却毅然离开故土，作别家人，奔赴偏僻落后的延安。

《山东画报》原副主编、作家白刃当年和队友们从西安城出发时，身穿新军装，浑身都是兴奋。然而，第一天的行军就给了他们一个"下马威"，"一开始不适应西北的气候。汗水从额头流到脚上，棉衣裤的里子全湿掉了，贴在身上，又厚又沉，像戴着枷锁，恨不得扒掉棉军装"。

一路上，还得时刻提防来自国民党的"诱惑"和阻挠。有亲历者回忆，在西安的前一站，就有几名穿军装的人登上车厢，拉青年学生去国民党西北战地服务团。"他们走到我们跟前，看着我们身穿一身河南土制紫花布的学生装，就用西北战地服务团每月发津贴、发军装，还有上前线等抗日青年向往的东西引诱我们去。"

白刃和队友们也遭遇了检查。那时国共摩擦刚刚开始，国民党人员还不敢太过放肆，看他们态度坚决只得作罢。1939年初，随着国共关系逐步恶化，蒋介石亲自提案的《限制异党活动办法》开始施行，国民党顽固派设置重重关卡，检查站动辄抓人，阻拦进步青年出入陕甘宁边区，并对他们进行肉体和精神上的双重折磨。

中国社会科学院原秘书长吴介民回忆：出身地主家庭的他"从小过着饭来张口、衣来伸手的'少爷'生活。到了读中学的时候，受到进步思想的启蒙，渐渐关心时事。眼看国民党达官显贵贪污腐败，欺压百姓，强取豪夺，而广大民众食不果腹，衣不遮体，挣扎在死亡线上"。这让他陷入了深深的忧虑，在中华民族面临生死存亡的关头，出路究竟在哪里？这时，吴介民读到了斯诺的《红星照耀中国》，心中豁然开朗，得出了结论，"只有中国共产党才是抗日救国的中坚力量"。

这些奔赴延安的知识青年，尽管政治思想认识上程度不一，有的已经是党员，有的还懵懵懂懂，但有一点是共同的，那就是他们不但爱国，更是倾向于革命。对比国民党的腐朽反动，消极应战，延安这片热土成为他们梦寐以求的革命圣地。

身体经受考验，热情与斗志却依然昂扬。"开始大家三三两两地掉队，一踏进兵站就躺倒在地铺上，再也不想动弹。到了第三天，虽然要翻几座高山，但我们已逐渐适应长途行军，又开始有说有笑，歌声不断。"福建省科协原副主席、原党组副书记张道时和他的队友们回忆。

路上的一幕令他们感慨万千。"我们多次遇上国民党抓的壮丁队，都是几十人或成百人一队。用绳索捆绑着连接成一串，押送到部队里当兵。一个个衣衫褴褛，脸黄肌瘦，面容憔悴。"一边是南去的壮丁队，一边是正昂首阔步向北走的队伍，这样的对比让他们不由感叹："多么截然不同的两条道路啊。"

冒着风险长途跋涉而来的年轻人，一见到延安的宝塔山，便觉得一脚踏进了天堂。"宝塔山当时在我们心中，它就是光明的象征。所以看到宝塔山激动得不得了，很多同志都哭了，流下了热泪。因为千里迢迢，我们冒着生命危险来投奔党——母亲的怀抱，所以特别激动，跳啊，蹦啊。"中央歌舞团原副团长孟于回忆。

十多所干部学校

抗日军政大学旧址坐落在延安中心城区，建设风格颇具古韵。80多年前，这里是人们心中的"磨刀石"。

"抗大是一块磨刀石，把那些小资产阶级的意识——感情冲动、粗暴浮躁、没有耐心等等，磨它个精光；把自己变成一把雪亮的利刃，去革新社会，去打倒日本。"毛泽东曾在抗大第二期开学典礼上说。

洗涤思想、克服困难，成为抗战时期延安十几所干部学校的主要任务。学生们在校园里，除了接受马克思主义教育和国防教育，还要进行生产劳动，学习生活艰苦而紧张。

"当时的物质条件很差，甚至不能为前来求学的青年学生提供校舍。抗大学员曾自己动手建宿舍，两个星期内，挖了170多个窑洞。"延安革命纪念馆原副馆长霍静廉说。许多学生吃的是没有油腥的大锅饭，上课在大树荫下坐个小板凳垫着大腿做笔记。白天在烈日曝晒下上操，夜间扛着三八大盖枪放哨。"一个窑洞住一个小组，有十人，睡在一个土炕上，每人铺位距离只有一尺五寸，只能放一床被子。"抗大总校第三期女学员赵馥南回忆道。

但是大家从不叫苦。在抗战初期，除了知名学者和文化人，绝大部分知识分子都是以求学的名义来到边区。青年人对新知识的渴望，对寻求民族独立之道的热切，远远胜过身体遭受的困顿。

就读于陕北公学的帆波回想起无数的夜晚，同学们围坐在燃着微弱火星的炭盆边，热烈地谈论着自己一天的学习体会和感受，谈论形势与学习。"在延安的学习生活呈现出一派团结、紧张、严肃、活泼的生动景象。这与当时武汉国民党中央所在地死气沉沉的气氛形成鲜明对照。"曲阜师范学院原副院长尹平符回忆，尤其令人兴奋的是，党中央的领导同志对抗大的教学非常关心，或兼讲课，或作报告。毛主席那高瞻远瞩、知识渊博的见解，幽默诙谐、深入浅出的比喻，使人听了豁然开朗，顿开茅塞……"延安是世界上最艰苦的地方，但也是世界上最快乐的地方！"中国儿童电影制片厂首任厂长于蓝当时在延安，致信哥哥时这样表示。

延安岁月的淬炼，让众多懵懂青年成长为革命者。吴介民深有体悟："到延安以前，我只知道中国共产党是由有知识、有本领、有正义感的人组成的……但我出身地主家庭，上学、念书没有接触过社会底层，对那些'无知无识'手足胼胝的劳动者，从心眼里是瞧不起的。"学习社会科学理论，让许多"吴介民"认识到劳动创造世界的真理，认识到无产阶级是当今最先进的、最有组织的、最有前途的革命阶级。只有无产阶级，才能担负起建设社会主义、共产主义的历史使命。

延安并没有让远方来客失望，那是一片充满生气和活力的天地。人与人的关系是和谐而平等的。"我看到毛泽东主席、朱德总司令等人身穿粗布制服出现在延安街头，和战士、老乡唠家常，谈笑风生……我被深深地感动了。"摄影家吴印咸说。有亲历者回忆，举办新年干部晚会的时候，大家可以起哄让毛泽东唱歌，主席最爱唱的是《国际歌》。放映听不懂的英文原版电影时，能够请"恩来同志作翻译"。

人们的团结意识也空前一致，哪怕是开会也愿意等待彼此，没有时间概念。"因为一个真正的革命者，一个把自己所有活着的生命都献给了革命事业的革命者，是没有属于自己的时间的，作为革命队伍的一分子，其一切行动都听指挥。"多年研究延安的学者朱鸿召感叹。

十年交融与重塑

烽火岁月，延安与延安的年轻人们，彼此交融、彼此重塑。

"如今的南泥湾，与往年不一般，再不是旧模样，是陕北的好江南。"1943年，鲁艺的秧歌队来到南泥湾，秧歌舞《挑花篮》插曲《南泥湾》传唱至今。

1941年，开荒地11200亩，收获细粮1200石，收获蔬菜164.8万斤，还打了1000多个窑洞，盖了600多间房子……南泥湾在干部们、战士们和知识分子的努力下，完成了从荒山变成良田的奇迹。而这只是大生产运动的一个代表，越来越多的地方，和南泥湾一样，"与往年不一般"。

中国共产党人才队伍面貌也不断刷新。毛泽东曾强调，"没有革命知识分子，革命不能胜利的"，"工农没有革命知识分子帮忙，不会提高自己；工作没有知识分子，不能治国、治党、治军"。

从延安这所革命学校毕业后，有的人留在了边区工作，比如中央研究院、自然科学研究院等研究机构，文协、剧协等文艺团体，以及一些高等学校、报社和部分党政机关，补充了中国共产党的干部队伍。还有很多人走上了抗日的前线。有数据显示，从陕北公学毕业的干部，除约有10%留在边区各部门工作外，80%以上都奔赴敌后，从事抗日工作，有的直接领导游击战，有的做了县长，剩下约有10%前往大后方。

由周扬、丁玲、艾思奇、何其芳、艾青、冼星海等组成的"文化军队"，积极译介马克思主义经典作家的文艺理论著作，特别是在整风运动后，广大文艺工作者背着背包下乡、下厂、下部队，学习人民的语言，创造出代表那个时代的新文艺，成为抗战胜利的精神振奋剂，奠定了新中国建立以后的文艺发展基石。

延安，对于这些青年人来说，已经不只是一座小城，而是不可替代的精神标识。他们在这里实现了自我重塑，经历了战争的硝烟后，又满怀热忱地投入新中国的建设之中。

（文／戚颖璞 束涵）

凝视延安
4万党员，靠什么
让150万人民跟着走

延安是什么？ 20 世纪 30 年代中后期开始，全国的记者、文艺工作者、各国的观察团涌向这里，像浪花般汇起一股"圣地洪流"。

他们带着不同的政见与意图，探究同一个问题：陕甘宁边区活跃着的 4 万中国共产党员，凭什么能让当地 150 万人民跟着走？

平等与权威

美国记者埃德加·斯诺的妻子海伦·斯诺，曾在 1937 年独自访问延安 4 个月。离开之前，她作出判断：中国共产党在许多方面实现了欧文－傅立叶时期的原始乌托邦社会主义者所梦想的公社生活，只是以英雄气概代替了田园风味。

在当时中国共产党所实践的"最原始的共产主义"中，平权，被许多延安的观察者看作一个重要的前提。

延安人不靠薪资过活，而靠供给制度和个人的生产。"衣食住日常用品，以及医药问题，文化娱乐，大体上都有公家规定的标准……一般工作人员的生活享受，虽有小小的差异，也只是量上的差，而不是质上的异。没有极端的苦与乐，这件事对于安定他们的工作精神自有很大的作用。"1944 年随中外记者团访问延安的赵超构这样认为。

没有阶级的分化，没有身份的悬殊，甚至男女性别差异在延安也被刻意淡化。赵超构曾向延安一位 C 女士发出感慨：你们简直不像女人！对方却反问：我们为什么一定要像女人？"所有这些女同志都在极力克服自己的女儿态。听她们讨论国家大事，侃侃而谈，旁若无人，比我们男人还要认真。至于修饰、服装、时髦⋯⋯这些问题，更不在理会之列了。"

赵超构读《解放日报》，发现每天的第二版十有八九会放生产消息，所宣扬的劳动人民典型，有男人，也有女人，"什么人半夜就上山开荒、哪一家的婆姨每天纺纱几两"，女性与男性被置于同等的位置上，"好胜心被发扬到极点，劳动力的利用也达到了极点"。

而同时，延安也崇尚权威。赵超构记录，当时的延安，凡有三人以上的公众场所，总有毛主席的像。"共产党的朋友虽然不屑提倡英雄主义，他们对毛却用尽了英雄主义的方式来宣传拥护。⋯⋯响应毛主席的号召是边区干部动员民众最有力的口号。"也有观察者发现，毛泽东所提的口号，"其魅力有如神符"。

1944 年作为美军迪克西使团成员前往延安的美国人 S. 谢伟思曾见过中国共产党重要的领导人，"以极其自然而又民主的态度参加了舞蹈（交谊舞）⋯⋯（人们）谈到毛泽东和其他领导人时，都普遍用尊敬的口吻，但又完全没有奴颜婢膝之态"。建立在平等与民主之上的权威，是当地许多"公家人"和老百姓自觉维护的，以至于"无论人们向谁——理发员，或者农民，或是管理房间的服务员——提出问题，他们都能很好地说明共产党坚持抗战的纲领"。

自由与自律

延安城北门外 3 公里，有一条大砭沟，那是社会活动中心。半山上的三孔窑洞是年轻人常去的文化俱乐部，每周六的舞会，在那举行。

抗大学生王仲方 1937 年到达延安，是延安舞场的常客。"延安的舞场，是在窑洞的黄土地上铺上芦苇编的席子，虽不是打蜡的地板，也有些光光滑滑⋯⋯（跳舞的人）有的穿皮鞋，有的穿布鞋，还有人穿草鞋，但不失乐趣。"

而延安的民主常常就"挂"在树杈上。"有这个会那个社的结社通知，愿意参加的可以签名。有人想发表见解，也在树杈上挂一张大纸，上写某某人在这里演讲某个问题。"延河边的清凉山下，"每到星期天，窑洞里有三五百人走出来，城里的和北门外抗大的学生也到这里寻亲访友。一上午有那么两三个小时，人群聚集。不管认不认识，都可以交谈自己的见解，交流读书和学习心得。"

这种"自由"绝非附条件的、因人而异的。S.谢伟思就发现，"（在延安）我们不担心有人在交朋友的掩盖下来讯问我们，没有人费神去锁自己的房门，我们愿意到哪里就到哪里，记者们不受新闻检查"。

但自由也有另一面。在机关学校部队工厂，几乎每个人都有严格的"计划"。"毛泽东、朱德诸氏，每年在报上宣布他们的生产计划。不识字的乡农，也会有地方的劳动英雄替他们拟定计划。"赵超构如是记载。

"每个工作人员，在种地、纺纱、捻毛线三者之中，必有一种。每天11小时的工作，7小时办公，2小时学习，2小时生产。……以同一的问题，问过二三十个人，从知识分子到工人，他们的答语，几乎是一致的。不管你所问的是关于希特勒和东条，还是生活问题、政治问题，他们所答复的内容，总是'差不多'……就是他们的私生活态度，也免不了定型的观念，甚至如恋爱问题，也似乎有一种开会议决过的恋爱观。"

赵超构有过对这种"延安氛围"是源于"自律"还是"他律"的疑惑。"是不是党和政府有意造成的？"但所有眼见的情形却将答案指向另一边："生产运动差不多把每一家人都卷进过度的忙碌的生活里面去了。……生活标准化，对于生活的希望、需要、趣味、感情等逐渐趋于统一。……他们的小组批评，对于他们的意识观念有绝对的影响力。所谓'对事实的认识一致，对党策的理解一致'，就是通过小组讨论实现的。……"

实用与浪漫

初到延安，赵超构随记者团拜访过毛泽东。"我发觉自己穿着新买的凉鞋，未免不郑重，但招待人坚决地保证说，毫无关系，到了那里，你将发现比你穿得更随便的人，这边是不讲究这些细节的。"

不讲究里包含着另一重含义：实用。延安是一个随处可见"实用"思想的地方。"延安所有的建筑，都是匆匆忙忙中完工的，简单合用，却是粗糙……所有工作人员都从事实中建立朴素的理论，他们以为一个大学生学习英美式的经济学，不如精通边区的合作社和骡马大店……"

这在艺术上体现得更为明显。当时外部世界普遍认为音乐应该是贵族化的，然而延安的音乐运动偏偏是粗野的。"（延安人）非常自负《黄河大合唱》……外国人受不起这样的'噪声'，甚至批评《黄河大合唱》是喊出来的而并不是唱出来的……但为了普及，自然特重民歌……"

延安文艺座谈会后，秧歌被抬到至高的地位。"你要是和他们（延安人）谈文艺，他总要问你，看见秧歌剧没有。仿佛未见秧歌就不配谈这边文艺似的。"

一位女同志出演宣传卫生的秧歌剧，剧本里说到一个女人因不懂卫生，接连死了 6 个小孩。本子演出后，婆姨们盛赞：你们的秧歌比从前的好，句句话都是有用的。延安人最引以为傲的秧歌剧《动员起来》，也不大像是艺术欣赏，更像是听取变工问题的辩论会。

但延安生活并没有全然抹杀"人"的个性与情趣。被赵超构评价为百看不厌的秧歌剧《兄妹开荒》，讲的是妹妹给哥哥送饭，哥哥装睡的逗趣故事，"调皮的哥哥，天真的妹妹，极富乡村的情调"。

充盈与匮乏

党中央在陕北的 13 年里，药品从头至尾没得到过满足，要破除医疗匮乏的困境并不那么容易。

鲁迅艺术学院戏剧系的学生任均曾在延安生过一个孩子。"大夫说，要给你全身麻醉，然后就把一团东西往我嘴上一捂，我就什么都不知道了。那时的全身麻醉，我觉得是用一种土麻药，或者是哥罗芳（三氯甲烷）。"

直到 1943 年美国《纽约先驱论坛报》记者哈里森·福尔曼到达延安时，外科器械大多还是用日本飞机上的碎钢片制成的。"王震秘书马汉平说，他最好的战友在战斗中受了一点轻伤，因为没有防毒药，竟然中毒死了。"当年，英国红十字会给延安的 4 卡车珍贵的医药用品刚刚到西安，就被国民党没收了。

　　温饱的保障是靠延安人自主奋斗来的。延安马列学院坐落在蓝家坪的半坡上。学员四五个人住一个窑洞，洞内放一条桌，没有椅子。1938年一名学员进学校，每天可以吃到1.3斤小米、1斤青菜、3钱油、3钱盐。

　　曾在延安日本工农学校学习的日军战俘香川孝志在《八路军中的日本兵》里，记录了1940年大生产运动后日本工农学校的食谱，早饭有猪肉炒白菜、羊肉炒土豆，也有牛肉炒白菜；晚上有蒸鸡蛋羹、煎肉丸子或者色拉、卷心菜汤。该校学员都是日本战俘，为了体现优待政策，伙食是上乘的，根本上还是因为大生产运动解决了革命队伍的温饱问题。该校学生吃肉时，延安街上的饭店里也可以买到肉食菜，各机关学校食堂一天也可吃一顿肉。

　　总的来说，延安的青菜是少的。"精神食粮倒不像青菜那样少。"尼姆·威尔斯说。延安最不缺乏的，是学习的机会。"（延安）有夜校、日校，到处是课堂。……这里有大批青年男女，自然就建立起一些大学和党的各种训练学校。他们很少有时间去闲逛，他们大多数人都通过努力工作而求得深造。"

　　黄华曾在陕北苏区红军总部做翻译。在延安看电影，给他留下深刻印象。"苏联塔斯社在延安有个十几人的联络组，约半年有一架小运输机来延安，往往带来一些影片……为了看电影，全延安的干部学员都到杨家岭山坡下的广场集合，有的甚至要跑三四十里路。……延安的文化生活是挺丰富的。……延安京剧团常演戏，青年艺术剧院演过《雷雨》《日出》，甚至还演过莫里哀的《悭吝人》。"

　　充盈的精神生活，某种程度上是所有延安人共同塑造的。1936年，文学评论家朱正明到过延安，他清楚记得："周末晚会上演出的节目什么都有，而且谁有天才、谁有兴趣，都可自由上台表演，不受约束，不遭干扰。丁玲唱过昆曲，上海青年唱过'卖梨膏糖'和'莲花落'……一个东北青年军人上台用'小热昏调'唱了一支内容爱国的曲调……他乐不可支，不小心从台上跌了下来，毛主席赶紧站起来扶持他，并笑呵呵地赞他几句。"

　　也正是在这样的内在力量支持下，延安人得以熬过缺医少药、缺菜少粮的日子。

（文／杜晨薇　栗思）

深情沂蒙

沂蒙精神

"我陈毅死在棺材里也忘不了山东人民对我们的支援。"

——陈毅

采 访 组：陈抒怡　章迪思　诸葛漪　王清彬

采访时间：2020 年 12 月

　　2020 年 2 月 2 日，武汉火神山医院交付使用。当天一早，山东朱老大食品有限公司党支部书记朱呈镕和她的团队拉着 20 吨水饺，日夜兼程 14 个小时后抵达武汉，他们此行就是要将这些刚刚赶制出来的水饺送往"火神山"慰问身处抗疫一线的军人。

　　进武汉城，看到整个城市空空荡荡，路上几乎没有一个人，所有人的神经立刻绷紧。"这里怎么了？"有人嘀咕，但无人回答。这时，车厢内突然响起了歌声："蒙山情，沂水长，我为亲人熬鸡汤……"朱呈镕婉转清亮的歌声打破了车厢内的沉闷，紧张的气氛一下子和缓起来。

　　"愿亲人早日养好伤，为人民求解放，重返前方。"伴随着一个有力的结尾，朱呈镕拍了一下桌子。现在，她坐在我们面前，没戴口罩，再唱起这首歌，神情完全放松。这些年，朱呈镕得出一个经验，只要一紧张就唱这首歌，马上感觉好多了。

　　朱呈镕唱的是《沂蒙颂》，歌曲源于一个真实的故事。1941 年冬，八路军山东纵队司令部侦察员郭伍士在执行任务途中与一队日军遭遇受伤，"沂蒙红嫂"祖秀莲将他抢救过来，并安置在一个山洞里。她每天为郭伍士送水送饭，还杀了家中的母鸡，熬了鸡汤为郭伍士补养身体。时间已经过去了 80 年，但这个故事却借着这首歌穿越时空，给曾"为亲人送水饺"的朱呈镕一行人带来了力量。

　　从抗日战争到解放战争，420 万沂蒙人民不畏艰难困苦，不怕流血牺牲，有 120 万沂蒙儿女拥军支前，20 万人参军参战，10 万将士血洒疆场……

　　如今，这些故事能否历久弥新，给人们带来力量？如果能，这种力量的传导机制又是如何形成的？我们在山东省临沂市寻找答案。

新年第一碗饺子祭先烈

　　临近春节，山东省临沂市临沭县曹庄镇朱村村民王经臣又在开始准备年货。因为儿子在县城住，每年大年三十，他也跟着在县城上过年，但雷打不动的是，大年初一上午，他会回朱村下一碗热腾腾的饺子，端到村后老林中的烈士墓碑前，祭奠烈士。

这并不是王经臣的个人行为。从 1944 年开始，每逢过年，朱村人都用新年的第一碗饺子祭奠烈士，这也成了朱村的年俗。"赶紧端送老林去，那些人是为了保卫朱村牺牲的。"71 岁的王经臣记得自己小时候，他的奶奶总是在大年初一一大早这样叮嘱他。那时生活条件差，村民们只有在过年的时候才能吃上饺子，但这个传统不能丢。

独特的年俗与一场战斗有关。1944 年 1 月 24 日（农历除夕），日伪军500 余人向朱村一带扑来，枪声大作。驻守在沭河东岸的八路军 115 师教导二旅四团三营八连听到枪声后，紧急集合，火速奔向朱村投入战斗。

91 岁的村民王克昌至今依然清晰地记得那场战斗。听到一阵枪响，家里人便带着王克昌往村外逃，路上听到赶来的八连战士们高声喊着："老乡们，不要怕，我们是老四团八连的，我们一定把鬼子打跑！"

经过 6 个多小时的激战，敌人在增援部队的掩护下扔下 30 多具尸体狼狈逃窜，八连取得了胜利，但也有 24 位战士献出了宝贵生命。战后不久，朱村群众把一面锦旗送到连队，从此，"钢八连"的名字就叫开了。

"朱村是'钢八连'救下的，但这些牺牲的战士连过年的饺子也没吃上。"王经臣从小就听村里的老人讲老八连的故事，总能听到这样的感叹，这也是朱村饺子祭烈士传统的由来。现在王经臣是朱村抗日战斗纪念馆的义务讲解员，关于这场战斗他熟稔于心，但说到细节处，他依然冲我们摆摆手，"一动感情就讲不下去"。

这份深厚的感情并非一天产生的，但王克昌讲不出大道理，他记得"钢八连"对老百姓很好："住谁家，谁家的卫生不用打扫了，水缸不用挑水了。只要住在谁家了，什么事不用你管，啥活都干。"正因为有了这样一份感情，1948 年淮海战役时，18 岁的王克昌和村里 20 多位乡亲一起，推着小车将粮食、衣物等各种急需物资送上战场。

这份深情是刻在了沂蒙人血液里、骨头里的。"沂蒙母亲"王换于的孙女、百岁沂蒙红嫂张淑贞的女儿于爱梅告诉我们，晚年的张淑贞记忆力大大衰退，有时候还会犯糊涂，以为还在抗战年代。夜里醒来，张淑贞经常颤巍巍地把家门打开："门关上了，部队路过就进不来了。"有时候，张淑贞指挥家人，煮10斤面条，打上20个鸡蛋，要给八路军准备食物。"等八路军吃完你才能吃，不然他们不够。"老太太叮嘱家人。

家里包饺子，张淑贞嘱咐家人多加肉，到了饭点，不让下饺子。"等八路军来了再下。"老太太坚持。时间一长，眼看着饺子皮都粘住了，但老太太坚持要等，有时甚至一天也吃不上这顿饭。

老太太如此执拗并不让人太意外。抗战时期，张淑贞和婆婆王换于曾创办战时托儿所，照料抚养了八路军第一纵队机关工作人员和革命烈士的近百名革命后代。为了照顾托儿所的孩子们，王换于的4个孙子却相继夭折。这份感情如此淳朴而又火热，多年后于爱梅入党，张淑贞提醒她："你入了党，就要把命放在一边。"

这份深厚的感情是如何产生的？于爱梅没有直接回答这个问题，而是给我们讲了一个细节。在她念书时，张淑贞曾告诉她："像你这样的小妮子，在旧社会十五六岁就嫁人了，家里穷的七八岁要去当童养媳了。你这是沾了共产党的光。"

这个细节牵出了她奶奶王换于的一个故事。因为是女性，王换于一直没有名字，19岁时嫁到于家后被称为于王氏，抗战爆发后她曾任党的情报联络员，1938年入党，被选为艾山乡副乡长。在填写资料的时候，工作人员才帮她起了名字叫王换于，因为她当年是被于家用两斗谷子换来的。"过去妇女没有任何地位，共产党来了，给她们取了名字，能把她们当人看。"于爱梅感慨。

抗战全面爆发之后，我党我军在沂蒙地区建立根据地，针对后方留守女性开创了冬学、夜校、庄户学、识字班等文化教育形式，并颁布了一系列政策法令来维护妇女的权益。从此，沂蒙女性获得了和男人一样的权利，爆发出巨大的革命热情，这才有了"沂蒙红嫂"这样一个伟大的群体。

人没有精神，就没有灵魂

"这些'红嫂'都在哪里啊？她们过得还好吗？"1974年，朱呈镕第一次看到有关"沂蒙红嫂"的电影,哭得一塌糊涂,心里就有了这个疑问。1998年,朱呈镕从临沂毛毯厂下岗之后,突然想起了这个疑问。这次,她决定要找她们。

现在回想起来,朱呈镕分析自己一定要找到"红嫂"的动力是为了渡过自己的难关。下岗后,朱呈镕蹬过三轮、卖过糖葫芦,她的爸爸听说她卖糖葫芦,气得大骂;丈夫、兄弟姐妹都不看好她的创业项目,说她"穷折腾"。面对未来朱呈镕感到迷茫彷徨,她需要找到一个精神支柱。

晚上,朱呈镕住在"红嫂"李凤兰家,听老太太讲过去的故事。1945年4月,李凤兰和青年王玉德订了婚。在距婚期不到两个月时,未婚夫报名参加了解放军,她按当地风俗,由嫂子怀抱大公鸡陪她拜堂成亲。从此,她烙支前的煎饼时,烙得最多,希望丈夫能多吃一口;做军鞋时做得最快,还在鞋上绣上一个"心"字,相信丈夫一定能穿上并认出她做的军鞋。可是,在苦盼12年后,她等来的是一张烈士证书,原来她的丈夫早在11年前的莱芜战役中牺牲了……

如今,朱呈镕在自己的公司里辟出两层楼建起了红嫂文化博物馆,"红嫂"的故事,朱呈镕曾一遍遍讲给别人听,但在给我们讲这个故事时,她还是红了眼圈。

"'红嫂'们都是小脚,枪林弹雨也要上前线,送子弹、送干粮,用乳汁救伤员。我的创业很难,但跟她们比,真的不算什么。"朱呈镕擦了擦眼泪,"我要找的是一种精神,没有精神,就没有灵魂。"

2001年,在朱呈镕的饭店开业当天,她邀请了50多位老红嫂、老八路来剪彩。有朋友不理解,说别人开业都请领导,没见过找老太太、老爷子的。"他们不知道,我今天的成功是他们给的,没有他们就没有我的今天。"朱呈镕解释。

生活条件变好后,人们更注重追求精神上的富足。在村党委书记、村委会主任王传喜的带领下,这些年临沂市兰陵县代村发生了翻天覆地的变化。到2019年,村集体经济发展到各业总产值已经达到30亿元,村集体纯收入1.3亿元,村民人均纯收入6.9万元。按王传喜的预测,2020年的人均收入还要再往上涨一涨。

但前些年,富起来的代村有一件心事:要找到"戴家村连"。王传喜小时候就听村里老人说，鲁南战役期间，村里曾发生过一场特别惨烈的战斗，用"血流成河"来形容并不为过。

查找当时的《解放日报》和《大众日报》，王传喜了解到这场战争的始末：1946年岁末，卞庄阻击战打响，组建不到一年的滨海警备旅受命在卞庄南戴家村一带设防。12月17日，敌军坦克集群和炮兵营猛烈进攻卞庄、戴家村一线阵地。当时驻守戴家村的连队官兵只有56人，除两挺轻机枪外，大部分都是步枪。但这支连队面对敌军的凶猛攻击没有畏缩，勇猛抗击，利用地雷、手榴弹和汽油瓶等有限力量不断击退来犯敌军。战后，驻守戴家村阵地连队被授予"戴家村连"荣誉称号。

此后，这支连队转战大江南北，立下了赫赫战功。而戴家村在新中国成立后更名为代村，从贫穷到富有，从落后到成为远近闻名的乡村振兴的样板。为了寻找曾经在代村战斗过的英雄连队，代村人曾多次到浙江、河北等地寻访，终于在2019年8月15日找到了"戴家村连"。

代村寻找的不仅是"戴家村连"，更是在寻找一种精神。如今，"戴家村连"的历史放进了代村的村史馆；于爱梅组建"红嫂拥军协会"，在全国各地演讲传播红嫂故事和沂蒙精神；朱呈镕和上海的一家公司合作，将红嫂文化博物馆引入上海……从这一个个鲜活的故事中，我们看到在战争年代铸就的沂蒙精神没有过时，反而迸发出超越时间和空间的力量，为一代又一代的人驱散寒意，带来温暖。

和代村人一样，朱村人王经臣也曾到外地寻找"钢八连"的资料。有人质疑："你有多少钱？还搞这个？"

"不能忘了八连，要教育后人记住这段历史。"头发花白的王经臣操着一口当地土话，让人听着有些费劲，但这句话，他一字一顿，说得异常清晰。

（文／陈抒怡 章迪思 诸葛漪 图／王清彬）

"赶考"路上

西柏坡精神

"现在我是共产党员了，我也要始终和人民群众在一起，这就是西柏坡精神。"

——西柏坡村民　闫青海

采访组：王　潇　邬林桦　顾　杰　唐　烨　龚洁芸

采访时间：2020 年 11 月

在西柏坡，有一段广为人知的对谈——

1949 年 3 月 23 日下午，党中央即将离开河北平山县西柏坡村，奔赴北平城。

临行时，毛泽东说：今天是进京的日子，进京赶考去！周恩来说：我们应当都能考试及格，不要退回来。毛泽东答说：退回来就失败喽。我们决不当李自成！我们都希望考个好成绩！

此后，车队一路北上，途经唐县、保定、涿县（今涿州市），于 3 月 25 日晚进驻北京香山，标志着中国共产党将由革命党转变为执政党，党的工作重心将从农村转向城市，党的任务将由领导革命转向领导国家建设。

西柏坡是解放全中国的最后一个农村指挥所。在这个看似平淡无奇的小山村内，党中央领导了全国土地改革运动，指挥了辽沈、淮海、平津三大战役，召开了七届二中全会，也铸就了"西柏坡精神"。以"赶考"的心态与担当去应对挑战、推动发展，是西柏坡精神的要义之一。

2013 年 7 月，习近平总书记在西柏坡中共中央旧址参观时指出："60 多年过去了，我们取得了巨大进步，中国人民站起来了，富起来了，但我们面临的挑战和问题依然严峻复杂，应该说，党面临的'赶考'远未结束。"

西柏坡精神对于身处"两个一百年"历史交汇点的中国有何现实意义？为何到今天"赶考"这个词依然不褪色？我们决定从西柏坡出发，重走赶考路，在与历史的对话中寻找答案。

就在胜利"前夜" 提出"两个务必"

据可考的资料，毛泽东在"赶考"路上至少三次提及"不当李自成"。

这样的举动，在西柏坡纪念馆研究部主任康彦新看来，意思就是"越是接连取得胜利时，越要保持清醒"。

在当时的节点，进北平城，绝不只是地理上的变迁那样简单。

毛泽东在《新民主主义论》中说："中国的革命实质上是农民革命。"农民是中国革命中的主力军，但农民不是天生的革命阶级。毛泽东在延安时曾把郭沫若论李自成的文章《甲申三百年祭》当作重要整风文件，向党员展现以往农民起义在胜利前夕骄傲自大、贪图享受、纪律荡然而导致革命失败的深刻教训。

打江山易，坐江山难。在这胜利的"前夜"，中国共产党面临着从革命党转变为执政党的巨大考验：如何建立一个独立、民主、富强的新中国，是一个大问题；如何在执政后仍能保持党的先进性、纯洁性，是一个更大的问题。

毛泽东的警觉和忧思，在西柏坡举行的七届二中全会上得以体现。

原先，会场正面悬挂着马、恩、列、斯、毛、朱的画像。毛泽东指示工作人员把自己与朱德的画像摘下来。他向党内同志解释说："如果并列起来一提，就似乎我们自己有了一切，似乎主义就是我，而请马、恩、列、斯来做陪客。我们请他们来不是做陪客的，而是做先生的，我们做学生。"

会上，毛泽东非常具体地指出了胜利后党内可能生长起来的四种情绪——"党内的骄傲情绪，以功臣自居的情绪，停顿起来不求进步的情绪，贪图享乐不愿再过艰苦生活的情绪"。

他指出："夺取全国胜利只是工作的第一步，革命以后的路程更长，工作更伟大、更艰苦。"

对此，他郑重地提出了著名的"两个务必"——务必使同志们继续地保持谦虚、谨慎、不骄、不躁的作风，务必使同志们继续地保持艰苦奋斗的作风。

此外，七届二中全会上还制定了几条没有写进决议的规定，即：不做寿、不送礼、少敬酒、少拍掌、不以人名作地名、不要把中国同志和马恩列斯平列。

2013 年 7 月 11 日，西柏坡纪念馆内，习近平总书记在写有这几条规定的展板前久久驻足，一一对照说：不做寿，这条做到了；不送礼，这个还有问题，所以反"四风"要解决这个问题；少敬酒，现在公款吃喝得到遏制，关键是要坚持下去；少拍掌，我们也提倡；不以人名命名地名，这一条坚持下来了；第六条，我们党对此有清醒的认识……

"备考"早已开始 要走民主"新路"

"党中央的'备考'要远远早于'赶考'。"康彦新向记者强调。

他解释："我们常说的'进京赶考'是指1949年3月23日到25日这几天，但实际上这一步的跨出，是中国共产党思考、规划多年的结果。"

早在1945年7月的延安，当时的民主人士黄炎培在窑洞中已向毛泽东提出"如何跳出中国历史周期率"的问题。在中国历史上，即使是推翻了旧政权，获得胜利的农民革命，不过创建了一个新王朝，又开始了新一轮的治乱循环。

毛泽东当时回答："我们已经找到了新路，我们能跳出这周期律。这条新路，就是民主。"

当时拥兵百万的国民党正虎视眈眈，而中国共产党人已经在为新中国的道路谋划深远。从这个意义上来说，"赶考"早已开始。

在西柏坡纪念馆，记者看到一张1948年9月华北人民政府的机构和人员配备情况表，当时已设有秘书厅、教育部、工商部、人民法院、民政部等完备的政府机构，这些机构的"雏形"为后来新中国的各级机构确定了基本的组织模式。

在民主这条"新路"的探索上，中国共产党人还开创了新中国人民代表大会制度的先河，初步形成了新中国多党合作的政治协商制度。

与政治制度建设相比，某种意义上，统一货币更具象征意义。1948年12月1日，中国人民银行在石家庄成立，并发行了我国第一版人民币，初步解决了当时各解放区因货币不统一而导致的商品无法自由流通的问题。

在西柏坡纪念馆参观时，展陈中由董必武亲笔书写的"中国人民银行"几个大字颇为醒目。"货币是政权的标志，中国人民银行的成立，不仅标志着新中国金融体系开始搭建，某种程度上也宣告了新中国的政权即将诞生。"康彦新说。

一系列实践和探索汇总于1949年3月举行的中共七届二中全会。会议规定了全国胜利以后党在政治、经济、外交方面应当采取的基本政策，为新中国的建设做出了明确规划。也正因为此，毛泽东有底气提出那句著名论断——"我们不但善于破坏一个旧世界，我们还将善于建设一个新世界。"

电影《建国大业》曾截取"赶考"途中一段细节：

1949 年 3 月 24 日，当车队通过涿县县城时，毛泽东看到素以"商旅辐辏、货物云集"著称的涿县，街上冷冷清清。涿县县委书记王成俊汇报："国民党 94 军在这里驻防时，为了'防共'，把所有的小商小贩都赶到东关去了，不让人们进城里来。解放后我们还没顾得上这个市场问题。"毛泽东当即指示："工作千头万绪，先要从群众最需要的抓起，应该学会掌握城市工作的规律，马上把市场迁回来。"

"市场回城"成了当时年轻的涿县县委学到的执政第一课。也正因为这样的道路自信，才有共产党人进京"决不当李自成"的坚定。

时代"答卷"或不同　"考官"始终是人民

"两个务必"有着强大的生命力，在新中国成立多年后，仍被反复强调。

习近平总书记 2013 年 7 月在西柏坡同干部群众座谈时说："每次来西柏坡，我想得最多的是，毛泽东同志当年提出'两个务必'，主要基于哪些考虑？我们学的还有没有不深不透的？'两个务必'耳熟能详，但在当前形势下我们能不能深刻领会'两个务必'，使之更好指导当前党的建设？今天如何结合新的形势弘扬？"

时代造就了一次微妙的相似——当前中国正站在"两个一百年"的历史交汇点，而 70 多年前的中国共产党，也处在迎来巨大胜利的前夜。历史任务虽有不同，其所蕴含的基本逻辑是一致的：万里长征只是第一步，如何走好未来的路，仍需要保持谦虚、谨慎、不骄、不躁的作风。

正如习近平总书记曾指出的，正是因为始终强调和坚持"两个务必"，我们党才能保持同群众的血肉联系，团结带领人民战胜了前进道路上的各种风险和挑战，不断从胜利走向胜利。要跳出"其兴也勃焉，其亡也忽焉"的历史周期率，就要靠头脑清醒，靠保持"两个务必"。

以"两个务必"为内核的西柏坡精神，根本上还是指向"人民"二字。

时代的"答卷"不会一成不变，但"考官"始终是人民。

西柏坡所处的平山县是革命老区，周围以山地居多，区域发展不平衡，部分偏远地区群众的生活仍然存在困难。在党的富民政策和地方干部的努力下，人民群众的生活正在不断改善，西柏坡纪念馆退休职工闫文翠家就是典型一例。

从一只大公鸡起家，闫家已建成村里最高的三层大楼，开起了家庭招待所。被红色旅游带来的致富机会所吸引，闫文翠的小儿子闫二鹏大学毕业后回到家乡，创办了西柏坡第一个旅游网站和村里第一家旅行社。"现在我们家的招待所有 50 间房，平时入住率能有一半以上，前两天来了个团，都住满了。"

在从西柏坡开往唐县的路上，两边的白杨树密布挺拔，山村小院屋顶上堆起了一摞摞玉米，几乎家家户户都架上了太阳能发电板。

一路向前，村庄的墙壁上刷着"撸起袖子加油干，誓把旧貌换新颜"的标语，没多久，汽车驶上平坦的柏油马路，路两边正在铺设新路，路名也起了变化：新能源路、发展路、胜利街……

建设，正热火朝天。

（文 / 顾杰 王潇　图 / 西柏坡纪念馆）

"赶考"路，不只是这三天两夜之旅

从西柏坡村出发到唐县，有两条道路，一条车程3小时，另一条车程1小时。

我们选择了3小时的那条路。1949年3月23日，中国共产党人正是从这条路"进京赶考"，途经唐县、保定、涿县（今涿州市），并于25日晚进驻北京香山。

当年"赶考"车队走这条路，是因为这是唯一的路，而今我们选择这条路，是想感知最原汁原味的历史，也更想要探寻西柏坡精神的现实意义。新中国的诞生不是一蹴而就，中国共产党的"赶考"路也绝不只是这三天两夜的旅程。

我们力图找到和那段历史最近的人与物，作一次对历史的回眸，进行一次与历史的对话。

西柏坡

1949年3月23日，党的七届二中全会结束后第十天，全会新闻公报由新华社向全国播发当天，毛泽东、朱德、刘少奇、周恩来、任弼时等中共中央五大书记率领中共中央机关和人民解放军总部，乘坐11辆吉普车和10辆美制十轮大卡车，浩浩荡荡离开西柏坡。

在西柏坡村，没人能比 76 岁的闫青海更了解那段历史。虽然，大多回忆来自他的母亲。

1947 年，董必武随同中央工委先期进驻西柏坡后，就住在闫青海的家。1948 年，不到 3 岁的闫青海得了一场重病，绝望的父母把奄奄一息的他包裹起来放在石碾上，打算放弃。这天，董必武夫妇从石碾旁经过，看到席子里小孩的嘴还在动，马上把孩子送到了中共中央机关医院救治。三个星期后，董必武夫人何连芝把治愈了的闫青海抱了回来。

在西柏坡村 004 号，闫青海指着菜畦旁的石碾说，上世纪 50 年代，为修建岗南水库，西柏坡整村从之前的"粮窝子"搬到了高山岗，闫青海家也特意把石碾搬过来，"共产党的恩情不能忘"。

在西柏坡期间，毛泽东十分关心老百姓的生活。有警卫战士认为借住的院子里有猪圈、磨盘和鸡窝，不太雅观，请示拆除，毛泽东却说，我们在这里不会太久，老乡还要用呢。

1949 年 3 月 23 日，"赶考"车队离开时路遇村民，有穿着大棉衣的军官从吉普车上跳下来，向村民挥手说，"欢迎去北平找我们"。

闫青海真的去了北京。1971 年，董必武夫人何连芝带着两个儿子来西柏坡村看望乡亲们。"董夫人一见到我特别高兴，她说，'哎呀，被我们救活的孩子已经长这么大了'。"闫青海回忆。何连芝离开时，留下住址邀请他去北京。当年秋天，闫青海就去做了客。

如今的西柏坡村，柏油路环村而过，一幢幢白墙灰瓦的农家院整洁漂亮。其中也有闫青海的一份力。作为老党员，上世纪 80 年代，他发动村里五六个壮劳力与他一起到石家庄当装卸工；又买了游船，在柏坡湖上搞起观光旅游。随着西柏坡旅游业的发展，他开了西柏坡第一家农家乐……近年来，西柏坡村民发展起了旅游服务业，年人均纯收入上万元。

闫青海兄妹四人，其他三人都曾上前线打仗，大哥在石家庄当过班长，但不幸被特务刺杀牺牲。"只用了 6 个多月就打胜三大战役，离不开老百姓的支持。当时年轻人都非常愿意上前线，虽然牺牲的人很多，但是我们都不怕，"他说，"这也是西柏坡精神。"

唐 县

1949 年 3 月 23 日傍晚，中央机关和毛泽东等领导人到达河北唐县淑闾（现改名"淑吕"）村。毛泽东当天留宿在村民李登魁家。据毛泽东的警卫员李银桥回忆，这一晚，毛泽东前半夜同村干部座谈、了解土改情况，后半夜又赶写到保定后需要发出的文件。

当年毛主席留宿的地点正是村民葛桂多的婆家。听说有记者要来听她讲毛主席的故事，97 岁的葛桂多让大儿子早早站在村口等着。

这些年，葛桂多家搬去了旧址不远处的新屋，但"毛主席住过我家"的往事，始终印在葛桂多的脑海中。

1949 年，葛桂多 25 岁，嫁到淑吕村李家没几年。她记得，3 月 23 日傍晚，天色已暗，大部队来了。家里老人叮嘱葛桂多别乱闯，活泼的葛桂多就悄悄躲在门后看。一辆吉普车开进来，停在她家北房的前门，一位身材高大、衣着朴素的首长下了车，在门口驻留了一下，步入了北房的院子。

出于安全考虑，没人告诉葛桂多这个人的身份。在那个年代，生活在闭塞小山村中的村民，也并不知道毛主席长什么样。新中国成立后，葛桂多才慢慢知道，自己当晚看到的那位首长就是毛主席。

"毛主席带着部队在天黑了之后才进村住下，第二天一大早就离开，很多村民当时都不知道部队什么时候离开的。"葛桂多说自己没读过多少书，说不出什么大道理，但她隐约觉得毛主席那么大的首长没什么架子，那么多解放军战士留宿村里也没什么动静，这样的首长与部队太朴素了。

这么多年，不记得有多少人向葛桂多打听这段往事，她总是一遍遍耐心讲述。

淑吕村小学校长王素坤是"慕名"找上门的一位。几年前，王素坤调入这所村小。看到许多外地人来找这位"见过毛主席的老奶奶"，王素坤想，村里有这么珍贵的红色资源，正是孩子们身边的德育教材，便自报家门去"采访"葛桂多。

"故事要多讲，才能传得更广。"2019 年起，王素坤在淑吕村小学创设了"进京赶考"主题德育教育课：每个学期组织全校学生听她讲一次"进京赶考"的故事，在三年级以上学生中围绕"赶考"开展启发式教学。"很多教师原来只是知道有这段历史，但了解不深；经过学习，大家对这段历史都有了新的感悟，对于生活工作的土地更加热爱。""我相信，在耳濡目染下，我们淑吕村的孩子能更好地记住这段历史。"说这话时，王素坤眼里闪着光。

保 定

1949 年 3 月 24 日，中午之前，车队到达保定市，前往冀中区党委大院。据时任区党委书记林铁、军区司令员孙毅回忆，午餐时，毛泽东再次提到李自成："我们可不要当李自成呀！"饭后，毛泽东等听取区党委领导同志的工作汇报，一直持续到 15 时。汇报结束时，街道上已站满得到消息的群众，"赶考"车队在群众的欢呼声中缓缓驶出保定城。

在保定市委党史研究室，副主任杨永丽给记者找出一本《保定党史通讯》，上面刊登了她的前辈温仲儒写的一篇《"赶考"途中》。

这篇通讯除了记载"赶考"队伍在保定的行程之外，还记下了一段毛泽东与冀中区党委书记林铁的对话：

"午餐时，毛泽东指着一盘清蒸鲤鱼问林铁：'这鲤鱼是从哪里来的呀？'林铁答道：'是白洋淀的鱼。白洋淀就在保定以东七八十里远的地方，保定吃的鱼，大部分都从白洋淀来的。'"

杨永丽说，白洋淀一度生态环境恶化，经过几年治理，有了明显改观。带着几分好奇，当天下午，记者驱车一小时奔往白洋淀，由此开启一段计划之外的采访。

"毛主席可是吃过我们白洋淀的鱼！"还未到岛上，白洋淀抗日纪念馆馆长王木头就在电话里"炫耀"起来。

"白洋淀这些年的变化，我都看在眼里。"70 岁的王木头，祖祖辈辈生活在白洋淀边上，父辈们以打鱼为生。他说，小时候白洋淀的水可干净了，捧起来就能喝，特别甘甜。在水浅的地方，一眼就能望到水底。因为生态好，白洋淀里的鱼虾味道特别好。"记得小时候，村里一户人家烧鲤鱼，周围七八家邻居都能闻到香。"

但随着围淀而居的人口增多以及一些污染产业的导入，污水入淀、生活垃圾和污水处理不当、非法养殖等问题也多起来，白洋淀的水质曾被严重破坏。

2017 年，白洋淀归属新成立的雄安新区管辖，雄安新区对白洋淀开展了新一轮治理。王木头一家居住在淀边的大张庄村，污水都要先进村里的污水处理站才能排放。

有报道称，治理前白洋淀的水质长期为劣 V 类，现在白洋淀的水质已达到 III - IV 类。在白洋淀边上生活了一辈子的王木头有着更为直观的感受："水干净了，连天都更蓝了，感觉白洋淀很快会回到我小时候的状态。"

住在周边小村庄的居民，都是白洋淀生态环境改善的受益者。生态环境好了，来旅游的人也多了，旅游繁荣带动了村里的经济繁荣。

涿 州

1949 年 3 月 24 日，当毛泽东一行到达涿县县城时，已是掌灯时分。毛泽东就涿县经济发展情况听取县委书记王成俊的汇报，并提出市场回城、繁荣经济的要求。当晚，毛泽东一行住在城内粉子胡同的第四十二军军部。

每年，涿州市三义小学的德育主任李建军都会给三年级的学生上一堂特别的课，"教室"就在操场边一排带着厚重历史感的平房。这是当年四十二军军部的旧址、如今的"党中央、毛主席进京驻涿纪念馆"。

2009 年 3 月，党中央、毛主席进京驻涿纪念馆落成。从那时，身为德育主任的李建军就成了纪念馆的义务讲解员，将毛主席在涿州那一天的故事讲给每一位前来纪念馆的人听。

给小学生们上课，李建军会讲几则小故事，其中一则是有关吃饭的：炊事班给毛主席准备了一只土鸡，毛主席差人把土鸡送到医院去，自己叫炊事班煮了鸡蛋挂面。就要进京了，毛主席的心情舒畅，连声赞叹 20 年没吃那么好的饭了。"大家看，毛主席艰苦朴素，简单的饭菜也能吃出美味。我们是不是也不应该挑食？"孩子们纷纷点头。

"讲更深的道理他们可能还不懂，这些和生活相关的故事，也是生动的教材。"李建军说。

承担着"桥梁"角色的不只是人。70多年前乘火车近4小时的路程,如今从涿州东站坐高铁,只需20多分钟就能抵达北京西站。

涿州东站旁的科技产业园里,很多年轻人就是从北京来这里创业的。当年毛主席"把市场迁回来"的指示,如今成了现实的写照。"赶考"终点前的最后一站,已融入北京都市圈。

北 京

1949年3月25日,清晨6时许,毛泽东等中央领导在清华园站下火车后,乘汽车到颐和园益寿堂休息,当日16时到达西苑机场接见民主人士,17时至17时45分在西苑机场阅兵。当晚,毛泽东等中央领导在颐和园宴请民主人士,后乘车入住香山双清别墅。半年后的9月21日,毛泽东移居中南海菊香书屋。

在2019年新建的香山革命纪念馆,我们看到一段72年前极其珍贵的影像:1949年3月25日,五大书记抵达"赶考路"的终点——北京清华园站,下午即前往北京西苑机场举行阅兵。

这是一场朴素、规模并不大的阅兵。影像清晰展现着参与阅兵式人们脸上的神情,那是一种笑容交织着泪水的复杂感情。

受阅的部队多是从前线赶来、为新中国诞生作出重大牺牲的英雄部队。人民解放军第四野战军第14兵团第41军(原东北野战军第4纵队)在辽沈战役中建立功勋的"塔山英雄团"(第367团)、"塔山守备英雄团"(第369团)、"白台山英雄团"(第361团)3个团的全团指战员及该军连以上干部都参与了阅兵。

检阅车开到"塔山英雄团"战旗前慢慢停下,毛泽东凝视这面战旗,向战士们敬礼。当时担任阅兵总指挥的刘亚楼后来回忆说,毛主席的眼角闪着泪光。

值得注意的一个细节是,毛泽东检阅时乘坐的车就是他在西柏坡乘坐的同一辆美式吉普车。

这辆车稍显破旧。在西苑机场临检阅前,有人提出最好换辆好车。毛泽东说："乘坐我们自己军队缴获的战利品检阅英雄的部队，不是更好吗？"

纪念馆门口，我们看到一批人在馆前庄严宣誓——在"赶考"路的出发地西柏坡村、七届二中全会旧址前，我们也目睹了一批批党员们排队等待宣誓的场景。

铿锵有力的宣誓声回响着，令人心潮激荡。那代伟人的丰功伟绩已经镌刻在时代的丰碑上，而对于我们这代人，"赶考"远未结束。

（文／王潇　邬林桦　唐烨　龚洁芸）

第二章

敢教日月换新天

英雄赞歌

抗美援朝精神

"我看到一位60多岁的老人，站在桥头的《为了和平》雕像前，一边哭，一边打电话说，'妈，我就站在鸭绿江断桥上，当年我爸就是从这座桥过的江'。我上前一问才知，他来自四川，是一名志愿军烈士的儿子。"

——丹东纪录片导演　马晓春

采访组：宰 飞　雷册渊　胡幸阳　李楚悦
采访时间：2020 年 12 月

从鸭绿江断桥出发，沿江上溯 50 公里，是志愿军渡江作战的另一处起点——河口村。

村子有一座位于江心的小岛，因遍植桃树，得名桃花岛。桃林尽头有片空地，停放着一辆从朝鲜战场运回的 T34 型坦克，像在提醒世人：没有 71 年前渡江一战，就没有今天桃花静开。

抗美援朝战争的胜利不仅给这个边境小村带来了长久的安宁，也宣誓全中国人民站起来后屹立于世界东方。这一战，拼来了山河无恙、家国安宁。

被铭记和被遗忘

北纬 40 度，辽宁丹东。

鸭绿江断桥是这座城市最著名的历史遗迹。20 世纪 50 年代初，抗美援朝战争期间，这座连接中朝的大桥被美军炸毁，丹东一侧桥面仍在，而朝鲜一侧，江上只剩孤零零的几座桥墩。

如今，站在丹东一侧断桥尽头，可以看到对岸朝鲜新义州造型各异的建筑、偶尔旋转的摩天轮，甚至沿江行走的路人。

在桥边，我们遇见了丹东本地纪录片导演马晓春。观察大桥是他的工作，也是爱好。身为丹东人，他曾对鸭绿江断桥既亲切又陌生。亲切，是因为这是家乡的桥、看过无数遍的桥；陌生，是因为只知道它和抗美援朝战争有关，其余却不甚了了。断桥承载了多少荣辱兴衰，长久以来，他总想弄清楚。直到有一天，在鸭绿江断桥桥头看到一位流泪的老人。

"有一年 10 月，抗美援朝战争纪念日前后，我看到一位 60 多岁的老人，站在桥头的《为了和平》雕像前，一边哭，一边打电话说，'妈，我就站在鸭绿江断桥上，当年我爸就是从这座桥过的江'。我上前一问才知，他来自四川，是一名志愿军烈士的儿子，此情此景一下触动了我。"马晓春说，从那一刻起，他决心拍一部片子，讲述鸭绿江断桥和抗美援朝战争的故事。

那场战争，志愿军后代没有忘记，丹东没有忘记，国家也没有忘记。2020年，中共中央、国务院、中央军委向参加抗美援朝出国作战的、健在的志愿军老战士、老同志等颁发了"中国人民志愿军抗美援朝出国作战70周年"纪念章。

中国人民也没有忘记。媒体近期一项调查显示，96.2%受访者认为新时代仍应继承与发扬抗美援朝精神。中央电视台日前开播的抗美援朝题材电视剧《跨过鸭绿江》，收视率高居全国同时段电视剧第一位，累计观众超9亿人次，成为开年以来最火的电视剧作品。

奇怪的是，同是一场朝鲜战争，在参战的另一方——美国，却成了"被遗忘的战争"。20世纪50年代，当驻韩美军服役期满回归故土时，街坊邻居对于他们在朝鲜的所作所为、所见所闻，不仅显得无动于衷，而且很快就抛诸脑后，那些在本土发生的重大事件，或房地产、新车等才是美国人最关注的话题。

对于美国人而言，朝鲜战争既不像此前的二战那样，是为了保卫国家安全、动机正义的大规模战争；也不像此后的越战一样，将美国拖入泥潭，成为人们挥之不去的梦魇。朝鲜战争是一场难熬的局部战争，人们很快就认为这场战争不仅没有必要挑起，而且对美国毫无益处。

一名参加过朝鲜战争的美国老兵不无辛酸地写道：2001年、2002年是朝鲜战争中数次重大战役的50周年，然而，这两年间美国上映的三部战争主题电影（《偷袭珍珠港》《风语者》《我们曾经是战士》）中，两部是关于二战的，一部是关于越战的，朝鲜战争无人问津。

2004年，美国记者大卫·哈伯斯塔姆写作一本有关朝鲜战争的著作时，参观了佛罗里达的基韦斯特图书馆。他发现，书架上，共有88本有关越战的书，而有关朝鲜战争的书只有4本。难怪在英语语言国家里，这场战争常常被称为"被遗忘的战争"或"无人知晓的战争"。

铭记或是遗忘，对阵双方几十年后两种截然相反的态度，本身就昭示着这场战争的意义。

拼得山河无恙

从鸭绿江断桥出发，沿江上溯 50 公里，是志愿军渡江作战的另一处起点——河口村。

河口村与朝鲜的清城郡隔江相望。村子有一座位于江心的小岛，因为遍植桃树，得名桃花岛。

63 岁的村支书冉庆臣说，村里 800 来户人家，家家种桃树，多的几千棵，少的也有几百棵。春天看花，秋天采摘，河口村这些年人气很旺。2019 年"十一"长假，平均每天有十五六万人上岛。农家乐"老郎家"的鸭绿江游览船票一天就卖出了 10 万张。冉庆臣自豪地介绍，他们村的农民收入在全县排名第一。

也许是因为《桃花源记》，也许是因为金庸武侠里的桃花岛，桃花的意象总带着宁静、悠远的气韵，正如眼前河口村的桃花岛——遥居中国版图的东北角，静看鸭绿江水在四周环绕。

可是，这份宁静悠远并非与生俱来。71 年前，中国人民志愿军多支部队从河口村出发，跨过鸭绿江，挺进朝鲜战场。美军飞机则往来于鸭绿江上，轰炸连接桃花岛和朝鲜的清城桥。冉庆臣说，听老人们回忆，美军飞机先是顺着鸭绿江飞，垂直于清城桥扔炸弹，扔了几天没炸断。后来又顺着桥的方向轰炸，最终把大桥炸断。71年后，这座弹痕累累的断桥依然残存在鸭绿江上，只是名字从清城桥变成了河口断桥。

2020年末，在一个寒冷的清晨，冉庆臣站在河口断桥尽头，远望对岸的朝鲜，几座山峦背后，就是志愿军与美军交战的旧战场。当年，也是在这样寒冷的季节，他的父辈在桥边为志愿军战士送行。

冉庆臣说，他父亲当年是河口村的民兵连长，曾经为志愿军带路进入朝鲜，也曾经协助部队将烈士遗骸运回村里。他说："村子里十家有八家参加过抗美援朝。"

他从河口断桥尽头转过身来，回望岛上成片的桃林，期盼着下一个秋天的收成。岛中央的主干道将桃林分作南北两片，这一天正是赶集的日子，道路两侧，卖衣服的、卖鞋的、卖肉的、卖小吃的，一个摊位连着一个摊位。

沿道路北行，桃林尽头有片空地，停放着一辆从朝鲜战场运回的T34型坦克，似乎在提醒世人：没有71年前渡江一战，就没有今天桃花静开。

抗美援朝战争的胜利不仅给这个边境小村带来了长久的安宁，也宣誓全中国人民站起来后屹立于世界东方。这一战，拼来了山河无恙、家国安宁。

抗美援朝纪念馆副馆长宫绍山说："抗美援朝战争称得上是开国之战、立国之战。它的伟大历史功绩永远被国人铭记。"

化作民族精神

2020年12月，鸭绿江畔的丹东气温逼近零下20摄氏度，加上新冠肺炎疫情阴影仍在，外地游客很少，本地人也难得出门，位于市区英华山上的抗美援朝纪念馆却分外热闹。

宫绍山带领几位新闻记者，边走边讲解，走着走着，身边的听众越聚越多，而他的解说又常常被其他手持扬声器的讲解员盖过。宫绍山说，2020年9月抗美援朝纪念馆扩建重开后，日接待3000人，几乎天天约满。

这些参观者未必清楚抗美援朝战争的始末，但他们一定知道"谁是最可爱的人"，一定听说过黄继光、邱少云，一定怀念危难之际挺身而出保家卫国的英雄们。70多年来，抗美援朝战争所凝结的民族精神已经浸润到中国人的血液里，影响了几代人对人生、对世界的看法。

回眸人类战争史，一座城池的易手、一股敌军的歼灭，对今天的人们未必有现实影响，但伟大战争中迸发的伟大精神却融入了民族的精神谱系，化作红色基因代代相传。

70多年后，我们依然铭记抗美援朝精神，正是因为它和长征精神、抗战精神等一样，奠定了当今中华民族精神的基石：那是不畏强暴、反抗强权的民族风骨，那是万众一心、勠力同心的民族力量，那是舍生忘死、向死而生的民族血性，那是守正创新、奋勇向前的民族智慧。

在丹东，民族精神流淌于鸭绿江，铭刻在断桥上。自从偶遇那位在断桥桥头哭泣的志愿军后代，马晓春就开始用镜头追寻抗美援朝的历史。

他说："一座城市如果没有纪录片，就像一个家庭没有相册。"历时两年多，走遍鸭绿江流域的所有桥梁，2020年他终于完成了那部让丹东引以为豪的人文历史纪录片《遥远的桥》。和绝大多数人一样，马晓春和他的先辈没有参加过抗美援朝战争，但他们无疑也是抗美援朝精神的传人。

（文／宰飞 雷册渊 胡幸阳 李楚悦　图／司占伟）

比钢铁更坚固的东西，
留在桥上，永不消逝

　　冬阳之下，北风猎猎。江水淡蓝色，昼夜奔腾。鸭绿江上，断桥静默而立，光阴在桥下汹涌。这里是丹东，是志愿军英雄们的出征起点和凯旋之地，是抗美援朝坚强的大后方。这里，是经历战争炮火洗礼的英雄之城。

跨过鸭绿江

　　鸭绿江断桥是一座令人肃然起敬的桥梁。这座钢梁曲弦式 12 孔大桥建于 1909 年 5 月，1911 年 10 月竣工通车，全长 944.2 米，宽 11 米。我们到达的时候，暮色泛着橘光，就像那天一样。

　　那是 71 年前的深秋，1950 年 10 月 19 日。

　　那天的秘密出征没有送行队伍。战争大幕扯开，在安东（现丹东）、长甸河口和辑安（现集安）等多处渡口，26 万英雄跨过江水和国界，义无反顾，保家卫国。

　　横亘于丹东和朝鲜新义州之间的桥梁，以鸭绿江的上下游分为上桥和下桥，是中朝之间的重要枢纽。1950 年 10 月，"联合国军"为切断志愿军的兵力和物资后援，调集空中力量实施轰炸封锁。

在 1950 年 11 月 8 日之前，这座刚毅雄伟的大桥，叫鸭绿江老桥。上午 9 时，百余架 B-29 型轰炸机锁定于此，美军的炮弹砸向桥身。桥被拦腰炸断，朝方一侧钢梁落入江中。11 月 14 日，美军又派出军用轰炸机 34 架，再次轰炸，朝方三座桥墩被炸塌。直至 1951 年 2 月，狂轰滥炸之下，大桥被完全炸毁。

从此，从桥头出发，走 477 米，到达鸭绿江江心，便是桥的尽头。常常有老兵来断桥，不必开口，自有战友相见的默契。翻卷的钢条，密集的弹孔，像伤疤一样留在桥身上，江水把残片吞入肺腑，涌出几道浪。

丹东，那时候还叫安东，防空警报在白天呼啸，探照灯在夜间窥伺。从 1950 年 8 月到 1953 年上半年，美国军机入侵安东地区达 7023 架次，军事运输设施和民用建筑物损毁严重，平民百姓伤亡惨重。

"三个不相信"

更详细的记忆，被永远收藏。时值隆冬，丹东小雪簌簌。银白之中，抗美援朝纪念馆更显挺拔。纪念馆刚刚经历过一次长达 5 年的改扩建，现在总面积达 2.2 万余平方米，是原来的 4 倍。

纪念馆外的空地上，停放着几门 55 式 37 毫米口径高射炮，薄雪轻轻趴在军绿色炮筒上。"电影《金刚川》里，张译在山上用的就是这个炮。"宫绍山介绍这些场馆外的展品。他是丹东抗美援朝纪念馆的副馆长，今年 48 岁，原先在电视台工作，拍摄过许多抗美援朝老兵的故事。来纪念馆之后，他对每件展品的来历都了然于胸。

黄继光、邱少云的故事，大家都耳熟能详。"在抗美援朝的战场上，像黄继光这样用身体堵枪口的，我们知道的就有几十位。"宫绍山对烈士杨根思的事迹印象格外深：1950 年 10 月，杨根思随部队奔赴朝鲜战场，11 月参加长津湖战役。他守卫的小高岭阵地，是志愿军包围圈的袋口，同时又是以美国为首的"联合国军"突围的咽喉要冲。在炮火中，年轻的杨根思抱起炸药包冲向敌群，英雄的生命定格于 28 岁。

抗美援朝纪念馆的展板上，写着杨根思在赴朝作战前的动员会上说的"三个不相信"——不相信有完不成的任务，不相信有克服不了的困难，不相信有战胜不了的敌人。隔着七十载的时光，这些充满斗志与力量、饱含信念和勇气的词句，依旧听得见掷地有声的回响。

今天的丹东人，多多少少都与抗美援朝有些关联。当年家家户户支援前线，要人给人，要物给物，要血给血……因为军队与人民相互依偎，彼此守望，英雄从来不止一个人。这场战争不仅仅关乎前线军队，也是一场全民爱国主义运动。"很重要的一点是这种动员能力，抗美援朝运动充分体现这一点。就像今年的防疫一样，党中央的决策一下子就能落实到最基层。"宫绍山说。

桃花盛开地

"雄赳赳，气昂昂，跨过鸭绿江。保和平，卫祖国，就是保家乡……" 2000年9月23日，丹东抗美援朝纪念馆来了一位高大魁梧的老兵，在《中国人民志愿军战歌》手稿前驻足良久，热泪盈眶。他是志愿军炮兵第1师第26团5连指导员麻扶摇。这首脍炙人口的战歌，是当年他写给战士们的出征诗。

沿着鸭绿江从丹东市区溯游而上，50公里之外的宽甸满族自治县长甸镇河口村，是抗美援朝志愿军三大渡江地之一。村南的清城桥是通往朝鲜的陆路通道，麻扶摇就是在这里写下的出征战歌。往事历历在目，1950年10月，麻扶摇同战友们在安东集结待命，准备入朝。队伍里召开誓师大会，动员会上，战士们群情振奋，斗志高昂。麻扶摇这首质朴的诗歌，很快在志愿军的队伍里流传开来。

河口村桃花岛的风景奇佳，歌曲《在那桃花盛开的地方》的创作灵感就源于此地。赶上村里大集，一路上竟有些过年的气氛。刚落过雪，岸边河面都覆着一层薄冰。阳光之下，村庄纯净剔透。当了30年村干部的冉庆臣书记，站在桥头，操着浓重的东北口音，回忆起当年日夜轰鸣的炮火。

桥头的"清城桥"三字记录着桥断前的身份，这是鸭绿江上连接中朝两岸最早的一座公路桥。1950年，志愿军第39军117师、第40军118师、第3兵团一部、第20兵团、第23兵团一部……太多的英雄从这里出发。炮火中，桥断了不止一次，但始终有人奋力抢修。就像战场有人永远倒下，也不断有人顶上。

1951 年 11 月至 1952 年 3 月，下河口公路桥被美军飞机连续轰炸，桥中间 7 孔长约 200 米被炸断，再也无法修复了。但更多的桥在它的上下游建了起来。舟桥部队的浮桥，每天黄昏架设，用铁浮舟并列排开，用横木固定，铺上木板。夜色掩护中，部队和车辆通过，清晨这些浮桥又被悄悄撤掉。浮桥上曾匆匆走过的一个年轻的身影——毛岸英。和无数英雄一样，他也永远留在异国他乡的炮火中。

伤害不止枪炮。1952 年 1 月，美军在朝鲜战场发动大规模细菌战，宽甸镇东门外村成为首当其冲的细菌散布地点。我们在一片尘土飞扬的小路上，找到一片废弃空地，杂草丛生，砂石堆叠。"就是这了。"领路的宽甸县融媒体中心编导刘雅楠指认了当年细菌弹投放的遗址。

今天的宽甸县，安详宁静，美丽富庶。尤其是以 4 万亩桃林著称的河口村，"春看桃花秋摘桃"，村里几乎家家户户都从事旅游行业和种植业。不远处的毛岸英小学里，孩子们的琅琅书声在江上回荡。

雪飘得轻柔，安宁来之不易。炮火熄灭数十载，有一些比钢铁更坚固的东西，留在桥上，永不消逝。

（文 / 李楚悦）

"天路"奇迹

两路精神·青藏铁路精神

"加油，战胜唐古拉！"

——一位修建青藏公路的士兵

采 访 组：朱珉迕　王海燕　车佳楠　胡幸阳
采访时间：2020 年 10 月

"我确信孙中山不仅是个疯子，而且比疯子还要疯。"一百多年前，澳大利亚人威廉·端纳看到了孙中山拿出的画满铁路线的中国地图，如此感叹。

革命先行者毫不掩饰对未来的豪情壮志，其中就包括一个构想：从兰州、成都等地出发修建高原铁路，通往拉萨。

在端纳看来，在一个"连牦牛都上不去的地方"修铁路，"这个如同游戏拼图一样的东西根本没有实现的可能"。

冰峰雪山、荒漠冻土、高寒缺氧。1300 多年前，文成公主进藏，据说走了整整 3 年。直至 20 世纪中期，连接内地同西藏的，还是那条"羊肠小道猴子路，云梯溜索独木桥"的唐蕃古道。进藏之路，堪比"天路"。

但历史终究证明，孙中山不是疯子。1954 年，公路通到西藏。2006 年，铁路通到西藏。数十年间，在中国共产党领导下的中国人手里，"天路"奇迹一再书写。

墓碑与丰碑

1954 年 5 月 11 日，慕生忠将军带领 1200 多名驼工，在青海格尔木南昆仑山下艾芨里沟，掘开了青藏公路第一锹土。

这是世界公路史上绝无仅有的开工仪式：没有奠基石，更没有彩绸和鞭炮。茫茫戈壁滩上，慕生忠将军抡起铁锹开挖"第一锹"。他的锹上赫然刻着 5 个字——"慕生忠之墓"。

在格尔木慕生忠将军纪念馆里，记者见到了这把特殊的铁锹。将军的意思很明白，死也要死在青藏线上，如果他倒在筑路途中，这把铁锹就是他的墓碑。

西藏和平解放前没有一条公路，行路之难难于上青天。1950 年 4 月，毛泽东作出指示："一面进军，一面修路。"从 1950 年起，两路筑路大军分别从四川和青海出发，开始了举步维艰的筑路壮举。

没有设计图纸、没有工程机械、没有技术人员，筑路大军用铁锤、钢钎和十字镐，劈奇峰峭壁，越高原冰川，填泥坑沼泽，用生命和心血铸造"两路"。

山高谷深、高寒缺氧、险阻重重。张国华将军率领的十八军进藏部队一边行军、一边筑路，途中遭遇各种险情，有个连队在执行爆破土石任务时，两个小战士没掌握好爆破时间，返回查看时，当场牺牲；在怒江天险架桥时，把战士用绳子吊下悬崖，在两岸石壁上一点一点开凿平台，牺牲了不少同志。

有人统计，川藏线每向前延伸1公里，就有2名官兵献出宝贵的生命。1953年，官兵们在修建怒江大桥时，一名战士不小心掉入刚刚浇筑的桥墩中。很多年后，老桥拆除重建，这座无名的桥墩却永久保存下来，成为耸立在滔滔江水中一座永远的丰碑。

十八军修筑川藏公路的同时，西线筑路大军也在奋勇筑路。彼时，慕生忠将军手上只有30万元、1500公斤炸药和1200多名筑路军民。慕生忠把铺盖卷起，和士兵们住在一个帐篷里。他带领大家勘察地形，研究方案，克服了高寒缺氧等许多令人难以想象的困难，征服沼泽地、冻土带和河流、峡谷，将公路一步一步向拉萨延伸。

1954年9月，工程推进到唐古拉山口。这里是青藏公路的最高点，山口海拔5231米，气温在零度以下。施工队伍迎着风雪冰雹，奋力拼搏。他们吃的是加盐的面疙瘩，没有蔬菜，不见油荤。人人面色紫黑，嘴唇干裂，消瘦得变了形。但为抢在大雪前打通道路，大家争着到山顶最高处施工，在风雪中一边抢镐一边大喊："加油，战胜唐古拉！"仅用一个月，公路延伸越过了唐古拉山口。

离拉萨不远的地方，有座山叫作陶儿久山，山下有一片旷野名为"韩滩"。这是为纪念修路中累病早逝的驼工小韩而命名的。慕生忠率领数百名官兵为他举行葬礼，素来坚韧的将军落泪了："我本想到拉萨给你亲手戴上大红花，可连这一天你也没等到，这地方就叫'韩滩'吧！"

1954年12月25日，350辆汽车分别从川藏公路和青藏公路汇集到拉萨布达拉宫广场。川藏、青藏公路全线通车，西藏没有一条公路的历史宣告结束。

墓碑托举历史丰碑。用西藏交通厅公路管理局青藏公路分局原党委书记桑格的话说，这是用鲜血和生命铺筑的"天路"，是筑路大军用血肉写在高原上的誓言。

魄力与实力

"两路"建成后，新藏、滇藏公路陆续建成；1965 年，北京至拉萨航线正式开通。但国人心头仍有一个未解的结。

1973 年，毛泽东会见尼泊尔国王比兰德拉时说，青藏铁路一定要修，要修到拉萨去，要修到中尼边境去。"青藏铁路修不通，我睡不着觉。"

彼时，西藏仍是国内唯一不通铁路的地区。1974 年初，铁道兵开到德令哈，第二次开工建设青藏铁路。

近 20 年前，"两路"修通之后，已有过修建铁路的尝试。1955 年，慕生忠被任命为青藏铁路建设工程局局长，带人沿着自己挥洒过汗水的青藏公路调查了 3 个月。1958 年，青藏铁路西宁至格尔木段开工，格尔木至拉萨段开始大规模勘测。但很快迎来三年困难期，中国无力承受如此规模的工程，亦无法克服冻土、缺氧等难题。1961 年，工程被迫叫停。

第二次尝试停在格尔木。1979 年，经过 5 年大会战之后，青藏铁路西宁至格尔木段铺通，并于 1984 年投入运营，但格尔木至拉萨段依旧困于高原冻土问题。上世纪 80 年代，美国旅行作家保罗·索鲁在游历过中国后断言，"有昆仑山脉在，铁路就永远到不了拉萨"。21 世纪初，英国《卫报》仍说，"在永久冻土层修筑这条铁路有许多令人胆怯的苦难，这条铁路的最后一段已被专家称为'几乎是不可能建成的'"。

但他们都错了。2001 年 6 月，中共中央在第四次西藏工作座谈会上宣布开工兴建青藏铁路。6 月 27 日会议结束当天，国务院下发《关于青藏铁路格尔木至拉萨段开工报告的批复》，两天后正式开工。

卧薪尝胆 50 年后，建成这条"几乎不可能"的铁路只用了 5 年。

格拉段的建设，开启了人类铁路建设史上从未有过的一次穿越：从格尔木到拉萨，1142 公里的铁路线，有 960 公里需经过海拔 4000 米以上地段，穿越连续多年冻土区 550 公里，所经地区大部分属于生命禁区和无人区。

而在途经可可西里、羌塘等自然保护区时，铁路设计了数十处野生动物通道，亦有多处专为避让藏羚羊等野生动物而设计的线路绕行。同时，格尔木至拉萨段用于环境保护的投资创纪录地超过 15.4 亿元，还首次实行了环保监理制度……

世界屋脊终于有了一条海拔最高、线路最长的大通道。世人从中看到的是一个国家的魄力，更是实力。

守望与希望

"那是一条神奇的天路，把人间的温暖送到边疆，从此山不再高路不再漫长，各族儿女欢聚一堂……"2005 年，藏族歌手韩红买下了歌曲《天路》的版权，并将其带到了春晚。而对行进在"天路"上的人来说，融于日常的变化，比歌词更为具象。

从西宁到拉萨的 Z6801 次列车驶向更高处。29 岁的女列车长戎雅婕结束巡车，终于得空望向窗外。那是她心中的圣地措那湖，蓝天下的湖水在阳光照耀下映出各种色彩，宛如宝石。5 年来，这幅图景她看了 300 多次，怎么也看不腻。

"每每想到火车上每个乘客都在望向窗外，都会让我开心很久。"短暂的巡车间隙，戎雅婕告诉我们，"有人说，青藏高原的风景是那么美丽圣洁，能给每个看到的人带去希望。这也是我们工作的动力。"

对在那曲站上车的 18 岁姑娘宗嘎罗措来说，铁路本身就给她带来了希望。得益于火车开通，往返拉萨变得快捷而方便，去拉萨上学也不再是奢望。这次去拉萨是去取档案——如今她已考上内地高校。

无数人的生活被"天路"改变着。在拉萨城西的堆龙德庆区乃琼镇色玛村，村民曾经只靠种青稞、养牛羊、打零工维持生计，人均年收入不足千元。铁路开通后，毗邻拉萨货运站的村里办起物流公司，转型成一个拥有大小货车 100 多台，挖机、装载机 200 多台的物流村。"靠铁路吃饭"的色玛村 2015 年就实现全部脱贫，村主任尼玛次仁说："火车通了之后，感觉像脑袋上的帽子被摘掉一样，人突然开窍了。"

青藏铁路通车时，青藏公路已经历数轮改建。77 岁的桑格 16 岁时就来到青藏公路，从普通护路工一路做到公路局党委书记，用过最原始的铁锹铁镐，也用过拖拉机。改革开放之初，"四个现代化"传遍全国，桑格和同事们有过一个"公路四化"之梦——"路面黑色化、人员年轻化、工具机械化、桥梁永久化"。在整条青藏公路还是土路的当年，一位藏族道班长临终前最大的遗憾，是"没有见到黑色的路面"。

从 1955 年起，国家先后投入 20 亿元，青藏公路逐步改造成沥青路面。70 年代，养路工人开始使用手扶拖拉机，青藏公路成为二级路；80 年代，开始使用拖拉机、翻斗车；90 年代，大型现代化机械上来了，有挖掘机、装载机、推土机、沥青铺筑机……40 年后聊起这些往事，桑格说得最多的词是"道班为家"。在雪域高原，一代代公路人把路当家一样守护，见证了黄色土路变成黑色沥青柏油路，变成更高能级的"路"。

这是无数人寄托希望的路，也是无数人倾力守望的路。历史长河中，"路"的变迁，映射的是时代的脉络。

2011 年，拉萨至贡嘎机场高速公路通车。2019 年，拉林高等级公路全线通车，拉萨和林芝两地车程缩短到 5 小时；2020 年，G6 京藏高速公路羊八井至拉萨段通车，拉萨至那曲车程缩短至 3 小时。

2014 年，青藏铁路延伸线——拉日铁路全线竣工运营，火车通到了日喀则，并有望在未来通到中尼边境。2020 年，川藏铁路开始铺轨，一条比青藏铁路更具挑战性的进藏铁路征途开启。

今天，西藏有了立体交通网络，"天路奇迹"仍在继续上演。一条条"神奇的天路"，背后是几代中国人共同铸就的精神支撑——

"一不怕苦、二不怕死，顽强拼搏、甘当路石，军民一家、民族团结"。

"挑战极限、勇创一流"。

（文／朱珉迕 王海燕 车佳楠 胡幸阳　图／胡幸阳）

无数人寄托希望的路，也是无数人倾力守望的路

一列运送石碴的货运班车从远处驶来，鸣笛惊醒原本只有鸟兽盘桓、逡巡的荒原。站台上的风刮得凛冽，昆仑依旧是亘古的沉默，而在行车室的电脑屏幕前，调车作业、接发列车的状态显示，这条"天路"现在安全、有序。

在这里，青藏铁路曾深思熟虑二十年

南山口，冒险家们曾标记这个地理意义上的分水岭。从这里到昆仑山口，是现代地壳最易变形地区；翻过昆仑山脉，还将面临多年冻土、高寒缺氧、生态脆弱等棘手问题。

青藏铁路曾在这里深思熟虑二十年。

距离格尔木市30多公里处的南山口站，1984年投用，是青藏铁路一期（西宁到格尔木段）旧轨和二期（格尔木到拉萨段）新轨的连接点。2001年，新青藏铁路从这里开始修建，终于通往拉萨。

青藏铁路史上，南山口就像一个巨大的顿号。它到底意味着什么，又见证了什么？

1985年，距离青藏铁路西宁至格尔木段正式运行刚满一年，18岁的江苏

如东人花映海来到青藏铁路集团公司格尔木车务站任调车员。他发现，铁轨在距离格尔木城区 30 多公里外的南山口站戛然而止，没有继续挺进，为什么？

原来，1979 年由于全国铁路运力吃紧，铁路建设重点东移，青藏铁路二期工程（格尔木至拉萨）的修建被暂时搁置，多条进藏铁路的方案同时悬置。碍于技术原因，格尔木至拉萨段的修建始终无法很好解决冻土难题，需要审慎研究。

到了 1983 年夏天，中共西藏自治区党委第一书记阴法唐向邓小平汇报西藏工作，建议重启青藏铁路建设。邓小平询问里程和工程预算后一锤定音："看来还是修建青藏铁路好。"

2001 年 6 月 29 日，暂停 22 年后，青藏铁路二期工程终于动工。一对 25 米标长的路轨被轻轻吊装落下，与既有线成功接续，青藏铁路建设的新线与旧线紧紧咬合。

一时间，海拔 3080 米的南山口站热闹非凡。1700 多名科研人员集结，研究高原环境下的施工难题。占地 470 多亩的南山口铺架基地成了整条青藏铁路新线的建设窗口，2 个桥梁厂、1 个材料厂、1 个制枕厂里，3000 多名工人日夜奋战。

2006 年 7 月 1 日，"天路"在短短 5 年内实现贯通。"外界认为这条天路已经胜券在握，其实不然，大量的工作在后头。"花映海回忆，一期工程西格段无法满足火车 48 小时从北京抵达拉萨的目标，他留守在西格段双线工程，确保铁路运营目标实现。

四道并行的铁轨静静地横卧在崭新的路基上，三栋浅黄色小平房伫立在站台的中央，昆仑的风越过荒芜的戈壁裸地，飕飕地撼动着平房边的旗杆……15 年后的今天，南山口站台之外的建筑群犹如一座空城。只有抵达站台内，才觉知这里是一帮朴实热情的铁路看守人的港湾。

2010 年，花映海被调到南山口站，成了车站的站长，管理 20 余名职工。铁路线路全面铺好后，各省市的工程单位陆续撤走，货物直接拉到拉萨，南山口站成了格尔木站下属的货运小站，"作业量从一天装六列，减少到两天装一列，现在是一个月装个两三列"。原本位于车站西南几百米处路轨两侧的"青藏铁路新线起点"铁架匾也已经撤下。

新来的员工没能见证这段光辉的筑路岁月，却从戈壁荒原的威力中感知锤炼"青藏铁路精神"之不易。2019年，来自湖南衡阳的杨飘踏入南山口站，半个月的嘴唇干裂出血，如何喝水都无用。夏天蚊虫猖獗，职工都用"防蜂罩"，大热天也得戴手套。

南山口站常年大风，2015年一次沙尘暴，白日里伸手不见五指。冬日气温可达零下30多摄氏度，屋里靠手动烧煤供暖。"屋外手一沾水就粘住，迎着风鼻涕都会冻住，可职工们还要在凌晨三四点干活。"

南山口站挥动过新旧工程的交接棒，经历了建设热潮的巅峰与褪却，坚守亦难能可贵。站台办公室显眼处挂着一幅书法——"格拉第一站，坚决站第一"，恰好诠释了当下南山口站守路人的信念。

2013年9月25日，南山口站实现"安全无事故一万天"，来之不易。2010年7月到9月，不冻泉发生大洪水，影响了车站，他们值守了60天，保证线路畅通和安全。青海玉树地震发生后，航空煤油、柴油等救灾物资就是从南山口站运出。石碴的专运线上没有照明，每天，职工只能靠着手电筒，以30公里的时速排查障碍物。2011年，线路上曾出现直径40厘米左右的石块，被及时清理解除隐患……

青藏铁路正在悄然改革，大小站点的管理模式采用大站管小站、电子化制票、货物调度集中系统，南山口站的定位势必不断变化，但在花映海看来，安全检查、线路系统维护始终必不可少。"在外人看来，这些都是没有什么突破性的业务成绩，对我们自己而言，坚守就是最大的奉献。"

一列运送石碴的货运班车从远处驶来，鸣笛惊醒原本只有鸟兽盘桓、逡巡的荒原。站台上的风刮得凛冽，昆仑依旧是亘古的沉默，而在行车室的电脑屏幕前，调车作业、接发列车的状态显示，这条"天路"现在安全、有序。

敬礼！纯粹而自豪

坐过青藏线列车的人，一定见过向列车敬礼的军人。在苍茫的原野上，在孤单的岗哨里，站得笔挺的人紧盯着轰隆驶过的火车，敬一个标准的军礼，背后是巍峨的群山。

为什么要敬礼？在拉萨西北约 100 公里的羊八井，海拔 4313 米的一个岗哨上，有人解答了疑问——长年艰苦的守望，看到火车安全顺利通过，心里一定会涌上一股最热烈的自豪。

武警西藏总队拉萨支队羊八井中队，就在羊八井二号隧道的一头。中队负责守护隧道段铁路的安全。"多数时候，做的是一些简单琐碎的事。"班长秦邦林说，"有时在巡逻的时候，发现路面上有落石，我们就和铁路公司联系，叫停火车，直到我们抢修维护结束。难得会有人或动物越过隔离栏，我们也会第一时间驱离。"

同秦邦林聊天时，他总是笑着，淡淡地讲述经历。若不是身在他们的工作环境里，很容易忽略：海拔 4000 多米的高原上，没有什么简单的事。

高原反应是最大也最普遍的难题。秦邦林是广西桂林人，11 年前入伍分配到此。"刚来那几天，身体很冷，头很重，全身无力，特别想睡觉。"和多数初到高原的人一样，他的高原反应很强烈。但和多数人不一样，武警官兵不能总是坐着吸氧休息。他们要最快地适应环境，站岗、巡逻、出操。

秦邦林说，白天一个岗要站 6 个小时，晚上则是 2 个小时，一个月一共要站岗约 100 个小时。营房与岗哨间还隔着近百米的高度差，石阶陡峭。每次站岗，就意味着要往上攀一次，几小时后再往下探一次。记者不自量力，提出跟拍一段武警官兵上"天梯"的画面，却根本追不上他们的步伐，只得三番两次地喘着气喊"等一等"。

除了低压、低氧，武警官兵们还要面对强烈的太阳辐射，以及风沙、雨雪。"风吹石头跑，氧气吃不饱。六月下大雪，四季穿棉袄。"这是青藏铁路沿线自然环境的真实写照。"无论下暴雨、打雷，站岗时都一动不能动。"秦邦林说，"最难受的是风沙天气。指甲盖大的石头被狂风裹挟着，往脸上、帽子上、身上打来。但我能做的，最多只有眨眨眼睛。"几个小时站下来，脸上、手上布满血痕，他们早已习惯。

艰苦的环境中，武警官兵们还必须时刻准备着，应对突发考验。

记者听相熟的武警说过一件惊心动魄的真事：拉萨河特大桥上，一名年幼的男孩误入铁轨，而火车已经驶到了不远处。岗哨第一时间发现后，就近的武警战士当机立断，冲上铁轨，抱住孩子，滚下满是碎石的护坡。孩子与列车都安然无恙，武警战士却摔断了脚踝。

中队指导员洛桑顿珠说，羊八井隧道段倒没发生过这样惊险的故事——在这里，最折腾战士们的是灾害天气。2015年1月，暴雪来袭，一段铁路被半人高的积雪覆盖，影响列车通行。官兵们紧急出动，开展清理工作。上等兵曾文星在作业时，手背的伤口裂开出血，仍然坚持到扫清积雪为止。白色的雪染上了斑斑红色，曾文星却开玩笑说："这是一幅蜡梅图。"

比起雪灾，泥石流的危害性与危险性更甚。秦邦林回忆，刚来二十六中队时，就听老兵说过泥石流的可怕——铁路被泥浆淹没，轨道上全是石头。2012年8月雨季，他也亲身经历了一回。

"晚上12点，紧急集合的哨声响起。"秦邦林整备完毕跑到操场，当下傻了眼。泥浆已经流到了营房的训练场，甚至没过了脚踝。不知道暴雨还要下多久，山坡上的石块随时可能滑落，万一泥石流的规模再扩大，铁路与营房都将面临严重的安全问题。幸而雨势渐小，判断情况安全后，官兵们赶紧扛起铁铲、铁锹、水管等，沿"天梯"来到铁路边，清理泥浆与碎石。"我心里清楚，铁路必须尽快恢复畅通。这是西藏人民的重要生命线。"

这些年，护路官兵们的条件在逐步改善。铁路旁的岗亭里，新式取暖器取代了老暖炉。食堂里，肉、蛋、蔬菜、水果种类多且量大。洗澡间装上了花洒，有热水。营房二楼的一间房间里，一名武警战士正端坐在桌前，聚精会神地盯着墙上的巨大屏幕。洛桑顿珠说，这也是一处岗哨，"实时监控覆盖了我们负责的所有路段，做到真正的'零死角'"。

在中队待了11年后，秦邦林适应了这里的生活。"人生有多少个11年？我在自己家里都没待那么久过。"他说，"部队与铁路成了我的第二个家。"

每当站岗时，列车经过，秦邦林都会敬一个持枪礼——虽没有规定这样做，但他很想用敬礼表达些什么。

（文／车佳楠 胡幸阳）

铁人不老 油田不竭

大庆精神·铁人精神

"咱们一刻也不能等，就是人拉肩扛也要把钻机运到井场。有条件要上，没有条件创造条件也要上。"

——王进喜

采访组：宰　飞　徐瑞哲　周丹旎　周程祎
采访时间：2020 年 12 月

　　2020 年岁末，雪花飘落在松辽平原的数万台抽油机上，为大庆平添一份沧桑感。抽油机有的在郊外，有的在城区。它们不急不缓、一起一落地抽着油，就像不知疲倦的朝拜者一样，要向大地叩问答案。

　　如果能思考，它们会问什么？或许会是那著名的"铁人三问"。1960 年春，铁人王进喜率领 1205 钻井队从玉门赶到大庆，一下车，不问住哪吃啥，就立刻抛出三个问题："钻机到了没？""井位在哪里？""这里钻井的最高纪录是多少？"王进喜的工友、现年 87 岁的邱岳泰回忆说："王进喜没我高，但比我壮，风格就跟打仗一样。"

　　时过境迁，但 1205 钻井队"番号"未变。新一代铁人这样回答老队长的三问。

一答"钻机到了没"

　　在大庆市铁人王进喜纪念馆前的广场上，耸立着一座极为经典的铁人雕像——铁人手握刹把，巍然挺立，目光刚毅，直视前方。很多人会问，王进喜紧紧握住的"刹把"究竟为何物？

　　刹把看上去其貌不扬，却是钻井过程中主要的操纵工具，用以控制钻杆的起落和钻进速度。60 多年前，甫一抵达大庆便马不停蹄开钻的王进喜，就是手握这支贝乌 -40 型钻机的刹把，率领钻井队打下了第一口油井，以 5 天零 4 个小时的速度创造了当时钻井快速进尺的最高纪录。

　　"当年铁人老队长在钻台上扶刹把，经常被喷得一身泥浆，冬天工服外面结出一层厚厚的冰铠甲……"张晶是 1205 钻井队现任队长，他告诉记者，几十年来钻机经历九次更新迭代，传统苏制的贝乌 -40 型钻机早已被更为先进的 ZJ-70DB 型钻机取代。新型钻机增加了自动化操作系统，劳动强度、安全风险大大降低，司钻再也不需要像老队长那样在风吹雨淋的室外手动操纵了。

　　"铁钻工已到位，高度是否合适？"采访当天，1205 钻井队正开钻一口新井，队员们带着记者探访了作业中的司钻房。在驾驶室模样的操作房里，司钻手握装有多个彩色按钮的手柄，灵活调度着钻机上的各个设备。在前方一字排开的屏幕上，各项精细的钻井参数一目了然。"咔嗒！"司钻房内工人和井上工人通力配合，伴随一声清晰的机器叩击声，两根钻杆成功连接，钻柱开始探向更深的地下世界……

这已是 1205 钻井队 2020 年打下的第 83 口井。这一年，钻井队年累计进尺再次突破 10 万米，实现了年进尺 10 万米"四连冠"。

前方打井争分夺秒，后方科研人员则要以技术攻关保障石油采收。"大庆油田一开发，就在考虑怎么提高采收率。"作为大庆油田勘探开发研究院原总工程师，袁庆峰 1960 年随北京石油科学研究院团队来到大庆，时值苏联逐步撤走在华专家，油田开发刚刚起步便遭遇技术封锁，怎么办？当时团队里多是 20 来岁的年轻人，大家分头"啃"英文、俄文资料，向国外著名油田学经验。

"咱们起步晚，但是追得快，既学习国外先进案例，又不受其经验束缚。"袁庆峰说，大庆油田开发伊始就不搞"衰竭式开采"，"出多少油、注多少水，想办法把地层能量补充起来，让油田能够长期稳产高产"。

从自喷采油、水驱采油到化学采油，以实践论、矛盾论"两论"起家的大庆油田一手抓调研、一手抓试验，在"迎头赶上"中创造了领跑世界的陆相油田开发技术。"我们开创的地下油层小层对比技术，比美国提出的高分辨率层序地层学理论还要更早。在油层储量计算方面，大庆擅长处理岩性、物性、含油性、电性四性关系，将计算参数做到了极为精细的程度……"说起大庆油田的创新技术，年过八旬的袁老眼中闪着亮光。

从"头上青天一顶，脚下荒原一片"，到如今约 6000 平方公里油田上星罗棋布、昼夜不息的 6 万多台抽油机，在一代代石油人的"声声吼"中，这片曾杳无人烟的茫茫荒原成了国家工业的重要"发动机"。

二答"井位在哪里"

大庆油田有一个著名典故，叫"三点定乾坤"。松辽盆地第三号基准井——松基三井最先喷出工业油流后，1960 年，会战职工又在萨 66 井、杏 66 井和喇 72 井相继发现油流。这三口井的喷油，证明大庆长垣北部 800 余平方公里的范围内都是含油区，初步显示出了大庆油田的轮廓。油田轮廓有了，具体井位在哪里、怎么打？这时，以邱岳泰为代表的一群地质技术人员，便承担起钻井施工设计的任务。

邱岳泰说，地下储油结构极少是完整的，为了确定钻井位置，他们需要研究各个断层之间的关系——"设计不到位，打井也白费"。他对比了 500 余口井的原始画幅，核对了上万个数据，画了几十张断层面图。

绘图过程由于无法直接观察，仿佛"盲人摸象"。邱岳泰只能下苦功夫，根据点连成线，再由线连成面，勾勒出了断层的分布范围和产状。物质匮乏则是另一难关。没有桌子，他自己用林木搭了一个架子，在架子上放一块玻璃，玻璃下面装个灯泡，这便是投图台了；没有橡皮，他想办法找来两个馒头，饥肠辘辘却舍不得吃，小心地把馒头捏成米粒大小的颗粒，一点点把图纸上的灰粘掉……

王进喜说的"有条件要上，没有条件创造条件也要上"，是每个会战职工的真实写照。怀着艰苦创业精神，1962 年，邱岳泰设计出了大庆油田第一口断层面取心井，实现了国内断层取心零的突破。

时光飞逝，到了 2020 年末，大庆已有 7 万多口油井。这个数字，还在不断更新。

无论是郊外还是城区，宛如过着游牧生活方式的钻井队，总在不同井场间腾挪转移。1205 钻井队党支部副书记李海洋告诉记者，凭借 2020 年新制定的"三提前三随时"工作制度，他们进一步提高了自主搬家效率。大庆雨季漫长，每逢下雨，便很难把钻井设备搬进新的井场。于是他们提前关注天气状况，随时注意变化；提前勘查新的井位，随时查看井场条件；提前制定搬家方案，随时调整，灵活应变。"这样我们就把搬家环节可能浪费的时间全都消除掉了，大大省时增效。"李海洋说。

与大会战时期相比，大庆现在的开采条件更为复杂。因此钻井队大多采用斜井钻井技术，避免影响其他油井。李海洋指着开钻现场向记者介绍，"我们这口井井深 1291 米，是有点斜的。在打之前，通过计算机仿真模拟实况，就能精准实现'一趟钻'。"

大庆的石油工人不仅在松辽平原上打井，还把井打到了海拉尔、塔里木、四川盆地，打到了苏丹、蒙古、伊拉克……大庆新铁人李新民说："宁肯历尽千难万险，也要为祖国献石油。" 2006年，他带队奔赴苏丹，在地表温度接近70摄氏度的异国打出了一口口优质井，成功开辟了海外市场。如今，DQ1205的旗帜又在伊拉克油田上空飘扬。

"无论在哪里打井，大庆都是我们永远的家。"DQ1205钻井队平台经理胡福庆最近刚刚回"家"，他告诉记者，几个月后自己又将走出国门，确保海外疫情防控、生产经营两不误。

三答"纪录是多少"

一个甲子之前的种种"第一"，一个甲子之后频频被打破。

当年，老铁人用铁一般的身手，铸造出铁一般的信仰、铁一般的纪律、铁一般的担当。而今，当选"人民楷模""改革先锋"的新时期铁人王启民，用科技创新持续打破神话、不断刷新纪录，为大庆油田拿下国家科技进步奖最高等级的特等奖。

这位生于1937年的当代铁人，如今80多岁了，依然天天到公司上班。在大庆油田公司的办公室里，一张张犹如长征路线图的技术路线图，以及一段段来自油层的岩心取样，仿佛是他的座右铭。

"我的生日是9月26日，与大庆油田的发现之日是同一天，似乎是老天爷安排的。"王启民笑着告诉记者，正是这份缘让他将自己的"人设"定义为大庆之子、石油之子，并且一生为此挥洒能量。1960年，他从北京石油学院赴大庆参加会战，甚至曾与爱人签过"离婚书"。白天，他带上两个窝头、一包咸菜，以及"两论"和笔记本，到处巡井调查；晚归时，还要拿上棍子、点亮手电，以防野狼袭击。

夜到深处，他们写完材料，还自刻蜡版、油印并装订，将最新报告赶出来。在20年干打垒居住史之前，王启民和所有会战战友一样，在大庆这片千湖之地上安营扎寨。天寒地冻的环境、整夜潮湿的褥子让他患上了风湿性脊椎病。

虽经多年治疗，如今走道仍然有点弯腰驼背。

人老了，油田也老了？不！在王启民长期攻关下，曾被视为"垃圾货""边角料"的表外储层，如今也探明有 7 亿吨原油储量。他摸着案头那几段油岩样本告诉记者，一些黑黝黝的油砂层当然求之不得，而另一些发褐甚至有点苍白的表外储层，也能开发出原油来。王启民比画着，想象将处于"边缘地带"的表外储层"牵个绳子连起来"，就能变废为宝，突破开采禁区。这样的技术路径不是没有人反对，王启民甚至被批评过。他直言，如果听到的都是"你说得对"，那还是真正的创新吗？

打更深不能只靠一根杆，行更远不能只走一条路，老革命有新方法。在市西南红岗区，大庆华理生物技术有限公司发酵罐厂区外，几台最传统的抽油机正在不停作业。但不同的是，一辆罐车停在厂房外，从厂房里伸出来的管道，像水龙头一样向其注入脂肽制剂，将罐车填满。来自上海的总工程师刘金峰告诉记者，这是要注入地下油层的生物表面活性剂，像用洗衣液洗衣服一样，将岩层孔隙里的油"洗"出来。而比起碱性的化学表面活性剂，这一以枯草芽孢杆菌为主的益生菌活性剂，不仅成本只有传统活性剂的 1/3，而且绿色环保，还可防止油层腐蚀受损。

经过 8 年先导性试验，大庆华理与大庆油田采油二厂产研合作，采出约 2000 口井，将采收率从 22.4% 提高到 30%。有意思的是，这种"油腻菌"2020 年还入选"长征 5 号"火箭的"太空乘组"，成为世界上第一个上天的采油菌种。石油人期望它们在空间实验中经过诱发突变，成为更强大的驱油新势力。目前，在最传统的注水采油之外，化学驱、热力驱、微生物驱等多元复合的创新科技正驱动大庆油田焕发又一春。

在大庆油田历史陈列馆，挂着一张大庆油田百年油气产量结构图：到 2060 年，也就是这座石油城百年之际，油气当量仍可保持现在 4000 万吨的规模。大庆将如青春不老泉一般，实现百年油田梦。

（文／徐瑞哲 周丹旎 周程祎　图／徐瑞哲）

铁人走过的路，依然歌声扬

冬日早晨，日头悬挂在地平线上，光秃的枝丫结满银白雪霜。

从大庆市区驱车向北十余公里，城郊一处荒野上，一架高几十米的钻机昂然矗立，几排白色简易板房排列一边——这是铁人王进喜曾带领的 1205 钻井队在今天的作业现场。

他们，唱着自己的队歌《踏着铁人脚步走》，继续打铁人打下的井。更多的"他们"，从场馆讲解人到高校思政人等，在地层之外的精神层面，把这口井打深、打好。

旗　帜

刚一下车，头戴一顶狗皮帽子、身着红色工作服的钻井队党支部副书记李海洋就大步迎上前来。零下 20 多摄氏度的野外寒风刺骨，不远处高耸的井架上下，工人们忙碌的身影却热气蒸腾。李海洋指着一排排板房告诉记者，一年 365 天，钻井工人超过 270 天都在井上度过。"油井打到哪，我们就搬到哪！"以井队为家、逐石油而居，对钻井工人来说早已习以为常。

相比铁人老队长的年代，如今井上作业条件、生活环境已改善许多，板房里暖气、热水齐备，可钻井工人野外作业的工作性质并没有改变。"不管是严寒酷暑、风霜雨雪，只要生产运行，我们就必须 24 小时坚守岗位。"李海洋说。

一次，钻机高处一个装置出了问题，副队长王磊悬在离地 30 多米的井架上，在接近零下 30 摄氏度的室外连续修理两个小时，下井架时他整个人都"冻透了"，小拇指几乎失去知觉。"苦不苦？""这都不算啥，咬咬牙就坚持下来了。咱是铁人队的队员，干什么事都不能给老队长丢人。"王磊说。

队里的技术员谷宏达是个"油三代"，2013 年大学一毕业就进了 1205 队。离开"象牙塔"，来到与石油、泥浆和荒原为伴的钻井队，他不是没有过退缩的念头。"可我父亲说，作为一个男人、一个石油人，选择了这条路就应该坚持下去，干出一个好结果，他的话对我触动很大。"

如今，当初那个毛头小伙早已成长为井队的中坚力量，多年井上生活还让他"眼观六路、耳听八方"。凌晨 1 点多，下了夜班的谷宏达躺上床，心思仍在钻机上。"必须听着机器动静才能睡踏实。一听声儿不对了，立马就得穿上衣服出去检查。"井上待久了，刚回家那几天，寂静无声的夜晚反而让谷宏达不太习惯，"睡着睡着，会突然一个激灵惊醒，总觉得自己还在井上"。

动 脉

王立志是一名"油二代"，也曾是一个战斗在井场上的钻井工人。2006 年，铁人王进喜纪念馆新馆落成，他应聘成了一名讲解员。"过去当工人的时候只知道埋头干，对铁人的生平不是那么了解，所以刚当上讲解员时，还不明白大庆精神、铁人精神到底意味着什么。"

直到 2008 年的一个傍晚，王立志结束一天的讲解工作坐公交车回家，一位老大爷认出了他："小伙子，你是讲铁人故事的吧？"说着，老大爷起身非要把座位让给王立志。原来，大爷是一名"老会战"，参加过 1960 年到 1963 年的石油大会战，曾悄悄来铁人王进喜纪念馆看过展览。"你的讲解，能把我带到当年去！"老人动情地说。

那一刻，王立志忽然觉得肩上沉甸甸的。从钻井工人到讲解员，从实践"铁人精神"转变为讲述"铁人精神",身份转换之间,他虽然脱下了钻井工作服,却扛起另一份重担——讲好这段激情燃烧的峥嵘往事,既能慰藉老一辈的奋斗者,也能激励新一代的年轻人。

2010年,王立志加入"石油魂"——大庆精神、铁人精神宣讲团,带着传承精神的使命奔赴全国各地。在青海花土沟油田,他和团员们为世界上海拔最高的油井——狮20井的一线工人宣讲。那一天,12名工人席地坐在油井旁坑坑洼洼的土台上,听至动情处,有人偷偷抹了眼泪。王立志意识到,铁人精神从未远去,它如同跳动不息的脉搏,与遥远的人们同频共振。

篇 章

"那时候就靠捡豆子充饥……到了晚上12点以后,我们就用脸盆煮上一锅芸豆,一人吃一碗,吃完以后人好像都容光焕发了一样,这时候就可以'开夜车'了。"聊起石油大会战时期的艰苦情形,中国工程院院士、"老会战"胡见义始终笑盈盈,一旁做着记录的大庆师范学院师生的眼眶却湿润了。

这样的访谈已经进行了7年。2013年,大庆师范学院大庆精神研究基地执行主任陈立勇牵头成立"大庆石油会战口述史研究"课题组。此后,课题组成员陆续采访了225位"老会战",形成600余小时的录像、录音资料。2020年10月,他们的阶段性成果《大庆石油会战口述实录》出版。

为什么要花大力气做口述史?在陈立勇看来,大庆是一座没有围墙的工业博物馆、一块蕴藏着丰富红色文化资源的精神高地。"我们作为大庆的人文社科工作者,应该自觉承担发掘保护传承红色文化的使命。"许多"老会战"的接连离世,也促使他意识到"这是一场与时间的赛跑"。因此他和团队争分夺秒,奔赴北京、天津、四川等十余省市进行采访。

往事历历,触手可及。这些带有历史温度的篇章,从纸面上流淌出来,浸润每位读者的心灵。陈立勇说,不管是参与口述史项目的学生,还是他在思政课上教授的新生,都从"老会战"的叙述中,感受到以奉献为本质的大庆精神、铁人精神。历史鼓舞着新一代迎难而上,创造新的时代价值。

歌 声

《踏着铁人脚步走》是大庆师范学院新生入学教育期间的保留曲目，也是激情教学的歌者——大庆师范学院教授王永桦的最爱单曲之一。

翻开王永桦最新选录的《创业歌声——石油歌曲鉴赏》一书，精选收录的曲谱有 121 首。他介绍，仅 20 世纪 70 年代可统计到的石油歌曲，就有三四百首之多。

岁月如歌，这些时代的歌不仅唱遍了天南海北，也改变了王永桦的人生。他所读的专业从英语、图书情报学转为音乐，求学的院校从大庆师专、武汉大学到武汉音乐学院，曾在图书馆工作，如今从事声乐教育。大庆的歌、石油的歌是他常在耳畔的旋律，也成了他可以歌唱的课堂。

十多年来，一批批大庆学子济济一堂，边唱边讲边互动，学唱更学精气神。甚至各地数千人次思政教师也在线上线下"选修"这样的唱歌课。山东财经大学马克思主义学院老师葛宁说："歌唱一口气，这股气支撑着咱们向前走，这是到大庆最让我心灵触动的。"

歌声打动初心，也打动更多听者。年届花甲的王永桦告诉记者，1965 年元旦，中央人民广播电台首播《采油姑娘采油忙》《我为祖国献石油》，一时脍炙人口，流传半个世纪。其中，《我为祖国献石油》由石油工人出身的薛柱国填词，青年曲作者秦咏诚谱曲。而薛柱国的另一首代表作正是《踏着铁人脚步走》，秦咏诚的成名作则是至今传唱神州大地的《我和我的祖国》。歌以咏志，可歌可泣。王永桦用他富有穿透力的男高音，又一次深情唱响了那首新时代的石油歌："父亲走过的路啊，依然飘酒香；父亲走过的路啊，依然歌声扬……"

（文 / 周丹旎 周程祎 徐瑞哲）

永远的雷锋

雷锋精神

"在我心里，雷锋首先是一个邻家大男孩的形象，他爱美、爱生活，和现在的年轻人是一样的。"

——雷锋纪念馆原馆长　李强

采 访 组：宰 飞 郑 朕 俱鹤飞
采访时间：2020 年 12 月

第一眼见到雷锋时，陈雅娟是有些失望的。

那是 1961 年初秋，雷锋等 4 位解放军战士接受抚顺市本溪路小学聘请，担任校外辅导员。12 岁的陈雅娟当时正上五年级，她心想，人人都夸雷锋叔叔，他一定是最高大最帅气的那个。

当校长念到雷锋的名字，请他上台受聘时，陈雅娟惊讶发现，原来雷锋叔叔竟是最矮小的那个，比自己这个小学生高不了多少！多年后她知道了雷锋的确切身高：一米五四。

就是这个最初让她有些失望的叔叔，陈雅娟记了一辈子。她说，和雷锋在一起的一年，影响了她一生。近一甲子后，陈雅娟已是一位儿孙满堂的古稀老人，还记着第一眼见到的雷锋叔叔——"圆圆的娃娃脸，爱笑"。

2020 年末，在抚顺雷锋学院，陈雅娟准确地回忆着每一次和雷锋的交往，甚至能复述雷锋当年的言语。说到动情处，脸上似乎还隐约可见当年那个小学生幸福的神采。说到雷锋牺牲的那一天，陈雅娟禁不住潸然泪下。

陈雅娟并非特例，在雷锋担任过辅导员的抚顺市建设街小学、本溪路小学，近 60 年后，当年的小学生都难忘和雷锋在一起的日子，都能复述雷锋对他们的每一句叮咛，也都清晰记得 1962 年 8 月 15 日听到噩耗时自己正在做什么。

更多人——十几亿没有和雷锋生活在同一时空的几代中国人——是在 1963 年 3 月 5 日毛泽东发出"向雷锋同志学习"的号召后知道这个名字的。"学习雷锋"成为很多人一生的道德指南。

雷锋的生命仅有 22 年，放在今天，就是一个刚刚走出大学校园的大小伙。雷锋究竟有什么魔力，让那么多人记着他，让那么多人学习他？

那个爱笑的年轻人

雷锋爱笑。每个跟他打过交道的人日后回想起来，都会提到他的笑容。

他辅导过的学生、74 岁的展世荣说："雷锋见人不笑不说话。"爱笑、活泼，这也许能解释为什么孩子们都爱亲近他。如今在抚顺雷锋纪念馆，仍能看到他面带笑容的一个个瞬间。"对待同志要像春天般的温暖"，《雷锋日记》中的这句名言诠释着他的笑脸。

雷锋爱美。在雷锋纪念馆里，有一张雷锋小学毕业合影，雷锋身着白衬衫，腰板挺得笔直，露齿微笑，额头上的长刘海梳向右侧。笑容、刘海，在日后的照片中一再出现。在另一张拍摄于湖南望城的照片里，雷锋的着装和其他人颇不相同：白衬衫领翻到了夹克外面，据说这是当时的时髦穿法。

抚顺市文化旅游发展促进中心副主任、雷锋纪念馆原馆长李强说："在我心里，雷锋首先是一个邻家大男孩的形象，他爱美、爱生活，和现在的年轻人是一样的。"

雷锋身上甚至还有一些年轻人的缺点，比如急躁。雷锋生前所在班班长、现年 80 岁的薛三元向我们回忆起一段往事。1960 年 6 月，雷锋和薛三元赴辽宁丹东接受体育集训，准备代表工程兵参加沈阳军区的首届体操比赛。一天，薛三元看到雷锋情绪不高，就问他怎么回事。雷锋说："班长，我想回连队开车去，申请信都写好了。"原来，两个月前，他刚刚来到抚顺的连队当一名汽车兵，在丹东体育集训期间，听说其他新兵都开车上路了，就有些着急。薛三元一听，生气地说："团里命令我们代表工程部参加集训，我们不能挑肥拣瘦、半途而废。"这一下，就把雷锋批评哭了。第二天早上，雷锋主动找到薛三元，说："班长，我一宿没睡好觉，我认识到我的想法不对，一定安下心来，完成任务。"

60 余年后，当薛三元再度回忆起这段往事时说："知错就改，这也是雷锋不断进步的原因之一。"

正如一个乐观向上的大男孩常常做的，雷锋也爱"人生设计"。16 岁，在小学毕业典礼上的发言里，雷锋规划了自己的职业方向："我响应党的号召，去当新式农民……做个好农民，驾起拖拉机耕耘祖国大地，将来要做个好工人建设祖国，将来要做个好战士，拿起枪用生命和鲜血保卫祖国，做人类英雄。"农民、工人、战士，这正是雷锋后来六年零一个月的职业轨迹。"党的号召"

和"祖国需要"是驱动他每一步人生选择的动力。

那个从未离开的年轻人

雷锋很平凡,平凡得像一个邻家大男孩;雷锋又不平凡,他年仅22岁的生命堪称"民族的脊梁"。刘少奇在给雷锋的题词中称赞他"平凡而伟大"。雷锋因为平凡所以可亲,因为伟大所以可敬。

雷锋的一生没有做过轰轰烈烈的事情,他伟大在何处?雷锋是立体的,不同人能感受到不同侧面,正因为如此,毛泽东在给雷锋题词时,概括地写了七个字——"向雷锋同志学习"。

据毛泽东秘书林克后来回忆,毛泽东解释说:学雷锋不是学他哪一两件先进事迹,也不只是学他的某一方面的优点,而是要学他的好思想、好作风、好品德;学习他长期一贯地做好事,而不做坏事;学习他一切从人民的利益出发,全心全意为人民服务的精神。

2020年岁末,我们在抚顺见到了用一生学习雷锋、传播雷锋精神的老人乔安山。乔安山比雷锋小一岁,是雷锋生前的战友和兄弟。除此以外,乔安山还有一个特殊的身份——驾车撞倒电线杆导致雷锋牺牲的那个人。这是他一辈子的痛。他觉得只有担起"传火者"的重任,才能告慰雷锋。

2019年两次脑梗后,80岁的乔安山走路蹒跚,语速缓慢,但他每天的生活依然围着雷锋转。只要有和雷锋相关的活动,他每邀必到,只要有和雷锋相关的新闻采访,他总不会拒绝。

雷锋离开快60年了,但似乎从来没有从乔安山身边走开。乔安山说话,三句不离雷锋。从鞍山钢铁厂初识讲起,讲到他们一起入伍,讲到雷锋像大哥一样关心帮助他。

他回忆:"有一次妈妈到部队看我,说寄家里的20元钱收到了。我就懵了,我没寄钱啊?"原来,刚到部队时,乔安山不识字,家里来信都是雷锋给他念、帮他回。当雷锋看信知道乔家遇到困难时,偷偷以乔安山的名义寄了钱。

1962年8月15日,雷锋牺牲。虽然组织上认定那是一起意外事故、乔安山没有直接责任,但"撞死雷锋"的包袱仍旧压在他心头。他退伍后过着隐居般的生活，把过往的一切埋藏起来，除了一条——"我得像大哥那样做事、做人。"他以忘我的热情帮助人，半是赎罪，半是信仰，半是追随。

1996 年，电影《离开雷锋的日子》上映，乔安山一下子出了名。片中，肇事者将一位老人撞倒后逃逸。开车路过的乔安山将伤者送到医院又垫付了医药费，家属却冤枉是他撞了人。这是真人真事。乔安山说，就算被冤枉了，也不后悔救人，"班长遇到这种情况不会不管"。

雷锋会怎么做？自问一句，很多难题自然有了答案。

那些精神财富的继承者

"雷锋！"

"到！"

每天晚上，辽宁抚顺城北高尔山下的军营里，"雷锋班"点名，第一个点到的是雷锋，全班齐声应答。年轻的声音在山间回响，这是半个多世纪的回声。

1963 年 1 月，"雷锋班"命名，编制 8 人，实际只有 7 名战士，永远留一个位置给老班长雷锋。"雷锋班"现任班长牟振华介绍，班里有个传统：最晚进班的战士被安排在雷锋的上铺，因为这是离雷锋最近的位置。

军营内外，一代又一代年轻人从雷锋身上寻找人生意义。

在抚顺瓢儿屯火车站，"雷锋精神传人"已经传到了第三代——"80 后"值班员申勇。因为毗邻军营，这座火车站是雷锋当年出差搭乘火车的起点站，因而也是雷锋"出差一千里，好事做了一火车"的起点站。

雷锋牺牲近 60 年后，瓢儿屯火车站仍基本保持着原貌。在候车室的雷锋精神教育展厅，"雷锋精神传人"申勇讲述着自己和雷锋相似的人生经历：自幼是孤儿，19 岁参军，满怀报答党和祖国的赤诚。他说，少年时在雷锋中学读书，上学路上每天从雷锋纪念馆走过，从小的理想就是像雷锋一样为人民服务。

长大后，向灾区捐款、救人于危难、钻研专业知识……雷锋曾做过的事，申勇也一件件在做。他说："我记忆最深刻的是雷锋 1962 年 8 月 10 日的最后一篇日记——要永远做'人民的勤务员'。"

放眼中国，雷锋牺牲近 60 年后，雷锋精神的火炬不但没有熄灭，而且光芒越照越远。

　　雷锋学院副院长肖宇说："今天我们谈雷锋，不仅仅指那位 22 岁年轻战士的名字。雷锋是新中国的一个道德符号，是社会主义的一个文化标志。雷锋精神走到今天，不仅包括雷锋个人的事迹和品格，也包括近 60 年里无数后继者用实践对这种精神财富的不断丰富。"

　　雷锋永远不老。

　　雷锋精神永远年轻。

（文／宰飞 俱鹤飞 郑朕　图／徐瑞哲）

活着，就做一个对人民有用的人

"同志们说我穿的袜子不像样子……说我是小气鬼。"雷锋曾在日记里这样写道。对雷锋的质疑与不理解，其实从未少过，但雷锋仍然坚持做好事。他说："我活着，只有一个目的，就是做一个对人民有用的人。"

直到今天，或许仍有人会问：我们为什么还要学雷锋？在雷锋的第二故乡辽宁抚顺，雷锋曾经担任校外辅导员的学校里，十几岁的孩子们说："雷锋叔叔就在我们身边。"从公交车上走出的全国劳模邓凤兰年近八旬，她说："雷锋改变了我的命运。"瓢儿屯火车站第三代"雷锋精神传人"、"80后"青年申勇说："我从小受到社会帮助，我更应该把雷锋精神发扬光大。"

抚顺的建设街小学和本溪路小学，是雷锋曾经担任校外辅导员的学校。如今，这两所学校都以雷锋的名字命名，分别叫作"雷锋小学"和"雷锋中学"。

在这两所学校，处处可见雷锋的身影，正如雷锋小学的学生说，"雷锋叔叔就在我们身边"。在雷锋小学正门口，树着一座"雷锋与少先队员们在一起"的巨型雕塑。开学第一天，班主任都会带着新入学的孩子来这里认识雷锋叔叔。每天早晨，学生走进校门，也是在这里向雷锋叔叔敬个礼，问声好。雷锋小学校长樊玉洁说："我们想要传递给孩子的，就是雷锋叔叔实际上是一个平凡而伟大的人。他就是一个阳光向上、乐观朴实的大哥哥。"

为延续"校外辅导员"的传统，雷锋中学成立了"少年雷锋团"。雷锋曾经辅导过的学生、雷锋生前战友、学雷锋先进模范、雷锋班历任班长等100多位与雷锋有关的人物，都被聘请过来担任少年雷锋团的辅导员。雷锋中学党支部书记朱彩云介绍，学校每个大型活动，都有校外辅导员的身影。从他们身上，学生们能感受到雷锋就是一个实实在在的人。当年，雷锋对孩子们说，要永远保持红领巾的鲜红颜色。朱彩云说："我们没有辜负老辅导员的期望。"

雷锋中学的玻璃围墙上印着雷锋日记，学生每天上下学，都能看到雷锋叔叔当年写下的日记。雷锋小学和雷锋中学还有一项共同的传统——续写雷锋日记。为什么我们的孩子信雷锋？朱彩云说，因为学生们也像雷锋叔叔当年那样，把自己生活中的一点一滴写进日记。"有时候，孩子们有些心里话不愿跟家长说，他们就会写到日记里，告诉雷锋叔叔。"

1962年的"五四"青年节，共青团抚顺市委请雷锋在工人文化宫作忆苦思甜报告。作为乘务员代表的邓凤兰第一次，也是唯一一次见到雷锋。20岁的她或许还没有意识到，那个站在讲台上只比自己大两岁的男青年对自己的影响竟然如此深远。

"我听雷锋的报告，一边听一边流泪。"雷锋讲自己是孤儿、入伍时身高不合格，邓凤兰仿佛看到了自己。邓凤兰说，我跟雷锋个头差不多，命运也相似。

1942年，邓凤兰出生在吉林省梅河口市的一个山村，当年父亲参加抗日，与她从未谋面。从小母亲带着邓凤兰在街头讨饭，后来实在活不下去，只得把她送给抚顺一户无儿无女的人家。

从小体弱多病的邓凤兰身高只有1.46米。1958年，16岁的邓凤兰应聘乘务员时，因够不着信号铃而被拒绝。在邓凤兰苦苦哀求下，人事科长破例让她试一试。入职后的邓凤兰每天蹬着梯子擦车，遇上雪天，凌晨3点就起床扫雪。"我很怕领导不要我，所以我必须好好干。"

自从听了雷锋的报告，邓凤兰的工作思想转变了，从"因怕而干"变成"因爱而干"，她说："我要向雷锋学习，干一行爱一行。" 1968年，邓凤兰所在的车组被命名为"雷锋号"车组，这是全国第一辆以"雷锋"命名的公交车。从此，"雷锋号"公交车遍地开花，从抚顺驶向全国各地。1975年，抚顺市公汽总公司把她提为党委副书记。当上领导的邓凤兰却感到不自在，便申请重回一线，在公交车里一坐又是18年。

邓凤兰也学着雷锋那样每天写日记，每天宁可不睡觉，也要把日记写完。在邓凤兰家的书柜里，摆满了她用完的日记本。采访前一天，邓凤兰去雷锋旅参加了雷锋诞辰80周年纪念活动。她在日记里写道："今天，在雷锋旅举行纪念雷锋诞辰80周年……我愿永远做雷锋精神的传承者、践行者和捍卫者，让雷锋精神传承千秋万代……传承和传播雷锋精神是我一辈子的事。"

1961年的抚顺，下了好多场雪。瓢儿屯火车站退休职工王海滨回忆，有一天鹅毛大雪下了一夜。凌晨5点王海滨早早起床准备扫雪，还没出门就看到窗外有一个身材不高、穿着军装的解放军战士正在站台扫雪。"同志，你叫什么名字？快进屋暖和暖和！""我是解放军，我不累！"没留下名字，这位解放军战士就离开了车站。直到后来接触多了，车站员工才知道原来他就是雷锋。

雷锋的精神至今都在瓢儿屯火车站传承。去年末，抚顺又下了一场大雪，就连休年假在家的员工都义无反顾地到车站清理积雪。瓢儿屯火车站党支部书记冯凯说，在瓢儿屯站，"雪落地，人到岗，这就是雷锋精神的体现"。瓢儿屯站值班员申勇，是这里的第三代"雷锋精神传人"。他从小由爷爷奶奶拉扯长大，高考后毅然参军。复员归来，本被分到了抚顺北站，他却申请来到这个小站。申勇说："这里需要我，更重要的是这里与雷锋有关。"

新冠肺炎疫情暴发后，申勇捐出了自己一个月的工资。"这样做确实会让家里的生活有些拮据，但是我从小就受到了很多社会好心人士的帮助，我更应该把雷锋的精神发扬光大。"

（文 / 俱鹤飞 郑朕）

源头活水

焦裕禄精神·红旗渠精神

"改变兰考面貌的主要问题在哪里？"

"在于人的思想的改变。"

——焦裕禄

采 访 组：茅冠隽　沈轶伦　舒　抒　张　熠　程　沛
采访时间：2020 年 12 月

一

兰考已经不刮风沙了。

照理说，春夏秋冬、阴晴圆缺、天气变化，都正常，为何兰考不刮风沙，让人意外？当地宣传干部讲了个小故事：几年前，他们去火车站，等着接一队外省的电视台摄制组。到站时，只见摄制组的成员穿了全套户外冲锋服，有的还备着大披肩、高帮靴、防风镜，准备充足。他们走出火车站，来回四顾，然后问："风沙呢？"

窗明几净的兰考火车站、拉着行李箱脚步匆匆的旅人、火车站外车来车往，远处的楼房和商铺，看上去和任何一座中国县城差不多。

风沙本不必是兰考的标配。

就好像迎着风沙站立的焦裕禄书记，本不是这座城市土生土长的人一样。

风沙和焦裕禄都深刻影响了这座城市。半个多世纪过去，人们一说到兰考，那幅"横贯全境的两条黄河故道，是一眼看不到边的黄沙；片片内涝的洼窝里，结着青色的冰凌；白茫茫的盐碱地上，枯草在寒风中抖动"的画面就会出现在脑海，而在画面中央，是解开衣襟挺身而出的焦书记，他一脸展望未来的神态，走过来，成为一张剪影，变成雕塑，立在兰考火车站出口的通道尽头，日夜凝望每一个到访者。

而我们就身在"此刻"，焦裕禄曾期待却未能抵达的这个"未来"里。

站在现代化的县城兰考，我们怀念焦裕禄，究竟怀念他什么呢？

二

这是一个和生命之源——水有关的问题。

在兰考以北约 300 公里的林州红旗渠外，我们问了当地一位"90 后"网约车司机这样的问题：有过缺水的记忆吗？

他是土生土长的河南人，成长过程早已无物质上的匮乏。他说："你们远道而来，我推荐些网红奶茶店和逛街游玩的去处吧。"

其实到林州的第一天我们已经喝了奶茶，并不需要本地人带路。通过手机平台网上下单，快递小哥不用 30 分钟就把商品送来。走在路上一边喝热饮，一边见道路两边新楼盘拔地而起，眼前街景和大部分城市景色相似，店里所卖新品也和北上广无差异。有一瞬间，几乎叫人生疑，那些资料记载的事是不是真的——

这里是那个曾十年九旱、颗粒无收的地方吗？这里是那个因为缺水，而导致 96% 的地区是光岭秃山的荒凉地区吗？

这些此刻走在路上的林州人，穿着入时、神情怡然，喝着各色饮品，是当年为了一口水、一口食而不得不外出逃荒行乞的林州人的后裔吗？是什么，让山川河岳改道，让此地不再缺水？是什么，让如今的人们过上了前人先辈不敢幻想的生活？

此水此山此地，如斯山乡巨变，竟发生在短短一代人的时间里。如同虚构的非虚构故事，如何写就？

在没有了风沙的兰考，在已经不缺水的林州，我们追问。

三

还是回到兰考火车站。

那是焦裕禄到任后的一个冬天，风雪交加的夜晚，焦裕禄召集在家的县委委员开会。人们到齐后，他却带着大家去了火车站。

北风怒号，大雪纷飞，兰考火车站屋檐下，冰柱尺把长。国家运送兰考灾民前往丰收地区的专车，正从这里飞驰而过。还有一些打算扒火车外出的灾民，穿着国家救济的棉衣，蜷曲在货车上、候车室里……焦裕禄指着他们，说："党把这个县三十六万群众交给我们，我们不能领导他们战胜灾荒，应该感到羞耻和痛心……"所有县委委员都沉默着低下了头。从火车站回到县委，已经是半夜时分了，会议这时候才正式开始。焦裕禄说："我们经常口口声声说要为人民服务，我希望大家能牢记着今晚的情景。"

又穷又困的兰考，曾令群众灰心，也让干部生畏，甚至一部分干部萌生去意。焦裕禄却带着大家迎向困难，面对盐碱、内涝和风沙，他喊出"有朝一日沙丘可以变成绿林、涝洼可以养鱼、盐碱地可以长出好庄稼"的愿景。"共产党员应该在群众最困难的时候，出现在群众的面前。""关键是要有一个'干'字。"

回到县委，他向大家说出对"灾区"的另一种理解："灾区有个好处，它能锻炼人的革命意志，培养人的革命品格。革命者要在困难面前逞英雄。"什么都缺乏的兰考，到了焦裕禄的眼里，"是个大有作为的地方"。

大家的心被说暖了，议论说，新来的县委书记能从不利条件中看到有利因素。风成于上，俗化于下。焦裕禄的以身作则、率先垂范，开启了兰考大有作为的第一步。而在一段焦裕禄和当地干部的对话中，透露出撬动一系列变化的支点：

"改变兰考面貌的主要问题在哪里？"

"在于人的思想的改变。"

四

"思君夜夜，肝胆长如洗。"

1990 年 7 月 15 日夜，"霁月如银"，习近平读罢《人民呼唤焦裕禄》一文后，"文思萦系"，填《念奴娇·追思焦裕禄》时，写下这段字句。此时，距离焦裕禄因病去世、葬于兰考沙丘，已经过去 20 多年。

曾在 20 世纪 60 年代采写焦裕禄事迹的三位记者穆青、冯健、周原在 1990 年专程重访兰考后，又写出长篇通讯《人民呼唤焦裕禄》。这不仅是对他们早年名作的呼应，更是对时代新问题的试答。时移世易，改革开放春风不仅改变了兰考，也改变了河南，改变了中国。

1990 年的中州大地，和焦裕禄到任时的场景，已经天差地别：千里公路沿线和雄伟的黄河大堤边，到处都是亭亭的泡桐英姿，绿色海洋。曾经举目黄沙茫茫的地方，如今是一望无际的麦海。旧日的沙堆，成了郁郁葱葱的刺槐林，"极目望去，宛如飘浮在金色麦海里的一个个绿岛"。曾经为自然灾害所苦的群众，早已不再为温饱生计发愁。可添了欢喜，也有了新的烦恼。

资深的老记者们敏锐捕捉到："在新形势新任务面前，也有少数干部经不起执政和改革开放的考验，受到不正之风的影响和腐朽思想的侵蚀。他们把为人民服务的宗旨抛到了九霄云外，背离人民，违法乱纪，成为大潮奔泻中的泥沙。"群众气愤地把侵犯群众利益的行为，比作新的"三害"。

2001 年，穆青接受记者采访、回答如何看待"焦裕禄精神已不适应 21 世纪中国社会的新形势、新情况的'过时论'"时这样说：

"焦裕禄精神是一种精神力量，而不是方法问题，也许谈不上是解决任何问题的答案。但这种精神却是永远的宝贵财富，因为它符合党的一贯宗旨，符合全体人民的要求和希望。""焦裕禄当年所从事的工作形势、情况可能有变化，很多具体的事情不需要再像他那样办了，但全心全意为人民服务的宗旨不会变……时代不同了，任务不同了，但这种精神是一脉相承的，党员干部这种为人民服务的使命感是一致的。"

穆青确信，人民群众在 21 世纪会更强烈地呼唤焦裕禄，因为"他身上最本质、最可贵的一点，就是：事事想着群众，一切为了群众"。

五

还是在河南，就在焦裕禄被派到兰考前两年，1960 年 2 月 10 日，在林县（今林州市），面对多年来贫寒交加、缺水旱灾的状况，共产党人决心自力更生，"引漳入林"。时年 32 岁的县委书记杨贵，担着被撤职受处分的风险，排除万难，扛起工具，毅然带头走在开山筑渠队伍最前面，他脸上沉着的神色，有着超越年龄的稳重。

有人说，红旗渠能够修成，得益于一个字："敢"。那么，他们又凭什么敢呢？杨贵坦率地说："我们是为了人民修渠、依靠人民修渠，所以才'敢想敢干'。只要坚定地依靠群众的力量和智慧，再大的困难也能克服。""自力更生、艰苦奋斗、团结协作、无私奉献"的红旗渠精神由此诞生。

带头人，是小小一涓滴，但不要小看这一滴水的分量，它能触发浩浩荡荡的建渠大军开赴太行山里漳水河畔。

3700 名农民组成的水利队伍进入各段工地，从此揭开了红旗渠工程的序幕。工程历时近十年，共削平 1250 座山头，架设 151 座渡槽，开凿 211 个隧洞，修建各种建筑物 12408 座，挖砌土石达 2225 万立方米，最终修建成的红旗渠总干渠全长 70.6 公里。

在红旗渠纪念馆，影像还原了当年爆破山洞时的震撼，音效还原了人们腰悬吊索在悬崖上凿壁之声，照片定格了为修渠献出生命的青年的脸庞。这些青年，是比我们遇到的网约车司机还要青涩的年纪。正是因为有他们，才有我们今天能沿着走的红旗渠。

它是敢教日月换新天的见证，是将不可能变成可能的事例。蹲下身，抹去地面微微的积雪，可以看到每隔几米在地上就有一块界碑，每一块界碑上都留有修渠者的刻痕：某村某单位某人。

承蒙被这渠水围绕滋养，饱受干旱之苦的土地早已改变了模样。昔日负责修渠的人们多半已不在人世，健在者也早已白发苍苍。但他们发誓对这个工程的质量终身负责的诺言，永恒有效，守土有责，历历在目。1960 年，啃着菜皮、写好遗书，去修渠工地上誓师的人们，对着今日奋勇拼搏的新一代建设者们，于时空中，交出接力棒。

六

今日兰考，早已脱贫，并入选县城新型城镇化建设示范名单。今日林州，已是河南省经济实力较强的县（市）之一，金融机构各项存款连续三十几年一直位居河南省各县（市）之首。

山川改变样貌，乡亲不再饥渴。如何"难而不惧、富而不惑、自强不已、奋斗不息"？这道新时代的新题目，不仅需要兰考和林州的人们作答，也需要神州大地所有受到焦裕禄精神和红旗渠精神感召的人们来回答，需要每一个追问信仰力量的人来回答。

"一滴水，既小且弱，对付顽石，肯定粉身碎骨。它在牺牲的瞬间，虽然未能看见自身的价值和成果，但其价值和成果体现在无数水滴前仆后继的粉身碎骨之中，体现在终于穿石的成功之中。"

不久前，我们在阳光下顺着兰考火车站向北走，顺着裕禄大道进入 313 省道、拐入焦桐路。在道路尽头的广场上，静静地，挺立着 1963 年焦裕禄亲手种下的泡桐树。

昔日幼苗，已长成参天大树。这棵被大家亲切地称为"焦桐"的大树，是焦裕禄带领兰考人民为治"三害"而种植的无数泡桐的缩影，也是今日兰考人民得以开展木材加工的致富根本。

但更重要的是，它体现了生命的价值本身。微风吹来，焦桐叶片簌簌作响。春季来临时，满树桐花舒展绽放，是多么美丽的场景。

想来它的根基深扎在土下，日夜忙碌汲取大地的养料和涓滴。大地深处，源头活水，生生不息，那是永远不会被时代改变的力量。

（文／沈轶伦　图／舒抒）

为了人民依靠人民，所以『敢想敢干』

"水长城"：红旗高扬，精神永续

山西省平顺县境内，距离红旗渠渠首 7.3 公里，有一座改云桥。

1960 年前，红旗渠施工现场，一位名叫李改云的青年党员，奋不顾身救下了差点被石块击中的同伴，自己却落下终身残疾。

两个月后，一位名叫张运仁的施工排长在招呼乡亲躲避哑炮时，被飞石击中，当场牺牲。一年后，他的儿子，不到 13 岁的张买江被母亲送上红旗渠，成为当时年龄最小的修渠人。

1960 年至 1969 年，30 万林州人在中国共产党的领导下，靠着一锤、一铲和一双手，在太行山的悬崖峭壁上，修筑了一座"水长城"。"高举红旗前进"，就是他们的精神引领。

在河南省安阳市，林州市龙山街道一个社区文化中心，记者见到了身穿绛红色棉袄、领口还露出一抹天蓝色纱巾的李改云。她的手很有劲，让人迅速联想到，当年她身为"妇女营长"，带领大家修渠时的风采。

20 世纪 50 年代，林县 550 个村庄中，严重缺水的多达 307 个。林县人要用水，必须挑着水桶，徒步走上几公里山路去取水。曾有一名年轻妇人，在挑水回家的路上绊倒，水洒光了，在绝望和羞愧中，她竟悬梁自尽……

这让初到此地担任县委书记的杨贵分外揪心。他把家搬到这里，誓死也要带领林县百姓彻底改变命运。"引漳入林"就在这样的情况下艰难启动的，从林县北部的浊漳河开凿一条人工渠，向邻省山西跨省借水。短短四字，却重千钧。

1960 年的正月十五，天蒙蒙亮，3.7 万多名村民扛起铁锹和十字镐，冒着寒风走向了太行山。

开工刚一周，让李改云难忘的一幕发生了。"我一抬头，看到上面裂开了一条缝。我知道要出事，就喊'快塌了，赶紧跑！'"一个小姑娘被吓傻了，一动不动。危急时刻，李改云奋力把姑娘推开，而她随着土石滚落到山崖下，整个身子几乎全被埋住。

"醒来后，我先把左腿从土里拔出来，拔右腿的时候只拔出半截，下半截还在土里……土进到了骨头里，现在还有骨髓炎。"61 年后再回忆起那一幕，李改云说话的语调很平缓。

红旗渠纪念馆里，有一处"从天而降"的情景设计：茅草编织的简易安全帽一个接一个地串联在一起，悬挂在展厅上空。

在林县前后 30 万参与修建红旗渠的队伍中，有父子，也有夫妻。渠上流传着一句口号："要想打胜仗，孩子老婆一起上。"

这得益于太行山革命老区的传统。在林县党员干部的带领下，村民们被按照军队连营的建制组织起来。有了组织性、纪律性，有了"把水带回来"的目标，每个人就像一滴水，汇聚成了一条磅礴的大河。

张运仁是 30 万凿渠大军中第一批上渠的人。1960 年 4 月的一个傍晚，一阵开山炮声响过，他敏锐地发现，还差一炮没响。此时，许多工人已经走出了掩蔽洞。于是他大声呼喊：快隐蔽！

轰隆一声，躲回掩体的乡亲们一回头，发现刚挽救了大伙儿生命的张运仁自己却被山石击中头部，永远地倒下了……

张运仁留下了 5 个孩子，老大张买江在父亲牺牲时只有 12 岁。1961 年春节，正月初五，张运仁的妻子赵翠英把儿子张买江送上了红旗渠。"母亲把父亲上渠时用的铺盖洗干净给我，对我说，'不把水带来，就不要回家。'"61年后的今天，张买江依然清晰记得当时母亲说的话。

1965年4月5日，总干渠分水闸边人潮涌动，林县数万名百姓都聚集在这里。"哗"的一声，漳河水流过来了！"我的那个心啊，就和水一起流走了。"即便61年过去了，说到那一刻，李改云的手仍会不自觉地轻抚住胸口，眼圈发红。

向天乞水千百年都未曾如愿的林县人，在中国共产党的带领下，靠自己的力量，实现了几代人的梦想。

如今，张买江成了红旗渠干部学院的编外教师，每当有新一批学员到来，他都会讲述当年共产党带领林县人民"吃苦在先，享福在后"的精神。

和李改云告别时，我们再次感受到了她的手劲。腿脚不便的她紧紧抓着记者的手，坚持送到远处。采访中，有句话她只说过一次，却掷地有声——我们林州人，宁愿苦干，不愿苦熬！

"焦桐"：兰考人的"绿色银行"

河南兰考县，泡桐树有个别名——"焦桐"。"焦"字，是为纪念焦裕禄。

历史上，位居黄河故道的兰考，常年受风沙、盐碱和内涝之害。为了防风固沙，帮助农民摆脱贫困，焦裕禄提倡种植泡桐。如今，"三害"已消，泡桐成了兰考最常见的行道树。县里，焦裕禄当年亲手栽植的一棵幼桐，已长成合抱大树，亭亭如盖。

或许，就连焦裕禄也没想到，几十年后的泡桐，竟成为兰考人的一个"绿色银行"。

走进兰考徐场村，映入眼帘的是村口的一个小广场，围墙做成了倒卧的琵琶模样。整洁的街道两侧，家家户户悬挂着一面黄色旗帜，仔细一看，全是为自家乐器作坊起的雅名。从古琴、古筝到乐器配件，这里是远近闻名的"乐器村"。

徐场村的琴多由泡桐所制。村主任徐永顺介绍，生长在兰考沙土中的泡桐，由于特殊的气候、土壤等地理因素，成就了质地疏密适度、纹理天然美观等特点。

因而，产自兰考的泡桐，最适合做乐器的音板。"2014年前，徐场还是个贫困村，村里做乐器的只有两三家；得益于扶贫政策，我们从民族乐器上下功夫，发展我们的产业。"

在村中，任意推开一扇大门，就能见到一个围绕乐器生产的家庭式作坊。记者来到墨武琴坊，这是一家"前店后厂"的小型乐器工作坊。靠近门口的展示厅内，满满当当的是乐器成品，有古琴、古筝、二胡等乐器。庭院中，露天堆着许多桐木音板。穿过院子，工人正在宽阔的操作间内忙碌，许多半成品古琴悬挂在支架上晾晒。

通常，制作一张琴要历经多道复杂工序，制作周期为1年到3年。琴的价格从几千元到几十万元不等。"我做琴六年多，最早需要背着琴去上海、北京的琴行推销，一次只能带四五张琴。"墨武琴坊负责人徐冰感慨："现在都是口口相传，客人直接来订货。"

在徐冰的印象中，徐场村的乐器作坊经过了一次次"裂变"："我的父辈最早给别人做琴，时间久了，觉得自己也可以做，就自立门户。尤其是这几年，村里做琴的家庭越来越多。"

徐永顺兴冲冲地算了一笔账：目前村里共106户，其中90多户都在做乐器相关产业，有直接做琴的，也有制作琴座、琴包、琴凳等配件的。"做琴中等水平的家庭，年收入可以达到七八十万元，整个村年产值达到1.2亿元。"

距离徐场村800多公里的上海，上海民族乐器一厂的"敦煌"牌乐器全国知名，乐器的音板也由兰考的泡桐木制成。得知我们从上海赶来，徐永顺急忙说起两地的缘分。原来，桐木宜做音板，还是上海民族乐器一厂的一位老师傅发现的。

焦裕禄去世几十年后，桐木成材。当时，兰考木匠将泡桐木制成灶台风箱，贩卖到上海。老师傅发现桐木声音通透、传导性不错，加上抗腐耐热、不易变形，于是便找到兰考当地木匠代士永制作音板。后来，代士永在20世纪80年代创办的中州乐器厂，成为徐场村第一家乐器厂。2000年，为了支援中西部开发，上海民族乐器一厂与兰考合作，投资成立了上海牡丹民族乐器有限公司。如今，徐场村的能工巧匠大多出自这些早期的乐器厂。

"在这些厂里做工的工人，95%都是徐场人。大家边打工边学，不到一年，就把乐器的整个制作流程摸清了。"徐永顺说。

背着琴上门推销的销售方式，在年轻人返乡创业后已"落伍"。徐冰专门为墨武琴坊开设了多个新媒体账号。"当年是自产自销，以家庭为单位的手工作坊。现在大学生毕业后就回家打理家业，每家有一台电脑，年轻人做直播，在电脑上接单子。"徐永顺介绍，"每家每户都有一个小车间、一个小展厅、一个小销售平台。"目前，徐场村所制的乐器，不仅销往全球各地，还走出国门，出口到美国、日本、加拿大、新加坡等国。

冬日，风呼呼地吹着。记者从乐器村出来，跟着徐永顺穿过村口的涵洞，眼前泡桐成林。"这是千亩泡桐林，已经种下去四五年了，需要长到15年、20年成材，而后再风干、风吹雨淋七八年，才能做成乐器。"

眼前的焦桐，离成材还有许多年，但徐场人想的是提早储备，就像焦裕禄为后来的兰考人留下焦桐一样，他们也正在为未来的动人音符种下千亩桐林。

（文／舒抒 程沛 张熠）

"飞天"史诗
"两弹一星"精神·载人航天精神

"繁星闪烁着，深蓝的太空，那棵用信仰浇灌的树，为我指明了逐梦九天的路。"

——一名"90后"航天人

采访组：王海燕 刘 锟 吴 頔 刘雪妍 王 倩 王清彬
采访时间：2020 年 11 月

在青海金银滩原子城纪念馆，我们见到了一张珍贵的黑白老照片。

4 名扎着辫子的女大学生在"二二一基地"帐篷前合影，其中一位来自上海。当时，她们并不知道在军事禁区照相会有很严重的后果。被告知后，这张向家人报平安的照片因此被小心翼翼珍藏了 40 多年，直到基地退役筹建纪念馆时，她们才公开了这张照片。

这也是"二二一基地"唯一一张私人照片，青春的面庞永远定格在那时，也将神秘的"二二一基地"揭开一角——上世纪 60 年代，无数科研人员隐姓埋名于戈壁滩，干着惊天动地的事，却没有留下私人照片。

这惊天动地的事就是造原子弹。1964 年 10 月，中国第一颗原子弹爆炸成功。当时的外电如此评价："这好像亚洲上空的一声春雷，震惊了全世界；中国闪电般的进步，神话般不可思议。"两年零八个月之后，中国第一颗氢弹空爆试验成功。没过几年，中国第一颗人造地球卫星"东方红一号"也发射成功。

从"嫦娥奔月"到"万户飞天"，中国人的飞天梦延绵千年。"两弹一星"工程撑起了飞天梦想，孕育出壮阔的中国载人航天事业，也向世界展示了中国的"问天"实力。

红云冲天照九霄，千钧核力动地摇。我们一路寻访，听到了很多闪亮的"两弹一星"功勋故事，但更多的是一批又一批奉献于航天事业的无名英雄，这些新、老航天人共同铸就了一座不朽的航天丰碑，谱写了一部壮丽的"飞天"史诗。

消失的名字

金银滩原子城竖立着一块特别的石碑，一面标着"爆轰实验场"，一面标着"在那遥远的地方"。王洛宾的这首歌与原子弹有何渊源？

1955 年 1 月，毛泽东主持会议专门研究发展原子能问题，会议作出了关于研制原子弹的决定。毛主席说："我们不但要有更多的飞机和大炮，还要有原子弹。在今天的世界上，我们要不受人家欺负，就不能没有这个东西。"1958年，邓小平代表中央批准了核武器研制基地的选址报告，正式选定在金银滩草原，代号"二二一基地"。之后，金银滩在中国的地图上"消失"了，王洛宾创作于金银滩草原的那首《在那遥远的地方》也从此被封存了起来。

与金银滩一同消失的，还有一批科学家的名字。

1961年，接到核武器研制任务，仅一句"我愿以身报国"，在世界物理学界声名正盛的王淦昌便消失在人们的视野中。同一年，中国科学院近代物理研究所的年轻人于敏被钱三强叫到办公室，接到氢弹理论预研任务后，也消失了。

在德令哈路193号二二一小区，85岁老人洪声钰告诉我们，当年他在"二二一厂"工作时，经常能见到一个年过花甲的"小老头"，他说话总是能切中要害，在他的指导下，大家进行实验和设计的效率很高。后来他才知道，貌不惊人的"小老头"就是王淦昌。这位中国"核弹之父"化名"王京"17年，放弃了本有希望获得诺贝尔奖的基本粒子研究方向，投身戈壁荒漠，潜心攻关。

1959年春，马兰核试验基地开始建设。有位工程师接到秘密调令，去罗布泊承担测试技术研究工作，她瞒着丈夫，借口出差。半年多后，在孔雀河边的一棵树下，她与丈夫意外相逢。原来，丈夫与她一样，接到秘密调令，且与她在同一支特种部队里。沙漠无垠，他们"比邻若天涯"。前来罗布泊指挥作战的张爱萍将军听到这个动人的故事，流着热泪来到那棵树下，说："就叫它夫妻树吧，它是一座纪念碑！"

这样的故事在罗布泊、金银滩以及其他秘密基地不知上演过多少幕！仅仅1962年，就有105名高、中级科技骨干隐姓埋名踏入青海。

这是新中国最艰苦的时期，一边是罕见的粮食短缺，一边是需要投入资源的尖端工程，刚刚起步的导弹事业还遭遇了前苏联撕毁协议、撤走专家的寒冬。张爱萍将军说："再穷也要有一根打狗棒。"陈毅元帅说得更是直截了当："当了裤子也要把原子弹搞出来。"

"二二一基地"第一批新房建成后，李觉将军下了一道命令："把新建的房子让给科技人员，干部一律住帐篷。"他自己带头住进帐篷，用木箱子办公。大家住帐篷，吃黑馍，饭煮不熟，喝河沟里的水。高寒缺氧，手脚龟裂是常事，走平地稍快就喘。那时，没有电脑，没有电子计算器，用的是算盘和计算尺……但都无法阻挡大家科研攻关的脚步。

1964年10月16日15时许，一朵巨大的蘑菇云在罗布泊腾空而起。当时在人民大会堂接见《东方红》演职人员的周总理宣布这一消息时，全场欢声雷动，周总理风趣地说，"别把地板蹦塌了。"那一晚，很多人兴奋无眠，从不贪杯的朱光亚甚至喝醉了。

两年零八个月后，中国第一颗氢弹爆炸成功。为氢弹事业隐姓埋名28年的于敏在回忆自己的"转行"心路历程时说："中华民族不欺负旁人，也不能受旁人欺负。核武器是一种保障手段，这种民族情感是我的精神动力。"

寻访路上，我们听到太多的人这样说——爱国是"两弹一星"精神最深沉的底色，一个人只有有了爱，才会把最宝贵的东西奉献出来。

退役的塔架

穿过厚重的防爆门，下到地下近20米的"东方红"卫星地下指控室时，这句五十多年前的标语令我们心潮澎湃——"一定要在不久的将来赶上和超过世界先进水平"。

这里是中国酒泉卫星发射中心，又名东风航天城。51年前，发控台操纵员胡世祥正是在这里按下了"长征一号"火箭点火发射的红色电钮，"东方红一号"卫星成功升空。

走出地下指控室，往前100米，正是当年发射"东方红"卫星的塔架。对这座黑褐色的老发射塔架，西方人曾这样评论："这里拥有最高水平的运载火箭发射成功率和如此简陋的装备。"

1958年，毛主席发出号召："我们也要搞人造卫星"。但要想实现这样的壮举，何其艰难！在无参照样本、无完整资料的情况下，老一辈航天人因陋就简，土法上马，攻克一系列关键技术和工艺难关。这颗卫星没有用外国的一个元器件，每一颗螺丝钉都是中国制造。

譬如，要把卫星送入预定轨道，必须拥有强大的推力，但当时中国的导弹还不具备这种运载能力。为此，专家们提出"两结合"方案，在现有两级的中程导弹技术基础上，利用探空火箭技术专门研制了使用固体推进剂的第三级火箭。这一方案，诞生了中国著名的第一枚运载火箭——"长征一号"。

然而，就像"放风筝"，卫星上天后能否抓得住也是极大的考验。跟踪系统是解决这一问题的关键所在。"东方红一号"卫星总体设计负责人孙家栋曾回忆说，在那个年代自动计算机还不普遍，多为半自动手摇计算机，当时计算室里的年轻女孩子手臂都摇肿了。为了保证质量，一条轨道算了整整一年。

东风破晓，气贯长虹。就是在那样一个科研条件有限而艰苦的年代，中国把卫星送上天，且卫星在重量、信号传输形式和星上温控系统等技术方面，均超过了美苏等国首颗卫星的水平。

就在"东方红一号"卫星成功发射后的第二年，联合国恢复了中华人民共和国的合法席位。邓小平说："如果六十年代以来中国没有原子弹、氢弹，没有发射卫星，中国就不能叫有重要影响的大国，就没有现在这样的国际地位。这些东西反映一个民族的能力，也是一个民族、一个国家兴旺发达的标志！"

1992年，新的发射场建成，这座老发射塔功成身退。历经岁月的洗礼，退役的老发射塔架仍傲然挺立在茫茫戈壁。每当东风航天城有重大发射任务，所有参加人员都要在老发射塔架下签字、宣誓。"这是一种精神的传承，老一代航天人钢铁般的意志和勇攀高峰的信念激励鼓舞着大家。"

重生的"树坚强"

东风航天城新发射场有一棵榆树，建场之初就屹立在此，距离发射塔架仅有50米。每次火箭升空时，喷射出来的炽热火焰，都将这棵树的一半树枝烧蚀。但在来年的春天，它总能重新焕发新芽，再次蓬勃生长。

这里的人称其为"树坚强"，它见证了921塔架在这里拔地而起，见证了神舟系列飞船在这里腾空，更见证了无数的航天人在这里默默付出和奉献。

就在"东方红一号"卫星升空当年的7月14日，毛主席圈阅了军委办事组呈送的国防科委选拔航天员的报告，我国第一次载人航天工程正式立项，代号为"714"工程。但限于当时国家的经济基础和科技水平，五年后中央下马"714"工程；1986年，邓小平批准实施"863"计划，并把发展航天技术列入其中。

1992年9月21日，中共中央政治局常委会正式批准实施载人航天工程，代号"921"，并确定了三步走的发展战略。

2003年10月15日，"神舟五号"飞船载着杨利伟绕着地球飞行了14圈，我国首次载人航天飞行初战告捷。"很兴奋，我们是第一手看到他的图像，听到他的话音！"回忆起18年前那个早晨，高级工程师陈文周激动如初。

到我们探访酒泉的时候，中国航天员已有先后11人、14人次飞向太空，巡游68天，绕地飞行1000多圈，行程4600余万公里。这组数字还在不断刷新，中国人不断创造着人类探索太空的新奇迹。

载人航天飞天圆梦之时，探月工程也正步步为营。以"嫦娥五号"任务圆满成功为新起点，我国探月工程四期和行星探测工程将接续实施。目前，首次火星探测任务"天问一号"正在奔火的征程中，小行星探测和木星系探测等工程任务也将按计划陆续实施。

九天揽月星河阔，十六春秋绕落回。太空探索永无止境，中国的飞天梦仍在继续。一名"90后"航天人在日志中这样写道——

"繁星闪烁着，深蓝的太空，那棵用信仰浇灌的树，为我指明了逐梦九天的路。"

（文／王海燕 刘锟　图／王海燕）

『众帅之帅』
最晚解密的『两弹一星』元勋

他说自己一生只做了一件事——搞中国的核武器；可他却以"事业是大家的"为由，几乎不谈自己，也拒绝写回忆录

21 岁被选派赴美学习原子弹制造技术；25 岁成为北大副教授；35 岁出任核武器研究所副所长，全面负责核武器研制中的科学技术工作；70 岁时，出任中国工程院首任院长；80 岁时，国家将一颗在他生日那天发现的小行星，以他的名字命名……他说自己一生只做了一件事——搞中国的核武器。

在"两弹一星"元勋榜中，有一个绕不过去的名字——朱光亚。20 世纪 50 年代末，他被任命为中国核武器研制的科学技术领导人后，参与领导了我国全部 45 次核试验。张爱萍将军说，"朱光亚同志是我在核工业战线上的第一位老师"；王淦昌病危之际还在说"朱光亚真了不起"。他是李政道的挚友，是钱学森"身后的人"，也是北大原校长陈佳洱最敬重的英雄恩师。

与他接触过的人，认为他有学者之气、儒将之风，是"众帅之帅"，可他却以"事业是大家的"为由，几乎不谈自己。

2020 年秋，朱光亚生平事迹展在上海科技馆开展。开展当天，记者见到了朱光亚的长子朱明远。在朱明远眼里，父亲传奇又神秘的一生，对他影响极大。

三进三出北大，每"出"都与核武器有关

为什么这么多年来，几乎看不到写朱光亚的文章？

朱明远：其实不是没有人写，而是写了文章到他那里过不了关，不是被扣下来，就是因不同意发表而被退回。父亲总说："先写别人吧，我的以后再说。"他为人低调，一直远离媒体，很少谈及自己。即使在"两弹一星"元勋的行列中，他也是解密最晚的。直至晚年，父亲从幕后被推到台前，其人其事才被星星点点地披露。

父亲退休后，我们建议他写回忆录，父亲听了，只是笑笑，他永远保持一颗科学家的心，从不回忆过去。他总说，过去做过的事情总留有种种遗憾，如果有机会从头再做一次，一定会做得更好。他心里想的是未来，是那些充满未知、挑战和希望的，还没做成的事。

在中国早期的核武器研制舞台上，朱光亚的主要工作是？

朱明远：曾经担任过核武器研究院院长的胡思得院士说："在高层决策领导岗位，从技术的角度看，我个人认为他起着诸葛亮式的重要作用。"郑绍唐研究员说过："如果把理论部主任邓稼先比作'中国的汉斯·贝特'，那么，当时作为主管科研工作的领导，朱光亚可以被称为'中国的奥本海默'。"然而，父亲在谈起和回忆他在这一时期的工作时，把自己比作了一个"瓶子口"，上面的方针和下面的意见都要经过他这个"瓶子口"来承上启下，有的还要筛选、过滤，选择主要的内容归纳上报。

父亲总说，自己一辈子就做了一件事——搞中国的核武器。他的经历可以用"三进三出北大"来概括，每一次的"出"，都和核武器有关。

第一次是进西南联大学习物理，1945 年美国在日本投下两颗原子弹，为了科学救国，父亲被国民政府选派，离开西南联大（北大）赴美学习原子弹制造技术；1950 年回国后，又回到北大物理系任教。1952 年第二次离开北大，

他是赴朝鲜板门店参加停战谈判，一个任务是担任代表团秘书处翻译，另一个任务是作为观察员考察美国是否在朝鲜使用了原子弹；1955 年 5 月回到北京，筹建北大物理研究室，任务是尽快为我国原子能科学技术事业培养专门人才，后来研究室更名为"技术物理系"。1957 年 2 月，父亲再次离开北大，出任原子能研究所中子物理室副主任。

父亲这"三进三出"，既是中国人实现"原子梦"的历程，也饱含了他对祖国的赤忱之情，和对科学事业的坚韧和执着。

回国研制核武器，当时他面临的最大难题是什么？

朱明远：1959 年他担任核武器研究所副所长时，核武器的研制还是一片空白，最困难的是刚从全国各地调来的技术人员专业知识不足，不少人从未见过铀是什么样子。当时的核武器研究院，父亲说既像工厂、又像学校，是个有些奇特的研究机构，当时各个实验室天天晚上灯火通明，每个人的情绪都处于激发状态。当时讨论工作的氛围是，无论是权威科学家王淦昌、彭桓武、郭永怀，还是刚毕业的大学生都可以走上讲台，在黑板上写写画画，学术气氛非常宽松、民主，是真正的"群言堂"。

中国第一颗原子弹研制的关键时期，美、苏、英签订了《部分禁试条约》，这一条约签署的目的，就是为了阻止中国获得核武器，妄图把中国核武器事业扼杀在摇篮里。父亲在调研后写出了"停止核试验是一个大骗局"的报告，还说"我们绝对不能上他们的当。我们不仅能试，还要抓紧时机，时不我待"。他和科技人员开座谈会时，大家都说："想要捆住我们的手脚，这办不到！"这件事增强了他们攻克地下核试验技术难关，打破超级大国核垄断的信心和决心。

他被称为"钱学森之后的那个人"

说起朱光亚，有一封《给留美同学的公开信》很重要，他有提过这封信吗？

朱明远：这件事说来有意思，父亲自己从来没有提过这件事，我在国防科工委的一个研究所上班时，一位院士老所长跟我提起这封信，还说出几句信的原文，他那封 1600 多字的公开信里，使用了 11 个感叹号，情绪极为饱满。我一回家就问父亲，还有这么一封信？他点点头，就说了一个字"对"，就没有下文了。大家都认为那么重要的一封信，他却轻描淡写。

当年，朱光亚和李政道一起被派去留学？

朱明远：是的，父亲讲得最多的同学就是李政道，几乎每次李政道回国，父亲都会陪同会见或者抽时间去见他。

1946 年，国民政府要挑选出国学习原子弹技术的人才。西南联大的三位教授——吴大猷、华罗庚、曾昭抡，是物理学、数学、化学三个领域顶级的科学家。他们每人可以分别挑选两名助手，一同赴美。吴大猷先生从学生中选拔了父亲和李政道，还特意为他们开了量子力学课。此时父亲 21 岁，是清华大学的助教；李政道 19 岁，是西南联大的大二学生。在学习中他们互相切磋，共同的志趣让他们建立了深厚的友情。后来坐船赴美，在横跨太平洋的十几个日日夜夜他们同舱共处，友谊也逐渐加深。

李政道后来留在美国，继续研究物理，他曾多次说过："当初蒋介石派出去学做原子弹的几位，只有光亚是派对了，他回国来是做原子弹了，其他人都没有做。"

朱光亚被称为"钱学森之后的那个人"，他们之间的交往是怎样的？

朱明远：父亲的秘书黄铭也说过这件事，（上世纪）70 年代，中国新闻媒体报道参加重要活动的领导人名单，钱学森、朱光亚总是连在一起。这事被当时的《纽约时报》注意到了，就在一篇短文中称父亲为"钱学森之后的那个人"。实际上，在中国战略武器的发展中，钱学森、朱光亚的确是很难分开的：前者负责导弹和卫星，后者负责核武器。他俩的办公室是相邻的，有事就商量，合作非常密切。就连看外文资料时，看到有张某国核试验场区的照片，钱老都会当即剪下来给父亲。

原子弹爆炸成功那晚，这辈子唯一一次喝醉

在塔院（当时科学家的生活区）生活是种什么感受？小时候知道父亲是做什么的吗？

朱明远：我的儿时就是在塔院度过的，（上世纪）60年代初，那里被农田包围着，有古塔、小河和成荫绿树，夏夜，蛙鸣声不断，没几年，田园风光就被繁华闹市取代了。我们住的是五号楼中单元302，邻居是邓稼先，楼下是程开甲，隔壁单元是周光召，后来住过五号楼的还有王淦昌、彭桓武、于敏等。

父亲的工作是绝密的，院子里的其他叔叔阿姨也一样，我们只知道他书架上摆的大部分是物理书，而且经常去西北出差。有一次出差回来，一些东西放在桌上，我就看着有个红色的小本儿，我翻开一看是个工作证，上面是父亲的照片，但写的是国营青海综合机械厂副厂长，名为"朱冬升"。

有次院子里的孩子们聚在一起聊天，有人突然提出一个问题：爸爸妈妈是做什么的？我们没人能回答上来。这时候有人说：咱们回忆一下，是不是每次核试验，咱们的爸爸妈妈都不在北京？大伙儿一验证，果然如此，大家的爸爸妈妈都去了新疆、兰州那边出差，我们就这么确认了这个事实，觉得非常神圣，静静地坐了好长一段时间。

第一次核试验成功后，《人民日报》发了号外，到处都一片欢腾。老师安排我们就此写篇作文，我在作文里提到，要向我国的科学家学习、致敬。父亲看到后，很严肃地跟我说，核试验不只是科学家的功劳，那是人民解放军指战员、工人和科技工作者共同努力的成果。

展陈里还有一件军大衣，这件衣服背后有什么故事吗？

朱明远：父亲这件军大衣，穿了十几年，旧了，也褪色了，可但凡冬季，他就喜欢穿。这件大衣不止一次地引起了人们的注意，有人问时，他就很自豪地说："我曾经是中国人民志愿军的一员，参加朝鲜停战谈判，当过英文翻译，在谈判桌上面对面地同美国佬较量过呢！"1952年时，父亲在北京大学任教，

我的大姐明燕刚出生不久，父亲告诉母亲，他要"到东北打老虎去"，这一去就是一年多。

在解放军总装备部，人人都说朱光亚的健康秘诀是抽烟、喝酒、少锻炼，真是这样？

朱明远：父亲酒量很大，但从不贪杯，他说自己一辈子，喝酒只醉过一次，就是我国第一颗原子弹爆炸成功那天晚上。

父亲抽烟的习惯，是从朝鲜战场回来后养成的，而且他还可以吐出一连串又圆又大的烟圈，有人问他怎么会有这么高的吐烟圈技巧，他幽默地说："这还要归功于板门店谈判。"原来，当时中、朝代表与美国谈判，常常是双方一言不发，静坐一两个小时，其间美国人会从鼻子里喷烟，从嘴里吐烟圈，于是我方谈判代表也开始吐烟圈，一次比一次多且大。父亲还开玩笑："美国人谈判谈不过我们，吐烟圈也吐不过我们！"

（文／刘雪妍）

代号『二二一』 这里是『争气弹』的摇篮

"我们当时工作规定，必须用左手拿雷管，你们知道为什么吗？"刘兆民伸出左手大拇指和食指，做出捏着东西的样子，顿了一下说："因为如果爆炸了，要保住右手。"曾经有位同事拿着雷管去退模，还没走到工作台前，两根手指就被齐齐炸飞了，鲜血四溅。

2020年，刘兆民85岁，这些60年前工作中的点滴，他依然能清晰描述。曾有很多年，就连他的父母也不知道他具体在做什么工作。因为他的工作需要严格保密，单位地址也曾在中国地图上消失，那里有个神秘的代号——"二二一"。

提到"二二一"，就绕不开"五九六"，这是中国第一颗原子弹的代号——1959年6月20日，苏联撕毁帮助我国发展核武器的协议，赫鲁晓夫宣称，中国人永远研制不出原子弹。用"五九六"做代号，就是为了争这一口气，所以这颗原子弹也被叫作"争气弹"，二二一基地就是它的摇篮。

"九所"里的"九次计算"

刘兆民祖籍沈阳，1960年毕业于北京工业学院（现北京理工大学），进入第二机械部第九研究所工作。在北京西郊的一片高粱地里，这座名为"花园路3号院"的小灰楼汇聚了当时中国顶尖的科技人才。

刘兆民的专业是弹药装药及其加工，报到后被分到试验部21组。领导找新人谈话，告诉他们工作任务是"把核材料用在武器上"，说完又反复交代，不能跟任何人说自己是干什么的。大家心照不宣，第九研究所应该就是"原子弹所"。

21组由陈能宽牵头研制雷管，苏联专家撤走前，没有留下图纸和模型，只给了一张原材料清单，按照这张单子，刘兆民他们的研究始终没有突破，因为有几样材料的用途一直无法参透。

与此同时，在九所的另一间办公室里，邓稼先带领着郭永怀、王淦昌、彭桓武、程开甲等科学家，正在进行着紧张的"九次计算"。1960年粮食短缺，很多人都饿到水肿，但在九所，算盘和手摇计算机的响声从没停过。可因为一个重要数据和苏联的技术指标不符合，计算卡住了。

1961年，周光召加入九所，在反复推演后，证明了"九次计算"结果的正确和苏联数据的不可能。刘兆民记得，就是在1961年上半年，他们彻底甩开了苏联的清单，根据技术要求自主设计。王淦昌还曾把他叫到办公室讲课，讲起爆能量和雷管点火曲线的相关问题。

1963年初，刘兆民作为结构组组长，在西安向朱光亚和王淦昌汇报工作。汇报结束后，刘兆民有些激动地说："王所长，我们的技术达到要求了，可以定性了！"没想到王淦昌连连摆手，说："不行，不能定性，只有试验成功了，才能说雷管定性了。"

从"九所"到神秘"前方"，炸药在锅里熬用手工切

这个试验，此时正在紧锣密鼓地筹备中。1963年，中国第一颗原子弹理论设计方案诞生，邓稼先在这份文件上郑重签下了名字。随后，张爱萍在北京北太平庄召开会议，引用"春风不度玉门关"，为九所的科研人员壮行。刘兆民和同事们从北京登上火车时，仅被告知"去前方"，"前方"到底是哪里，大家却一无所知。

他们的目的地就是二二一基地，对外称国营综合机械厂。厂区在青海省海晏县的金银滩草原上。气候恶劣，帐篷还供应不上，大家只能睡"干打垒"，这是一种半地下建筑，挖一个一米多深的坑，坑的四周堆起土坯，每个垒放三张床，住三个人。"其实就跟住羊圈差不多。"那时每月粮食定量12公斤，一天400克。早上吃半个馒头，喝一碗苞米面糊糊，馒头剩下一口，专门拿来擦糊糊吃。

二二一基地有18个分厂，刘兆民在二分厂，主要承担高能炸药研制、生产试验和总体装配。他们把自己的工作叫作"搅大棒"——用米哈耶洛夫锅熔化炸药，并手工搅拌。"TNT熔化后，搅拌的感觉和苞米面糊糊差不多，再加入黑索金，这是一种像味精一样的白色颗粒，当时还研发过一种新型的二号炸药，在锅里搅拌后像炒豆子一样，噼里啪啦，稳定性太差，后来就没有用。"

当时实验设备的简陋超乎想象，除了炸药是在锅里熬的，要制造出筒状、球状、半球状的炸药部件，靠的也是黄板纸做成的模具。就连炸药切割，也是在人体静电接地的情况下，用铜锯手工完成的，随时有爆炸危险。大家说"一上班就要把脑袋拴在裤带上"，在进入工厂前，总会把手表等贵重物品摘下，就是为给家人留个念想。

刘兆民不知道，当时在全国的400多个工厂和科研机构里，还有超过1万名科研人员和技术工人各司其职，和他一样为同一个目标日夜操劳。

1964年6月6日，在金银滩二二一基地的爆轰试验场，进行了原子弹全尺寸爆轰模拟"冷试验"。这是一种不加入核材料进行的爆轰试验，用来检测除了核材料外的部分运行是否正常。此次试验的成功，标志着中国原子弹技术攻关基本完成。

看到号外才确认自己在做原子弹

1964年10月16日清晨，刘兆民和同事研制的雷管被插接在原子弹上，最后一批工作人员撤离。15时许，一朵巨大的蘑菇云在罗布泊腾空而起。

当晚，中国通过广播向全世界公布了这个消息。"我是在第二天看到号外之后，才最终确认了自己从事的工作其实就是原子弹研制，可见那时的保密达到了何种程度。"

1987 年，为了适应国家安全战略调整的需要，二二一基地销号。刘兆民没有回到原籍，而是选择和家人一起留在西宁，和其他"二二一厂人"一起住进了德令哈路 193 号二二一小区。小区沿街大门的墙壁上，醒目地刻着原子弹和氢弹的图案，并配有介绍："这里居住的，是为共和国挥洒过青春、智慧和汗水的老一代核工业开拓者。"刘兆民却轻描淡写："原子弹和氢弹，是集体给国家做的贡献，具体到我们每个人，其实就是很平凡的工作。"

部级科技进步奖、高级工程师证……刘兆民的家里，保留着这些珍贵的个人记忆。黑白照片里意气风发的年轻人，在彩色照片里已是耄耋之年，还有人如今已经不在了。他们为核武器默默奉献了一辈子，因为保密，几乎没有壮年时期的照片。

刘兆民现在依然不太会主动讲起当年的事情，但在电视上看国庆 70 周年阅兵时，他还是难掩激动："东风导弹里，还装着我们当年做的弹头呢！"

撤厂 30 余年，"现在也不能全讲"

德令哈路 193 号，是西宁市的一个小区，小区门口宣传栏里的"蘑菇云"照片透露着不凡，这里居住的是曾经为共和国挥洒过青春、智慧和汗水的老一代核工业开拓者。

1987 年"二二一厂"撤销，约 3 万核工业人功成身退，其中有 500 多户"二二一厂人"住进了德令哈路 193 号二二一小区。

一张 60 年前的黑白照片里，一位英俊的年轻人站在荒滩上吹着小号，他所在的位置是青海金银滩，中国第一个核武器研制基地，年轻人的名字叫刘福春。

1950 年，18 岁的刘福春报名第一批志愿军部队，作为文艺兵踏上了朝鲜的土地。签订停战协议后，刘福春脱下戎装，转业到辽宁本溪钢厂，成为一名人事科干部。

1959 年，得知北京二机部正在挑选国防核工业人才后，退伍 6 年的刘福春报了名。培训半年后，和大批科研人员、技术工人一样，刘福春放弃了在城市中相对优越的工作、生活条件，踏上了西行的火车。

进入二二一基地后，刘福春主动申请从干部转为工人，在三分厂 303 车间从事机械加工工作。他对每一道工序都一丝不苟，时时告诫自己和徒弟：每个零部件都是原子弹、氢弹、导弹上的一个"兵"，要发挥巨大威力。"经过他加工的零部件合格率都是 100％！"提起父亲当年的工作，刘艳秋的语气中透着骄傲。

"现在也不能全讲。"即使已撤"厂"30 余年，洪声钰依旧谨慎地强调保密原则，这似乎已经成了习惯。

1963 年，31 岁的辽宁青年洪声钰坐上从北京开往青海的火车，来到金银滩二二一基地——一个地图上找不到的地方。洪声钰所在的一分厂 102 车间，主要加工核武器核心铀部件，是"核心中的核心，要害中的要害"。

在二二一基地工作，进入不同厂区需要通行证和专区证。每日的工作笔记在下班时也要存进保密室，第二天需要时再从保密室取出。对当年在 102 车间内工作的细节，洪声钰不愿过多提及。"我对父亲的许多事也很好奇。"洪声钰的大女儿洪雅娴同样在二二一厂工作，但她也不清楚父亲的具体工作。

如今，洪声钰家里的陈设仿佛还停留在上世纪 90 年代，水泥地、被烟熏黄的墙壁，一张用了 30 年的饭桌上放着曾经由核工业部颁发的荣誉证书。想从老人家的两本影集中找几张他曾经在二二一基地工作的痕迹，但是翻阅了几遍都寻不见，询问后才得知，他将仅有的两张工作照交给了原子城纪念馆。

老人的口风很紧，但谈到当年原子弹爆炸成功、罗布泊戈壁深处一声巨响时，洪声钰突然放松下来，两手交叉抱头靠向沙发，脸上难掩骄傲："没有第二家啊！肯定高兴啊！"

（文／刘雪妍 刘锟 吴頔 王倩 王海燕）

第三章

于无声处起惊雷

小岗大道

小岗精神

"你不要觉得我们想出包产到户有什么了不起的，这是本能。当你饿肚子没饭吃时，你就会想到这些办法。"

——"大包干"带头人之一　严宏昌

采 访 组：孔令君　巩持平　杨书源　海沙尔
采访时间：2021 年 2 月

　　1978 年年底的一个夜晚，安徽省凤阳县梨园公社小岗生产队的 18 户农民悄悄开会。大家一致同意：分田到户包干，对外隐瞒；各户必须保证完成每年午秋两季需要上交给国家和集体的任务量；队干部如因单干"蹲班房"，其他社员帮助其家庭完成农活，并把他们的小孩养到 18 岁。他们在生死契约上摁下红手印，这便是后来闻名全国的"大包干"，掀开了中国农村改革的序幕，推动了家庭联产承包责任制的出台。

　　在 40 多年的农村改革发展实践中，当年"敢闯、敢试、敢为人先"的"大包干精神"经过不断丰富，逐渐沉淀凝练为"敢于创造、敢于担当、敢于奋斗"的"小岗精神"。今天的小岗村里，主干道有大包干南路、友谊大道、改革大道和创新大道，路名都颇具意味，记者在这几条大道上，寻觅小岗之路。

思变的步子没有停

　　当年按下红手印的带头人之一严宏昌常说："小岗村当时是先进，现在走着走着，和别人一样快了，其实就是走慢了。"在大包干纪念馆内，一位江苏游客说出了类似的感受：小岗村没有我想象中那么神奇，似乎和我们那里富裕一些的村子也差不多。在出发赴小岗村之前，记者在上海做了一系列街头采访，发现年轻人对小岗村知之甚少，小岗村也远没有华西村有名气。

　　小岗村真的"慢"了吗？

　　走进小岗村才明白，小岗村并没有停滞下来，它在慢慢探寻着属于自己的发展道路——

　　多年来，小岗村的村域版图在不断扩大。1993 年春天，只有 20 户人家的小岗生产队和相邻的大严生产队合并成了小岗行政村。2008 年以小岗村为中心，将周围石马、严岗两个行政村也并入，小岗村便成了一个大型村落。

　　小岗村友谊路两旁的宅基地已经满足不了小岗村人的居住需求了，村里先是规划出了一个村东小区，随后又建成了村西小区，村西小区是商品化联体别墅式样的新型小区，紧邻一个大型集贸市场和一所卫生院。在这里买房的村民还可获得1万元的购房补贴。

小岗村一直在致富之路上向前。村里有这样一组数据：1978年按下红手印时，村里人均收入只有50元，第二年跳到400元；但是后来小岗村人一直"执着"于种粮食，人均收入增长开始变得相对缓慢，这种局面一直维持了很长时间；村民肚子是饱了，钱袋子却仍是空的，怎么办？小岗村开始思变。

2012年，小岗村成立了"村企一体"的小岗创发公司，负责村集体资产的经营管理，实现村集体资产保值增值。在此基础上，2016年，小岗村集体经济股份合作社探索以品牌作为无形资产和经营性资产联合入股小岗创发公司，作价3026万元，占股49%，并给村民颁发了股权证，分享股权红利。

严宏昌说："你不要觉得我们想出包产到户有什么了不起的，这是本能。当你饿肚子没饭吃时，你就会想到这些办法。"穷则思变，谋发展也是一种本能。

"我们真的挺幸福的，年底还能拿一笔分红。"记者在小岗村路边和村民聊天，他们总会对小岗的分红滔滔不绝。在小岗村2020年度集体经济股份合作社分红大会上，4261位村民人均分红600元。这也是小岗村连续第四年年终分红，数额逐年递增。

小岗村的农业也正从深处发生改变。

本地葡萄种植户王茹霞每天都会在小岗村主路上售卖葡萄，2亩葡萄地上的产量，来小岗村的游客能全部消化。小岗村人种葡萄，是江苏省张家港市长江村20年前帮助小岗村的结果——小岗村人尝到了多元化的种植以及高效益经济作物带来的甜头。

2017年，北大荒七星农场与小岗村签订了现代农业共建项目合作协议。农场选派水利和农技人员进驻小岗村，在500亩从未种过水稻的土地上建立了北大荒现代农业示范区，将北大荒先进的种植技术、标准的种植模式推广复制到小岗村。经过两年的试验，示范区为当地村民调整种植结构提供了样板，为小岗村发展现代农业发挥了示范引领作用。

探索开发"大 IP"

小岗村的发展，已不限于农业。

小岗村旅游投资管理公司负责人杨永强开发出小岗村"IP"，复原了按红手印时的农户住房，并以此为基础，打造了小岗村内唯一的"景点"。进去看，是要收门票的。有人奇怪，也有人不满，小岗村不是红色旅游胜地吗？怎么还要票啊？"小岗村也需要发展，钱从哪儿来？"杨永强告诉记者，他的目标是实现小岗村红色旅游景区自循环发展。

在街上，能看到小岗村"代言人"穆星的大幅海报：穆星，毕业于安徽艺术学院，是国家级非物质文化遗产凤阳民歌的市级传承人，同时也是全国凤阳民歌传承人中年纪最小的一个。穆星是凤阳人，此前她在上海工作了 10 年，前不久刚被杨永强从上海"请"回小岗村。杨永强已汇集了一批像穆星这样的凤阳当地民间艺术家。比如一对姑嫂，一位 75 岁，一位 73 岁，两人都是凤阳花鼓非遗传承人，每天在"景点"内表演，边打花鼓边唱。

在小岗村的超市里，花鼓、凤画经过创新改造，成了旅游纪念品。以"红手印""大包干"等关键词命名的菜馆、超市，一家连着一家，分布在小岗村友谊大道靠近西头几百米的区域内。这里是村庄的核心区域，小吃摊的叫卖声和村口小型游乐设施的音乐声交织。

除了开农家乐和超市，小岗村人还能做什么？严宏昌的长子严余山向记者坦言，似乎小岗村人的"内生动力"还不够。

在这条以旅游服务配套为主的大街上，还有一类特殊的门面，是一批在小岗村注册的公司的办公地点。就在距离村委会几步路的地方，有一个乍看上去卖特色农产品的商店。仔细一看，每一个产品下部都有一个二维码，扫码后就会进入一个电商平台。平台负责人王辉是在 2016 年来到小岗村的，当时，北京恩源科技有限公司有意打造农村电商平台，一提"农村"就想起小岗村，于是公司主动找来，与小岗村村集体合资成立小岗科技有限公司，王辉任总经理。在王辉和公司团队的努力下，"互联网＋大包干"电子商务平台很快带来了效果：小岗村石榴在周边小有名气，当地售价每斤 4.5 元，通过电商平台对石榴进行包装、宣传推广后，每斤卖到了 12 元。

王辉团队在小岗村做的另一件"大事"，是重新帮村民们拿回了一批和"小岗村"相关的商标使用权。王辉到小岗村时做了一次统计，当时以"小岗村"等相关信息注册的商标有 600 多个，但是大部分商标持有者并不是小岗村人。解决办法主要有两个途径：一种是让小岗村村集体享有非本村注册者一定的股份分成，另一种方式是让商标使用者每年给小岗村村集体固定金额的商标使用费。目前，小岗村的商标已追回了一大半。

这里不是"空心村"

"小岗村"是商标，也是产业园。

小岗产业园是在 2014 年经安徽省人民政府批准设立的，主要发展技术含量和集约化程度高、附加值效应显著的绿色产业。2018 年，小岗村党委第一书记李锦柱曾感慨：小岗村过去没有大的工业企业，这反而是小岗的宝贵财富。小岗村下一步的定位就是发展改革创新的特色小镇，打造三产融合的全域田园综合体，从单纯的种植到产品开发、平台包装。

"盼盼"的招牌在一片标准化厂房的顶部很显眼。这是盼盼食品集团投资兴建的第 16 家农副产品精深加工基地，除了生产车间外，还配备了产品检测检验研发中心。

截至 2020 年底，盼盼在小岗村的工厂有 8 条产品生产线，预计今年还会有 20 条生产线陆续开通，用工人数将达到 550 人。在这个工厂中，有大约 300 名工人来自小岗村和周边村庄，大多在 50 岁以上。

在智能化和可视化交互系统颇为亮眼的盼盼集团企业展厅里，公司生产厂长王灼介绍，全国各地的分公司都有一个企业展厅，小岗村的展厅投入多规模大，因为集团看重小岗村在农村的"标杆意义"。

展厅里陈列着一款黑豆面包，和村里小超市卖的是同款，这款面包馅料中的黑豆就出自小岗村。盼盼绝大多数生产基地布局在交通便捷的大中城市，这个位于农村的生产基地，地理位置特殊。"这不仅仅是因为在这里我们可以更加方便地获得原材料，更因为这里代表着中国农村改革来时的方向和未来要走的路。"王灼说。

紧邻着盼盼的，是小岗安徽蒸谷米食品科技有限公司。记者去的那天正逢厂房大扫除，工厂负责人严伟龙有些不好意思地把记者邀请到了他的办公室兼企业质检实验室。"我们还在初创阶段，工作环境比较简陋，这就和小岗产业园一样，每天都有新的变化，每天都在进步。"严伟龙说。蒸谷米是以稻谷为原料，经浸泡、蒸煮、烘干、冷却等加工流程后，得到的高营养大米制品。这家国内为数不多掌握蒸谷米工艺的企业，于2019年7月在小岗村投产。除了主打产品外，企业还在小岗村收购质优价廉的长粒米，帮助当地种植户开拓销路，产品就叫"小岗大米"。

企业也有难处。严伟龙表示：小岗村以及周边几个村庄的用工成本很高，而且愿意来工厂工作的本地人并不多。他分析，可能小岗村人多少有一股劲儿，喜欢自己做一番事情，也热爱自由。

严伟龙曾经不下百次走在这个村庄的主干道上，走着走着他总是有一些恍惚：从外观来看，这里和苏浙一带的富裕村庄，没什么大差别。最大的差别可能是人：小岗村不是"空心村"，不少青壮年依旧选择回家参与旅游业或者自主创业。只要小岗村人气在，严伟龙觉得他的工厂就会在这里踏实生产下去。

（文／杨书源　巩持平　孔令君　图／"大包干"纪念馆）

"如今的小岗村和附近别的村庄一样，种田的是少数人。这两年，小岗村 60% 以上的土地已经流转出去了，大概还有 30% 的外出村民委托别人帮忙代种。"57 岁的小岗村种粮大户程夕兵说。类似的本村种粮大户，大概还有 10 位，都是 45 岁以上的中老年人。

在这个因农业改革而为人所知的村庄，旅游、电商等服务业发展越来越好。近几年，从城市回到小岗村的人渐渐多了起来，他们为什么回来？村里人气旺了，土地对村民来说还重要吗？

规模化种植让孬地也能高产

大约从 2012 年起，几家大型国有农垦集团陆续到小岗村建设大型农业种植基地，当时一些年轻人爽快地把土地流转出去后进城务工了。后来几年，出去打工的人收入越来越高，一些年纪相对大的村民也心动了，开始嘟囔着要把自己的土地流转给村委会。村委会没有权限接收村民的土地，当时担任村委会副主任的程夕兵忽然意识到，不如由他个人来流转承包这些土地，做一些新尝试。

因为程夕兵有各种大型农业机械，他常常被一些在外打工的村民委托，帮他们插秧、打农药。看到这个普遍的需求后，程夕兵在成立家庭合作社承包土地之外，还成立了"农机大院"，提供育秧、农机、粮食贮存等服务。

经过几次土地平整，程夕兵对在小岗村种地越来越有信心。"我觉得小岗村的土地水平起码能打90分，虽然规模都不大，但适合精细化耕种。"程夕兵说，"小岗村的农业前景，也许应和30多年前'包产到户'的思路倒着来。当年是每家每户单干激发活力，现在得把这些零散分布的农田统一规划。"

2014年回村的周党之有相似的想法。他在宁波看到好多安徽老乡做蔬菜大棚挣到了钱。"在浙江能种大棚蔬菜赚钱，那我家乡的土地不也是土地吗？"于是他和6户村民一起流转了100亩土地，成立了创先生态蔬菜种植专业合作社。此前，小岗村几乎没有成规模的大棚蔬菜基地。

周党之在村里招募合作社股东，很快就有12名成员报名，"大部分都是年轻人"。2016年，周党之的合作社迎来了大丰收，每位股东平均分到了8万元。

2018年，蔬菜生产基地遭受了突如其来的暴雪灾害，130个蔬菜大棚倒了100多个，损失200多万元。好在有一些政府专项应急补贴，蔬菜基地维持了下去。现在说起返乡这个选择，周党之有了新的认识："在家和土地打交道很好，但一定要做规模化的农业，农民才能真的受益。"

周党之说的规模化的农业，在小岗村已渐成趋势。前些年，北大荒七星农场在小岗村建起500多亩现代化水稻生产基地，"互联网＋农业综合服务平台"使粮食产量节节攀升。"'北大荒'拿的是孬的土地，连草都不长，大家都觉得他们干不成。结果他们不仅种上了水稻，产量还很高。"种粮大户关正艮回忆道。他找到"北大荒"的负责人，决心全方位学习新的种植模式。

2020年，关正艮的土地上粮食亩产创了新高，但他觉得比田里的收获更加重要的，是打破了村里人只有出去打工才能挣钱的思维定式："我两个儿子和两个儿媳妇在外面打工一年挣的钱，还比不过我一个人挣的。"

城市的路也能延伸到小岗村

48岁的小岗村党委副书记严余山2014年从北京回到小岗村，他认为这几年回村的人是在大城市里的路走得越来越宽阔了，才渐渐发现了城市的路能延伸到小岗村去。

1992年，20岁出头的严余山只身南下广东，在东莞一家数千人的电子厂先后做车间主任、部门经理。在那几年里，他作为"小岗村外出打工第一人"带着一批批小岗村人进了城市。

严余山一直相信，真正能长久留在小岗村的第一步，就是要先走出去看看。"出去看看再回来"这个理念，是父亲告诉自己的。1973年，严余山的父亲严宏昌，为了不挨饿外出闯荡，从修铁路抬土方开始，拉起一支建筑队伍。1978年，严宏昌被当作能人"请回"小岗村，成为18位"大包干"带头人之一。

1999年严余山第一次返乡，是因为父亲。当时父亲被推选为小岗村新一任村委会主任。严余山很想帮父亲一把，便辞职回村，在村里建了一个小加工厂，但由于纷争，厂房被破坏了。严余山只好再度外出，到上海办公司，他的目标是把公司开回小岗村。2006年前后，在时任村支书沈浩的鼓励下，严余山尝试把公司开回了小岗村，但因为村里建厂的土地审批手续等问题，他带着遗憾再度离开，去了北京。

2014年村委会换届选举，严余山决定以竞选为契机再度回村。"我这几年一直在和村里的年轻人聊天，发现大家的观念变化很快，有了抱团维护小岗村的意识。"当时他和村里的年轻人聊新一年的计划，发现大家的话题已经不再局限于从事养殖、建蔬菜大棚或粮食生产基地等，他们开始聊"怎样让更多年轻人返乡"。

这次回乡后，他在村里建了第一家"淘宝店"，帮助不太会上网的村民们卖农产品。"我在家里放了六七台电脑，就像网吧一样。只要有村民愿意学，我就教他们怎么开网店。"严余山说。网店初具规模后，村里没有快递收发点又成了问题。于是严余山拿下了20多家快递公司的收发资质，村里的物流成本下来了。7年过去了，以小岗村农副产品为卖点的网店已有近300家。

这几个月，严余山一直在和北京、上海公司的其他负责人联系，他准备进一步放权撤资，好把更多精力放在小岗村的村务上。在村委工作的这几年，他发现村里的事情还得本村人解决，比如他回来后，解决了村里拖了十几年的修生产便道的问题，因为这两条生产便道会占用村民的一些田地和鸡棚，外来村干部一直做不通个别村民的工作，只有本村人严余山才能把事情做成。

严余山经常说起父亲，似乎找到了自己与父亲不谋而合之处：早年都独自在外闯荡，干得风生水起，又在小岗村需要之时，选择毅然回村。

"父亲很早就希望我做一名商人，然后返乡再建设。"严余山在小岗村村委的分工是负责招商引资，他坚信，会有更多的小岗村人选择回来。

（文／杨书源）

向前走

特区精神

"千言万语说得再多，都是没用的，把人民生活水平搞上去，才是唯一的办法。"

——习仲勋

采 访 组：傅贤伟　张　骏　朱珉迁　顾　泳　谢飞君

许　莺　李彤彤　赖鑫琳　沈　阳

采访时间：2021 年 3 月

一

顾立基永远记得 34 岁时的那个周六上午。那是 1982 年的春天，一位 65 岁的老人骑车来到清华园，敲开一间男生宿舍的门。顾立基悄悄离开一屋子尚在补觉的青年，随老人到楼下的长椅上"坐谈"。半个多小时后，这个从上海来到北京求学的年轻人决定：去深圳。

老人叫袁庚，40 多年党龄的中共党员，参加过抗日战争，当过炮兵团长，做过多年外事和情报工作，"文革"时坐过牢，1978 年被任命为交通部香港招商局常务副董事长。

打动顾立基的是袁庚的一句话。后者告诉这位小他 30 岁的后辈，过去的体制像"蒲包里的一堆螃蟹"，螃蟹的腿你钳着我，我牵制着你，谁都别想动，谁都动不了。但在深圳蛇口那个地方，"可以闯出一条路来，改变'你牵制我、我牵制你'的现状，大家一起往前走"。

1982 年，很多人像顾立基一样，孤身从全国各地来到深圳，来到蛇口。这是改革开放正式启幕的第四个年头，是"经济特区"正式问世的第三个年头，也是广东省宝安县改名"深圳"的第三年。

那首日后传遍大江南北的歌，还没有开始作词谱曲，但中国的南海边已经开始上演"春天的故事"。

二

在打动顾立基前，袁庚也曾打动过中国的最高领导层。

1979 年 1 月 31 日，袁庚和交通部副部长彭德清跟随国务院副总理谷牧，一起面见中共中央政治局常委、副主席、国务院副总理李先念。袁庚随身带着一张地图，告诉李先念：只要中央点头，在报告上签个字，这块地皮价值就大大提高了。

李先念最终点了头，用铅笔在地图上划出一块地方，也就是蛇口南头半岛。此前，袁庚说服了时任交通部部长叶飞，希望在蛇口筹建工业区，并要"参照香港特点，照顾国内情况"进行管理。

这是隶属广东省宝安县的一个公社，距香港咫尺之遥。在袁庚看来，此地"既能利用内地较廉价的土地和劳动力，又便于利用国际资金、先进技术和原材料"，要为沉寂多年的招商局重新打开局面，可谓天选之地。

而对整个国家而言，此地的破局，也已势在必行。

三

宝安县是离香港最近的地方，也是最能感受落差的地方。以一条 20 米宽的深圳河为界，北岸的宝安县，一个农民的年收入仅仅 143 元；而南岸的香港，农民的年收入有 13000 港元。两地差距之悬殊，导致大批内地民众不惜以生命为代价另谋出路。1955 年，"逃港"现象开始出现。冒险者们试图游过深圳河，或上山翻过铁丝网进入新界，但死伤极其严重。

1978 年，在宝安县被堵截收容的外逃人员超过 4.6 万人；蛇口甚至活跃着 200 余个"拉尸佬"，每埋好一具逃港者的尸体，可以在蛇口公社领取到 15 元钱。

这年夏天，习仲勋南下主政广东，基层考察的第一站，正是偷渡逃港风口浪尖的宝安县。连续查看了罗芳、莲塘、沙头角、皇岗等边境地区后，习仲勋反驳了"逃港是政治问题"的观念："群众偷渡的主要原因是政策问题，只要政策对头，经济很快可以搞上去，偷渡问题就解决了。"

很多年后解密的档案告诉人们，早在 1977 年，邓小平就曾在广州说过，逃港"是我们的政策有问题""此事不是部队能够管得了的"。对变革的渴望此时已经趋近顶峰。"他们（香港）那边很繁荣，我们这边很荒凉，怎么体现社会主义的优越性呢？"在沙头角，习仲勋对当地搞小额贸易、过境耕作的请示当场拍板："说办就办，不要等。"

与此同时，广东竭力争取来自中央的支持。1978 年底和 1979 年初，广东省两次上文中央，希望在蛇口兴办工业区。这之间，十一届三中全会召开，改革开放正式开启。

到 1979 年 4 月，习仲勋进京向邓小平等汇报提出给广东更大的自主权、参照外国和亚洲"四小龙"经验建设出口加工区时，历史的车轮已经在向新的方向前进。

这些突破常规的设想招致了一些非议，但终究得到了邓小平的赞同。正是那次，邓小平给出了日后载入史册的回答：

"还是叫特区好，中央可以给些政策，你们自己去搞，杀出一条血路来。"

1979 年 7 月 15 日，中共中央、国务院批准广东和福建两个省委的报告，决定对广东、福建两省实行"特殊政策、灵活措施"。此前一周，蛇口工业区开山第一炮爆响。宝安早先已经更名深圳市；一年后，党中央、国务院正式批准在深圳、珠海、汕头、厦门设立经济特区。曾兼任深圳市委第一书记的吴南生后来回忆："在特区条例公布后的几天，逃港的人群突然消失了！"

转折时刻就这样到来了。

四

很多年后，袁庚特地做了一个类比"爱迪生最初点亮的白炽灯只带来 8 分钟的光明，这短暂的 8 分钟却宣告了时代的飞跃，世界因而很快变得一片辉煌"。

习仲勋在 1992 年的回忆，则称自己"一则以喜，一则以惧"：喜的是能在改革经济管理体制方面先走一步，惧的是担子很重，又没有经验，但"我们确信路是人走出来的"。

深圳是特区，蛇口则被视为"特区中的特区"。率先诞生的蛇口工业区被视作一根"试管"，弹丸之地万一失败，"也是肉烂在锅里"。也因为是"试管"，一些当时中国绝大部分地区闻所未闻、也难以想象的改革，却能够在这里力排众议。

蛇口开山不久就打破了"大锅饭"。1981 年，《人民日报》专门报道此地在基建领域实行公开投标制的经验；1982 年，初到蛇口的顾立基又赶上了干部人事制度改革。这里在全国首次公开招聘人才，并大胆用具有现代学识和突破意识的年轻人"顶"了老干部的位置。一位总经理遭遇"能上能下"的故事就上过报纸："在深圳蛇口有一个著名的'海上世界'，前不久它的总经理被解聘了，这个人作风正派，工作辛苦，但是没有做出开创性的事业，所以被解聘了。这就是新的蛇口观念。"

此后，管理体制改革、住房体制改革、创设社会保险公司等诸多"全国第一"相继在蛇口落地，并一再激起波澜。知人善用且极富口才的袁庚有一大批拥趸。但同时，非议也从未远离过这片试验区。

在一个"姓社姓资"常被拿出争论的年代，改革的急先锋无可避免地会被放到舆论漩涡的中间。有人曾经这样问袁庚：1949年你带领军队南下解放蛇口，将资本家赶跑，建立了一个公有制的社会，但现在，你又在蛇口开发了一大片土地，把资本家请回去搞经济。你在蛇口搞的是资本主义还是社会主义？

类似的质问也屡屡抛给深圳乃至全国的各个经济特区。有人说，"在深圳这块土地上，除了五星红旗是红的，其他一切都是'黄'的"；也有人说，"辛辛苦苦几十年，一夜变成解放前"；甚至有人说，深圳已经成了"西方资本主义、殖民主义的试验场"。

招致非议的还有那句深圳最著名的口号："时间就是金钱，效率就是生命"。它的发明者袁庚曾让人将之做成标牌，放在蛇口最为醒目的位置。1984年邓小平视察深圳前，正是袁庚让人连夜赶制一块标牌，放在深圳市区进入蛇口的分界线上。然而，袁庚又曾数次让人把它拿下，只因针对改革开放的非议过多——在大多数人还"耻于谈钱"的当年，大张旗鼓地宣扬"金钱"，不啻为大逆不道。

但改革先锋并没有就此改变路径的意思。当年，不止一位企业管理培训班的学员记得袁庚曾经发过的"毒誓"："要是成功了，我们都没有话说；要是失败了，放心，我领头，我们一起跳海去。"而在蛇口创立初期，招商引资并不顺利，又招致诸多非议的时候，他还说过一句话："大不了，回到秦城去。"

五

当然，袁庚不需要回到秦城。那些遭受质疑乃至攻击的改革，最终经受住了历史考验。

曾有人问袁庚"蛇口是怎么发展起来的",他回答,"是从人的观念转变和社会改革开始的"。尽管阻力重重,但变革终究是大势所趋。在当年,这既是特区的小环境,也是整个国家的大气象。

1984年2月,邓小平在去过深圳后,讲了一段话:"深圳的建设速度相当快……深圳的蛇口工业区更快,原因是给了他们一点权力,500万美元以下的开支自己做主,他们的口号是'时间就是金钱,效率就是生命'。"

在特区的战略设想萌发5年后,邓小平系统表达了他对特区的理解:"是技术的窗口,管理的窗口,知识的窗口,也是对外政策的窗口";"特区成为开放的基地,不仅在经济方面、培养人才方面使我们得到好处,而且会扩大我国的对外影响。"

此后的一系列场合,总设计师用各种方式,表达着他对前行方向的坚定不疑。

"对办特区,从一开始就有不同意见,担心是不是搞资本主义。深圳的建设成就,明确回答了那些有这样那样担心的人。特区姓'社'不姓'资'。"

"我们建立经济特区,实行开放政策,有个指导思想要明确,就是不是收,而是放。"

"我们的开放政策不会导致资本主义。实行对外开放政策,会有一部分资本主义的东西进入。但是,社会主义的力量更大,而且会取得更大的发展。"

"判断的标准,应该主要看是否有利于发展社会主义社会的生产力,是否有利于增强社会主义国家的综合国力,是否有利于提高人民的生活水平。"

直至1992年南方谈话,特区"姓社姓资"之争终于平息,也开始不断刷新"深圳速度""特区速度",并助推整个国家刷新"中国速度"。后来人们常常追寻特区精神的原点,说来说去,其实来自一种朴素的发展观——如邓小平所说,"贫穷不是社会主义,更不是共产主义"。

习仲勋则在多年后这样回味当初的抉择:"千言万语说得再多,都是没用的,把人民生活水平搞上去,才是唯一的办法。"

六

"世界上没有哪个城市能够赶上深圳的发展速度，这是中国通往世界的又一个南大门。"

2020年，中国问题专家、美国学者傅高义在人生的最后时刻，为深圳写下这句评语。

在为一本题为《向深圳学习》的论文集所作的序中，曾专门研究过广东改革开放，也专门研究过邓小平的傅高义写道：深圳建立经济特区，引燃了中国改革开放的星星之火，"深圳是开拓者，是帮助塑造中国现代生活的开路先锋"。此时，蛇口的开山炮声已经过去41年，经济特区的历史有了整整40年。深圳贡献了1000多项"全国第一"，也将自己变成了一座从无到有的国际大都市。

"当年的蛇口开山炮声犹然在耳，如今的深圳经济特区生机勃勃，向世界展示了我国改革开放的磅礴伟力，展示了中国特色社会主义的光明前景。"2020年10月14日，中共中央总书记、国家主席、中央军委主席习近平在深圳如此感慨。

这是对特区的评价，其实也是对一段壮阔历史的评价。在深圳经济特区建立40周年庆祝大会上，习近平郑重对外宣示："深圳等经济特区的成功实践充分证明，党中央关于兴办经济特区的战略决策是完全正确的。"

斗转星移，全新的时代背景和国内外发展环境，亟待这里续写新的"春天的故事"——"经济特区不仅要继续办下去，而且要办得更好、办得水平更高。"这同样是一次郑重宣示。

办得更好、水平更高，意味着改革不停顿，开放不止步。40年的历史证明，这是一条唯一的出路，也是一条被验证了的成功之路。前路未必一帆风顺，但智者的选择是勇往直前。

就像当年，袁庚在最艰难的时刻留下过6个字："向前走，莫回头"。

（文／朱珉迕　图／赖鑫琳）

专访顾立基
生产关系破旧创新
在任何时代都有现实意义

深圳的蛇口工业区更快，原因是给了他们一点权力，五百万美元以下的开支可以自己作主。他们的口号是"时间就是金钱，效率就是生命"。

——《邓小平文选》第三卷

到 2021 年 7 月 1 日，顾立基就入党 50 年了。这位生在上海，长在上海，1978 年离开上海到清华大学读书，本科毕业又被交通部香港招商局常务副董事长袁庚亲自面试到深圳蛇口工作的改革开放亲历者，最近距离地感受过特区的变迁风云。

亲历改革开放，顾立基口述的历史片段，放到今天仍有新意。1982 年，65 岁的袁庚想"挖"他去深圳蛇口，打了个比方，他动心了：中国体制像蒲包里的一堆螃蟹，螃蟹的腿你牵制我，我牵制着你，谁都别想动，谁都动不了。希望在蛇口那个地方闯出一条路来，改变"你牵制我、我牵制你"的现状，大家一起往前走。

1979 年，蛇口打响改革开放的"第一炮"，成为"特区中的特区"；1984 年，顾立基放弃回上海工作的机会，选择彼时还是一片荒滩、矮墙、漏屋的蛇口。历史的车轮滚滚向前，与每个人的人生际遇交织。在深圳的招商局广场 30 楼会议室，我们的访谈从他当年的选择开始谈起。

改革开放必须转脑子

据说当年袁庚先生是骑自行车到清华园来"挖"你的，为什么会找到你？

顾立基：那天袁庚先生一大早到宿舍来敲门。当时清华的同学们都很努力，很多人过了凌晨还学习，周六上午就睡觉。所以找到我之后，就在楼下露天的长椅上坐着聊。之所以会找到我，应该和我在清华成立了一个"清华大学学生经济管理爱好者协会"有关。当时这个协会的影响力很大，有两千多名清华学生参加，我们会定期邀请社会上的知名人士来给学生们讲经济管理的课程。

当时你也可以回上海，是什么让你下决心去了深圳？

顾立基：现在回想起来，袁庚先生一来就把我说服了。1982 年，他老人家已经是 65 岁了，很冷的天，他在露天的长椅上跟我谈了半个多小时。我印象最深的是他打了一个比方：中国体制像蒲包里的一堆螃蟹。当年的螃蟹不像今天，是不用绳子扎起来的。螃蟹的腿你牵制我，我牵制着你，谁都别想动，谁都动不了。他希望在蛇口那个地方闯出一条路来，改变"你牵制我、我牵制你"的现状，大家一起往前走。

我去清华大学前，已经参加工作，按照当时学校的分配方案，应该可以回到上海市纺织局。但我想，无论到哪里，都是振兴中华。既然有一个领导提出想法，希望我去蛇口，而且在这个地方又可以试验自己的想法，那我就到那里去吧。

1981 年 11 月，蛇口干部培训班开班，被誉为孵化蛇口改革基因的"黄埔军校"。1982 年，你从清华大学进入培训班二期，当时上这个班的都是哪些人？据说当年授课特别"前卫"？

顾立基：开办培训班是工业区建设的需要。培训班从各个地方招人，第一期是在广州登报招聘来的，年龄都比较大，可能不是很适应；第二期来自北京和上海高校为多，共 30 多人，年龄也有些差距。所有人都要学经济基础、企业管理，学电脑，学开车，还要学英语、广东话。记得我们都是从广州转道去深圳的，在广州问路时，真的是互相听不懂话，所以必须学广东话。当时看香港连续剧，是尽快学会广东话的捷径。

培训班里的教育确实和以前很不一样，有很多讨论，这让学员们从思想上打开了"大门"。工业区从国内外聘请了一批专家学者，特别是来自香港的专家为学员授课。比如后来的特首梁振英，当时他是著名的青年测量师，他为学员讲授测量学和地产。还有加拿大多伦多大学的心理学教授江绍伦，他和大家探讨成为一位管理干部，要经过正规的心理学训练，涉及怎么去做别人的思想工作，以及当发现环境不符合预期时，怎么适应环境、改变环境等。还安排我们去香港招商局考察，训练我们抛弃国有企业一些不适合当时市场的做法。

这些课程对刚从"文革"阴影中走出来的学员们，确实产生了很大的震撼，也曾让相当一部分人一时间感到很难接受。但是为了改革开放必须转脑子，培训班出来的一大批新型干部，是当年企业商业文明的星火，让蛇口成了当时中国最大程度模拟市场经济的区域，成了中国市场经济和商业社会的起点。

蛇口起到了"试管"作用

袁庚先生以敢言著称，在日常工作中他的风格是怎样的？

顾立基：刚到蛇口，真的是一穷二白，当地把最好的房子给我们了，但晚上睡觉必须要挂蚊帐，不是防蚊子，而是防蛇和老鼠。条件很艰苦，但大家思想上却都能接受。当时的工业区已有各式各样的讲座、沙龙，很多活动谁都可以参加，包括袁庚先生给干部开会，也是谁都可以参加，这就能碰撞出很多思想的火花。当你在思想上明确了方向，现实中就不会因为一点困难就动摇了。

1984 年邓小平视察蛇口，据说你是离小平同志最近的人之一？

顾立基：小平同志第一次南巡，袁庚先生给我的任务是紧紧跟着首长，一字不漏地做好全程记录。小平同志讲什么了、问什么了，都要毫无偏差地如实记录下来。为了方便记录，当时发给我一个徽章，确实可以比其他人都更靠近首长。

那次南巡的行程，小平同志先在深圳转了一圈，然后到蛇口，再到珠海。他在蛇口为一个企业题词"海上世界"，到珠海题词"珠海特区好"，后面才补了深圳的题词"深圳的发展和经验证明中国建设经济特区的政策是正确的"。为什么？小平同志在深圳应该是一路看，一路在思索。在蛇口时，当袁庚介绍工业区招商引资遵循了不引进污染项目、不占用国家外汇、不引进旧设备等"五不"原则时，小平同志露出了笑容。小平同志在蛇口看到的发展，应该是他想看到的，也是这位改革开放总设计师下一步想要在经济特区推广的方向。所以，蛇口的先行先试，起到了"试管"作用，如果没有这些，小平同志很难下决心。此后不久，沿海14个城市就宣布开放了。

有人说小平同志的那次蛇口之行，是挽救蛇口乃至特区命运的一个关键点。你怎么看？

顾立基：那个时代，蛇口的一些做法肯定会有人不同意，也不断有人对袁庚先生、对蛇口工业区、对招商局有不同的意见，告状的人也不少。但袁庚先生在做发展设计前，完整地了解了亚洲四小龙的经验和教训，很多规划，既按照经济规律办事，又有前瞻性。所以他的"敢为天下先"是有底气的，他甚至说了"袁庚不怕再去坐牢"。

袁庚向小平同志汇报时有一个小插曲，他见小平同志听汇报兴致很高，就试探着说道："我们有个口号，叫'时间就是金钱，效率就是生命'。"小平同志停了一下，他女儿邓榕用四川话向他提示："我们在路上就看到了。"邓小平随即说："对。"这一个"对"字，到底怎么理解？是说这句话对，还是"看到了这句话"这个事实对？我当时揣摩了很久。但大家听了是很激动的。我如实记录了下来。很多年后读到《邓小平文选》第三卷，正式收录了小平同志一段话："深圳的蛇口工业区更快，原因是给了他们一点权力，五百万美元以下的开支可以自己作主。他们的口号是'时间就是金钱，效率就是生命'。"我们知道我们没猜错，小平同志是认可的。

速度的背后是建立制度

现在回想起来，特区起步时关于用人的改革力度是空前的。有什么考虑？

顾立基：蛇口工业区的外部环境比较好。比如中集从 300 多人裁员 80%，变成 59 人，蛇口工业区的劳动服务公司接收了所有人。

特区的改革，大家都看到速度，但速度背后是建立制度。现在回想，有很多事情的确是想在前面的。比如说，干部在一个地方待久了，容易变得不够纯净，对此招商局出台了一系列的制度，包括经理调动。1994 年有过一个调查，招商局的经理平均年薪 13 万元，高的 40 万元，低的 2 万元，完全看效益。经理调动，是当时敏锐地感受到深化改革的需要。我们为此推出了财务总监改革，即财务总监的级别比副总的级别高，且通过财务总监轮换深化改革。

但这样做阻力不小，为何能做成？

顾立基：这跟袁庚有非常大的关系。袁庚先生也给我们一批年轻人树立了榜样。他首先是有理想的，希望老百姓的生活过得比以前好；同时他又是有担当的，当他有权的时候，愿意在职权范围内去为了理想做出努力。当一件事情可干可不干的时候，当一件事情做了反而有人来说你错的时候，你到底做还是不做？袁庚先生作出了表率，我们当年那一批培训班的学员也都受到了很深的影响。

回想一开始的时候，蛇口工业区发展亟需新型管理人才，培训班有的学员提前毕业，直接取代原来的管理中层甚至高层。那时候，一些到蛇口工业区当经理的人，曾在北方当县长，但当时因为工作需要，一批领导岗位直接由我们这批大学生顶替了。我在管委会办公室当了半年秘书后当主任，原来的主任就当了我的副主任。这样的做法在蛇口之外简直无法想象，但因为袁庚先生思想非常开放，工作能力强，演说能力好，背景也非常强，所以做成了。如果没有他的决心和决断，是什么也做不成的。

这一路走来，你怎么理解特区精神？

顾立基：特区精神，是一种坚持改革、敢为天下先的精神。蛇口发展得好，一是靠规划，二是靠做事的人。该怎么做就怎么做，不做违规的事，也不说假话。整个蛇口工业区有一套非常好的管理制度，还有就是文化，是精神改造的成果。这么多年过去了，以袁庚为代表的创业奋斗精神一直在，尊重市场、尊重人才的氛围一直在，这是深圳特色，也是蛇口基因。

　　特区诞生的使命，是不断打破陈旧的生产关系，创建适应生产力发展的新的生产关系，这在任何时代都有现实意义。

（文／谢飞君）

"跑"生意

温州模式

"办企业就像打仗，打输了很痛苦。"

——温州商人汤元挺

采访组：李　晔　柳　森　吴　越　秦东颖　司占伟
采访时间：2020 年 12 月

2021 年之前，"温州模式"在《解放日报》上出现了 130 余次。

它第一次出现，是在 1985 年 5 月 12 日《解放日报》头版头条《温州三十三万人从事家庭工业》和当天的评论员文章《温州的启示》中。报道和评论介绍了温州农村家庭工业和专业市场的发展，展示了温州千家万户投入商品生产的热情和农村市场经济的活力。

站在 21 世纪第三个十年的开端上，我们试图寻访"温州模式"的今日变化，也希望从温州人的砥砺奋进中获得新的启示。

跑得出去，更跑得回来

有句俗话说得好，"广东人做生意，温州人跑生意"。

温州人有多能跑？坐落于温州市民中心、2018 年揭幕的世界温州人博物馆，引导我们重新认识温州。

步入"千年潮起"，一个个名字响亮：以《证道歌》名闻海内外的永嘉大师玄觉，永嘉学派集大成者叶适，定居海外的华侨先驱周伫，记录海外各国山川风物社会经济的周去非……

来到"百年潮涌"，有维新思潮中的各界英才、实业初兴时的工商名流、远赴海外谋生的华侨先行者……

站在"时代潮头"，纷至沓来，一大批改革开放以来温州现象中涌现的风流人物、勇于闯荡善捕商机的各地温商、团结互助的各国侨领……

陈光，1969 年生，父亲最早是做油漆的，上世纪 80 年代初建起一家油漆工厂，属于温州市第一批私营企业，到 90 年代改行做锁具。那时，锁具一做出来就销往上海。事业做大后，父亲和一家位于长沙的企业联合在上海办厂，开始将产品销往全国各地。2002 年前后，父亲加入了第一批去上海拿地、做房地产生意的行列，直到 2014 年回到温州。

自小跟着父亲辗转多地，几乎每个地方都住上两三年，然后又换一处，陈光将"不断适应新环境、认识新朋友"视为必备的生存能力，也将这一"人生财富"传给了儿子。

步入中年的陈光如今常住温州，每年至少出国两次，短暂居住并"吸足养分"后回国。不断汲取世界先进制造业大国的经验，利用中国本土智慧和资源对既有的方案和管理进行优化，降低造价后让新方案造福国人进而走向世界，让陈光看到"中国制造"下一步的努力方向。这种"跑得出去，也跑得回来"的新模式，是当下很多新一代温商的选择。

温州是中国民营经济的先发地区之一。"生在里弄里，长在民宅中"，遍布城乡的民办小企业曾在"姓资姓社"的质疑声中蓬勃发展。从家庭小作坊到股份合作企业，再到企业集团，温州民营经济异军突起，推动了浙江乃至全国的市场经济体制不断创新。

但是，当 21 世纪的世界不断翻开崭新的一页，温州新一代的能人志士们，显然已经不再满足于昔日的辉煌。

现代管理"刷新"接班人

浙江大学资深教授史晋川从上世纪 80 年代开始跟踪关注"温州模式"。

他曾总结，"温州模式"作为一种"自我扩张的秩序"，是中国改革开放后区域制度变迁与经济发展的一个典型。"温州模式"的兴起与发展的背后逻辑是：资源禀赋—制度变迁—经济发展。"但是，从历史发展的眼光来看，我们并不能过于乐观地认为，在从计划经济过渡到初级的市场经济后，'温州模式'就肯定会顺利地进入现代市场经济。"史晋川说。

事实也确实如此。从 2002 年到 2017 年这十多年间，温州的经济社会发展遇到了许多困难和问题，使"温州模式"又回归为一个争议颇多的话题。尤其是在 2010 年国际金融危机的冲击下，温州产业结构"代际锁定"现象一度加速，一些传统制造业企业生产经营难以为继，企业资金链开始断裂，由此引发了温州民间金融风险的爆发。

实际上，民间金融风险爆发是表象，问题的实质是，在新的民间金融活动中，曾经成就温州民间经济繁荣的"人格化"交易方式，无法有效发挥其契约执行机制的作用、保证民间金融契约的顺利执行。

对此，史晋川指出，"温州模式"的发展前景将在很大程度上取决于市场交易方式能否从"人格化"向"非人格化"转变，能否从以"地缘、血缘、亲缘"为基础向以法治为基础转变。

时至今日，"温州模式"是否已走出一番新气象？

在温州，金乡人以"敢吃第一口、勇为天下先"的精神著称。在金乡，创立于 1983 年的金乡徽章厂是一面旗帜。

很多人至今存疑，"做徽章的能有多大能耐"，但是就是这家金乡徽章厂，在退役军人陈加枢的带领下，1986 年跑到上海举办产品观摩会，公开摆擂台向全国同行叫板。也是这家地方上的徽章厂，一路过关斩将，靠精益求精的制作工艺和无可挑剔的履约能力，把生意做到了联合国所有成员国。多年来，陈加枢拒绝了到房地产业淘金的诱惑，把自己的"徽章梦"做到了极致。

2017 年，当陈加枢的儿子陈彦弘从国外学成归来时，人们都认为，他应该跟在高管身边就近学习。这个"90 后"却出现在基层车间，成为了一名低调的普通工人。

陈彦弘很快掌握了各个环节的操作技能和各种设备的维修保养，与技术人员一起啃下一根根技术"硬骨头"，使产品合格率达到 98% 以上。为了让电镀车间的生产达到环保要求，他对车间设备进行了全面改造和更换。

如今，担任总经理的陈彦弘对金乡徽章厂未来要走的路很清晰：企业要想持续发展，必须实现精细化管理。为此，他组织管理人员学习现代企业管理模式，牵头拓展招才纳贤的渠道，刷新人才观和用人机制，还推出多项举措，提升员工成就感和获得感。在他的推动下，厂里不仅重新装修了员工宿舍，还实行了全员免费就餐。

2015 年，从英国留学归国的汤小梨践行对父亲的承诺，开始运营温州元鼎铜业有限公司。经过一段时间的摸索和市场调研，她重新调整了产品定位，加大了产品研发力度，完成了公司产品的转型与升级。步入元鼎铜业的办公大楼，介绍 ERP 管理系统、CRM 客户服务端、6S 管理制度的 KT 板十分显眼，向每一位员工传递着企业的经营理念和管理制度。

从某种程度上而言，要温州民营企业"去人格化"很难，但在现代管理工具的协助下，受教育程度更高、视野更开阔的企业接班人们，显然已经不再纠结于是否要对企业实施"非人格化"管理。

相比父辈的"实干"，接过使命的新一辈更注重"巧干"。扎实高效地扩大品牌影响力、实实在在地带动企业员工创收增收、健康持续地促进企业发展，成为众多温州青年企业家的追求。

文化是发展手段，也是目的

在温州这片创业英才辈出的土地上，陈觉因不一定是名气最大最响的，作为"温州模式"第一代民营企业家，却当之无愧。

进入花甲之年，久居沪上的陈觉因逐步将企业交由子女打理，并于五六年前回到金乡这片生于斯、长于斯的故土，准备颐养天年。

回乡定居后，陈觉因漫步家园，看到乡邻生活富裕，心甚怡然，但环顾四周，总觉得似乎还少了点什么。一天，他突然悟到，这里缺少了一个金乡人可以怡然悠游的休闲公园。

想干就干。看准了城东北湖心那个用作垃圾堆场的荒岛，陈觉因决定将其改建成公园。工程 2013 年 3 月开工， 2014 年 10 月，垃圾岛变身为景色旖旎的迎旭岛公园。此项工程完全由陈觉因个人出资，总投资 630 万元。2015 年，金乡启动环城河绿道工程。陈觉因再度带头捐资，并全力投入工程建设实施。

2017 年以来，在陈觉因等内外乡贤的献智献力下，在金乡上上下下父老乡亲的集思广益下，西门城墙城楼、卫城文化客厅、余家大院、狮山公园提升、奖教助学基金等项目均已基本完成，乡贤前后捐资达 6000 多万元。

听说记者到金乡采访，陈觉因特地驱车赶来，带我们沿着环城步道漫步，讲解金乡近年来的变化。从迎旭岛、城墙城楼，到最新建成的乡贤馆，一路上邂逅的乡邻皆对我们身边这位慈眉善目的长者，投来景仰的目光，而陈觉因总是十分谦逊、低调，和蔼地点头，报以淡淡的微笑。

与陈觉因道别时已华灯初上，记者走在金乡镇鲤河中街，一不小心拐进一处古宅模样的老房子。进入后，一栋连着一栋的明清风格建筑迎面而来，仿佛一座曲径通幽的园林。中堂区域的牌匾告诉我们，这里已是金乡卫城文化客厅。一打听，才知此处前身是沈泰丰古民居，占地 2000 平方米，2018 年由乡贤沈宝善出资修缮。经过打造的卫城文化客厅除了举办艺术活动及展览的中心区域，还设有"风""雅""颂"三个阅读室、"尚书"人文会客厅、"汉书"思想空间和"赋""比""兴"三大人文空间。

温州大学温州学研究所所长洪振宁研究温州文化多年，对金乡近年来形成的"新乡贤文化"多有肯定。在他看来，退出商界后回归故里报效桑梓的"陈觉因们"，一方面领风气之先，起到了很好的带头作用，另一方面，也把自己走南闯北、历经商海沉浮后的人生体悟与文化视野带到了故乡。

"当下的温州企业、温州人，比过往任何阶段，都更意识到文化建设之于温州发展的重要意义，"洪振宁说，文化既是发展的手段，又是发展的目的，弘扬和发展优秀传统文化，激发文化创新创造活力，才能使"创新"和"创意设计"真正成为温州下一步发展的内驱力，推动进入"十四五"发展新时期的温州续写创新史，构建新发展格局。

（文 / 柳森　吴越　图 / 视觉中国）

农民城里无农民
一座小渔村的进化史

被研读了千万遍的"温州模式",这次该从何说起呢?从特点讲,叫"敢为人先";论其形式,又千姿百态,或许"无定式"才是其模式;若讲故事,全国首张个体工商业营业执照、"胆大包天"的国内首条私人包机航线……太多太多的跌宕壮阔。

但我们选择了鳌江入海口的龙港,3 年前,这里成为全国首个"镇改市"。

它更摄人心魄的传奇发生在 40 年前。当时还是小渔村的龙港,在政府几乎"一毛不拔"的情况下,由数千"万元户"自费造起中国首座农民城。

我们寻访当年亲历者,发现他们的造城故事,非常"温州"。

一场破天荒的改革

1974 年冬,新华社记者张和平经过温州下辖龙港方岩下,见四野凋敝,当时有民谣这样唱:"方岩下,只有人走过,没有人留下。"

12 年后,上海社科院经济所一行在龙港却见截然不同景象——此地新楼鳞次栉比,俨然一座初具规模的城镇。劳动力市场兴旺,经济所一名成员稍作停留,就被企业当成农民工约谈……

民谣仍在唱，唱词却已改成："几万穷，百万富，几十万元平常过。"

这背后是一场破天荒的改革。此前，中国城镇建设的主体历来是政府，但龙港当地却实行土地户籍改革，允许农民自筹资金在龙港买地、办厂、建房，进城落户。

60 岁的汤元挺，便是当年首批进城的农民。他自上世纪 70 年代起，在温州、上海、宜昌先后创办 13 家企业。1983 年，他率先在龙港建房，一家五口搬入三层小楼，花去 2.5 万元。

汤元挺是苍南金乡人，15 岁被父母逼着外出求生。温州人均耕地面积 0.36 亩，金乡仅 0.12 亩，汤元挺家只种了点番薯，一场台风来就全泡汤。父亲无法，给点小资金，叮嘱"把钱用好"，便放孩子出去闯。

小汤揣着原始资金，不敢吃饭，不舍得坐车，沿着 104 国道，徒步去福建。当时车道窄，车速不快，他便机灵蹭车。遇不愿被蹭的司机，他就耍赖皮，或在爬坡时帮忙推几把，靠此坐上了车，还蹭上饭。

当时福建码头多木料生意，小汤用板车将山沟里的木料推到码头，赚点小钱。他还去别人家干农活，换几顿饭。苦日子让他学会想方设法和"厚脸皮"，"只要有钱赚、不犯法，我都去做"。

汤元挺每回出门数月，都能带回数百元钱，悉数上交，换来父亲满意的笑。

待到 18 岁，汤元挺不再往外跑，留在家做海鲜买卖。

兄弟姐妹去海边买海鲜，做成鱼饼、鱼丸，汤元挺挑去菜市场卖，常半夜 12 时出门，走三公里石板路，在市场占个好位置。

汤元挺脑子活络，顾客想买啥、量多少，他扫一眼便知。顾客刚走到摊位前，他已将顾客需要的量称好，边说价格，边往顾客篮里送。顾客再压个两毛钱，只要不亏，他都答应。他还暗中观察整个菜场的供应量，如果量多竞争激烈，他就让利加速卖，反之就笃悠悠。

到 20 岁，汤元挺结婚了。岳父问他，卖鱼饼能赚多少钱？汤元挺不敢隐瞒，说万把块钱吧。对方却说："鱼饼别做了，跟着我们做校徽吧！"

当时金乡的徽章、标牌制作已起蓬头，数千供销员走千山万水，将国内外海量订单带回来。汤元挺因为肯让利，手头积累了数百供销员资源。校徽数量巨大,哪怕每个只赚1分几厘,一年下来,赚头也是卖鱼饼的数倍乃至十数倍。

上世纪80年代初,万元户是了不得的事,但金乡早已闷声发财。当地习惯叫万元户"猴子",10万元户则为"狮子"。

手头有钱了,便想进城。汤元挺说,当时有大量"狮子",迫切需要扩大生产规模,有一个交通便利、信息灵通、金融灵活、劳动力充沛的市场环境。他们向往城市文明。

一分为二的平阳县

其实改革暗流已在涌动。在汤元挺结婚的1981年,温州南部鳌江流域的平阳县被一分为二,变平阳、苍南两县。

新设立的苍南县,攥着空拳要啥没啥,没有一家像样的工厂,整个县域无中心城镇,生产生活资料仍要去隔江的平阳县鳌江镇批发转运。不少干部都争取留在平阳工作。

事实上,了解到被分县后苍南干部群众的负面情绪,浙江省委已在悄悄酝酿,要求着重围绕县经济中心选址展开调查。此秘密方案,由原平阳县委副书记陈常修带话,落到了时任苍南县经济委员会副主任陈君球等几人身上。

93岁的陈君球,忆及那段特殊使命下的峥嵘岁月,仍忍不住激动落泪。

他告诉记者,接到机密重任后,他与其他同志加紧调研,反复比较,最后选定沿江、龙江间的滩涂。这里地处物流咽喉地带,具开发建设港口城镇的自然地理优势。1982年,经温州市政府批准,苍南县沿江港区建立。当年,苍南县委23号文件决定,由8位同志组成沿江港区建设领导小组,陈君球任组长。9月,温州市政府批准发文《龙江港区总体规划》,港区建设拉开序幕。

殊不知,规划中基础设施要建7条路,可县财政只拿得出5万元。另一难点在于城镇人口问题,被划入港区的5个村8000余人,居民供应户口仅110人。若按旧有户籍政策,这个港口城镇难达应有规模。

怎么办?小组反复斟酌,既然"向上"走不通,不如"向下"试试。

"向下"是有底气的。此前小组调研时发现,1978年党的十一届三中全会以后,苍南农民率先走上工业化、市场化致富路,已涌现6500名万元户,其中 90% 集中在金乡、钱库、宜山三镇。先富起来的农民听闻要建港区，便向小组反映："建房问题，只要政策允许，我们自己建！"

可即便富人、能人们有积极性，还是要找到理论与政策依据。踌躇之际，《光明日报》报道了山东潍坊"人民城市人民建"的文章。"这成为小组向县委提出'人民城市人民建'思路和'提倡鼓励个人建设'来解决城镇住宅建设问题的思想来源。"陈君球说。

"市"在人为

汤元挺第一时间知道消息。他初步估算，在龙港拿下一块地建房，随后支付城市公共设施费，以一家五口建三层房计，约 2.5 万元。即便在上世纪 80 年代初，这对他而言已不是一笔大开销，何况还有"赠品"——城镇户口。

诸多"狮子"聚在一起，兴奋道："这太划算了！"

"市"在人为。1983 年 10 月 1 日起，港区举办"会市"，3 天活动，参加人数 10 多万。有来做买卖的、看热闹的，更多人目标明确，就是要买地建房，看看哪条街道好、价格适宜、手续便捷。

1983 年 10 月，浙江省政府设沿江港区为龙港镇。此后，农民进城速度惊人，仅 1984 年 4 月至 7 月，获批自理口粮进城建房的专业户就达 2147 家。缴付土地价款的信用社外终日排队，收款人员常忙到深夜才下班。

农民进城还推动了政府"店小二"刀刃向内的改革。第一步"捆印"，每月两次相关部门联合现场办公，8 枚大印一次盖全；第二步"减印"，凡申请进城办厂经商农民，只要盖县计委一个大印即可，减去社队企业局、工商管理局等 7 枚大印；再到 1984 年 6 月，县长办公会议决定，将审批手续直接下放给龙港镇……

数千栋楼，就这样在短短数年内拔地而起。最流行的式样是一楼前店后作坊，二楼办公，三楼卧室，空间利用率极高。龙港主街道龙翔路上一栋楼盖得最高，七层楼，被称为"首富楼"，楼主是此后的浙江"编织巨头"方崇钿。

温商的短板

农民进城后，格局不一样了。

汤元挺有危机感了。以前做徽章，是跟同在金乡的老乡们抢生意，拼的是勤劳活络；龙港无疑是更大赛场，要同和他一样进城的能人争机会，拼的是眼光。

印刷成了他下一个目标。1986 年，汤元挺成立其第一家印刷厂，当时龙港印刷企业屈指可数。此后他又接连出资成立大众制版印刷厂、龙翔制版印刷厂、新雅印业等企业。其中新雅印业倾注了他大量心血，到上世纪 90 年代末，新雅印业年产值已破 2000 万元，新雅品牌也成为全国驰名商标。

然而家大业大的汤元挺，夜里不止一次躲被窝里哭。他说，他吃尽了文化程度低的苦。许多次，客户让他写一张收款收据，他愣是组织不起话语，面对纸笔束手无措。

这让他意识到温商的短板，且光靠能吃苦难以弥补。于是他加倍重视子女教育，要把"温州人精神"中的文化短腿补上。

他后来认准上海浦东开发开放机遇，在上海继续自己的印刷产业，同时购置商业地产，兴办皮革专业市场。1998 年，响应对口支援号召，他以上海企业家身份前往宜昌，投资数百万元成立印刷包装厂，兴建专业建材市场，名气享誉鄂西南……

数十年商海沉浮，却在 2013 年遭遇人生一劫。

老友浙江博强铜业原董事长陈某一通电话，将汤元挺催回温州。汤元挺是博强铜业占股 12.5% 的小股东。当时陈某称公司经营良好，望汤元挺接手公司重组。正值温州市委号召"温商回归"，汤元挺注资 5000 多万元，受让股份，成为公司法人。

但汤元挺不知，陈某隐瞒实情，此前将博强铜业作为融资平台，伪造合同、虚报资产，以 12 家企业联保互保方式，先后从 7 家银行贷款 2.31 亿元，用以偿还赌债及其他投资。

正是吃了缺乏专业知识的亏，汤元挺才会天真地接手这一大窟窿。博强铜业金融危机很快暴露，但公司一旦倒闭，联保互保的多家企业将全部破产，造成数千名员工失业。

如此压力山大并未压垮他。不轻易言输的温商性格，让他最终决定投入6700万元个人资产，又以自己在宜昌、上海两处共计2.8亿元商业物业作抵押，置换保全了联保互保企业。如此壮举，让他在2014年被评"首届温商回归功勋人物"。

奋斗创造了城市

"办企业就像打仗，打输了很痛苦。"汤元挺不会轻易认输。

最困难时，亲友支持他，使他避免了资金链断裂。毕业于英国帝国理工学院的二女儿，主动辞去上海的会计师事务所工作，回乡救父，负责铜材料生产管理。大女儿也辞职帮父亲管理公司财务事宜。企业二代从专业角度规范公司财务、防范期货风险。而父辈则恢复了15岁外出讨生活时那股冲劲韧性，加紧对接产业链上下游，邀请技术大咖把脉，更把床搬进办公室，再次以厂为家……

2015年，工厂生产逐渐稳定；2017年，企业产值破5亿元；去年，产值迈上10亿元新台阶，客户名单里新增了国内外知名电子巨头。这一次，吃苦扛打的"温州人精神"被知识武装，汤元挺终于度过危机。

历数此前所办12家企业，都有一个通病，不敢做大。"企业产值一旦上10亿元，就怕守不住。"然而经此一役，汤元挺突然有了要做大、做久的底气。

他说，他的经历与故事，也是他的家乡从小渔村到农民城，再到产业之城的缩影——

当年，"泥腿子"之所以敢离开土地，是因为他们找到了能替代种地的产业，此为因城聚业；2003年，在龙港迎宾大道，醒目的"中国农民第一城"招牌被替代为16块广告牌，每块牌子背后都代表着一个产值过亿的企业，此为因业而兴。

2020年，龙港市人口超过35万，GDP逾250亿元。这翻天覆地的变化，都是从当年数千"万元户"自费造城开始的。

他们用奋斗创造了城市，也用奋斗改造了自己。

（文／李晔　秦东颖　柳森　吴越）

不变基因

苏南模式

"穷不会生根，富不是天生。唯有艰苦奋斗，才能割掉穷根。"

——张家港永联村老书记　吴栋材

采访组：刘　斌　孔令君　许　沁　朱凌君　李林蔚　孟雨涵

采访时间：2021 年 3 月

说起苏南，人们第一反应是富。

苏南为什么富裕？历史上，"苏湖熟，天下足"，苏南地区水土丰美；改革开放后，苏南利用水陆交通之便，以及接受上海工业辐射和转移比较便利的优势，鼓励农村发展社队企业，带着浓重的集体主义色彩，一大批村办企业蓬勃发展，被形容为"村村点火、户户冒烟"。苏南地区以敢为人先的勇气闯出了一条属于自己的发展道路。

1983 年，无锡堰桥公社推行了承包经营责任制、企业干部聘用制、工人合同制、工资浮动制等 10 项改革措施，次年被概括为"一包三改"："一包"，就是对所有社队企业实行承包经营责任制；"三改"，就是改干部任命制为选聘制，改固定工制为合同工制，改固定工资制为浮动工资制。"一包三改"很快在江苏省全省推广。1984 年，中共中央、国务院根据农村实际情况，同意将"社队企业"改名为"乡镇企业"，并将乡镇企业定义为"社（乡）队（村）举办的企业、部分社员联营的合作企业、其他形式的合作工业和个体企业"。

1985 年，江苏省乡镇企业总产值达 409 亿元，比 1984 年增长 57.77%，已经占江苏省工业总产值的三分之一以上，尤其是苏南的乡镇企业迅猛发展。到 1986 年前后，一些学者从对乡镇工业惊人的"苏南速度"的研究中，提出"苏南模式"的概念，有人将之概括为"三为主、一共同"，即以集体为主、工业为主、市场调节为主，实现共同富裕。

此后，苏南乡镇企业大力开拓国内国际两个市场，强化企业管理，狠抓技术进步；到 1989 年，江苏省乡镇企业总产值突破千亿元大关，外贸出口交货额超过 50 亿元，成为外向型经济的生力军。到 20 世纪 90 年代中期，我国告别"短缺经济"，从卖方市场向买方市场转变，乡镇企业工业生产增幅明显回落。但苏南人显然没有服输，一大批乡镇企业实施产权改革改制，"集体为主"所有制转变为产权关系明晰的多元化混合所有制经济，一批乡镇企业成为私营个体企业或股份制企业。

如今，在苏南地区，还有许多企业带着当年乡镇企业的烙印，比如生产服装的雅鹿、生产童车的好孩子、生产羽绒服的波司登等；也有一批富裕的村庄，依旧有着当年的印记，比如江阴的华西村、常熟的蒋巷村、张家港的永联村等。

时过境迁，当年一些曾引发大讨论的问题，比如"农民能否办工业""乡镇经济如何发展"等，都已经"不成问题"，但若深究这些企业和村庄，很容易发现"苏南模式"的精髓依旧在——大胆解放思想，坚持改革方向；善于抢抓机遇，敢于趁势而上；推动科技进步，增强企业竞争力；造就企业家队伍，培育新型农民；立足协调发展，推进小城镇建设。

苏南之所以能富，正是这些"苏南模式"的"基因"在起作用。而这组"苏南基因"，又来自于改革开放精神——解放思想、实事求是、与时俱进、求真务实，干出一片新天地。

记者选了苏州张家港市永联村作为样本，再看看苏南。

共建 共享 共富

从上海出发，赴永联村，约两小时车程。沿途农村风光，一路多是农田矮房，但一进永联村，高楼拔地而起，宛如高档小区。一打听，永联村拥有永钢集团25%的股权，年底永联村1万多名社员每年人均可获利约1万元。村里按户分房，每户村民能以极低的成本价买一套140平方米左右的房子，老人还能申请老年公寓。2017年村民人均可支配收入为43688元，约是江苏省农村居民人均可支配收入19158元的2.3倍，甚至比江苏省城镇居民人均可支配收入43622元还要高出66元。本来只有1万多"原住民"的永联村，居住人口达到近3万人。小村庄里有美食街，有高级宾馆和酒店，每逢节假日，村里的农业生态园游客如织。

永联村的富裕，靠的是共建共享。

数十年来，永联村在不同阶段采取了不同的共享方式和共享内容。

上世纪80年代初，永联轧钢厂发展起来以后，把企业的利润公平地转到家家户户。1995 年前后，永联轧钢厂每年利润在 2000 万元左右，但周边几个村庄还十分贫困，先富带后富，永联村党委决定合并周边四个行政村，带领大家共同致富。村里依托永钢集团分红、店面租金收入、实体公司经营收入，建立了多项福利保障制度。

永联村有 1 万多名集体经济组织成员，永钢集团规定同等条件下永联人优先考虑，2000 多名年纪轻、有学历、有技能的村民被录用到企业上班。永联还成立劳务公司、保安物业公司，把村里年纪大、学历低的人群都吸纳进来，并进行技能培训，然后以公司的名义到永钢集团以及周边企业承接保洁、保安、保绿等工作，解决了 1500 多名村民的就业。永联又对农业和旅游进行融合发展，不仅取得了良好的经济效益，就业人数也达到了 800 人。除农民创业园外，2006 年，永联村在建设永联小镇时，规划了南街、北街、东街三条商业街，共 320 个门面店，产权归村集体所有，村里规定永联人优先租赁。现在，乡村旅游发展起来后，三条商业街的生意红火，村民经营收入不断增加，村集体每年的租金收入超 1200 万元。

不仅要"富口袋"，还要"富脑袋"，为提升村民的文化素质和文明素养，永联村集体经济的共享有些是采取提供文化资源的形式。如在 1995 年、2005 年、2014 年先后三次对永联小学进行新建、扩建，为孩子们提供更好的学习环境。

永联戏楼每天下午会邀请不同戏剧种类来演出，一年的费用是 200 万元，"这笔钱如果平分，每人只有 200 元，但是通过这样的方式，为村民提供了更为丰富的精神生活。"永联村党委书记吴惠芳说，共建共享是集体主义的升级版，只有共建共享，才能最有效地凝聚人心，团结力量，共谋发展。

永联村经济合作社党总支书记、副社长蒋志兵始终记得：当年永钢转制，也有"彻底转、转彻底"的声音，但老书记吴栋材坚持要给村集体留下 25% 的股份，"你们富了，但老百姓怎么办？"还有一次，蒋志兵在村里看到许多人围着吴栋材聊天，老书记当时退休多年，年纪大了，但他依旧能清楚地喊出绝大多数村民的名字，和大家亲亲热热地说着家长里短。蒋志兵自问："等我退休了，能叫出多少人的名字？"因为村里这种"命运共同体"的模式，村民对村集体和永钢集团的决策，一向非常支持，包括征地在内的许多在别的地方属于老大难的问题，在永联村很快得到解决。

创新，永不能停

"穷不会生根，富不是天生。唯有艰苦奋斗，才能割掉穷根。"这是吴栋材四十多年前带着村民们挖塘养鱼时说的话。

这些年，永钢集团和永联村的创新奋斗，一直没停下。永联几十年的发展，便是工业化的过程。1978年挖塘养鱼，获得第一桶金。1984年办钢厂以钢兴村、轧钢兴村。2002年亚洲金融风暴时自筹资金10多亿元，用300多天打造了一个大型钢铁企业。积累资金之后，抓住当时国土资源部的城乡建设用地增减挂钩指标，2006年一举将全村散落在田间地头的3600多户人家全部拆迁，实现农民集中居住，农民过上城镇化的生活，进而把8000亩耕地重新流转到村里的经济合作社，实行规模化、集约化、市场化经营管理。

在永联村开始办钢厂时，张家港有30多家小钢厂，如今大多数钢厂已成往事，但永钢却越办越好——2020年，永钢实现营业收入1010亿元、利税60亿元，同比分别增长35%和8%。

2020年，永钢开发了75个新产品，其中，高性能大规格直接切削用非调质钢、马氏体耐热焊丝钢SA335P91热轧盘条等新产品填补了国内空白。目前，企业优特钢比例已超70%，高端P系列管坯钢在国内市场占有率达40%以上，风电偏航变桨用连铸圆坯市场占有率达20%以上。记者去厂里看，全套现代化设备，哪里还有想象中村办小厂、农民土专家的影子。

在钢厂周边，就是农业生态园，种出来的蔬菜粮食都是村民自己吃的，这样布局有深意——用农业来限制钢厂的污染。2018年以来，永钢集团投资6.5亿元规划建设占地375亩的循环经济产业园。钢渣3D打印、冶金尘泥资源化处理等"绿色项目"相继投产，建筑垃圾资源化综合利用项目也已开工建设。2019年，以永钢集团循环经济产业园为主体申报的张家港市大宗固体废弃物综合利用基地，获国家发改委和工信部批准，成为全国50个基地之一。新技术、新应用激活绿色发展新动能。投资5000万元引入的钢渣3D打印生产线，将钢铁冶炼产生的固废钢渣变回生产原材料，打印出硬度不低于传统混凝土的成品。

在张家港市，已经能看到利用钢渣"打印"的垃圾分类房、生态厕所、公交站台、景观绿化墙等。

吴栋材的孙子吴毅是"80后"，如今是永钢集团有限公司党委书记、总裁，海外留学回来的硕士研究生，他与父辈祖辈相比，更注重品牌，企业发展理念更新，能跳出企业看行业，跳出行业看大盘，坚持不断创新：2020年，永钢的非钢板块营收占比达到了63%，首次超过50%。永钢集团现已构建以钢铁主业为核心，金融贸易、建筑建材、装备制造、新能源、循环经济等五类产业为引擎的产业格局。

多年过去，永钢坚持"五湖四海招人"。蒋志兵曾经在永钢工作多年，他记得1998年永钢去大城市招大学生，不少人连张家港市都不太清楚在哪儿，何况去一个村里工作，但永钢坚持引进能人，让有为者有位，让无为者让位。永钢集团和永联村经济合作社里，如今大多数是外地人，而且有不少"70后""80后"。蒋志兵还说起一件往事：吴栋材的妹夫和小舅子等亲戚以前也都曾在永钢工作，因为生产和经营上的事犯过错误，蒋志兵心下嘀咕"大不了降一级"，想不到他们都被吴栋材直接开除。这让蒋志兵一时难以置信，但心下佩服。

2020年，永钢集团与苏州市产业技术研究院启动共建绿色制造熔接技术研究所，还与钢铁研究总院、乌克兰国家科学院、北京科技大学等科研院所开展了20余项产学研合作，累计获得授权专利743件。永钢正与冶金专业高校、职业技术院校合作建设"永钢学院"，未来还将在智能车间的基础上，加快智能物流、智能仓储、工业机器人等智能制造项目落地，把5000亩钢铁生产制造基地打造成智能工厂。

时代在变，但改革开放的经验告诉我们，历史发展进程中，人不是消极被动的。只要把握住发展大势，抓住变革时机，奋发有为，锐意进取，就能推动社会更好前进。

从这个角度来看，抢抓机遇、不断改革创新的"苏南基因"，一直不变。

（文／朱凌君　李林蔚　许沁　孔令君　图／新华社）

重温那股创业激情，不仅是为了怀念

很多人记得，曾经有一句流传很广的话——踏遍"千山万水"、吃尽"千辛万苦"、说尽"千言万语"、历经"千难万险"，形象地概括了那个年代创业者们在无资金、无技术、无产品、无市场的背景下创业的艰难过程。当年，也正因"四千四万"精神，苏南乡镇企业才能率先开始从"五湖四海"到"五洲四洋"。

2017 年 12 月，江苏省委第十三届三次全会提出新的"四千四万"精神：要积极适应时代的"千变万化"，主动经受创新的"千锤万炼"，在发展的前沿展现"千姿万态"，在新的征程上奔腾"千军万马"。

我们重温苏南模式和那个激情创业的年代，不仅为了怀念，更为了在长三角更高质量一体化发展的新创业年代锚定精神坐标，在新时代谋求新发展。

从"坏小子"长成"好孩子"

1982 年秋，无锡县堰桥乡。谁也没想到，一次谈话催生的制度改革改变了整个区域的历史。

这一年，实行了家庭联产承包责任制的堰桥乡，农业获得大丰收。彼时，借助上海经济技术的辐射，苏南地区的乡镇企业正蓬勃发展，创造了独特的苏南模式。但弊端也逐渐显现，如产权模糊、政企不分导致"厂长负盈、企业负亏、银行负债、政府负责"等问题，以至于在堰桥乡这个乡镇企业发达的小地方，许多乡镇企业却长期经营困难。这促使堰桥乡党委思考——"承包"能否也运用到企业，改善经营呢？

当时，工厂承包尚无先例，也没有相关文件，风险很大。经过调研，堰桥乡决定：找个小厂，先试试。试点选了乡服装厂——这家厂是1980年新办的，3年连续亏损5.7万元，一连换了3个负责人。

副乡长、工业公司经理高锦度回忆，消息一出，厂里人积极性很高。由全厂职工投票选出的新厂长很有办法，上任后立即实行了"定额计件制"，工人和生产小组谁超额完成，立刻有奖。工人生产热情被激发，一个月时间，服装厂竟然扭亏为盈，首次盈利近500元，职工工资也增至50多元，皆大欢喜。

服装厂试点成功，给所有人吃了定心丸。1983年2月，堰桥乡正式宣布在全乡乡镇企业推行"一包三改"改革，内容包括承包经营、企业干部聘用制、工人合同制、工资浮动制等10项改革措施。短短一年间，堰桥乡亏本企业基本扭亏为盈，与1982年相比，全乡工农业总产值增长74%。

1984年4月13日，《人民日报》刊发《堰桥乡镇企业全面改革一年见效》，肯定堰桥乡在乡镇企业领域的首创精神。由此，"一包三改"盛极一时，据统计，1984年、1985年两年，全国各地到无锡县和堰桥乡参观学习"一包三改"的超过20万人。

回头看，从自救生发出的"一包三改"顺应了当时改革的潮流，一度让乡镇企业成为异军突起的一支力量，也奠定了今天苏南地区的传统产业格局。

若干年后，曾担任过江苏省乡镇企业管理局局长7年多、参与乃至领导了江苏乡镇企业改革的邹国忠在回忆苏南模式发展时提出，要超越模式的桎梏，站在历史的角度看待苏南模式的发展。"苏南模式是在极端困难的条件下由农民创造的，其实是当时历史条件下的'坏小子'。而随着思想的解放、改革的深入，苏南模式发挥出了优势，长成了'好孩子'。"邹国忠说，"所有调整和改革的实质，就是要给群众一些财产、一些资源、一些手段，使他们真正成为市场的主体。无论是苏南模式也好，或是其他模式也罢，归根结底是要推动经济发展，差别只是在于苏南把这些财产、资源和手段主要集中在政府和集体手里。"

在众多学者和专家看来，苏南模式始终是与时俱进的，不畏艰苦、不断创新的精神内涵仍在延续。从某种程度上说，苏州发展的三大法宝："昆山之路""张家港精神"与"园区经验"等都是苏南模式在新时代发展的缩影。其中孕育的精神，更成为苏南乃至整个长三角经济社会更高质量发展的强大精神动力。

在无锡，创新激情仍在。2020 年 5 月，无锡市举行"四千四万"精神干部教育培训基地揭牌仪式，这是全国唯一以"四千四万"精神为主题的干部教育培训基地。无锡锡山区的中国乡镇企业博物馆，已成为"四千四万"精神干部教育培训现场教学点之一。这个建在春雷造船厂旧址上的博物馆里，陈列了不少乡镇企业的发展往事，比如从一家小小的村办企业成长而来的红豆集团，也是苏南模式的重要见证。

一个"好孩子"背后，是一帮敢创新的老师

提到母婴品牌，很多人知道"好孩子"，背后的故事却不为人所熟知：这家昆山人创办的本土企业，前身竟是一家中学校办工厂……

昆山最近有个新晋网红打卡点，正是坐落于陆家镇工业园区的好孩子生态馆。这里充满了智能摩登的时尚元素，不时还有主播现场带货。一款全球最轻仅重 3.9 公斤的婴儿车，仅一根手指就能拎起；一秒折叠的口袋车，灵感源自大闸蟹；与顶尖设计师合作的联名款童车，卖到 3600 欧元……难以想象，30 多年前，这里还是一家负债累累、濒临破产的校办工厂。

上世纪 80 年代，改革开放热潮涌动，校办工厂雨后春笋般涌出，昆山陆家中学校办工厂就是其中之一，但红火了没几年就因投资项目失误欠下巨债。

1987 年，陆家中学最年轻的副校长宋郑还，接手管理了校办工厂。30 多年过去了，宋郑还已是好孩子集团创始人、董事局主席，当年的校办工厂也"逆袭"成为全球婴童用品领域的"创新高手"和"技术大拿"。婴儿车、儿童安

全座椅连续多年销量领跑全球，美、德、日等七大研发中心累计创造专利数超1万项，超过5家主要竞争对手的总和。

73岁的宋郑还回忆当年，仍饱含激情，神采奕奕。从他办公楼的落地长窗望出去，是好孩子集团园区的工厂大门。

正是这扇大门，在这家企业的发展中扮演了一个关键角色，至今依然为新老员工津津乐道。当年宋郑还有个令人震惊的举动，就是赚到"第一桶金"4万元后，没有第一时间拿去还债或发工资，而是修了工厂大门。

为何要建厂门？宋郑还回忆了30多年前这里的情景，教师集资办起的工厂条件简陋，农田围绕，里面都是茅草地，雨天泥泞不堪。宋郑还至今对当年的想法很肯定：不在乎现状多困难，在乎的是要把员工"心里的火苗子先燃起来"。先把厂门建好，让员工每天上班有"仪式感"。

效果确实很明显——曾经的校办厂员工张秀芳记得，当年小食堂旁边一块黑板上，宋郑还发动员工做世界上没有的产品，一字一句给大家"画重点"："我是第一，因为我可以是第一。"壮志标语和崭新大门不仅敲开了员工心门，也打开了企业的创新发展之门。

毫无经商经验的宋郑还不知道要做什么，但知道不做什么——绝不依附别的企业代工生产。他想到的第一个办法是去上海"讨生活"，挨个敲工厂大门，"跑穿鞋底"寻找合作机会。

不久，转机来了。宋郑还之前补习班有个学生家长是上海工程师，夫妻俩带着一个婴儿车找上门来，希望合作。虽然后来合作没有继续，但宋郑还从婴儿车上看到一线生机，经过反复研发试验，终于做出了一辆两功能的婴儿车，通过转让专利权，赚到了"第一桶金"。

1989年，"好孩子"很快推出四功能婴儿车，还是全世界首辆。一炮而红后，铺天盖地的"山寨"款随之而来，宋郑还的对策是"自己打倒自己"！在别人还在抄他这一代的产品时，他的下一代产品已经做出来了。自此，"好孩子"走上了一条创新发展的自强之路。

作为真正意义上昆山人自己"闯"出来的一个世界名牌企业，"好孩子"的"逆袭"之路，也无形中见证了"昆山之路"的奇迹。

当年昆山几乎从零起步，"自费"创办开发区的壮举至今仍被世人感佩。就在"好孩子"公司正式创立的同年，昆山撤县设市，开启新的发展之路。

改革开放初期，随着苏南模式异军突起，"村村点火、户户冒烟"，没有跟上"节奏"的昆山痛定思痛，奋起直追，创造性以自费开发的模式在当时县城东边 3.75 平方公里的农田开辟出一个工业小区，在乡镇工业的"老路"之外，蹚出了一条"外向带动"的"新路"，迅速完成了"由农转工"的历史性跨越。

昆山发展史上的传奇人物、时任昆山县县长吴克铨在其所著的《唯实　扬长　奋斗——昆山经济发展的探索与实践》中回忆，昆山从自身实际情况出发，选择走横向联合之路，"借鸡生蛋""借梯上楼""借船出海"。1988年 7 月 22 日，《人民日报》在头版大篇幅刊发《"昆山之路"三评》文章，对昆山自费开发、艰苦创业、坚持走"富规划、穷开发"之路进行了深入报道。1989 年 10 月，社会学家费孝通来到昆山考察，赞赏有加，当场挥毫题词：昆山有玉，玉在其人。

提到吴克铨这些当年开拓"昆山之路"的老领导，宋郑还至今感怀。当年，正是这些平易近人的领导带着当地企业家，一次次去上海开企业家联谊会，求教、对谈，他们才慢慢进入角色。

跟典型的苏南模式里的乡镇企业比起来，宋郑还觉得"好孩子"的发展之路有其特质，是一帮不善经商却充满理想、敢于创新的老师闯出来的路子。

宋郑还当年插队落户时，在池塘边看到一大群鸭子，围在岸边来回踱步半天，突然有一只"领头鸭"往里一跳，其他的鸭子才呼呼一片跟下去。年轻的他顿时想明白了一个道理：往前冲，总要有人带头的。

"星期日工程师"赶潮下乡

上世纪八九十年代，每周六下班的时候，在上海各大长途汽车站、轮船码头、火车站，就会迎来一群群年轻人。他们身着洗得略微发白的蓝色中山装，口袋里插着一支钢笔，斯文清爽的模样一看就是知识分子。他们的目的地大多是上海周边如苏州、无锡等地的乡镇企业。第二天下午，他们又从四面八方赶末班车，匆匆返沪。当年这股周末"潮汐"如城市新景观，"赶潮下乡"的工程师被称为"星期日工程师"。

以"星期日工程师现象"为代表的长三角城市之间高频率的人才流动，以及与此同时迅速发展的苏浙乡镇企业，共同构成了改革开放初期企业家们对早期长三角一体化发展的共同记忆。

当时，长三角有的乡镇企业想制造电视机，却苦于电视机接收信号的高频头技术难题。原上海星期日工程师联谊会秘书长白海临曾在原上海星际无线电厂工作，企业先来厂里取了经，又邀请他到当地去上课。那时候，每周只有星期日休息，于是，他星期六下班后，和同事在十六铺码头乘船赶去。为了请教上海的技术，当地几乎用了最高款待规格，事后还塞来"信封"。白海临不要，硬是被塞了一条黑鱼和一只甲鱼。

上海的智力、技术、理念就这样流动起来，为周边地区大批中小乡镇企业、民营企业救了急。多位星期日工程师表示，当年的"兼职"大多处于"偷偷摸摸"的灰色状态。

1979年，上海郊区奉贤一家工厂连年亏损，打算开发新产品。上海橡胶制品研究所助理工程师韩琨受聘担任技术顾问，几乎每个星期日都要赶往奉贤，经过近一年努力终于救活了该厂。不料，因3400元报酬，他以受贿罪被检察院起诉。韩琨的遭遇，在全国范围内引发了一场大讨论。大讨论中，为知识分子创造一个奉献聪明才智的宽松环境，渐渐被人们认知。1988年1月，国务院批准了关于允许科技人员业余兼职的《国家科委关于科技人员业余兼职若干问题的意见》。1988年5月8日，由上海市科协科技咨询服务中心发起，上海市科协正式成立上海星期日工程师联谊会，科技人员周末兼职终于名正言顺。

星期日工程师成了一块"金字招牌"。上海星期日工程师联谊会成立之初，上海的星期日工程师有1800多名，以40至50岁的工程师为主。他们帮助乡镇企业开发新产品，培训技术骨干，解决技术难题。当年，上海不少著名教授、学者带头，成为星期日工程师中的一员。原宝山县罗店乡聘请了数十位名校教授组成该乡经济开发顾问委员会，名誉会长就是生物学家谈家桢；电光源专家、复旦大学教授蔡祖泉也成了原嘉定县南翔灯泡厂技术顾问……科技人员的"业余兼职"突破了跨体制兼职的瓶颈，实现了"科技智力"的柔性流动。某种程度上，上海"星工联"在华东地区率先充当了科技孵化器的角色，近30年前给长三角科技创新"共赢"带了个好头。

数十年过去，星期日工程师仍时时被提起，学有所长、服务社会的情怀和精神不断被传承。

"自星期日工程师发端的科技人才流动越来越丰富，科技成果转化与创新越来越多样，而星期日工程师也从个人走向了团体。"原上海星期日工程师联谊会常务副理事长梅向群说。曾经的星期日工程师们也逐步发展为"全天候外脑"，为社会经济发展提供高层次的专业技术服务。上海"星工联"成立了"道机工程技术服务部""电气设备维修改造分中心"和"智能化工程技术分中心"，提出"无边界服务"。苏南一批乡镇企业的"第一桶金"，包含了星期日工程师的智慧。

52岁的乐群是一家民营公司负责人，25年前，他是最年轻的一批星期日工程师之一。"虽然没有经历过老一辈星期日工程师们的风风雨雨，但这并不影响对星期日工程师精神的传承。""60后"李震宙说，他当星期日工程师的经历对自身影响很大，随着经济发展，星期日工程师在企业转型以及带动长三角区域创新发展中仍可发挥作用。上海淮海照明灯具厂原厂长严荣华至今还活跃在技术咨询的一线，在他看来，以前去外地技术救急，只能打长途电话、发电报，如今互联网大潮下，星期日工程师更需要"跨界"。

长三角一体化，新时代呼唤怎样的星期日工程师？"服务时间早已不局限于'星期日'，服务形式也更多元化。"在梅向群看来，星期日工程师本身也需要不断提高，在技术上与时俱进，利用新的技术手段和传播手段，比如数字化、人工智能等，加强服务社会的能力。

（文／朱凌君 李林蔚 许沁）

第四章

万众一心皆英雄

永不言败
女排精神

"女排精神不是赢得冠军，而是有时候知道不会赢，也竭尽全力，是你一路虽走得摇摇晃晃，但站起来抖抖身上的尘土，依旧眼中坚定。"

——郎平

采 访 组：徐蓓蓓 陈 华 侍佳妮 刘雪妍 海沙尔
采访时间：2021 年 3 月

2021 年 5 月 1 日，郎平执教的中国女排，将在日本东京有明竞技场参加东京奥运会测试赛。疫情之下，这是中国女排时隔 19 个月首次回归国际赛场，踏上奥运卫冕征程。作为世界排坛"十冠王"，中国女排目标不变："升国旗，奏国歌"。

和所有中国女排的支持者一样，郑强的内心写满期待。在福建漳州体育训练基地，身为基地副主任的他，脑海浮现出两个月前将士们第 47 次在这里集训的画面，内心是"娘家人"对队伍的祝福。

每次中国女排征战世界大赛，漳州这个南方小城，就会吸引世界的目光。这里孕育出荣获世界"五连冠"的中国女排英雄群体，被世界体坛誉为"冠军摇篮"；中国女排再创"十冠王"辉煌背后，有着每逢大赛必去漳州集训的传统；在中国女排和基地人的心里，"娘家"是最温暖的名字。

基地建于 1972 年，迄今已有 49 年，中国女排从这里走来，历经风雨，如今向着新辉煌发起冲击；49 年来，这里也见证着中国女排精神的萌发、成长和传承，历久弥新。

滚一身泥，磨几层皮

3 月的漳州，春寒料峭，参观中国女排腾飞纪念馆，心生暖意。用几万支毛竹搭建的"竹棚馆"、郎平当年被磨出大窟窿的护膝、历任国家领导人对中国女排的关心批示等展品，这里记录并见证着女排精神的"风雨历程"。

训练基地的老员工们都记得，女排和漳州的结缘要追溯到 1972 年。那一年，中央提出"足、篮、排球要在三至五年内达到一般国际水平"的指示，国家体委（今国家体育总局前身）决定在漳州建立中国第一个排球训练基地。

87 岁的钟家琪出生于上海，曾任漳州市第一任体委主任，之后当了 17 年基地主任，和排球打了 40 多年交道。遥想当年，他仍感慨："1972 年 10 月底基地完成选址，12 月运动员就要来训练——短短两个月，怎么来得及盖一

座排球训练馆？"

基地工作人员周向成经常担任中国女排腾飞纪念馆的解说员。他介绍：当地军民共同努力，短短23天内就盖起来一座巨大的、可覆盖6个排球场的大竹棚。它全部以当地出产的毛竹作为材料：双层竹片夹上竹叶为顶盖，多根竹筒合并为柱当梁，用竹钉固定，以竹篾缚紧，最长跨度50米，中间无一支撑柱。

"竹棚馆"建成后，全国各省市的12支排球队，来到这里参加集训，全国大练兵。"竹棚馆"的地面，是用细砂、牡蛎壳粉和红土混合再加入盐水压实夯平的"三合土"。女排姑娘们在训练场摔下去，衣服蹭坏了，鞋子开口了，皮也擦破了，沙粒嵌入皮肉，霎时就血肉模糊。睡觉时伤口和床单黏在一起，等医护人员用酒精强制分开时，伤口早已化脓。

漳州体育训练基地原接待科科长顾化群说："那时候的女排姑娘是拿命在训练，但没人喊累，没人退出，大家心里都憋着一股劲，要证明中国人行，要让中国崛起。"钟家琪证实："当时基地挂的横幅是，'苦练三五年，打败日本南朝鲜（韩国）'。"

这次成功的集训，不仅让运动员技术水平得到提高，就连原地弹跳平均也提高3—5厘米。集训期间形成艰苦奋斗的训练风气，被中国体育界称为"竹棚精神"。"竹棚精神"深深鼓舞和教育着郎平等排坛新人，为后来中国女排夺取世界"五连冠"创造条件，更为女排精神的形成奠定基础。

1976年，中国女排在漳州基地重新组建，袁伟民教练从12支集训队伍中点出15位女将，穿上久违的"中国"球衣。闷热的竹棚里开始有了木地板，但因没刷油漆，到处是刺。这样的地板，让郎平、曹慧英、张蓉芳等人都有鲜血淋漓的经历。周晓兰回忆："一天的训练结束，我们就开始互相拔刺，并乐着比谁身上的刺多。"

滚上一身泥，磨掉几层皮，苦练技战术，立志攀高峰……在"从严、从难、从实战出发"的要求下，汗水不会白流，一支意志顽强、水平过硬的队伍，悄然登上世界舞台。1981年，第三届世界杯女子排球赛，中国女排七战七捷，压倒上届冠军日本队夺冠，中国"三大球"迎来第一个世界冠军！

漳州基地的"秘密武器"

中国女排的横空出世，让漳州基地逐渐为人所知。外国教练、媒体记者实地探访时都会困惑：一个训练条件如此一般，甚至有些寒酸的基地，到底有什么"秘密武器"？

答案要从历史里找，但更隐藏在当下。漳州基地一切从女排中来，一切为了女排。随着时代发展，基地硬件、软件的不断升级，见证着中国体育的举国体制优势为女排队伍提供强力保障。

2021年春天，郎平率中国女排在这里备战，将士们第一次入住全新落成的中国女排新公寓。身处女排公寓之中，记者发现，室内外所有设计都依据女排队员身高特点，显得格外"高大"。

郎平执教中国女排夺得2016年里约奥运会冠军、2019年女排世界杯第十次登上世界之巅，队伍赛前都曾在漳州基地备战。里约奥运夺冠后，郎平赛后的第一句话就是："感谢漳州基地对我们中国女排的帮助。"

记者在现场发现，中国女排"娘家"基地项目的建设正热火朝天。未来，这片规划总用地面积 466.5 亩的区域，将成为中国女排精神展示地、中国女排训练首选地、市民全民健身聚集地、体育旅游观光目的地、全市文体旅融合发展综合示范区。

历史，也记录着基地保障的逐步升级。1985 年以前，中国女排的宿舍条件简陋。一天晚上，郎平去公共卫生间时被冻感冒，以至于住院治疗。钟家琪召集职工开会时说："国家把这些宝贝交给我们，我们照顾不好，于心有愧啊！"经过讨论，职工们自愿把盖职工宿舍的钱捐出来建女排公寓。第二年，一座崭新的白色"冠军楼"拔地而起。如今，"冠军楼"房间的每扇大门上，仍标注着当年袁伟民、郎平等黄金一代的名字。

作为"娘家人"，漳州人民不但和女排分享胜利时的快乐，也分担她们失利后的痛苦。长期从事女排报道的《闽南日报》原记者罗如岗记得，1992 年，中国女排在巴塞罗那奥运会意外失利，当时正在修建的训练比赛两用馆"腾飞馆"因资金不足而陷入停滞，市里当即决定，号召"人均捐赠一元钱"，很快筹集了 500 万元，快马加鞭开工建设。1994 年，中国女排"腾飞馆"顺利落成。

落成后的中国女排腾飞馆，成为中国女排在漳州集训时训练比赛的专用场馆，陪伴着中国女排在低谷中崛起。1996 年亚特兰大奥运会，第一次担任中国女排主教练的郎平，率队夺得银牌，中国女排回到世界强队行列。

2004 年 3 月，陈忠和执教的中国女排，搬入基地投资 1100 多万元建设的中国女排训练馆。陈忠和执教时期，中国女排找回阔别已久的冠军荣耀，连夺 2003 年大阪世界杯和 2004 年雅典奥运会冠军。

这座训练馆也陪伴着郎平二度执教中国女排再创辉煌。2015 年女排世界杯，中国女排时隔 11 年再次夺冠。2016 年里约奥运会上，中国女排在决赛中逆转塞尔维亚，获得第三枚奥运金牌。2019 年 9 月，中国女排在郎平的带领下再夺女排世界杯冠军，成为历史首个女排世界杯五冠王。

正如中国女排的代代传承，精神永续，无论基地如何变化，一颗"娘家人"的心永远在这里，守护女排风雨前行。基地副主任郑强说："作为女排'娘家人'，我们每天看到她们刻苦努力，内心感到深深的敬佩和心疼。希望她们努力迎回更多荣耀，等她们胜利归来，'娘家人'为她们接风，加油！"

女排精神，不止于夺冠

中国人不会忘记那一幕：1981 年，中国女排首次夺得世界冠军的消息通过电视机、收音机传来，在北京，人们涌向天安门广场，高呼"中国万岁，女排万岁"……11 月 17 日，《人民日报》头版用全版刊登女排夺冠报道。一直关心女排的邓颖超在 11 月 18 日的《人民日报》上专门提出了"女排精神"这个词。

从 20 世纪"五连冠"，到 21 世纪初雅典奥运会冠军，再到 2016 年里约奥运会和 2019 年女排世界杯，中国女排十次登上世界之巅。一路走来，中国女排已经成为中国体育的一面旗帜，女排精神也成为中国体育的一种象征。在中华人民共和国 70 多年的发展进程中，在中国共产党建党百年的伟大征途中，中国女排更成为自强不息民族精神的写照，无论时代如何变化，女排精神从未离开过。

排球运动管理中心原主任徐利认为：以袁伟民指导为教练核心的团队和老一代的女排姑娘们，在"五连冠"中凝聚缔造了女排精神，这种精神就是"顽强拼搏、艰苦奋斗，团结协作、为国争光"。

女排精神代代相传。曾担任女排陪练的陈忠和作为主教练时期，中国女排精神得到了进一步传承和弘扬。2016 年，以郎平为主教练的中国女排，时隔 12 年又带领女排取得里约奥运会冠军，2019 年率中国女排夺得第十个世界冠军。郎平为中国女排带来了更加科学的训练方式和先进理念，但是能把中国女排从低谷带上奥运会最高领奖台，不仅仅是靠这些。

正如习近平总书记在 2019 年国庆节前夕会见中国女排代表时所说："广大人民群众对中国女排的喜爱，不仅是因为你们夺得了冠军，更重要的是你们在赛场上展现了祖国至上、团结协作、顽强拼搏、永不言败的精神面貌。"

体育承载着国家强盛、民族振兴的梦想。体育强则中国强，国运兴则体育兴。女排精神是一种宝贵的精神财富。

郎平曾说："女排精神不是赢得冠军，而是有时候知道不会赢，也竭尽全力。是你一路虽走得摇摇晃晃，但站起来抖抖身上的尘土，依旧眼中坚定。"

（文／陈　华　刘雪妍　侍佳妮　图／新华社　海沙尔）

秘密基地里『全国一盘棋』

　　福建漳州体育训练基地南区，充满 20 世纪 80 年代气息的中国女排一号馆旁，一块墓碑在两棵圆柏的陪伴下，静静伫立了 30 年。墓碑上书：一位中国排球事业的开拓者长眠于此。

　　逝者叫钱家祥，上海排球名宿，一生都围绕排球展开，人称"排球钱"。他是中国女排第三任主教练，曾任国家体委排球处处长、中国排球协会秘书长和副主席等职务。20 世纪 70 年代，钱家祥受国家体委委派选址漳州作为排球集训地。漳州基地不仅助力女排上演"五连冠"辉煌，日后还见证"十冠王"伟业，是中国女排永远的"娘家"。

当年那个大竹棚

　　"领导重视、群众喜爱、物产丰富、气候宜人，这是漳州建排球基地的优越条件。"福建漳州体育训练基地老主任钟家琪，今年 87 岁，依然嗓音洪亮，逻辑清晰。钟家琪当了 17 年的基地负责人，和钱家祥共事多年。

　　当年，周恩来总理提出"要把体育运动重新搞上去"。时任国家体委主任的王猛从干校召回张之槐、钱家祥等专业人士。

　　彼时，正值被誉为"东洋魔女"的日本女排称霸世界女子排坛。1964 年 11 月，"魔鬼教练"大松博文第一次访华，受到中国国务院总理周恩来两次接见。1965 年 4 月 21 日，应周恩来总理的邀请，大松博文来到上海对中国女排进行一个月的特训，钱家祥陪同。大松博文向中国女排姑娘灌输了"从严，从难，从实战出发以及大运动量训练"的理念，对当时从零起步的中国女排，犹如醍醐灌顶。

　　之后，国家体委决定建排球训练基地，排球处处长钱家祥去南方考察，选点建基地。原中国男排副队长张然向钱家祥推荐自己的家乡——福建漳州。这里年平均气温 21 摄氏度，冬天也不冷，有利于运动员在高强度的训练后恢复体能。新中国成立后，这里曾同时有 800 支业余男女排球队，是"排球之乡"。在向国家体委汇报并获得批准后，钱家祥决定前往实地考察。

　　"排球队要选基地"的消息传回福建，时任龙溪军分区司令员、漳州地委常委兼体委主任于克钊挂帅，用本地产的毛竹盖了一座可覆盖 6 个排球场的大棚。

　　抵达漳州后，钱家祥参观完竹棚，便已动心。在上报漳州建排球基地的方案期间，他以国家体委排球处的名义，调 12 支青年男女排球队到漳州，开始实验性训练。1972 年 12 月，第一期全国青年排球冬训在条件简陋的"竹棚馆"进行。钟家琪记得，当时驻地门口贴着各类统计表、通知单，每支队伍每天的强化练习平均时间超过 7 个小时。

　　一旦发现有的球队训练效果好，钱家祥晚上就会召集各队教练开会，及时把好经验传授给各队。"这就是当时我们的优越性，全国一盘棋，你追我赶，你学我帮，互相之间没有保密，大家一起进步。"说起当年训练的热情，钟家琪眼里带着光，语调上扬，"老钱是内行，他抓的都是实实在在的东西。喊口号没用，训练才能解决问题。"

　　钟家琪记得，第一年漳州集训，自身条件优秀的八一队、上海队都没有参加。集训结束后，辽宁队回程路过北京约比赛，八一队完败；同样，上海队也输给了参加了集训的江苏队、浙江队。第二年，八一队、上海队主动要求参加漳州集训。

"开门大练兵"

漳州基地建成后，全国排球队伍在这里"开门大练兵"。一到周末，基地南区的小体育馆就像过年一样热闹。来看排球比赛的观众扶老携幼，席地而坐，解放军、工人、农民都有。一记精彩的扣球，一次有效的拦网，都能引得现场掌声雷动，直呼过瘾。

在总结队员和队伍的成长规律时，钱家祥有过一个判断：国家队员"三年成形，五年成材，八年成器"；而对一支队伍而言，要有战斗力，每年要打200场以上国内比赛、100场以上国际比赛。

这么多比赛从何而来？钱家祥给出的答案是：以练为赛，以赛促练。所以每到周末，他就组织开门比赛和训练。观众多起来，运动员就会练得更刻苦。

经过4年漳州冬训，中国排坛的技战术水平突飞猛进，重新组建国家女排的机会成熟了。1976年春天，国家女排教练袁伟民来到漳州基地选将，钱家祥动员各队积极为国家队输送人才。女排首次登上世界巅峰的队伍中，就有参加漳州首批集训的曹慧英、陈招娣、杨希等人。

1979年，中国女排为了冲出亚洲，把日本队、南朝鲜队定为赶超对象。日本注意到了中国女排的进步。1980年，日本排球协会强化部部长山田重雄带领日本二队访问漳州。他对钱家祥说："钱先生，你们很会选址，这里和古巴一个纬度，北纬25度是黄金气候生态带，在这里训练，能够提高弹跳。"那次，国家体委调集6支甲级队迎战日本二队，开头6场中国队全胜，最终17胜7负。山田重雄当时评论：论基地设施，这里不过是日本50年代水平，但集中队伍统一训练、全国一盘棋争送队员的做法，是世界首创。

1981年11月16日，中国女排夺得第三届女排世界杯冠军，实现了中国三大球的突破。此时，建立整整9年的漳州基地才渐为外人所知，外媒称这里为"秘密基地"。随后，中国女排开始了"五连冠"的征程，几代中国女排人的赫赫战绩，使这里成为当之无愧的"冠军摇篮"。

最迟下课的吃得最好

1978 年 6 月，阔别体委 14 年的钟家琪被寄予厚望，回到漳州体训基地担任主任一职。当时，中国女排刚重组一年多。

"怎样保证运动员接受大运动量训练能有充分的营养，让他们吃得好、吃得满意、越练越好？"曾有运动员经历的钟家琪和钱家祥一拍即合：一定要做好运动员的生活服务保障。

早期集训期间，曾有训练刻苦的球队"拖堂"，结果到食堂只能吃冷饭剩菜。"钱家祥当时非常生气，和我明确提出来：最后一个结束训练的运动队，不仅要吃上热菜热饭，还要比提前结束训练的队伍吃得更好！"钟家琪介绍，通过加强食堂管理，也引导各支球队刻苦训练。

钱家祥还把厨师带到训练场上，让大厨观看队员们艰苦训练。"有次已经接近饭点了，我在场地看中国女排训练，郎平饿着肚子，要打 100 个好球。练好了才吃饭，练不好就不下课吃饭。不只是她，中国女排的每个队员都这么拼。"老厨师严文忠回忆，"只要还有球队在训练，我们厨师绝不催促，绝对不会提前离开。"如今，漳州基地依旧有着让最迟下课的队伍吃到最好饭菜的传统。

"郎平当队员的时候，中午有绿豆汤，晚上是桂圆粥，刚运动完可以喝点酸梅汤开胃，有营养的东西才能吃进去。"严文忠说，在钱家祥的影响下，他也会主动去观察运动员的饮食习惯：郑美珠、侯玉珠习惯糖醋味，郎平吃糖拌西红柿最开胃……

1990 年新春，漳州又开始迎接全国女排甲级队冬训，工作人员早就为钱家祥整理好床铺，等他再来指挥全国大练兵，不料噩耗突然传来：64 岁的钱家祥在北京意外去世。临终，他嘱咐将自己骨灰的一半撒在漳州体育训练基地。

郎平也是在漳州基地"小荷才露尖尖角"的。1999 年出版的《郎平自传》第 82 页有这么一段话："还有我们的老前辈钱家祥同志，他为女排的起飞做了很多工作，一直到重病临逝前，他还在为女排的事业奔波。所以，只要我还有能力，我就得为中国女排奉献力所能及的一切。"

这个春天，钱家祥墓前不时有人送上鲜花，长青的柏树也枝繁叶茂，和女排精神一样生生不息。

（文／刘雪妍　陈华　侍佳妮）

生命的伟力

抗震救灾精神

"超越自然的奇迹，总是在对厄运的征服中出现。"

——弗朗西斯·培根

采访组： 简工博　邬林桦　吴　桐　房　颖　王清彬

采访时间： 2021 年 3 月

2008 年 5 月 12 日 14 时 30 分许，上海不少高层建筑里的居民和上班族，都感到一阵眩晕。被疏散而出的人们面面相觑：上海怎么会地震？

14 时 46 分，新华网发出消息，确定震源在四川省汶川县。里氏 8.0 级，汶川地震重创约 50 万平方公里的大地。

全国"震"撼，举国驰援！

面对巨大的自然灾害，中华民族再度迸发出举世震惊的强大生命力、凝聚力和创造力；无数可歌可泣的壮举，升华为"万众一心、众志成城，不畏艰险、百折不挠，以人为本、尊重科学"的抗震救灾精神。

13 年前，我作为报社特派记者进入灾区采访。在那里，我听到过无数悲伤的故事，也感受到无尽的力量和人性的光辉。13 年后，我随本报"信仰之路"报道组来到四川，重回当年的震区。所见所闻，与记忆中的抗震救灾画面不断交叠，止不住心潮起伏。

—

2008 年 5 月 15 日，一走出成都双流机场，我就被眼前的景象所震撼。

一边，是外地赶回老家寻亲的人们，被志愿者疏导进入一个方向的通道；另一边，是全国各地救援、医疗队伍，依序登上门口的大巴车。问了才知道，这些大巴车司机不少是志愿者，排队在此接受调度。

在灾区采访期间回成都，市中心能听到远超日常频率的航班从头顶轰鸣掠过，几乎整夜不停。这些声音却又格外令人安心：全国的救援物资和援助人员，源源不断汇聚到成都，再分派至灾区各个点位。

地动山摇，方显基础之牢。

在汉旺镇，我睡在一个广场边的公交车上，半夜睁开眼，总能看到广场中间的帐篷里亮着灯光。帐篷旁边，有块手写的牌子：中共绵竹市汉旺镇委员会。这一点灯光彻夜通明。有居民说，看到这块牌子，至少知道能找谁，就有了生活下去的底气。

寻访中，我们在汶川、北川等地的地震纪念馆中，看到了很多块这样的牌子，有的被石头砸出了坑，有的用木板手写，有的甚至就是一块纸板——但正是这些残破的铭牌，坚强地挺立在废墟上，构筑起共产党最坚实的基础，显示出联系群众最有力的臂膀。

这次在建川博物馆，我们看到了当年空投物资所用的降落伞。在映秀镇遇到了当年被困在震中映秀镇的居民杨云刚，他告诉我们，地震发生当天下午，省里就有干部到了震中。熬过地震当晚的大雨，第二天救援大部队陆续赶到。随后救灾物资运进，帐篷搭起来了，粮油也发放下来了，"生活一直有保障"。

建川博物馆的讲解员曾接待过不少外国游客，这些游客几乎都会惊叹，这样的救援速度和恢复能力"不可思议"，"想不出除了中国还有哪个国家可以"。

二

13 年前，到达成都当晚，我随上海的救援人员转至绵竹市汉旺镇。车下高速不久，黢黑的路边一处亮着灯光，一顶帐篷旁立着"物资接收处"的牌子。

前面几辆轿车停下，帐篷里的工作人员迎上去解释："里面路不好走，太多车进去怕堵了路。如果是献爱心，东西留在这里我们统一转运。"领头的车上下来一名初中女孩，将成箱的矿泉水、方便面搬到帐篷里。还有一盒煮鸡蛋，女孩的父亲特意说明这是给工作人员的，"你们辛苦！我带孩子去下一个点！"

天灾惨烈，更激发国人内心深处的高尚情怀和共同信念。

2008 年 5 月 28 日，时年 61 岁的上海阿姨沈翠英，在上海拍卖行签署了捐赠价值 450 万元的个人住房用于慈善拍卖的委托书。"我想在灾区造一所能抵御 8 级以上地震的学校。"在都江堰，我们去了她当年捐建的柳街小学，才知道她每年都会到学校看看，给孩子们带去最新的学习资料。

昔日地震灾区的土地上，很多学校现在有个共同的名字叫"七一"。截至2008 年 8 月，中组部接受"特殊党费"81.93 亿元，这些学校就是靠这笔党费建起来的。

这些同一时间涌现的个人义举，超越了简单的"善良"，让人思考中国的制度优越性里闪烁的人性光辉。它让举国上下勠力同心、风雨同舟，呈现一个国家的"软实力"，就如鲁迅所说，"惟有民魂是值得宝贵的，惟有他发扬起来，中国才有真进步"。

三

重新踏上从都江堰市到映秀镇的路，只用了 20 多分钟，全程高速。

车辆钻出一条开阔的隧道，飞驰在紫坪铺水库之上。哪里还是记忆中的路？

当时，从都江堰市到映秀镇的主要通道是 213 国道，被视作"最关键的生命通道"。2008 年 5 月 19 日，我踏上这条经过日夜抢修、两天前傍晚刚宣布贯通的道路。

路上，被地震扯开的裂缝随处可见，有些地方路面隆起，高低差能到 1 米；路边不时出现被落石砸扁的汽车；行往江边，几乎不能称之为路——车要从山坡滑行到江边沙地，一路上是因地震改道的溪流漫过；江边，硕大的桥梁构造整段垮塌，眠卧于此。

最后几公里，我是踩着黄泥走进映秀镇的。而上海消防救援人员，在 5 月 14 日道路贯通前已徒步抵达映秀镇。

此次寻访，再遇当年参与救援的上海消防员施益龙。那年他 18 岁，年轻气盛，深夜行进经过一条隧道，发现该隧道因地震变了形，洞口堆着一地坠落的山石，一路经历好几次余震，这才感到紧张。领队要求全速跑过隧道，施益龙身边一位 30 岁出头的参谋扯过他身上 50 公斤的装备，扛在自己身上。施益龙纳闷：他级别比我高，年纪比我大，为啥紧急时刻要帮我背装备？

"万一发生余震，你们千万别管我，赶紧往前跑。"这位参谋顿一顿，"你们还年轻。"施益龙不肯，对方只说了一句："我是党员。"泰山压顶不弯腰的气概，大抵如此。

寻访昔日的影像，最醒目的总是飘扬的党旗。哪里灾情危急就向哪里冲去，哪里有生死考验就向哪里挺进，哪里有受灾群众就向哪里集结，这样不畏艰险、百折不挠的故事，在灾区俯拾皆是。

救援归来，施益龙像许多参与救援的人一样，递交了入党申请书。

四

如今的 213 国道，已被都江堰到汶川的都汶高速取代。2020 年 12 月 31 日从汶川至马尔康的汶马高速贯通，桥隧比达到 86%，直接穿越龙门山断裂带。

春暖花开，正是川西旅游旺季，游客纷至沓来。原先的"生命通道"，成了"致富之路"。

地震发生不到一个月，《汶川地震灾后恢复重建条例》就公布施行。数天后，《汶川地震灾后恢复重建对口支援方案》颁布，中央统一部署对口支援任务，创新提出"一省帮一重灾县，举全国之力，加快恢复重建"。

工程浩繁庞杂，细节里却充满人文关怀。在上海整体交付的都江堰市医疗中心，大门处的屋檐比一般建筑长了不少，工作人员说，都江堰多雨，这样的设计能方便病人和家属避雨。步入医院，住院区和门诊部连廊相通，住院病人日常检查，不必经受日晒雨淋。

援建省市留下的，不仅是崭新的工程，还有先进的理念。上海在都江堰援建的新型社区"壹街区"，居民刚搬来时觉得不理解：这么大的社区怎么就修一条大马路？住的人越来越多，这种"大街小巷"的设计就体现出功能性：居民的车从主干道进来，快速分流到毛细血管般的巷道中去，人住得越来越多，却从不堵车。59 岁的壹街区居民叶剑波说："这里头的理念至少超前了 15—20 年。"

当初，上海援建指挥部有一个坚持，所有的援建项目不留"上海"二字。这条唯一的主干道，原本叫做"上善南路"，却被居民执意改成了"上海南路"。

北京大道、上海南路、东莞大道……这些地名承载着灾区人民的感恩之心，也标志着对口援建省市对灾区从"输血"到"造血"，携手探索高质量发展之路。从党的十八大至地震十周年，汶川地震灾区 39 个重灾县 GDP 年均增长 9.3%；城镇和农村居民人均可支配收入分别年均增长 9.2%、11%。

五

如果说高速公路事关发展，乡村小道则是情系民生。

地震救援时上海公安特警在都江堰向峨乡搜寻幸存者，山上只有泥泞小道。一些农家老屋一楼塌陷，特警只能趴进泥堆里观察情况。此番寻访前往汶川县漩口镇山间，一样是山路，一样斗折蛇行，却全部是硬化的水泥道路，户户畅通。

车行至半山，豁然开朗，一排排白墙黛瓦的楼房嵌在碧绿的山谷之中，优美如画。这是我们此行的目的地之一——震源新村。村民马友全指着不远处一个山坳说，那就是汶川地震的震源地。地震发生后，原先附近两个村子合并成现在的震源新村。

距震源地如此近，住得可安心？马友全笑了："你看我们村的地势，跟震源走向完全不同。就算再发生大地震，也不会造成毁灭性破坏。每年都有专家来检测，我们住得很安心。"

不光安心，震源新村还因地制宜搞养殖集体经济，人人出力，家家分红。村里如城市一般铺上了步道砖，装上了路灯，晚饭后村民就能出门散步休闲。

山下漩口中学遗址前，讲解员杨迎春一遍遍向参观者介绍：正面的主教学楼垮塌严重，侧面的初中部宿舍却依然挺立。"相同的建筑质量，因为地震波方向不同，受到的损坏完全不同。"

杨迎春地震时曾被困在废墟下，后来她听专家说，地震波造成房屋垮塌时，她家正好位于波峰，如果处在波谷陷进地下，救援难度就大了。灾后重建过程中，杨迎春在当地文化部门组织下，系统学习了专业知识，成了一名讲解员。"一方面是一份工作，另一方面也希望把这些地震知识传递给更多人。"

尊重科学，敬畏自然，昔日的地震灾区正依靠守住青山绿水，尝试一条绿色发展的乡村振兴之路——恢复重建各类教育机构 3340 所、医疗服务机构 2032 所、公共文化服务设施 1115 处，帮助 157.5 万因灾失地失业人员实现就业。

六

结束最后一站对北川县的寻访，我们刚驶上高速公路，就传来北川县发生地震的消息。

发微信询问当地的朋友情况如何，对方回复："不怕，地震大省要有骨气。"

被逗笑之余,我想起当年5月19日,深夜从映秀镇赶回成都市区的场景——

车里的电台中断节目,一遍一遍重复着当晚可能有余震的消息。路边站满了从家里出来的人群,深夜市区的马路上堵成一片。凌晨2点,我才在一个小区空地上,拉了两把扶手椅,拼在一起蜷缩过一夜。

如今,成都街头几乎随处可见一个特殊的路标——应急避难场所。公园、学校、大型商业广场,都能在地质灾害发生时临时庇护安全。前往昔日地震灾区的路上,也能看到红色的地质灾害隐患点提示,上面的信息详细到监测人员和防灾负责人的手机号码。

这些细节里,透露出"骨气"的来源。

时任国务院总理温家宝在北川中学复课时曾写下"多难兴邦",那块黑板的复制品如今陈列在易址新建的北川中学校史馆里。

灾难不值得纪念,但巨大灾难瞬间震出的精神认同,凝聚的"万众一心、众志成城"值得铭记;

悲剧不值得赞美,但直面危险与悲痛的精神力量,凸显的"不畏艰险、百折不挠"值得书写;

艰苦不值得歌颂,但突破艰难困苦的探索、追求和创造,形成的"以人为本、尊重科学"值得流传。

英国哲学家培根说:"超越自然的奇迹,总是在对厄运的征服中出现。"寻访抗震救灾精神经过的每一条路,都从昔日的生命之路,变成安全之路、发展之路,亦是梦想之路。

(文 / 简工博　图 / 王清彬)

灾难再大，也压不垮伟大的中国人民

一

"请上海的叔叔们帮我们建最牢固、最美丽的学校。"

2008 年 11 月，上海对口支援都江堰灾后重建指挥部第二任总指挥薛潮刚到岗，就去了重建中的光明团结小学。一个孩子在工地围墙上写下的这句话，让他彻夜未眠。

在都江堰的 600 多个日日夜夜，薛潮时常用这个孩子的话自我激励。

13 年过去，"上海援建指挥部"的铭牌，仍然挂在青城山脚下。薛潮也把"乡愁"留在了都江堰，惦记着在上海援建的学校里，孩子们是否实现了自己的梦想。

在都江堰向峨小学，总有学生喜欢用小手抚摸校舍墙壁："我们学校全部是木头做的，全国只有我们这里才有。"

在都江堰友爱学校，无障碍通道可以到达学校每一个角落。就连宿舍里的洗手台，也被设计成一高一低：方便残疾学生和普通学生共同生活。

上海的援建者们曾立下军令状，要让孩子们 2009 年 9 月 1 日能在新校舍里顺利复课。不到一年时间，他们兑现了给孩子们的承诺：所有学校都按抗震烈度 8 级设防，食堂、塑胶跑道、球场……清一色的"上海标准"。北街小学开学时，看着孩子们高兴地在草坪上打滚，薛潮说："这是岷江边最美的画卷。"

上海援建指挥部挤在青城山脚下的一个农家小院，乒乓球桌拼成会议桌，薛潮和33名援建干部曾在这里日夜奋战。

"三年目标任务，两年基本完成。"回忆当时的场景，薛潮说："我们每个人都知道，每天多工作两小时，灾区老百姓就可能早一个月告别板房，灾区的孩子就可能早一个学期告别板房学校。"

漫步在都江堰新型社区"壹街区"，一条小河蜿蜒而过，穿过草坪和绿树，步行可达由老厂房改造的文化馆和图书馆，妇幼保健院、学校、菜市场，一应俱全。一到周末，这里都是来休闲的人们。这是上海援建的第一个功能完善的街区，由上海同济大学按"壹街区、一家人"理念规划设计，常住人口超万人。

都江堰市图书馆，由曾经的青城造纸厂老厂房改建，同济大学建筑设计院采用"建筑再生"的理念，保留了部分构件和设施。当年青城造纸厂的大烟囱，在地震中部分损毁，也被保留下来，作为大地震的见证。

"看不见的地方"同样精益求精。在都江堰的地底下，上海援建者们铺就了全长130多公里的供水和排水管道。"都江堰到处都是风景，污水问题解决不好，旅游业怎么发展？"薛潮说，"花这么多资金、这么多力量埋在地下，我们觉得值，要对得起这个城市。"

都江堰是10个极重灾区县（市）之一，重建难度极大。蒲虹公路的建设，就是一块"硬骨头"。有一次调研建设方案，汽车经过悬崖，一侧轮胎有三分之一悬空。车上不去的地方，就用双脚丈量，整整7个小时才走完。1000多位建设者克服了无数困难，战胜了无数险情，终于在2010年5月12日贯通了蒲虹公路。薛潮说："这是一条生命之路、安全之路、发展之路、希望之路，从此都江堰的旅游业又有了一条新的风景线。"

2010年9月21日，中秋节前一天，完成117个援建项目，上海援建指挥部人员返沪，万余都江堰市民冒雨送行。

回想在都江堰的日子，薛潮说："把不可能变成可能，需要的是智慧、耐力和精神。当一栋栋新楼拔地而起的时候，仿佛就是在竖起一面面的党旗和国旗。"两年的援建过程，在他看来，就是在一所"特殊党校"里深造，"心中有人民、心中有党旗，这是支撑又好又快完成任务的最大力量"。

二

成都市公安消防支队（"成都119"）是全国最早开展抢险救援的消防部队之一，也是第一支成建制到达重灾区都江堰展开救援的部队。

"救援英雄"叶熙不愿多回想地震的场景，但有些画面挥之不去。

在都江堰，他和战友们轮班奋战36个小时，成功救出怀胎9月的孕妇张晓燕和她的母亲。"那36个小时一直都绷着，甚至不敢坐，生怕自己再也起不来了。"

地震发生那一刻，时任成都市公安消防支队花牌坊中队指导员的叶熙正在老家什邡休假，筹备自己的婚礼。地震刚停，通讯中断，叶熙第一个想法就是归队："发生这么大灾难，我们肯定要参与救援。我是指导员，不能缺席。"

告别未婚妻和家人，他当天傍晚赶回队里。甫一归队就接到命令：迅速调集两台车和两个班12人，赴都江堰抢险救援。

从成都到都江堰的一路上，叶熙看到被地震扭曲得高高低低的公路，远处的山体像被利斧砍过。两个多小时后，叶熙和战友们抵达都江堰城区，天已全黑。

"整个主城区都断电了，还下着雨。"叶熙看到，大片的建筑物东歪西倒，平整的道路满是裂痕，瓦砾中不断传来呼救声……叶熙说，当时"什么都来不及想"，只想赶紧救人，"能救一个是一个"。

5月13日一早，电力、通讯逐步恢复，都江堰救援现场临时指挥部成立。叶熙的队伍又接到一项救援任务：救助一名怀孕9个月的孕妇和她母亲。

赶到现场，面前是一座原本七层高的楼房，现在二层以上的楼体整体"坐"下来，将原本的二层压扁，仅剩几十厘米——被困人员就夹在这几十厘米的空间里。"我们跟救援对象距离很近，可以对话，还能看到彼此，可就是没办法把人救出来。"叶熙回忆，一根垮塌的钢筋混凝土横梁，成了救援的最大障碍。

叶熙一边救援，一边与被困者对话。被困的孕妇叫张晓燕，地震发生时正和母亲在家里休息。当时她们曾尝试着往外跑，但大门变形出不去，只能跪在两张床的缝隙间。

叶熙现场征用了一台挖掘机，让消防员坐在挖斗里抬升至二楼。消防员钻进夹缝，躺在里面，拿凿子、锤子一点一点凿出缝隙，"一旦发生余震继续垮塌，救援人员还有机会往外一滚，躲回挖斗里"。

在救援的前20个小时，叶熙和战友6个人，轮流躺进去凿，每半小时换个人。轮换下来的人还得在旁边做安全警戒，观察建筑是否有二次垮塌风险。

从5月13日中午进入救援现场，救援人员没人休息过。叶熙记得有个入伍不久的年轻队员才19岁，"我上去换他的时候，他几乎睡着了，但手还在凿动……到最后大家就是靠意志在坚持"。回忆当时连续一天一夜没有合眼的感觉，叶熙说那是"一种麻木的感觉"，"根本不敢坐，生怕自己起不来，就得一直绷着。"

好在随后驰援而来的山东消防部队接力援助，附近的群众也在想办法、提供支援。"群众的智慧是无穷的！"当时一个在附近经营五金百货的小伙子提议，可以先用氧焊机喷头加热混凝土再用冷水浇，降低坚固程度。叶熙跟战友们现场实验觉得可行，立即改进了方法，继续施以救援。

受困第三天，张晓燕的精神状态明显不好了。"我们不会放弃的，一定会想尽一切办法把你们救出来！"队员不断安慰她，塞进鸡蛋、牛奶，帮她补充体力，终于帮她坚持到被成功解救那一刻。

当天晚上，叶熙第一次合眼睡了一会儿，就在消防车的车顶。

"根本没有时间去犹豫，因为鲜活的生命就在你面前，等待你的救助。对一名党员、一个消防员来说，责任担当是融入血液的，救人就是最本能的反应。"身为指导员，叶熙还要照顾好队里的年轻队员。令他骄傲的是，没有一个队员打退堂鼓，"大家好像一夜之间长大了，哪怕是眼神和表情，都没有流露过犹豫和害怕"。

5月19日，叶熙和战友们完成救援任务，成功救出14人。

离开都江堰回到成都，叶熙跟父母、未婚妻通上电话，才知道什邡也是这次地震极重受灾地区之一。"好在家里在主城区，家人都还安全。"

2008年6月，张晓燕在乌鲁木齐生下女儿，小名叫"小爱"，谐音取自"消防的爱"。叶熙因此多了个干女儿，每到中秋、国庆、春节这样的节日，张晓燕夫妻就带着女儿从都江堰来看叶熙。

叶熙脑海中时常闪回这个画面——13年前出发前往都江堰救援的路上，有很多市民自发赶往灾区送物资、参与志愿活动，车流拥挤，但当消防车开过时，所有车都自动让出了一条路。"这让我坚信无论多大的灾难，都打不垮伟大的中国人民。"

三

280名上海消防应急处突队员救出了被埋124小时的蒋雨航，救出了坚持179小时的马元江——远超地质灾害救援的"黄金72小时"。

如今任嘉定区消防救援支队徐行站站长的施益龙，当时只有18岁。地震发生的消息一传来，他就和同事们迅速出发。

2008年5月14日10时30分，上海消防和公安特警共600名抢险救灾人员抵达成都。当天17时15分，280人徒步挺进震中映秀镇，施益龙是其中一员。

为减轻负重加快行军速度，施益龙和战友们只带了3天的干粮，但50多公斤的设备和器械一件不少。"当时看到那种地震破坏的场景，就有一种莫名的动力，想要冲到最前线去救人。"

真正开始行军时，施益龙才发现这是一次异常艰难的行动，即使18岁的他也有些吃不消：从都江堰到映秀，脚下的路要靠自己一脚一脚踩出来，一边是山，一边是江，"很多地方，是趴在塌方的山坡上一点点地挪过去的"。

沿途大小余震，这支队伍经历了十多次。现任上海市长宁区消防救援支队长宁站站长季刚当时只有19岁，他记得快要抵达映秀时，一个战友一脚踩空往下掉，另一个战士一把扑倒抓住他的裤腿，后面四五个战士又相继扑上来逐一拉住，才把人救了上来。

5月15日13时，队伍抵达映秀镇漩口中学。一路行来近20个小时，只休整了不到5小时。施益龙回忆："当时带队的是上海消防总队总队长陈飞，他挂着棍子一直走在队伍最前面，我们怎么能松懈？"

只要有一丝希望，就要全力以赴。5月18日，季刚和战友在已多次搜索的映秀湾电厂废墟里发现还有生命迹象，立即打出一条一人宽的通道，每次只能由一人钻进通道内敲打混凝土，呼唤被困者。轮换上百人次，凿穿十余块混凝土，20多小时后，被困179小时的幸存者马元江成功被救！

四

2017年8月8日晚，九寨沟发生7.0级地震。震后30分钟内，成都市消防"飞豹"救援队集结完毕，日夜兼程12小时，成为成都消防第一支到达震区的队伍。这支救援队是四川省消防应急救援22支重、轻型地震救援队中的一员，也是我国3000余支各级地震救援队中的一员。

"当年我们一开始只有铁锹和手镐等简易工具，在狭窄、封闭的环境中救人时，更多是靠手挖。"曾参与"5·12"汶川地震救援的成都消防救援队员叶熙说，现在消防救援队伍的装备与之前比明显升级了。"现在我们有可以装载300多件救生器具的地震救援车，还有海事卫星电话、雷达生命探测仪、侦察无人直升机等。"

汶川地震后，5月12日被定为我国的防灾减灾日。2008年，我国共有国家和26个省级地震灾害紧急救援队伍，总人数约4200人，其中国家地震灾害紧急救援队人数为222人；截至2018年，我国已建成国家地震灾害紧急救援队1支480人，省级地震救援队76支12443人，市级地震救援队1000多支10.6万人，县级地震救援队2100多支13.4万人，地震救援志愿者队伍1.1万支69.4万人。

（文 / 简工博 吴桐 邬林桦 房颖）

英雄

抗疫精神

"你必须得心胸开阔，不能只想着一时一事的自我和得失。"

——"人民英雄"、湖北省卫健委副主任　张定宇

采访组：王 潇 顾 杰 杨书源 黄杨子 蒋迪雯
采访时间：2021 年 3 月

2020 年底，湖北省卫健委副主任张定宇去北京参加全国抗击新冠肺炎疫情先进事迹报告会时，带了一袋橘子。

那是金银潭医院最后一片橘林结出的果实。

次年，医院有门诊南北楼住院部改造、科研大楼、应急病房楼三大项目开工，建成后将补齐医院原来在基建方面的短板。"虽然没有了橘子这么一个果实，但我们会为卫生健康事业产生更大的成果。"张定宇说。

这是疫情带来的改变。

也有很多心理上的改变。有医护家属经历了疫情，突然觉得自己的伴侣是个英雄；汉剧团演员相比以前更频繁地出现在练功房，说是"不能白活这一场"；而更多的武汉人一谈起去年就会动容，但说不清那份汹涌的情感里到底承载了什么。

2020 年 9 月 8 日的全国抗击新冠肺炎疫情表彰大会上，习近平总书记用 20 个字概括了"抗疫精神"——生命至上、举国同心、舍生忘死、尊重科学、命运与共。

上海首位援鄂医疗专家钟鸣认为，这就是对那份情感的高度总结，"你在每个词中都能联想到身边具体的人和事"。

有人说，文化是一种基因，它同生物基因一样具有遗传性。抗疫精神就是中华民族在抗击大灾大疫中一系列精神的丰富和延续。

"抗疫"一年后，我们回到武汉，试图在这片土壤上寻找抗疫精神的源泉。

超越生的有限

武汉大学的樱花开了好些天。入口处"医务人员优先"的牌子十分醒目，换下白大褂的医护们从兜里掏出医师资格证，志愿者迅速打开闸机让其优先进门。

一位武汉大学的职工说："我其实不是来看樱花的，就是赶过来看看这些医务人员，他们是为我们拼过命的英雄。"

他们确实值。疫情初期，面对未知的恐惧，武汉 6 万多名本地医务人员率先筑起一道"白色长城"。

"生命至上、舍生忘死"，这一对看似矛盾的词汇，融贯于抗疫的全过程。某种程度上，前半句是初心，后半句是使命，这亦是伟大抗疫精神的核心要旨。

同为血肉之躯，谁不怕死？对于人之生命的有限性，或许没有人比疫情中时任金银潭医院院长的张定宇更清楚。患有渐冻症的他，每分每秒都在与死神竞速，跟访的三天内，他在会议间隙等各种场合见缝插针地接受我们的采访，只为节省更多时间。

疫情初期，身处风暴眼之中的他，带领医护率先采集 7 名病人的支气管肺泡灌洗液，火速送往中科院武汉病毒所检测，为确认新冠病毒赢得先手。他带领团队和上海瑞金医院合作，一方提供粗加工后的原料，一方负责精加工，把病例情况写成论文推向国际社会，为国际社会了解病毒争取了时间。

面对病人数量激增与医疗资源不足之间的矛盾，张定宇和同事们恨不得一个人掰成两个人用。清早 6 点起床、次日凌晨 1 点睡觉成为常态，好几个夜晚，他凌晨 2 点刚躺下，4 点就被手机叫醒。现在，张定宇的后脑勺多了些白色短发，但口头禅依然没变："搞快点，搞快点！"

他深知遗体解剖的意义，但推行极为艰难。他和同事一位一位地去说服："我们现在知道是谁杀死了您的亲人，但我们不知道它是怎么杀人的，所以我们要把它的手段摸清楚，不再让更多的同胞受难。"动员 100 多个家庭，说服了 18 个，这也是全国最早的 18 例遗体解剖，对新冠肺炎的防治意义重大。

挽救他人生命于万一的张定宇，在面对自己的生命时，却有一种旁人难以理解的超然。得知绝症确诊时，他也曾有过恐慌，但没过几周就想明白了。在湖北省卫健委的办公室里，他笑着对我们的镜头说："也许运气不好，两年三年就挂掉，运气好一点，我能混个八年十年的。"

理解了死，自然也理解了生。如果说张定宇只是千万医护中的普通一员，那么到底是什么支撑着他们从死神手里抢回生命？那是一种怎样的置自身于不顾的决绝？

在接受我们采访时、在和他的博士生交流时，58 岁的张定宇常说的一句话是："你必须得心胸开阔，不能只想着一时一事的自我和得失。"在他看来，在更广大的层面上坚定地做自己认为正确的事——救死扶伤——人就不会害怕死亡，从而得以超越自身的有限性。

筑成新的堡垒

武汉有一条胭脂路，离黄鹤楼不到两公里，湖北省中医院就坐落在这条嘈杂又热闹的小马路上。2020 年 1 月 24 日，武汉封城后第一天，恰逢大年三十，大多数店主关门回家，只有湖北省中医院的红色十字，在安静的胭脂路上长亮着。

同样亮着灯的，还有四川人杨焱开在中医院附近的鹏记热干面馆子，在许多医护人员只能靠方便面、饼干度过除夕的时候，湖北省中医院的医护人员们，还能在这里吃上一碗冒着热气的热干面。

杨焱的想法很简单，看到为人民拼死奋战的医护人员们连一口热饭都吃不上，他不忍心。一年后我们见到他时，他讲起 20 世纪 90 年代的往事：那时，他因工伤脸部烧伤而陷入绝望，医生为他提供了精心治疗，这让他对医护人员一直心存感激。

"医者仁心，我这辈子没法忘记医生的救命之恩，当他们需要帮助，我义不容辞，其实这也是所有人的心愿，齐心协力，只为早日战胜疫情。"杨焱说。

当人们回溯中国的抗疫历程，会很清晰地看到，这是一个华夏大地万众一心的故事。疫情面前，亿万人民携手同心、团结互助，中国人民骨子里镌刻的"一方有难、八方支援"的团结精神，被病毒这一无形的敌人激发出来了。

2020 年 2 月起，来自十余个省份的医院综合了重症医学科骨干团队整建制接管新病区。随着党中央一声令下，330 多支医疗队、4.16 万余名医护人员赴鄂实施"生死时速"大救援，19 个省份以对口支援的方式支援湖北省除武汉市以外的 16 个地市。

繁杂而又高效的调度背后，每一位平凡的国人，以"一人即众，众即一人"之精神，筑造起一座抗疫的新堡垒。全国人民始终心往一处想、劲往一处使，汇聚成强大的抗疫合力。

对 14 亿参与这场抗疫斗争的国人来说，奉献和坚守不分岗位、不分地域，更不分高低。疫情防控期间，400 万名社区工作者奋战在全国 65 万个城乡社区，他们不仅要站岗值守、排查人员、测量体温，还要消毒杀菌、配送物资、答疑释惑，他们以血肉之躯，筑起了疫情防控的第一道关口，成为了堡垒的一部分。

接受我们采访的姜俊楠是这 400 万分之一，他是武汉华南海鲜市场附近高层社区的物业经理，辖区离风暴眼仅百米之遥。

作为社区管家，每人要负责管理 500 多户人家，每位业主的微信半小时内必须响应。"越是疫情时期，越要让业主能够第一时间找到我们，这样他们才能安心。"姜俊楠说，自己曾面试过一位 25 岁的年轻人，在疫情最严重的时期，他不顾父母阻拦，偷偷前往社区做志愿者。疫情后，年轻人从酒店辞职，成为一名物业管家，上岗第一个月就收到业主送来的 6 面锦旗。

一场疫情也让姜俊楠重新认识了自己工作的价值。"以前只觉得物业工作很简单，现在，我有一种使命感。"

守护光的恒常

在武汉采访数日后，我们决定去临江大道看落日。傍晚的中华路码头，余晖穿过武汉长江大桥的钢铁缝隙，在江面洒下一片金光。

钟南山说，武汉是一座英雄的城市。在封城的两个多月内，它化身为一座堡垒，以死战、求生存。坚韧的英雄气概背后，有武汉人火辣辣的乐观主义精神，他们对生活的无常报以敬畏，却又投入无限的热情于其中。长江穿城而过，从未停歇，或许正是这份相信生活终将恢复的信念，成为抗疫取得决定性胜利的关键因素之一。

信念绝不是盲目乐观，而是来自于对疫情的科学判断和认知。即便处在疫情风暴的中心，张定宇仍坚信"防护好了没什么问题"，这基于他所秉持的科学主义精神。

他希望这种科学主义精神能得到发扬，因此要继续推动科研人才的培养。在他看来，很多事是国家和民族需要，而不是少数几家医院需要，不是说在小医院思考的角度就得很低，在小医院也要胸怀国家和民族。

"我是愈挫愈勇。"张定宇说。中华民族也是任何灾难都压不垮、摧不毁的民族。

站在党史专家的角度，我们正经历的这场没有硝烟的抗疫斗争，是中华民族伟大复兴进程中的一场遭遇战，也是必然要经历的"伟大斗争"中的一种。"抗疫精神"作为一种具体的精神样态，不仅注定要载入中华民族的精神谱系，也将进一步融入中华民族的血脉之中，成为推动中华民族伟大复兴的精神动因。

如今的武汉，某种意义上已是全国最安全的城市。每天晚上，很多人来到江边散步，有唱歌的，有跳广场舞的，还有演奏各种乐器的。不远处的桥面，南来北往的车流川流不息，江水之上，大桥始终巍峨屹立。

（文／顾杰 王潇 图／蒋迪雯）

英雄，就是他人需要时挺身而出的凡人

习近平总书记说，世上没有从天而降的英雄，只有挺身而出的凡人。

抗疫精神，就是对困难时刻一位位普通人所迸发精神力量的高度总结。从街边的早餐铺到湖北省卫健委，从武汉大学到联想工厂，从曾是疫情风暴中心的华南海鲜市场到金银潭医院，我们与不同职业的武汉人对话，有出租车司机、医护、小吃店主、物业经理、演员……我们选取其中几位，记录下他们的故事。

协和医院护士罗莉与丈夫江大鹏

傍晚的武汉长江大桥旁，落日一点点沉到天际线之下。不少身着婚纱的新人正以大桥为背景拍摄照片。罗莉和丈夫江大鹏，就是其中一对。

新娘罗莉是华中科技大学同济医学院附属协和医院的护士，这家医院是武汉市最早提供新冠肺炎患者定点病床的医疗机构，疫情期间收治了 5200 多位新冠肺炎患者，成为武汉市收治患者最多的医院。丈夫江大鹏亦是抗疫的参与者——作为一名 IT 人员，他所在的公司参与了火神山、雷神山医院的医疗数据管理系统承建，从 2020 年春节开始，他们就几乎只能通过微信、视频沟通。

罗莉说，两人是高中同学，感情可以说就是在疫情期间才逐渐升温的。2020 年 2 月，罗莉接到了前往一线支援的通知。疫情最严重的时候，她一直在医院里忙。江大鹏在家做饭、洗衣，帮她煲汤送到住处，让她觉得贴心。江大鹏说，偶然看过罗莉身穿防护服的样子，"她人比较娇小，穿着'大白'，时间一久护目镜上就会起很大的雾，眼睛也红红的。说不担心肯定是假的"。

彼时，江大鹏还经历了一次"有惊无险"，他突然发烧后，全家都非常紧张。"我担心是不是我把危险带给他了，所幸之后的检查排除了新冠肺炎的可能。"罗莉一说起那段时光，眼角还是忍不住沁出泪。

一年多来，随着城市逐渐复苏，小夫妻感受到了久违的放松，而双方的感情，也在这段共患难的日子里变得更加深厚。"婚礼选在了今年 5 月 19 日，'519'是长长久久的意思。"江大鹏抢了妻子的话头，"我觉得自己很幸运，她特别伟大，她就是我心中的英雄。"

"80 后"物业经理姜俊楠

"80 后"物业经理姜俊楠说自己一直都"贪生怕死"，但当疫情来临时，他不知道哪里来的超乎寻常的勇气。"啥都不怕了，就想着，这是自己的工作，你不做怎么办呢？"

疫情发生后，姜俊楠工作的小区里陆续公布了 70 多名感染者和疑似感染者。他几乎"麻木"地在工作：一旦哪个楼洞出现发热患者，他就和同事背着 25 公斤重的消毒箱，给几十层楼的每一个角角落落反复消毒。

"一次我们接到了一位老人家的电话，说她孙女一个人在家里，请我们帮忙送点吃的。"姜俊楠和同事去了以后才发现，女孩的父母都因感染新冠肺炎被送去医院，屋内没经过消毒，女孩也没戴口罩。离开女孩家后，姜俊楠才发现自己出了一身冷汗。

他管这个叫作疫情下的"工作性瞬间勇敢"。

"普通人大多过一辈子也没有做英雄的机会，我既然赶上了，就好好把该做的做了。"姜俊楠说，"等到儿子长大了，也好告诉他，你爸爸参加过抗疫，他在别人需要自己的时候，一点都不怂。"

联想（武汉）产业基地负责人齐岳

2020 年 1 月 24 日下午，武汉宣布封城后的第一天。刚回到老家天津的联想（武汉）产业基地负责人齐岳看到一则令他顿感紧张的消息。

当天，哈尔滨市疾控中心紧急通知称："1 月 23 日，由汉口发出至哈尔滨西、20 时 33 分到达的 G1278 次列车 2 号车厢，发现 3 名由武汉回乡人员伴有发热症状，目前，已收治观察。通过调查核实，同车厢共有乘客 53 人。"

齐岳看了一眼手中的车票，上面清楚无误地显示：G1278 次列车 02 车 06B 号，这是武汉封城前发出的最后一班车。突然，他成了紧急通知中的 53 人之一，需要居家封闭隔离观察。后来证实，齐岳乘坐的该列高铁 2 号车厢内 3 人均感染新冠肺炎，他自己是密切接触者之一。

万幸，齐岳没有被感染。2 月 8 日，在老家自我隔离满 14 天后，他第一时间买火车票南下，并申请到了一张特别通行证，"逆行"回到了他心心念念的联想武汉工厂。

在武汉站下车时，乘务员说："下去了，就出不来了。"齐岳没有犹豫，虽然工厂处于停工状态，但彼时工厂内仍有 1800 名员工没有离开，保障他们的安全和生活成了最要紧的事情。

"我记得去年 1 月初武汉就发过疫情通告，我们当时就感到不对，开始储存口罩、测温枪、消毒液等各类物资，觉得或许之后用得上。"齐岳说，为了掌握留守员工的状态，在家的工程师们紧急开发了一款软件，可以登记员工的体温、行程等信息，以便统一管理。

封城刚开始，公司每天用短驳班车把员工从宿舍接到食堂吃饭。2 月 11 日之后，武汉开始严格封闭各个小区，公司就改为在食堂里做好饭菜，再统一送到宿舍，对员工进行集中封闭管理。直到 2 月 19 日，工厂园区二层的行政办公室内，只有齐岳一人。当时的武汉交通中断，包括齐岳在内，整个工厂只有 4 张通行证，但齐岳已经意识到："不能一直这么耗下去。"武汉产业基地承担着联想移动业务 60% 的产能，平均每秒下线一部"武汉智造"的手机或平板，发往 160 多个国家和地区。每停工一天，就会损失约 1 亿元人民币。

"2月下旬后，我们感觉武汉疫情开始往下走了，申请在宿舍待满14天的员工开始复工。"于是，2月24日，第一批约100名留守员工复工。两天后，又有200人复工，一直到2月29日这天，1800名留守员工全部复工。"我们真的是在'实验'，希望能够为自己，也为其他企业探索出一条安全复工的路。"齐岳说。

3月初，疫情得到一定控制，武汉挺过了最艰难的时刻。同时，工厂总结"实验性复工"的经验，成立"返汉办公室"，负责接回外地员工。武汉市开放"点对点"包车接送员工后，工厂用12天时间发出400多辆班车，接回7000多名员工，保持了园区内零感染。

齐岳办公室的看板上，生产数据重新点亮了。

上海首位援鄂医生钟鸣

2021年4月23日，复旦大学附属中山医院重症医学科副主任钟鸣重返武汉，参加一次重症医学会议。如他所料，会议又是一次大型挥泪现场。多名曾在武汉支援的重症专家借着会议的机会再次相见。

"那种情绪的反应好像已经形成了一种条件反射，你都来不及想中间到底是什么事情让你如此伤感，神经冲动就直接传导到情感中枢，眼泪就流出来了……"钟鸣这样解释。

抗疫一年后，钟鸣远比去年返回上海时平静，但有些词只要触及，还是会立刻产生上述的情绪反应。"南六"就是这几个词之一。

"南六"指的是金银潭医院南楼的六楼，在疫情开始时被改建成重症监护室。2020年1月23日，钟鸣作为国家新冠肺炎危重症临床救治专家组成员赴武汉后，就直接进入"南六"，奋战70余天，"我们这个团队特殊之处在于大家来自天南海北，有金银潭医院自己的医生，有武大人民医院的医生，还有来自全国各地的医生，用'举国同心'这个词形容再合适不过"。

2021年1月19日，钟鸣再次出征，进驻长春市传染病医院。他所在的病房由吉林大学第一医院的队伍整建制接管，这支队伍去年就在武汉支援。"其实从来没见过他们，但一走进病房，却立刻有一种油然而生的亲切感。"他始终记得一幕，东北室外零下十几至零下二十摄氏度，护士推着病人去做 CT，但因为穿着隔离服不能加外套，回到病房要抱两个热水袋好半天才能让体温回升。但每一次只要需要，每个人都义无反顾。"我也想不通，为什么每一段抗疫都让我依依不舍。"钟鸣说。

"经历过武汉抗疫，你会觉得平时工作中碰到的那些困难都不太难。"他对学生说，"如果你觉得很难，你做不到，就是你的内心驱动还不够。我们没有理由不珍惜现在。"

（文／黄杨子 杨书源 顾杰 王潇）

人间奇迹

脱贫攻坚精神

"不等不靠，咱们自己想办法，发挥优势资源，幸福是靠自己奋斗出来的。"

——湘西花垣县边城镇干部　彭涛

采 访 组：龚丹韵　陈抒怡　查　睿　张　煜　李茂君
采访时间：2021 年 3 月

　　湖南省湘西州花垣县十八洞村，一个古老而又年轻的苗寨。孔铭英正在厨房掌勺。家里办了农家乐，一天要招待好几拨客人。她忙得不可开交，却又满脸笑容。

　　曾经"山沟两岔穷圪垯，每天红薯包谷粑"，这里因山高路远、闭塞落后穷出了名。娶媳妇都是村里的老大难，找对象不敢对外说自己是十八洞村的。

　　如今，站在村口，抬头便见山峦叠嶂的村寨木楼相依、万瓦如鳞。家家户户挂着各种招牌，农家乐、民宿、小吃店、奶茶铺、酒坊等，伴随游客的喧嚣，一派热闹景象。

一

　　在十八洞村，每家每户的厅堂都敞开大门，欢迎游客到家参观和拍照。厅堂里，家家挂着习近平总书记在十八洞村座谈时的照片。

　　那是 2013 年 11 月 3 日。一位村干部对记者回忆，总书记沿着土路在村寨里走了一圈，线路约 800 米，不长，却花了大半天时间上门探访。一路上，总书记不断问起村里的民生情况、农民收入渠道。干部们回答说，大多靠外出务工，没有更多办法了。

　　最后一站，在一户人家的院子内，当天村民们都围坐过来。面对身边父老乡亲，总书记第一次提出"精准扶贫"。他对村民们说："我们在抓扶贫的时候，切忌喊大口号，也不要定那些好高骛远的目标。扶贫攻坚就是要实事求是、因地制宜、分类指导、精准扶贫。"

　　十八洞村人心里清楚，首倡之地，得有首倡之为，必须在精准扶贫的工作机制上率先探路。不到两个月，6 名党员干部进驻十八洞村。

　　时任十八洞村第一书记的施金通回忆，进村后，他发现老百姓期望过高，有村民以为国家会给自己花不完的钱，直接问：每个人分多少钱？

扶贫先识贫，工作队最初拟了一份精准识贫的"四不评"：有商品房的不评、吃财政饭的不评、有车的不评、办企业开店的不评。之后，"四不评"升级为更精准的"九不评"，如"有车不评"细化为：有大中型农业机械、轿车、中巴车的家庭不评。半年时间，工作队摸索出一套精准识别贫困户的机制，十八洞村225户939人，识别出贫困户136户533人。

工作队给贫困人口登记入户，建档案卡，每一个都写清楚贫困原因、家庭现状、脱贫需求等，使贫困数据第一次实现了精准到村、到户、到人，这为后来全国的精准识贫提供了样本。

精准选择产业后，十八洞村"五条腿走路"：引来猕猴桃种植的国内顶级技术，种植猕猴桃1000亩；实行"公司＋基地＋农户"模式，养殖湘西黄牛、山羊1500头；发展工艺和十八洞村旅游产业；成立合作社发展苗绣产业；实施商品蔬菜等产业扶贫示范工程，建立农民合作社199个。2017年2月，不到4年，十八洞村成功脱贫出列。2020年，全村人均年收入增长到18369元，是精准扶贫前的11倍。

在十八洞村首提的精准扶贫方略，在全国实践中不断完善，为打赢脱贫攻坚战提供了行动指南。中国扶贫之路，进入以精准为特征的新阶段。

二

贵州省遵义市务川仡佬族苗族自治县，是上海对口扶贫点之一。喀斯特地貌的山并不蓄水，村民们世世代代缺乏水源，家家户户修了水窖积攒雨水，但"望天水"放久了，并不干净。

脱贫摘帽，首先得因地制宜，解决饮用水问题。

常用的电提水，平均每吨水使用成本超过10元。即便成功，后续很长时间，山区也用不起这么贵的水。那怎么办呢？上海的扶贫干部不断寻找针对性解决方案，发现了一项"黑科技"：自然能提水。

不用电，不用油，利用水的落差势能产生巨大能量，把水往高处送。这个方法特别适合务川县的特有地貌。

施工难度之大超乎想象。比如天山村的自然能提水项目，300多根6米长、

800斤重的粗管需运送上山。挖机开路，确保货车顺利过弯，货车身后还有吊车，一旦发现货车有滑坡迹象，立即牵引住它。如此3辆车的组合，花了20多天才把材料运上山。

设备安装更是难上加难。平地上简单的动作，到了山上一切都变得不再简单。300多根管子，一节节拼装。为了保障这么多工程车辆上山作业，另有2辆卡车专门负责运输柴油和汽油。

如今，溪水深流处，23米的水流势能，把水一口气输送到扬程700米的山顶。水，再从山顶缓缓流下，流向天山村的家家户户。

2019年年底，上海援助资金7700万元，整合当地水利投资，在云南和贵州先后落地33个自然能提水项目，帮助解决8.2万人生活用水、6.4万亩农田灌溉用水和1.5万头大牲畜、10万羽土鸡饲养用水。

每一届上海的扶贫干部，都对这项外表不起眼、背后吃苦多的工程情有独钟。它的美，是在村民们打开水龙头的刹那，流水哗哗。有人戏称，这是饮用水的"上海方案"。

三

贫有百样，困有千种。2020年年末，几位云南省寻甸县的当地干部来到上海华东理工大学中国城乡发展研究中心，交流多年来东西部协作扶贫的体会。

云贵高原，连片山区，往往也是深度贫困区。有镇党委书记回忆说，面对1.5万余贫困人口，他起初非常忐忑，扶贫工作怎么做，心里没底。这里有宝贵的农副产品资源，但因道路崎岖，什么好东西都卖不出去，只能烂在地里。东西部协作扶贫，给他们带来了希望。

要致富，先修路。"一条天路一个村"，寻甸县一个80多户人家的山村，因道路不通，长年与世隔绝。环境艰苦，资金艰难，群众起初也不配合，不想改变。扶贫干部挨家挨户做思想工作：要改变村里的命运，改变子孙后代的命运。渐渐地，老百姓想通了，全村所有人、马、骡子集中起来，大家绑着安全绳爆破开路……如今，一条挂壁公路通到山下，这是用愚公移山精神开出的脱贫之路。

寻甸县特产丰富，有魔芋、松茸、松露、苗鸡，有海拔千米以上的苦荞、入口甘甜的六哨矿泉水。在东西部协作扶贫政策之下，企业对口帮扶，这些农特产品进入上海市场，出现在超市、电商平台和各种展销会上，广受欢迎。

但仅有这些并不长久。为了解决农产品滞销和运输延时的风险，扶贫干部们想出一个妙招：在当地修建冷库，延长农产品保鲜时间。授人以鱼不如授人以渔，干部们没有简单进行一次性投资，而是壮大当地企业，把冷库变成村集体资产，吸纳就业，让冷库本身也成为一个产业，效益更加可持续。

研究中心研究员马流辉非常感慨："东西部协作，是平等互惠的关系，不是简单的帮扶关系。"所有的资源，最终落实到人身上，所有的协作努力，是为了激发内生动力，才能防止返贫，让未来真正可持续。

四

2021 年 2 月 25 日上午，全国脱贫攻坚总结表彰大会在北京隆重举行。习近平总书记向世界庄严宣告——

"经过全党全国各族人民共同努力，在迎来中国共产党成立一百周年的重要时刻，我国脱贫攻坚战取得了全面胜利，现行标准下 9899 万农村贫困人口全部脱贫，832 个贫困县全部摘帽，12.8 万个贫困村全部出列，区域性整体贫困得到解决，完成了消除绝对贫困的艰巨任务，创造了又一个彪炳史册的人间奇迹！"

在 960 多万平方公里的土地上，各种资源要素向农村贫困地区汇集；超大规模上下联动、左右衔接的组织体系，让扶贫工作系统高效运转；如此多的干部扎根贫困地区，让贫困群众有了脱贫带头人……全世界都在好奇，究竟是什么力量在发挥作用？

在许多西方经济学家眼里，贫困问题是一个市场失灵的问题。但在中国，脱贫路径是一条"渐减曲线"，实现了效率与公平的有机统一。

精准务实，运用科学方法。通过"六个精准"解决"扶持谁"的问题，派驻村第一书记解决"谁来扶"的问题，实施"五个一批"解决"怎么扶"的问题，通过最严格的考核评估解决"如何退"的问题。精准施策的绣花功夫、求真务实的科学精神，打通了"最初一公里"和"最后一公里"，中国特色社会主义制度和国家治理体系再次书写下震撼世界的奇迹。

2018年，"精准扶贫"等理念被写入第七十三届联合国大会通过的关于消除农村贫困问题的决议。联合国秘书长古特雷斯表示，精准扶贫方略是帮助贫困人口、实现2030年可持续发展议程设定的宏伟目标的唯一途径。

今天，中国绝对贫困已解决；未来，防止返贫，振兴乡村。

离开十八洞村的路上，我们看到山腰上竖着的那几个大字——"幸福都是奋斗出来的"。

山路崎岖，却充满希望。

（文／龚丹韵　图／李茂君）

靠精准扶贫
用双手脱贫

鸡毛蒜皮事里是细心和善心

湖南省花垣县驻十八洞村扶贫工作队副队长伍晓霞梳着个马尾辫，身上背着个挎包，手里还拎着一个白色纸袋子，走起路来，马尾辫甩得很高。

"我现在要赶紧给梨子寨的村民送辣椒苗。"她一边走，一边张开纸袋给记者看，里面装着早上刚买的辣椒苗。"必须买新鲜的。"从 2014 年初，花垣县委派出的扶贫工作队来到村里，到伍晓霞这批已经是第三批了。

走了几分钟，伍晓霞迎面碰上一位村民，两人用苗语打招呼。"他正准备去山上捡枯树枝和干柴。"告别后，伍晓霞介绍起这位村民的情况："他之前是我们的脱贫对象，人很勤劳，现在捡这些树枝和干柴卖给农家乐，自己的房子也出租出去，还做一些其他的经营，一年也有 5 万元左右的收入呢。"

到了梨子寨，寨子口最显眼的区域是一排销售摊位，几位上了年纪的老人穿着民族服装，在寨子口摆摊卖山货。伍晓霞停下脚步，用苗语和老人们打招呼。"我在问他们的菜地怎么样，需不需要带菜苗。"

寨子依山坡而建，往上爬几步，就到了一户人家门口，招牌上写着"胖子农家乐"。伍晓霞把手里的纸袋子交给了老板娘石雨花。这是一栋典型的苗家木结构房屋，一楼的篝火上方挂满了高高低低的腊肉，墙上还挂着一幅字——"五谷丰登"。2018年，石雨花和丈夫开了一个农家菜饭店，生意不错。

"十八洞的建设没有拆老百姓的一栋房子。我们是苗村苗寨，就按苗族的建筑风格保存原貌进行加固、整修。"伍晓霞拍了拍房屋内的木柱说，危房改造没花上多少钱，效果还比重建来得更好。

老房子做了餐厅，屋后还在整修偏房，准备建成民宿。十八洞附近正在开发溶洞游，正式开放后游客数量还将增加。石雨花正是瞅准这个商机，拿出了十多万元投入民宿。

2014年时，经过精准识贫，石雨花家被列入建档立卡贫困户。现在，她家早就摘了贫困户的牌子，挂上了"创业之星"的牌子。餐馆一年有四五万元收入，算上村集体分红和种地的收入，石雨花家的日子一天天红火起来。

"我平时做的就是这些鸡毛蒜皮的事。下午还要入户了解留守学生的情况，就不陪你们聊了。"说完这些，伍晓霞和记者告别，径直向寨子的更深处走去。

年轻人"飞"回大山

进村左手边第一家，是村民杨正邦开的民宿，约7个床位，在村里算是规模大的。杨正邦17岁就外出打工，工友们看他年纪小，建议他去学电工，有一门手艺将来啥都不怕。

杨正邦还记得当时的窘态：敲开电工师傅的家门，一脱鞋，袜子前露脚趾、后露脚跟，脸一下就红了。干了几年，他回花垣县做矿工。这里锰矿开发如火如荼，钱挣得不少，但风险也不小。今天还在一起吃饭的工友，明天或许就再也看不见了。"穷的时候觉得，活不下去，命算什么？"但成家后，他改变了想法，不想再干看不到明天的活儿。

他去了浙江宁波，做网络信号维护，背着工具爬45米高的信号塔。月工资涨到1800元，就再也涨不上去，"因为学历低，没文化，做不了管理人员"。

也是在这时，家里老人打电话说："总书记来我们村了，还和我们谈话！"杨正邦压根不信，觉得老人认错了，直到看到新闻才确信。此后，他渐渐有了回乡的想法。

最初回到十八洞村，杨正邦没有工作。游客渐多，但无法与只会苗语的老人沟通，他义务做翻译、导游，给游客们讲述总书记来十八洞村的故事。为了村里的对外形象，他还义务打扫卫生。渐渐地，来村里的游客点名找他服务，还提出能否吃住都到他家。他想，不如干脆开民宿吧，"我在外面学了很多，要做就做村里的样板间"。

杨正邦每天买菜、开车、招呼客人，胸口别着党徽，时刻提醒自己"做服务的带头人"。他说，走南闯北，如今就像飞回大山的鸟，从此不再漂泊。

（文 / 陈抒怡　查睿　龚丹韵　张煜）

第五章

扬帆奋楫新时代

碧水东流入画来

长江经济带·"两山"理论

"过去从这往下看，我们管它叫'清汤红汤交汇处'，现在看不到喽。"

——重庆导游　楚虹

采 访 组：徐 蒙　栾吟之　卢晓川　刘　璐　李成东
采访时间：2021 年 2 月

一

"过去从这往下看，我们管它叫'清汤红汤交汇处'，现在看不到喽。"

站在重庆朝天门码头，楚虹指着脚下长江嘉陵江交汇处，用重庆话讲起最有重庆味道的段子。说着他掏出手机，打开一张旧照片，上头正是两江交汇泾渭分明的"天下奇观"。

长江水浑，嘉陵江水清，所以每当夏季水位上涨时，朝天门码头下的长江干流交汇处，便会产生这一奇观。经过坚持不懈的污染治理，如今两江交汇处的"清红汤"消失了，重庆少了个外地游客争相打卡点。

楚虹是一名导游，对他来说，少了这个景点，多少是个损失。但身为重庆人，他觉得这样的损失越多越"安逸"。

"哪个不晓得，我们重庆人，吃火锅最烦的不就是'鸳鸯锅'？"

长江奔流，不舍昼夜。如今顺江而下，从巴山蜀水到江南水乡，无论是上游的朝天门码头，还是下游把守入海口的江边小城，每一地的干部群众，说起长江的水、水里的鱼、岸边的绿，讲到近些年来点点滴滴的变化，都会越讲越起劲，情不自禁地开启"方言模式"。

靠山吃山，靠水吃水。世界四大河流中，长江养育了全球最多的人口。长江流域 180 万平方公里的土地上，渔民、船员、农民、工人、商人、餐饮旅游业从业者……从古至今，无数人的生计依赖于这条中华民族的母亲河。

"生态优先、绿色发展""共抓大保护，不搞大开发"……近年来，这些旗帜鲜明、振聋发聩的话语为长江经济带发展指明方向。

曾经污浊的江水变清，消失的鱼类回归，"病了"的生态系统一点点恢复健康……美丽的长江回来了。江水无言，而沿江每一地，老百姓各具特色的方言表达着同样真切的情绪，流露出发自心底的感受。

二

安吉县，位于长江三角洲腹地。自古这里"七山一水两分田"，当地最主要的水系西苕溪经浙江长兴注入太湖，继而汇入长江。

这是长江下游水系中不甚起眼的一股支流。就像长江发源于雪山高原的涓涓细流，诞生于西苕溪畔的发展理念，从此地出发，汇成亿万人共识。

而这看不见的理念，比奔流不息的江水更有力量，它推动整个长江流域面貌焕新。

在安吉县余村，村委干部向记者展示今昔两张照片：一张是2005年之前的余村石灰岩矿开采情况，一张是如今绿水青山下崭新别致的农家乐。

余村人不是没见过"金山银山"。在改革开放的浪潮中，余村人凭借优质石灰岩资源，先后建起了石灰窑，办起了砖厂、水泥厂等。20世纪90年代，村集体经济收入一度达到300多万元。一座座飞沙走石、尘土飞扬的矿山，就是给村民带来实实在在利益的"金山"。

2005年8月15日，时任浙江省委书记习近平来到余村调研民主法治村建设。在村里的小会议室，余村原党支部书记鲍新民向他汇报村里关停矿山、开始搞生态旅游的做法。

就在这间小小会议室中，习近平提出重要论断——绿水青山就是金山银山。"一定不要再想着走老路，还是这样迷恋着过去的那种发展模式""我们过去讲既要绿水青山，又要金山银山，实际上绿水青山就是金山银山"……

村干部们回忆，当年余村关停污染环境的矿山，是大家咬着牙做出的决定。在当时，那就是跟家家户户的钱袋子过不去，而村集体收入骤然缩水，让很多人久久不能释怀。正是那个时候，"绿水青山就是金山银山"的论断，说到了大家的心坎上。

没人愿意饿肚子，过穷日子，也没人愿意看到家乡的河水变成白泥浆，成天过着"灰头土脸"的日子。

"水绕门墙竹绕堂，满窗春绿更山光"，如今行走在安吉，自然风光令人神怡，但比风景更美的是洋溢在人们脸上的幸福神态。

大竹海、五峰山、横山坞……绿水青山间，旅游休闲经济已经打响品牌；环村连绵竹海，如今是村民的"绿色银行"，"笋、菌、茶、稻、药"五大特色产业，让人们在绿水青山间走上富裕道路。

16 年来，"两山"理论指引中国经济社会绿色变革。从安吉到长江经济带，再到大江南北，在习近平生态文明思想引领下，绿色发展成为中国社会的共识和行动。16 年来，"两山"理论的实践充分证明，老百姓的钱袋子是民生，绿水青山亦是民生，两者有机统一，互为彼此。而一切从人民的利益出发，始终为人民谋幸福，这，便是"七山一水两分田"中流淌出来的真理。

三

74 岁的王瑞华从祖辈开始就住在长江边。童年时，他可以在清澈的江中游玩嬉戏，掬一捧水就能洗脸，喝进肚里也是甘甜的。

从 20 世纪六七十年代起，他所在的江苏南通崇川区在长江边建起了各种乡办企业。"这以后，水质就不行了。"他回忆，一座砖瓦厂正好开在他家对面，成天尘土飞扬。再后来，沿江码头上堆满了硫磺、铁矿砂，街坊邻居更是连被子都不敢晒了。

58 岁的张志平则向记者回忆：那时候像他这样的打鱼人家，每户至少有两条船——一条捕鱼，一条居住。江边往往一停就是上百条船，一些生活垃圾随意漂浮在水上，有时江面还泛着柴油油花。

而在 1700 公里外，长江上游也经历过类似的阵痛。除了工业、养殖、生活污水，这里的江水曾经还有一种特殊的污染源。

重庆依山而建、因水而兴，很多本地人有在船上吃鱼的习惯。进入 21 世纪，一些外地游客来到这里，也乐意体验一把临江而食的风味，于是长江上的餐饮趸船迅速发展。兴盛时，主城区最豪华的餐饮船"鑫缘至尊"高达五层楼。江上火锅城，一度成了食客趋之若鹜之处。当年不少餐饮船系无照经营，不仅将杀鱼、炒菜及厕所污水直排入江，还存在安全隐患。

人们的钱袋子鼓了，长江却"病"了。

2016 年新年刚过，习近平总书记在重庆召开推动长江经济带发展座谈会。

此时，距长江经济带建设上升为国家战略已有一段时间，沿江省市各种项目纷纷摩拳擦掌，准备上马。关键时刻，习近平总书记站在长远发展的高度，提出"共抓大保护，不搞大开发"，给沿江省市敲了警钟、划了红线。"生态优先、绿色发展"，逐步成为沿江各地干部群众的共识。

正是从那时起，人们开始直面长江的"一身伤病"：生态功能退化严重，长江生物完整性指数到了最差的"无鱼"等级，污染物排放总量远超长江环境承载能力……

长江的每一处痛、每一种病，都与180万平方公里上人民群众的利益息息相关，江河遭受痛楚时，老百姓最能感受切肤之痛。

四

为长江治病，最好的药方就是沿江各地的齐心协力。

扼守长江入海处的南通五山地区，络绎不绝的游客和居民登山休闲，眺望长江。山下滨江步道处，工作人员仔细观察长江水质，并对记者介绍："我们下游的水质，不光是自己努力，还要靠中上游的协同治理。这里的水清了，说明整条长江的水质都在变好。"

2020年秋天，重庆打鱼湾码头的"鑫缘至尊"终于被拆，宣告了一个时代的落幕。与此同时，4404名渔民退捕上岸，这个数字占全部涉及渔民的42.54%。昔日遍布趸船与茶摊的这片区域，如今走红网络，被称为"渝尔代夫"，最高峰时一天有五六万人次前来打卡。

与相邻几个社区的居民一道，王瑞华告别了砖木老屋，搬入新房。现在他家东有蔷园，南面植物园，西边还有森林公园和滨江公园，这些都是南通五山及沿江地区生态修复工程的成果。老人感叹："就像是住在森林里，是真的面向长江、鸟语花香！"

"微笑天使"江豚，一度难觅踪迹。近两年，在湖北宜昌、安徽安庆、上海崇明岛等各个江段，人们惊喜地发现了它们戏水的身影。"江豚吹浪立，沙鸟得鱼闲"的景致，如同一张成绩单，证明了长江水生态环境持续向好的走势。

在被紧急叫停之前，广阳岛已经规划了300万平方米的房地产开发项目。

2018 年，重庆市政府认真落实习近平总书记讲话精神，广阳岛的发展重心转向了环境保护。

如今，这个长江上游最大江心岛的生态修复成效喜人。香樟、水杉、黄葛等乔木营造出江畔丛林氛围，岛上已记录植物近 400 种。林间鸟鸣啾啾，水中鸳鸯流连，300 多种动物在这里觅食休憩。2020 年 8 月 22 日，广阳岛首次对外试开放，大批重庆市民预约上岛游玩。

但生态修复只是第一步。实现产业高质量发展，还需要从根本上转型产业、提升品质。广阳岛的另一个标签就是"智慧"。岛上正在试用一些生态设施，包括生态化供排水、清洁能源、固废循环利用等，成熟之后，将形成一个闭合的能源"自平衡"。正是这种不断创新的发展理念，让广阳岛有了"靠天吃饭"的资本。

升级，还需要壮士断腕的勇气。

拥有 226 千米长江岸线的南通市，为推动沿江岸线转型，将原来散货码头、一些低端产业，以及大量村组非居等，进行了腾退、搬离。近几年，单单崇川区狼山镇街道就拆除资产面积近 21 万平方米，直接经济损失至少有 4800 万元。不过，街道工作人员对记者说："环境就是民生，青山就是美丽，蓝天也是幸福。"用有形的代价换取无形的美好生活，大家觉得这笔账，"值"！

（文 / 徐蒙 刘璐 图 / 李成东）

『两山』理论发源地的新老两座『金山』

暮春三月，安吉余村最美丽的时节。这个浙北小山村里，青峦叠翠、溪水潺潺，平坦宽阔的绿道，串起乡村别墅、农家观光园和生态旅游区。

移步换景间，铭刻着"绿水青山就是金山银山"鲜红大字的石碑，注解着眼前的江南水墨图景——这里是"两山"理论的发源地，2016年被评为全国"美丽宜居村庄示范村"。

"我的根就在绿水青山里"

距石碑仅几百米的一幢普通民居，便是鲍新民的住所。他是余村原党支部书记，生于此、长于此，是村庄新旧嬗变的见证者与奋斗者，也是"两山"理论的践行者和传播者。

"你们一定想象不出余村的过去。"鲍新民看向远方，思绪也回到许久以前。他说，这里和浙江大多数地方一样，七山一水二分田，理所当然"靠山吃山"。那年他二十出头，余村依靠村内优质的石灰岩资源，通过山林流转开办起一家家矿石开采场，每年对外销售建筑用石灰近百吨，还依托矿山建立起水泥厂、砖瓦厂等二十几家村办集体企业。"全村200多户人家，一半以上的家庭都有人在矿区务工，每人每月能领到 1000 多元高工资。我那时候是生产队队长，这些矿山在我眼里就是'金山'啊。"

可令鲍新民印象更深的却是另一番场景——工人下班回家脸黑得连家人都认不出，早上抹干净的桌子到晚上积的灰能写字，更别说那些千疮百孔的山、颜色比酱油汤还黑的溪水……

这位 65 岁老人，鬓角微白却精神矍铄，看起来并不善于言辞，却很愿意和人聊聊这片土地。"我恨啊，恨开矿山污染了环境，伤害了村民……"鲍新民说，他后来被村民选为村主任，站在更高维度看问题，更是清晰意识到为赚钱付出的代价太大了。他想关掉所有矿山和工厂，于是带头卖掉了自己家花了上万元买来的拖拉机，并在村委会上提出"实施环境复绿和发展休闲经济"转型升级方案。一次次会议讨论、挨家挨户做工作，2003 年，村民代表大会终于表决通过这项方案，此后两年时间里，余村一鼓作气关停三座矿山和一家水泥厂。

向过去告别，并不是"挥挥手"那么简单。鲍新民清晰记得，2005 年，村集体年收入从 300 多万元骤降到不足 30 万元，交完各项税费，连村干部的工资都发不出来，更别说拿钱给群众办事了。也是在那个时候，他顶着压力接任村党支部书记。

转机出现在 2005 年夏天。时任浙江省委书记习近平来到余村视察调研，肯定了关停矿山和工厂的举措，并首次提出"绿水青山就是金山银山"这一重要论断。鲍新民说，当时他觉得醍醐灌顶，真正坚定了带领余村走"生态兴村"道路的决心。

"我们拿出所剩不多的村集体资金，对余村做了一场'大手术'。"说到这里，鲍新民"腾"地站起身、眉飞色舞。当时，他们对矿山进行复垦复绿，修复建设冷水洞水库，整体拆除沿溪所有违建。村里再次进行山林流转，引入专业农业公司，对 8000 亩山林实施集约化管理，为村民增收。

余村人总算摸到了绿色发展的脉搏：靠着丰富的竹子资源，鲍新民让家里人带头办起竹凉席加工厂，鼓励村民们尝试开办竹制品厂。为了让村民能在家门口就业，他还争取了 50 亩建筑用地，招引大型企业落户；与此同时，村里的拖拉机手潘春林开办起第一家农家乐，没想到生意很好，第一年就赚了十多万元。鲍新民于是牵头成立余村农家乐服务中心，跑前跑后升级硬件设施、组织村民考察……一年不到，余村发展出 9 家农家乐。

就是在这几年里，余村旅游业井喷式增长，通过了国家 4A 级旅游景区验收，村集体收入大幅增长——余村人悉心守护的"绿水青山"，转化为了成色十足的"金山银山"，而这座小山村的绿色转变，也已成为美丽中国建设的鲜活样本。

担任满两届村支书的鲍新民，终于放心地把接力棒交到年轻人手中。而今他依然"退而不休"，加入天荒坪镇所属的天林合作社，成为一名林业管理员，负责余村山林管理。此外，他还自愿担任"两山"理论的义务讲解员，一遍又一遍向全国各地的参观者和旅游者讲述余村的故事。许多人问鲍新民，今后准备干什么？他总是说："我哪儿也不去，我的根就在这绿水青山里。"

一片叶子富了一方百姓

30 多年前，黄杜村是浙江省级贫困村，深山黄土上，村民们尝试过种辣椒、竹子、板栗，却总没什么收益。

1981 年，安吉县林业人员在天荒坪发现一棵直径 2 米的老茶树，其茶叶中氨基酸含量要比普通茶叶高出两三倍。挖到这块宝之后，黄杜村村民开始大面积种植白茶，昔日贫困村一跃成为安吉县响当当的富裕村。如果将全县所有荒山都改造成茶园，致富的脚步岂不是会更快？

安吉县自然资源和规划局科长诸炜荣告诉记者，"茶树是浅根系植物，固土作用比较弱，如果山体坡度超过 30 度，就不再适合种茶叶了，因为长期的雨水冲刷和泥土流失可能带来发生泥石流的安全隐患"。

种了十多年的茶叶后，村民的口袋鼓了，但是土壤却不再如往日肥沃，渠水也不再清澈见底。有人说，安吉白茶的品质一年不如一年了。绿水青山虽然可以带来金山银山，但如果不加节制地过度发展，土地的生态红利早晚有吃干榨尽的一天。

2007 年开始，安吉开始控制茶园的拓展规模。2012 年起，安吉不再允许毁林种茶，将茶园规模控制在 17 万亩红线内。2018 年，安吉出台《安吉县茶园生态修复实施方案》。"目前全县 17 万亩茶园中，已经有 7 万亩茶园完成

了生态修复工作"，诸炜荣介绍，在茶园里套种其他植物之后，既可以防治水土流失，又能形成丰富的生态景观。

黄杜村党总支书记盛阿伟介绍，在茶园里套种树木，一定要选和茶树"性情相投"的植物，比如说落叶乔木山核桃，夏天的时候树叶可以为茶树遮阳，秋天果实成熟了，有一定的经济价值，冬天叶子落到地里，又能为土壤增添肥力。"靠山吃山，只有保护好生态环境，经济发展才可持续。"

"一片叶子富了一方百姓"，这片土地上的农民也尽自己的努力，守护着家乡的这片"致富叶"，让安吉和茶叶的故事长长久久地流传下去。

（文／栾吟之　卢晓川　图／安吉县委宣传部）

水乡无"界"

长三角一体化

"我是上海人，也是长三角人。"

——吴江汾湖居民　陈祥贵

采 访 组：龚丹韵 陈抒怡 张凌云 刘 畅 杨可欣
采访时间：2020 年 10 月、11 月，2021 年 3 月

　　2018 年初，长三角区域合作办公室在上海挂牌成立，《长三角地区一体化发展三年行动计划（2018—2020 年）》随之发布。同年 11 月，习近平总书记在首届中国国际进口博览会开幕式上宣布，支持长江三角洲区域一体化发展并上升为国家战略。

　　自此，长三角一体化仿佛被按下了"快进键"。这块经济总量约占全国四分之一，年研发经费支出和有效发明专利数约占全国三分之一，进出口总额、外商直接投资、对外投资约占全国三分之一的开放热土，迎来了国家政策的高度聚焦。

　　2019 年 5 月，习近平总书记主持召开中央政治局会议，审议《长江三角洲区域一体化发展规划纲要》。

　　同年，地跨上海青浦、江苏吴江、浙江嘉善三地的长三角生态绿色一体化发展示范区启动。

　　这次，我们从示范区执委会起步，一路西行，用不同的交通方式领略示范区的风貌，同时也感受长三角一体化发展的点滴。

—

　　青浦朱家角古镇，示范区执委会所在地。

　　2019 年 10 月，执委会刚成立时，办公室墙边白板上挂着一张张规划图，翻到最后都能发现两句话："开局即决战，起步即冲刺""今天再晚也是早，明天再早也是晚"。

　　忙碌、冲刺，是这里的工作常态。

　　"为什么需要示范区？示范区究竟示范什么？"起初，很多人内心抱有这样的疑问。站在改革开放 40 多年、中国共产党成立 100 周年的节点上，示范区能否探索出一条新路，创造新奇迹，一切都是考验。

执委会不是管委会，其定位本身就是一种探索：如何不破行政隶属，却能打破行政边界。

"我们更像是'老娘舅'，不断地跟各方沟通、协调，然后从一个更高的层面上拿出解决方案。"执委会副主任张忠伟说。

面对跨省协调项目的难题，过去采用的办法，一种是具体项目具体协调，或许有效，但也不可持续；另一种是签订合作备忘录。但大家是否都尽力了？最后是否都履行承诺了？没有约束机制。

示范区的使命之一，是探索有稳定预期、刚性约束的制度创新，与之前的解决方法不太一样。这种跨省界的区域发展模式属于首创。难，但意味深长。

二

长三角（上海）互联网医院与执委会办公室相邻。走进医院大堂，只见一整面电子屏显示着当天各类就诊数据，LED灯带与白色材料交织，空间设计富有高科技感，仿如科幻大片。

一间现代化就诊室内，复旦大学附属中山医院的医生们正通过视频，远程为一位吴江老人看病。主治医生仔细询问病情，视频另一头，老人的女儿一一说明情况。另外一间病房内，仪器连接着智慧5G系统，床边医生与屏幕内医生对讲，毫无延时的交流犹如面对面会诊。

这家"现代感十足"的医院，由青浦区人民政府、复旦大学附属中山医院共同建设，在朱家角人民医院实体医院的基础上进行改建，2020年10月24日正式投入运行。

"以前到青浦看病，要先向嘉善医保局备案，还要自己先垫付费用，保存好发票，再回嘉善报销。现在医保卡一刷，当场就结算了。"一位来自嘉善的阿姨说，她一直住在青浦，患有糖尿病，原本每次为了配药，得青浦、嘉善两头跨省跑。如今，一张医保卡就可以异地门诊结算。

患者少跑腿，其实意味着青浦、嘉善、吴江的医保部门在背后"拼命跑腿"。执委会召开了数不清的协调会，定下最大公约数：就医地目录、参保地政策。例如嘉善人到青浦就诊，报销项目采用青浦的目录，报销金额采用嘉善的政策。

这样一来，青浦方面只需要根据当地目录，将整体费用分为"报销"和"自费"两部分，而嘉善根据"报销"部分支付费用，真正实现参保人员就诊"同城感"。

只用了两个月，示范区执委会就协调出这样一套机制，可"点上实践、面上推广"，两省一市医保局共同签订了"医保一体化建设合作协议"。一体化的推进，让长三角居民可以更便捷地共享优质医疗资源。

三

沿着开阔的元荡路骑共享单车，是一种惬意的"兜风"。

微风扑面中，工作人员对道路两边的发展历史如数家珍。这里是电梯公司、那里是创意产业园；这头是青浦、那头是吴江。道路向远处延伸，景观连贯，不知不觉骑过了两地界碑，但丝毫察觉不到。

这条示范区探索出的"新路"——是地理上的，也是制度上的。

上海青浦与苏州吴江之间以元荡湖为界。以往，隔湖相望的居民要想往来，要么走一条小路，只能过人和非机动车；要么绕行 318 国道或 G50 高速公路，多花不少时间外，还得过收费站。

示范区成立之后，跨越元荡湖、连接东航路与康力大道的互联互通工程成为重点示范工程。两地有不少设计细节不统一：上海段按公路建设，江苏段按市政道路建设，存在有无人行道区分；绿化景观不同，一边更偏爱北美红枫，另一边想用 1.5 米宽种植灌木的侧分带搭配香樟树……

执委会牵线搭桥，让两方商量着办。江苏段和上海段负责人频繁联系，小到路灯的开灯时间，大到桥头段和共用便道的铺设方案。3 个月的协调，最终制定出一份长三角生态绿色一体化发展示范区跨省域道路工程互联互通指导手册（试行）。未来，其他跨域项目只要按图索骥，基本不会再有难点堵点。

如今，贯通后的"东航路—康力大道"改名为"元荡路"，青浦金泽和苏州吴江之间原本要绕行 40 分钟的车程，现已缩短至 5 分钟。

四

水杉幼株在水里静静生长。湖面波光粼粼，此前在湖上举办的帆船比赛美图惊艳了网友，让元荡湖"出圈"，成为一大热门景点。小长假期间，桥上游人如织，俨然成了名胜风景区。

而曾经的元荡湖就是一片杂乱的芦苇荡，以网分省界，水上难以通船。建桥之初，沪苏两地规划、设计、防洪等标准不一，导致项目一度停滞。

执委会多次牵头，召集各地相关部门和公司召开协调会。商量后决定，在元荡桥的审批上，由上海市水务局牵头，会同苏州市水务局联合审批及后续监管，按照上海市相关要求执行。审批时由上海市水务局牵头，实行一窗受理，一口发放审批决定书。对于不一致的审批要求，例如防洪评价审查时，遵循就高不就低的原则。

打破"看不见的壁垒"总是充满矛盾与冲突。当各方充分表达了想法，求同存异，达成共识后，只要严格落实，化为模板和制度，效率反而更高。

此后，在示范区建设工作现场会上，包括生态环境、水体联保、跨界水体修复与岸线贯通在内的 32 项一体化制度创新成果发布。

"一次激烈的制度博弈，胜过无数次的项目博弈。"张忠伟如此总结。

五

吴江汾湖汽车客运站，陈祥贵正在等待公交示范区 1 路，打算直接坐回上海。"我是上海人，也是长三角人。"他对记者说。

2005 年，陈祥贵在当时的汾湖经济开发区买了房子。那时，往来汾湖与上海，他和妻子每次必须坐长途客车，眼看着车费从 8 元涨到 15 元，再到 30 元。

没想到示范区成立后，交通忽然方便了。从浦东出发，坐地铁到东方绿舟站下，示范区 1 路直达汾湖汽车客运站，再从这里坐 796 路，最多 10 分钟就到家门口，全程只花 10 元。速度也快，从过去的近 4 个半小时，到现在 3 小时。

如今，示范区内有 6 条跨区域公交示范线路，部分与上海地铁 17 号线无缝衔接。朱家角古镇、东方绿舟、黎里古镇、西塘古镇等数个旅游点，由公交线串联起来了。

陈祥贵说，汾湖空气好，适合养老，买房子的上海人很多。他畅想着，随着示范区进一步发展，就业机会更多，等读中学的外孙长大后，未来说不定就在青浦、吴江两地上班。

这话当然是有依据的。从汾湖向东远眺，是未来"水乡客厅"园区所在地，相关工作正紧锣密鼓地推进。

华为青浦研发中心项目已经在此开工，而位于汾湖的英诺赛科（苏州）半导体有限公司就在附近，与华为互为产业链上下游。如今两家公司在地理空间上也成了真正的"上下游"。

六

回想在示范区里的一路，如今变成了"创新热土""生态风景"。要素流动起来，吸引了高端企业和各类人才在此汇聚。有形的面貌转变，也是无形制度的生动注脚。

一次会议上，曾有执委会成员列举了一系列数字：

一年来，在执委会这幢楼里开了 1079 场会，开会人次为 19386，平均每天有 4 个对接会或工作讨论会；盖章最多的一个文件由两省一市盖了 13 个章；研究制定时间最长的一份文件是一体化示范区国土空间总体规划，花了 18 个月，这也是全国第一个跨省域的空间规划。

"合作共赢"，是示范区内必提的词。三方利益主体，如果不考虑"共"字，厚此薄彼、零和博弈，一切都不可能成功。

示范区的工作人员记得，有一次接待一位前来取经的宾客，对方其他都没拍，就对着执委会的牌子"咔"一声，留了张照片。询问为什么，对方答，这是有历史纪念意义的象征。

创新思维下的示范区，带有某种"试验性质"和"首创勇气"。不破行政隶属，打破行政边界；从道德约束，走向法律约束；从项目协同，走向一体化制度创新……最终摸索出一套区域一体化发展的制度化解决方案，辐射全国，也面向全球、面向未来。

长三角一体化不做伦敦、纽约、东京等国际都市圈的翻版，而是要探索自己的新版。它为区域协调发展书写下浓墨重彩的一笔，也为国家治理能力和治理体系的现代化贡献出一份样板。

"如此才能更好地理解总书记说的两个关键词：一体化、高质量。"张忠伟感叹。

　　春秋的水，唐宋的镇，明清的建筑，现代的人——这是人们对沪苏浙交界的长三角地带诗意的畅想。如今，路通了，人来了，机会更多了，一张蓝图正徐徐展开。

　　这片人文荟萃之地，正在创造新的盛世绘卷。

　　　　　　　　　　　　　　　　（文／龚丹韵 陈抒怡　图／新华社）

风满大湾区

粤港澳大湾区

"这里不仅能找到机遇，更能找到归属感。"

——一位在横琴创业的澳门青年

采访组：傅贤伟　张　骏　朱珉迕　谢飞君　许　莺

　　　　　顾　泳　李彤彤　赖鑫琳　沈　阳

采访时间：2021 年 3 月

　　驱车赶往港珠澳大桥的这天，风很大。

　　站在连接珠海和澳门的人工岛上，远眺这座世界上最长的跨海大桥，任由伶仃洋的海风吹打在脸上，很难不生出一些感慨。

　　700 多年前，文天祥兵败被俘，船过伶仃洋，写下传世名篇《过零丁洋》。遭逢山河破碎的文天祥，在此感叹"惶恐滩头说惶恐，零丁洋里叹零丁"。180 多年前，虎门销烟，也发生在伶仃洋边上，由此引发的"鸦片战争"，让中国陷入半殖民地半封建社会。香港、澳门被迫割让，与祖国"望洋兴叹"。

　　如今，伶仃洋不再伶仃。改革开放的历史性决策，催生出珠江口两岸一派繁荣景象；"一国两制"的伟大构想，实现了香港、澳门回归。现在，全长55 公里的港珠澳大桥横跨伶仃洋上，真正将离开祖国百年之久的香港、澳门，用高科技手段更紧密地"连"在了一起。

　　"这是一座圆梦桥、同心桥、自信桥、复兴桥。"港珠澳大桥开通时，习近平总书记曾这样评价。而这仅仅是个开始，珠江口两岸伴随基础设施建设互联互通，城市之间的要素流动更快，教育、医疗、就业、社会保障制度等正在探索一体化，打破诸多限制，相互连接。

　　曾见证国家民族百年沉浮的伶仃洋，而今正亲历粤港澳大湾区崛起的时代胜景。

机　遇

　　"我就是大湾区人。"在深圳前海，许维钰站在沿海开阔的崭新办公室里，侃侃而谈。"我从这里去香港，一小时能抵达最核心的中环。沿着沿江大道开45 分钟，就可以回到广州的父母家，喝上他们为我煲的汤。"

　　这个生在珠海，长在广州，留学澳洲，又回到深圳发展的普华永道创智中心总监，在前海工作了 4 年，看中的是这里"一张白纸"上的遍地机遇。4

年前，普华永道落户前海，成立中国创智中心总部，成为第一批在前海办公的港资企业，如今普华永道创智中心 200 余名员工中，60% 是香港籍。

在粤港澳各城市，生活着一大批像许维钰这样的"大湾区人"。

"在香港，流传着这样一句话：跨过深圳河，天地更广阔。"李剑禧来自香港，去年 2 月，他到广州"投奔"妻子孙嘉晞，投身直播电商行业。"只有亲身到内地来创业，才知道这里有多好，这里的支持力度有多大。"

交通基础设施的完善，让他们的流动意愿变得更强。2018 年，港珠澳大桥正式通车，粤港澳三地联系加深；2019 年虎门二桥通车，大大缓解了珠江口两岸的交通压力；2024 年，深中通道即将通车，加之世界级高铁网建成，大湾区各城市之间正在形成"1 小时生活圈"。

与之相关的是越来越便利的通关模式。在具有百年历史的拱北海关，尽管受疫情影响，人流量较之巅峰期有所减少，但依然熙熙攘攘。一早上，澳门便有居民过关来买菜，也有住在珠海的学生通关去上学，挂着澳门、珠海两地车牌的车，正陆续通过口岸。去年新开通的横琴口岸，澳门市民通过刷证件、按指纹、取凭条，自助查验通道入境珠海，用时不到 30 秒。

路相连、关相通。在广东省推进粤港澳大湾区建设领导小组办公室相关负责人看来，交通基础设施的互联互通，正为大湾区发展"通脉"，地区间往来愈加频繁，空间联系强度不断提升。

空 间

大湾区的空间，何其开阔！

2017 年 7 月 1 日，在习近平总书记见证下，国家发改委、粤港澳三地政府签署《深化粤港澳合作　推进大湾区建设框架协议》。2019 年 2 月，中共中央、国务院印发《粤港澳大湾区发展规划纲要》，指出建设粤港澳大湾区是新时代推动形成全面开放新格局的新尝试。

在大湾区版图内，有香港、澳门两个特别行政区，还有广东省广州、深圳、珠海、佛山、惠州、东莞、中山、江门、肇庆 9 个城市，总面积 5.6 万平方公里，2020 年末总人口约 7000 万人，经济总量约为 11 万亿元。

这个面向海洋的特殊城市群，一头连着港澳，成为两个特别行政区融入国家战略的最佳切入点，另一头向广东腹地延伸，有着广阔的市场和产业集群。

在学者看来，珠三角拥有一个充满弹性的地区性生产网络，为大湾区提供了新的全球竞争优势——供应链优势。粤港澳大湾区借产业链网络布局打破边界隔阂，将进一步演化出更加集聚的超级城市与更加分散的专业城镇。

在整个大湾区空间布局中，科创是"灵魂"。作为粤港澳大湾区的三个极点，广佛、深港和珠澳纷纷围绕重大生产力布局，加快创新平台和物理载体建设。近两年来，国际量子研究院、金砖国家未来网络研究院中国分院等机构纷纷落户河套深港科技创新合作区，实质推进和落地项目达 138 个。广州、深圳等中心城市集聚了广东省 65% 的研发经费投入、58% 的高新技术企业、55% 的本科院校，省内三大科学城逐步发展成为基础研究高地，广深港澳科技创新走廊加快形成。

规 则

粤港澳大湾区建设的魅力在"一国两制"，难点也在"一国两制"。

"一个国家、两种制度、三个关税区、三种货币"，国际上没有先例，粤港澳大湾区如何闯出一条新路？著名学者郑永年在最近一次接受采访时说，大湾区推动内部规则统一比任何时候都要迫切。

涉及三地经济运行的规则衔接、机制对接，一项项举措正紧锣密鼓地出台。

大湾区个人所得税优惠政策，是国家支持大湾区发展的首个财税政策。在前海 4 年的许维钰，对此有切身体会。"前海作为深港现代服务业合作区，不断为港人港企拓展空间。"他特别提到，"只要有超过 15% 的个人所得税，就能得到财政返还政策，这一点非常划算！"

1987 年生的澳门律师黄景禧，2008 年起在律师事务所工作，2019 年成为人和启邦显辉（横琴）律师事务所管理委员会副主席及合伙人。这一联营律师事务所位于横琴珠海中心大厦，是我国首批内地与港澳联营的律师事务所之一，2015 年依据"内地与港澳关于建立更紧密经贸关系的安排"（CEPA）协议精神设立。"人和""启邦""显辉"是分别来自湖南、香港和澳门的三家律所。

黄景禧希望能抓住国家发展机遇，发挥好澳门平台作用，同内地、香港一同为横琴新区提供特色法律服务。

持续放宽市场准入，广东省在 CEPA 框架下，率先以"准入前国民待遇加负面清单"的模式对港澳开放，先后推动港澳企业在法律、会计、建筑等领域投资营商享受国民待遇。目前，广东省对港澳服务业开放部门达到 153 个，涉及世贸组织服务贸易 160 个类别总数的 95.6%。

在职业资格互认方面，广东省在医师、建筑、导游、律师等 8 个社会重点关注的专业领域，推进职业技能鉴定"一试多证"，累计 412 名考生获得粤港澳及国际"一试四证"。已有 1600 多名香港专业人士通过职业资格互认取得内地注册执业资格，68 家港澳企业和 256 名港澳专业人士在自贸试验区备案执业。

"规则衔接非常复杂，需要区分不同领域、不同情况，探索具体问题的'一事三地''一策三地''一规三地'，逐步打破壁垒屏障。"广东省大湾区办相关负责人说，对于营商环境、城市治理等港澳领先、可以复制的，我们直接对接，实现规则"联通"；对于贸易投资自由化便利化等港澳领先、但难以直接复制的，主要是学习其理念加快构建与之接轨的制度体系，实现规则"贯通"；对于执业资格、社会保障等由于管理方式不同形成的规则差异，则在充分协商基础上实现规则"融通"。

融　合

在"湾区时代看广州"图片展上，两幅老照片让我们驻足许久：

一幅摄于 1985 年，广东珠海。花农们挎着竹篮，每天清晨乘船去澳门卖花。另一幅摄于 1993 年，广东顺德。清晨的九江码头，装运塘鱼当日销往港澳。按广东菜的习惯，一般到达后还必须保持新鲜。

粤港澳三地，水乳交融、唇齿相依。

56 年前，为解香港"水荒"，一万多名内地建设者在物资和技术都匮乏的艰苦条件下，奋战建成长 83 公里、通过 8 级抽水将东江水提升 46 米的东深供水工程，成为香港供水的生命线。如今，东深供水工程经过多次扩建和改造后，平均每分钟向香港供水 2092 立方米，保障了香港每年超过 11 亿立方米的供水。

随着大湾区建设的推进，三地社会民生领域的融合愈加紧密。在广东省大力推进的"湾区通"工程中，民生是重要内容，包括推进港澳青年创新创业基地建设，推动在粤工作生活的港澳居民民生方面享有本地市民待遇，推进粤港澳合作办学、合作办医等一系列重要内容。

大湾区跨境医疗服务合作不断加强。去年由于疫情原因滞留广东的慢性病患者约有 3.8 万人，得益于医疗合作，许多患者通过在香港预约、实现在深圳等地就诊。

在澳门街坊总会横琴综合服务中心，我们看到了来自澳门的社工，将澳门的社会服务项目带到了大湾区。这个成立于去年 11 月的服务中心，是澳门社团在内地开设的首个综合社会服务项目。13 名澳门街坊总会的资深员工常驻此地，为在横琴创业、就业、就学、居住、旅游、养老的澳门居民及横琴本地居民提供专业化、针对性、精细化服务。

"这里不仅能找到机遇，更能找到归属感。"一名在横琴创业的澳门青年讲起他的创业经历，很认真地跟我们总结道。目前广东全省重点建设的港澳青年创新创业基地已有 12 个投入运营，孵化港澳项目 765 个，其中港澳青年从业人员超过 4000 人。借力湾区东风，抢占科创风口，这些创业青年在投入大湾区建设的同时，正逐梦未来。

风满大湾区，助其扬帆远航。

（文／张骏 顾泳　图／新华社）

独一无二的大湾区，向创新融合再探路

湾区经济，数十年来正成为全球经济体中最亮眼的风景。世界银行统计显示：全球 60% 的经济总量来自港口海湾地带及其直接腹地。而几乎发展条件最好的、竞争力最强的城市群，都集中在沿海湾区。

在中国南海之滨，2017 年正式诞生的粤港澳大湾区起步虽不早，劲头却不小。这片总面积 5.6 万平方公里、覆盖 7200 万人的热土上，一场"一个国家、两种制度、三个关税区、三种货币"框架下的融合试验已经开启。为了解析粤港澳大湾区的"前世今生"，记者拜访了中山大学粤港澳发展研究院副院长符正平教授。

符正平说，建设粤港澳大湾区是习近平总书记亲自谋划、亲自部署、亲自推动的国家战略。大湾区的孵化可以追溯到 20 世纪 90 年代。彼时，香港和深圳同城融合，"前店后厂"模式带动了整个珠三角地区经济走强。因合作需要，粤港澳三地政府常常共同出面协调相关事宜，这为大湾区的孵化奠定了基础。2001 年中国加入世贸组织，粤港澳合作愈加频繁。2009 年签订了粤港澳框架协议，成为粤港澳大湾区的基本合作框架。此后，粤港澳三地每年都召开联席会议，由两位行政区特首、广东省省长牵头，覆盖各部门，引领经济、社会、民生等全方位合作，大湾区雏形渐渐形成。后来，专家学者开始研究"9+2"泛珠三角经济圈，将原先"城市群"的概念逐渐提炼至"湾区"的概念，并最终被政府所采纳。

2017 年 7 月 1 日，正值香港回归 20 周年，国家发展改革委与粤港澳三地政府在香港共同签署《深化粤港澳合作、推进大湾区建设框架协议》，为大湾区建设定下合作目标和原则，确立合作的重点领域。两年后，众人期盼的《粤港澳大湾区发展规划纲要》正式出台，粤港澳大湾区就此掀开历史全新的一页："一国两制"之下，3 个关税区，3 种不同货币，粤港澳大湾区相比国内其他经济圈具有独一无二的"先天特征"，赋予它特别的核心使命：助力港澳长期发展繁荣稳定，将港澳两地引入国家发展大局，服务国家区域战略。另一方面，放在更开阔的国际视野下，需要有一批城市群代表中国参与国际竞争，这为大湾区带来了更远大的目标：在基础设施、创新能力、产业发展、宜居宜业等方面达到世界一流水平。

从大湾区各城市的现状看，大湾区的分工产业链已经基本形成，并且构成庞大网络。比如，深圳做高端产业，佛山做制造业，这是在长期市场机制作用下，由要素价格决定的。翻阅《纲要》可以看到，"9+2"城市发展定位，极大地尊重了各自的基础条件和差异化分工。

根据《纲要》提出的定位，香港将持续巩固和提升国际金融、航运、贸易中心和国际航空枢纽地位，强化全球离岸人民币业务枢纽地位、国际资产管理中心及风险管理中心功能；澳门将建设世界旅游休闲中心、中国与葡语国家商贸合作服务平台，促进经济适度多元发展；深圳的定位是发挥作为经济特区、全国性经济中心城市和国家创新型城市的引领作用，努力成为具有世界影响力的创新创意之都；广州将充分发挥国家中心城市和综合性门户城市引领作用，全面增强国际商贸中心、综合交通枢纽功能和科技教育文化中心功能，着力建设国际大都市。

与长三角、京津冀等国内其他经济圈相比，粤港澳大湾区的核心任务：始终是将港澳发展逐步引入祖国格局，代表国家参与国际竞争。面对资源瓶颈，实现产业升级，突破"从 0 到 1"的科技原始创新，在国家体系重大创新平台上有所展现。而积淀30年沉着起步的粤港澳大湾区探索，还将作为"先行先试"典范，积累丰富经验，为国家区域战略的体制机制创新作出更多贡献。

（文／顾泳　张骏）

"两翼"披新羽

京津冀协同发展

"塞罕坝50多年持续造林浇灌出万顷林海，在雄安，我们也要复制这样的奇迹。"

——转战雄安新区的林场施工员、技术员 黄雪晨

采访组：毛锦伟　黄海华　张　煜　肖　彤　李茂君
采访时间：2021 年 4 月

　　从天安门向东，沿京通快速路车行 20 余分钟，在通燕高速的右侧远远就能看到一座古塔。塔影下方是举世闻名的京杭大运河。远眺河畔的北京市通州区，一幢幢新建楼宇已拔地而起；更远处，一片绿意掩映下楼宇林立，北京城市副中心正展现出蓬勃的生机。

　　此时若向西南方向疾行百余公里，京津保腹地，碧波荡漾的白洋淀之畔，也是一片生机勃发。南北向的"津海大街"、东西向的"保静线"上，运送各类建设物资的卡车从早到晚穿梭不停。在南侧，被称为"千年大计，国家大事"的雄安新区初露峥嵘。在这片规划面积 1770 平方公里的土地上，每天有 17 万多名建设者挥汗如雨，120 多项重点建设项目不断推进……

　　在京津冀一体化大格局中，北京城市副中心和雄安新区构成了"两翼"。两者既承担了"一核"——北京非首都功能集中承载地的作用，又被寄予了加快补齐区域发展短板，带动京津冀协同发展的未来希冀。

关键落子

　　在前门东侧的北京规划展览馆里，一张"京津冀区域空间格局示意图"如同一个棋盘，展现了京津冀区位地理格局上的一颗颗关键棋子。在以北京首都功能核心区为中心不同半径的大圆中，北京城市副中心和雄安新区分别居于 50 公里半径圈和 150 公里半径圈内，由北京首都功能核心区画出的两条线，将两者紧紧牵住。左侧的文字说明称之为"北京城市副中心和河北雄安新区比翼齐飞"。

　　北京的"两翼"，为什么是北京城市副中心和雄安新区？地理位置或许能给出一部分答案。

　　北京城市副中心控规规划范围 155 平方公里，加上拓展区覆盖通州全区约 906 平方公里。通州是北京的东大门，千年漕运曾造就了通州的昔日辉煌。历史上，北京城的发展和通州城的发展密切关联。通州距离天安门广场约20公里，在北京的远郊区县中，通州距离中心城区最近。通州东南侧和东侧，紧挨着天津的宝坻和武清，以及河北的"北三县"，从地图上看犹如一个缩小版的京津冀。相比北京其他与津、冀也有接壤的区而言，通州的辐射度更强。北京城市副中心党工委委员、管委会副主任胡九龙介绍，"十四五"时期，北京城市副中心将在打造"京津冀协同发展桥头堡"上取得更大进展，更好落实京津冀协同发展战略。

另一翼——覆盖雄县、容城、安新三县的雄安新区——位于北京、天津、保定三地的中心位置，100公里的距离在北京的可辐射范围内，京雄高铁50分钟即可抵达。雄安"落子"后，恰好将京津和石家庄、邢台、邯郸的南线连了起来，将形成一个新的增长极。

地理上的优势，只能解释它们为何中选"两翼"。在疏解北京非首都功能、推动京津冀协同发展上，北京城市副中心和雄安新区究竟扮演了怎样的角色？

中国发展研究基金会副秘书长俞建拖认为，北京的非首都功能不能零零碎碎地疏解，"只靠零敲碎打的方式，疏解出来的资源只会流向那些已经有较好配套的地区，如果不能整合起来在京津冀地区发挥作用，那么京津冀协同发展的问题就解决不了"。因而，北京内的通州和北京外的雄安这两者都是集中性的解决方案，是北京非首都功能的集中承载地，但两者又有着不同的使命。

在北京城市副中心管委会，记者观看了一段专题片。专题片开头言简意赅："集中力量打造城市副中心作为疏解非首都功能的重要承载地，构建功能清晰、分工合理、主副结合的新格局。"

俞建拖作了一个简化的表述，北京城市副中心的定位在某种程度上可以理解为"京"和"都"的分离，北京的归北京，首都的归首都。不过，北京的非首都功能不能只疏解到通州去，通州毕竟还在北京城内，本身的承载量有限；并且，只疏解到通州，解决不了京津冀发展中存在的巨大差距。而若疏解到河北，"河北与北京天津之间存在悬崖效应，发展差距太大，京津疏解的优质资源，河北一下子接不住，起不到协同效果"，在北京的优质资源和要素向河北疏解的过程中，需要有一个接得住的平台作为缓冲，进而再去辐射周边。俞建拖说，作为以高规格高标准建设打造的北京非首都功能集中承载平台，雄安有一个显著优势，"它没有历史包袱，建一个新城不需要像改造老城那样付出巨大的代价"。

两处关键落子，京津冀协同发展满盘皆活。

蓝绿底色

通州的运河东大街上，最醒目的建筑是 2019 年 1 月起启用的北京城市副中心行政办公区。往西不远处，是一处正在打围施工的工地。这里就是未来的北京城市副中心站综合交通枢纽。这座干线铁路、城际铁路、市郊铁路和地铁"四网融合"的现代化综合交通枢纽，预计 2024 年建成通车，将实现 15 分钟直达北京首都国际机场、35 分钟直达大兴国际机场、40 分钟直达天津和唐山、1 个小时到达雄安新区。交通枢纽建设只是一个缩影，胡九龙说，自 2016 年以来，副中心持续每年投资近 1000 亿元，"城市框架已经拉开了"。

而在雄安新区，繁忙的建设场景更见证着日新月异的变化。新区北侧，主要承接配套设施的容东片区已初具规模；西侧，90 万平方米的商务服务中心正在加紧施工；最中央的黑色挑檐建筑会展中心也已开始内部装修。容东片区往南，是"北城、中苑、南淀"的雄安新区起步区。就在不久前的 3 月底，38 平方公里的启动区内，基础设施项目全面开工。

若以为看过这些在建工程，就读懂了北京城市副中心和雄安新区，那就错了。既然是"千年大计"，其城市规划必然是"引领式"的。

以雄安新区为例，它的规划和建设，融合了很多创新的城市发展理念和实践，承载了我们对未来城市、美好城市的想象和期待。俞建拖说："从单个城市看，雄安不是走过去城市发展的路径，不是依托区位和交通优势形成人口和经济活动聚集，形成产业和细化分工，等社会和环境问题突出了再去找新的解决方案，而是从一个新的起点和高度去整体地发展。但是，雄安的规划和建设又是中国长期工业化、城市化历史进程的产物，不能脱离这个历史的逻辑，是对既有问题的回应。"

寻访中，"两翼"共有的一个鲜明特征，给记者留下深刻印象：北京城市副中心和雄安新区有着共同的"蓝绿底色"，这也是对新城建设的生动注解。

北京城市副中心的建设目标之一是一个"没有'城市病'的国际一流的和谐宜居现代化城区"，蓝绿交织、低碳高效、自然生态是其城市特性。蓝，即指北运河。经过治理后的运河已鱼鸟栖息，副中心段 2019 年已实现旅游通航。将来，大运河将贯穿京津冀，再次赋予副中心灵动之感。绿，即指绿色森林。在北京市政府南侧大运河对岸，是 2020 年 9 月 29 日开园的城市绿心森林公园，规划面积 11.2 平方公里。城市绿心内，歌剧院、图书馆、博物馆三大建筑工程正在稳步推进。放眼整个副中心，30 多万亩绿化造林构成环副中心公园带……到 2035 年，生态空间面积将达到城市副中心面积的 40%。

而在雄安新区，代表蓝的白洋淀生态修复和代表绿的千年秀林，也同样构成新区建设的重要内容。在雄安新区规划展示馆的介绍中，一组数据让人惊讶不已：蓝绿空间占比 70%，全域森林覆盖率达 40%，白洋淀面积将恢复至 360 平方公里。

在白洋淀西南侧的入淀河孝义河河口，2.11 平方公里由退耕还淀而来的新建湿地，正负责将孝义河上游下来的每天 20 万吨劣五类污水处理尾水予以净化。214 个巨大方格组成的"潜流湿地"内，物理装置和水生植物构成立体过滤系统，将冒着泡的浑水逐步过滤成清水，再流入白洋淀。渐渐地，沿淀而居的村民们欣喜发现，小时候的白洋淀"复活"了，又能看到淀底的水草了，鳜鱼、银鱼也都回来了。

与碧波荡漾的白洋淀相映的，是绿意正浓的千年秀林。雄安新区成立以来大面积植树造林，到 2020 年底已造林 41 万亩，完成了规划目标 86 万亩的近一半。一个林淀环绕、城绿交融的华北水乡正由此铺展开来。

未来之城

除了蓝绿交织的生态底色，在对"未来之城"的注解上，北京城市副中心和雄安新区不约而同地提到"创新之城和智慧之城"。相同的发展内核下，"两翼"也有着不同产业定位。

根据规划，北京城市副中心产业发展的关键点在于创新城镇化发展模式，同时激活带动北京市东部各区和廊坊北三县地区的协同发展。"副中心要与北京中心城区相辅相成,共同做好减量发展这篇大文章。"胡九龙认为,减量发展不是不发展,而是实现更强劲、更绿色、更普惠的高质量发展,同时建立产业链价值链创新链的接续关系。北京城市副中心有着清晰的产业定位:以科技创新为引领,做优做强行政办公、高端服务和文化旅游等"1+3"主导产业。

2020年9月,运河商务区被纳入中国(北京)自由贸易试验区国际商务服务片区,绿色金融、金融科技等新兴板块将成为这里的发展重点。不远处,具有千年历史的文化古镇张家湾,近年来逐渐蜕变为设计小镇,开始承载城市科技密集应用场景。

有了产业就有了就业,而作为配套支撑的优质公共资源也正提速向副中心转移。在通州区潞苑东路上,副中心首家三甲综合医院友谊医院已开诊一年有余,和西城区院区实现就诊数据协同。人大附中通州校区、北京二中通州校区等优质学府也已落户通州……大运河畔这座肩负着特殊历史使命的崭新城市正在迅速成长壮大。

与通州的"老城新建"不同,作为一座"从无到有"的新城,雄安的产业发展一直在摸索中前进。"雄安不仅要在摸索中做好北京与河北产业协同的桥梁,还要在发展中成为中国未来城市的'样板房'。"俞建拖表示。

当下,为产业发展配套的近300个基础设施项目正在雄安地下如火如荼地施工,为数字智能之城打基础的实验性工作正在新区管委会的园区内进行前期试点。在新区管委会食堂,工作人员已可以用数字人民币购买咖啡;在园区里的街道上,无人售货车招手即停,运营顺畅……数字雄安正与实体雄安同步伸展,相互交融。

走进雄安新区规划展示馆,宣传片中、展板上、模型里,"组团"一词多次出现。规划人员介绍,过去"新区"建设只注重经济,疏于规划公共服务配套,从而造成职住分离,服务短缺。在雄安新区规划的"五组团"中,每个面积不大的"组团"都配有优质学校、医院、商场等重要公共服务设施,未来居民不出"组团"即可享受优质的公共服务和智能化生活。雄安新区工作人员透露,在启动区,未来两年最先落成并投入使用的将是来自北京的医院、学校、商场等公共服务设施。

2021 年 4 月底，就在本文成稿之际，又有一则好消息传来：中国卫星网络集团有限公司成为首家总部注册落户雄安新区的央企……

通州和雄安，京津冀一体化协同发展的这"两翼"正换上新的羽毛，为推动此间发展为世界级城市群打造腾飞的舞台。

（文／毛锦伟 张煜　图／李茂君）

京津冀协同发展
『舍』『得』之间奋楫行

京津冀，自古为燕赵之地，地缘相接文化一脉，但是，"北京吃不完，天津吃不饱，河北吃不着"这句流传多年的话语，又折射出京津冀地区经济发展不平衡、不协同的无奈。

改变困局需要突围。2014年2月，京津冀协同发展上升为国家战略。

7年后的今天，京津冀呈现出怎样的模样？一个春光明媚的日子，记者从北京北站乘坐高铁，只用了一小时，就抵达河北张家口。这座城市，将与北京共同迎接2022年冬奥会。对河北而言，这是建设京张体育文化旅游带的机会，更将成为河北调整经济结构的抓手；对北京而言，则是疏解非首都功能的又一次契机。

燕赵之地，自古多慷慨悲歌之士。如今，生活在这片土地上的人们，在一次次"疏解"与"承接"中，有"舍"也有"得"。他们正奋楫前行，努力创造不负前人的荣光。

产业协同，创新基因"带土移植"

科芯（天津）生态农业科技有限公司创始人胡建龙，笑着说自己是京津冀协同的受益者。公司原来在北京中关村，2018 年注册到天津滨海新区，当时心里没底，只搬了一半的研发人员。到了 2019 年 3 月，不仅公司总部搬了过去，胡建龙还把妻子、孩子接到了天津。

"我们在北京保留了子公司，以获取最前沿科技信息和融资资讯。"胡建龙介绍，公司原来主要做芯片应用开发，有了中关村和滨海新区创新政策的叠加优势，他这个"农民的儿子"终于做了一直想做的智慧农业系统，去年仅智慧农业的产值就达 1200 万元，今年还要扩大生产规模。

在天津滨海——中关村协同创新示范基地，科芯是中关村创新基因"带土移植"的样本之一。目前，园区累计注册来自北京乃至全国的企业 2000 家，国家高新技术企业 35 家。隔壁就是天津科技大学，共同打造半径 1 公里的创新生态圈。

相比 4 年前每天从天津往北京跑，费尽口舌把企业引进来，园区管理人员如今更有底气，工作节奏有张有弛。"为了全产业链发展，我们现在是以投资的眼光做招商，引进企业时会考虑它能为园区带来什么。"天津中关村科技园运营公司总经理助理黄超群说。

中关村已成为京津冀协同创新"叫得响"的品牌。北京输出到津冀的技术合同成交额累计超过 1200 亿元。

告别天津，我们来到了北京现代汽车有限公司位于河北沧州的生产基地。说它是一家"超级工厂"一点也不为过，占地面积达 2052 公顷，相当于 287 个标准足球场；如果开足马力，每小时可以生产 66 台汽车。记者进入车身车间，只见 300 多个机械臂正忙着焊接和涂胶，相比之下，100 位工人倒成了点缀。

北京现代落子沧州，可谓顺势而为。2013 年，其工厂满负荷生产，自身面临转型。彼时，京津冀协同发展上升为国家战略，河北沧州成为首选，这里东临渤海，距北京 200 公里。北京现代投资 120 亿元，仅仅用了 18 个月就建成了比原先更为现代的沧州工厂，这也是目前在沧州落地的最大体量的产业协同项目。

以商招商，同样发生在沧州。随着北京现代的产业版图拓展，41 家上下游配套企业紧随其后在沧州建厂。几家挨得近的企业，干脆直接建了运输廊桥，把零配件送到北京现代的沧州车间。

"我们 85% 的工人是沧州本地人。投产至今，产值已超过 440 亿元，纳税超过 25 亿元，产销突破 58 万辆。直接解决就业 6000 人，间接带动就业 2.4 万人。"北京现代沧州工厂党委书记武兴说。沧州是全国首个主城区市政道路开放智能网联汽车测试的城市，利用这一地缘优势，北京现代加快了智能驾驶技术的应用。

在京津冀协同发展进程中，首钢颇有些先行者意味。一个 800 万吨级钢铁企业的搬迁，在全世界也是前所未有。曾经的"三高炉"，2010 年 12 月冶炼出最后一炉铁水后停止生产。如今，它依然矗立在旧址，改造者在上面建了一个 70 米长的玻璃栈道，与"三高炉"的铁锈色相映成趣。南临渤海的河北唐山曹妃甸作为承接地，成为首钢的主战场。向沿海转移是钢铁业大势所趋，因为这里有更低的成本与更便捷的物流。"因港而生"的曹妃甸，也借由这一契机变得生机勃勃。

疏解北京非首都功能，是推动京津冀协同发展的"牛鼻子"，而产业的转移升级是"疏解"中的重要一环，其最终目的是高质量协同发展。"以前转向津冀的企业集中在批发市场、纺织业等劳动密集型产业，建议进一步落实疏解北京非首都功能的实体清单，鼓励和敦促一些央企搬离北京。"中国社会科学院工业经济研究所助理研究员黄娅娜说。

便捷交通带来"同城效应"

4 月，北京春日融融。滑雪季刚过，京张高铁的车厢里依然客流不减。"我们一家三口去八达岭长城，坐这趟车从北京市区出发只要半小时，特别方便。"张先生说。

和张先生一样，多数乘客此行的目的地是八达岭。112 年前，詹天佑主持修建的首条完全由中国人自行设计建设的京张铁路，最具标志性的"人"字形铁路就在八达岭。如今，京张高铁在其下方穿行而过。地上，青龙桥站和詹天佑雕像静静伫立；地下，八达岭长城站这座目前世界埋深最大的高铁地下站人流如织。

百年跨越。两条京张线，一条是见证中国人自强不息的"争气路"，一条是带动京津冀区域发展的"协同路"。如今，从张家口至北京，乘高铁最快47分钟可达。在张家口崇礼，更便利的交通让各地滑雪爱好者慕名而来。

除京张高铁外，近年来，京津城际延长线、石济高铁、京雄城际铁路、京哈高铁相继通车，逐步连点成网。轨道上的京津冀让空间上的"一体化"，悄然变成时间上的"同城化"。

2020年12月27日开通的京雄城际铁路则汇聚了更多的目光，这意味着雄安新区在建立后的第四年也步入了轨道交通时代。"以前从北京到雄安得包车来，路上至少得花两小时，现在高铁50分钟就到了。"在京雄城际铁路的列车上，负责雄安站能源工程建设的张先生表示。

协同发展，交通先行。如今，京津冀核心区1小时交通圈、相邻城市间1.5小时交通圈基本形成。

通勤越来越便捷，而"双城"工作生活的人也越来越多。

（文／黄海华 肖彤）

海阔潮涌

自由贸易港

"奋斗不息，创新不止。"

——隆平生物技术海南公司墙上的袁隆平题词

采访组：缪毅容　朱泳武　孟群舒　杜晨薇　舒　抒　曹　飞　王清彬
采访时间：2021 年 4 月

在中国改革开放的进程中，海南有自己的一席之地。

20 世纪 80 年代，中国设立的 5 个经济特区中，海南是面积最大的一个。2013 年，国内首个自贸试验区在上海设立。之后，开放程度更高的自贸港建设提上议事日程。

2018 年 4 月 13 日，在庆祝海南建省办经济特区 30 周年之际，习近平总书记郑重宣布，中国特色自由贸易港落地海南。

从此，海南迎来高光时刻。

开放探索

4 月的海南，海风猎猎，浪激潮涌。

从海口到琼海、三亚，一路向南，热度也不断上升——各类园区拔地而起，各处工地一派繁忙，从各地汇聚而来的人才兴奋地介绍着海南的一切。

潮起海之南，逐梦自贸港。这个随处可见的标语，揭示了这些变化的原因。

海南地处祖国的最南端。古代，这个边陲小岛一度成为"流放岛"。海口市中心的五公祠中，还纪念着 5 位唐宋时期被贬至琼州的贤臣名相。改革开放后，海南以其独有的气候和地理条件，向"旅游岛""开放岛"迈进。

1984 年，邓小平在视察深圳、珠海、厦门经济特区后提出："我们还要开发海南岛，如果能把海南岛的经济迅速发展起来，那就是很大的胜利。"1987 年，邓小平会见外宾时说："我们正在搞一个更大的特区，这就是海南岛经济特区""海南岛好好发展起来，是很了不起的"。

1988 年 4 月，海南脱离广东，单独建省，全岛划为经济特区。

然而，底子薄、基础差，一直困扰着海南发展。一些"老海南"回忆，那时候，海南连国有企业都是小作坊式，主要是些橡胶加工厂、椰子水加工厂、火柴加工厂。

打破僵局，唯有改革。海南推出了不少力度很大的改革。比如，建省当年，海南就率先提出股份制改革，并得到了中央的支持。国务院同意海南"积极推行股份制，可以向本企业职工和社会上发行股票"。

中国（海南）改革发展研究院院长迟福林是这一改革的倡导者，也亲历了改革引发的巨大争议。曾有人在省政府会议上提出，拿社会的钱来搞股份制，不是化公为私吗？但迟福林回应说："用社会集资的钱来推动海南建设，海南严重缺钱的情况下只能这么办，这不叫化公为私，应该叫化私为公！"

股份制改革，本质上是一种开放，让各路资本可以分享企业所有权。这一创新，让海南企业可以借助岛外资金加速壮大。

"海南建省 33 年来，有过 3 次历史性机遇。"迟福林说，第一次是 1988 年办经济特区；第二次是 2010 年建设国际旅游岛；第三次是建设自由贸易港。"前两次机遇受制于基础设施和产业发展薄弱，但第三次机遇正逢其时，海南必须要抓住！"

海南对发展的渴望，让海南省商务厅厅长陈希感受颇深。他参与了上海自贸区的初创，这两年又投身海南自贸港建设。"在海南工作强度很高，每天不忙到夜里 10 点、11 点回不了家，大量的制度创新和改革任务需要推进。"

为了适应自贸港建设要求，省政府的委办局纷纷调整处室职能，优化干部结构，有闯劲的年轻干部被重用，在改革一线"挑大梁"。"这就好比一辆车，在高速公路上行驶，要一边开一边换零件，而且油门不能松，速度不能慢。"

在自贸港新设的一些重点园区，由于人员还未配齐，常常是一个人负责一大摊工作，周末加班是常态。"很多人说，在海南看到了当年深圳创业时的样子。"

这或许可以解释，为何建设自贸港 3 年间，海南展现出了惊人的爆发力——

3 年来，海南新增市场主体 76.3 万户，超过过去 30 年的总和；实际利用外资连续 3 年翻番，超过过去 30 年实际使用外资总量的一半；引进人才 23.3 万人，同口径增长 675%……

产业重塑

吕玉平是隆平生物技术（海南）有限公司总经理，2018 年第一次来到崖州湾时，第一印象是"路太差，晚上黑灯瞎火"，走进园区，眼前只看到一些毛坯房。

来三亚之前，北京邀请过他，那里有中国最丰富的高校、科研院所资源，离国家部委也近，但玉米每年只能产出一季。深圳也向他抛出过橄榄枝，还提供 5000 万元扶持资金，但那里也不是最适宜玉米生长的地方。

唯有三亚，一年能产三季玉米。隆平生物选择了三亚，并将纪录改写为"一年四季"。

海南不仅是农业大省，还对全国农业具有战略意义：让中国人端牢饭碗的南繁育制种基地就在这里。得益于特有的气候条件，育种周期可缩短一半。

每年，全国各地 7000 多位科技专家像候鸟一样来到海南，但海南开心不起来：由于缺乏成果转化、规模化生产以及分子检测等条件，科研人员在海南育出种子就离开了，留不下什么。在海南自贸港 11 个重点园区中，崖州湾科技城主攻种业和深海产业，就是想改变现状。三亚崖州湾科技城管理局专职副书记童立艳介绍说，海南搭建了南繁公共实验服务平台，建成了新品种测试、种子质量认证等一批实验室，还在打造全球动植物种质资源引进中转基地，希望为种业发展提供更好的环境。

吕玉平亲眼见证了崖州湾的变化：晚上亮灯多了，新园区拔地而起。全国前十强种业龙头中的 8 家都来了。吕玉平带领 40 人的科研团队常驻三亚。"我们都是新海南人，我们要在这里冲刺科创板！"

在很长时间里，海南困惑于要发展什么产业。显然，转口贸易和加工制造不是方向，要瞄准旅游业、现代服务业、高新技术产业。实现这些，不能只靠生态环境，还要把政策环境和营商环境变成自己的王牌。

在政策环境方面，海南有全国最低的企业税负：鼓励类企业可享受 15% 的企业所得税，高端人才享受最高 15% 的个人所得税。在营商环境方面，海南推出了"极简审批"等一批改革措施。

2020 年 6 月挂牌的三亚中央商务区，也是自贸港重点园区之一，目标是发展总部经济、现代商贸、金融服务、邮轮游艇等产业。过去，这些产业有些可望而不可即，如今正成为新的经济增长点。

三亚中央商务区管理局副局长陈默介绍说，商务区新增企业约 1200 家，其中世界 500 强 14 家。

商务区里，中粮·三亚大悦中心和申亚东岸 CBD 项目正加快建设。前者是央企，深耕三亚近 30 年，项目负责人康令对园区的"特别极简审批"制度印象深刻："我们在商务区的四期项目要办规划许可，工作人员加班到晚上 9 点多办出来，就为了让企业睡个安稳觉。"后者是一家上海企业。上海申亚投资控股集团在沪琼两地打拼 33 年，三亚的可喜变化让申亚执行董事李瑛珺信心满满。

商务区内的凤凰海岸，每天 10 时，都会迎来千帆出海、游艇成群的壮丽时刻。这里将打造游艇综合交易平台、游艇公共泊位码头。从事游艇产业的胡笑铭说，游艇可以像汽车一样，成为普通家庭的耐用消费品。

3 年里，海南的产业投资占比从不到 40% 上升为超过 60%，海南开始摆脱对房地产的依赖，这对海南的意义很不一般。

"奋斗不息，创新不止。"隆平生物实验室墙上，袁隆平院士的这幅题字，形容当下的海南亦很贴切：新老海南人奋斗不息，自贸港建设创新不止。

消费回流

海南的干部们常说：我们不能挖外省的存量，而是要寻求增量。"不能从左口袋搬到右口袋，搬的过程中还跑冒滴漏。"

海南瞄准的增量，是这样一组数字：中国人平均每年贡献了 1 万亿元的境外购物消费，有 80 万境外就医人群，80 万海外留学大军。

让原先在海外的消费回流，成为海南的突破口。这当中，免税消费风头最劲。

根据海南推出的离岛免税政策，只要有离岛记录，即可享受每年每人 10 万元的免税购物额。位于海棠湾的三亚国际免税城是游客必去的打卡地。在旅游旺季，每天上午商场外都站满了等待开门的顾客。去年，这里成为全球零售商业综合体销售额冠军。

此前，国内曾对免税经济多有顾虑，但借助自贸港建设的东风，解放思想、加速发展成为共识。

"失去可能是另外一种得到。"在中旅集团中免股份有限公司副总经理高绪江看来，"对国家来说，这笔账不难算，失去一个苹果，可能得到一个西瓜，甚至一筐西瓜"。

在国家部委支持下，2020 年 7 月，海南离岛免税额度从每年每人 3 万元提高到 10 万元，免税商品种类从 38 类增加到 45 种。这一年，大批游客来到海南购物，全年离岛免税购物总额超 300 亿元，2021 年预计将超过 600 亿元。

"很多消费者一次购物就顶到 10 万元的天花板，额度还嫌不够。"高绪江告诉记者，海外消费回流势头很猛，海南免税行业发展不可限量，还可带动旅游等产业发展。目前，中免集团和多家企业都在加紧引进更多的免税商品。

境外医疗消费回流，是海南找到的另一个切入点。

国内一些癌症和罕见病患者，过去不得不花费重金去国外，寻找那些尚未在国内上市的创新药，作为挽救生命的"救命药"。瞄准这一需求，海南在博鳌设立了乐城国际医疗旅游先行区，借助自贸港先行先试政策，打造出内地唯一可使用未在国内上市的国际创新药械的地方，为中国人大病不出国提供了选择方案。

乐城先行区管理局新任副局长吕小蕾介绍说，进入乐城先行区的国际创新药械达 135 种，12 家医疗机构已开业运营，引进院士专家团队 51 个，初步实现医疗技术、设备、药品与国际先进水平"三同步"。

这方面的案例很多。2020 年 5 月，抗肿瘤新药瑞派替尼在美国上市。两个月后，一位胃肠道间质瘤的患者在乐城服下新药。而乐城最具特色的眼科和耳科，仅特许进口人工耳蜗手术就完成了 500 余例。

一端连着全球最前沿的医疗技术、设备、药品，一端连着庞大的国内医疗消费市场，让乐城先行区优势明显。吕小蕾透露，2020 年来乐城就医消费和诊疗的患者达到 8 万人次，特许药械使用量达 1.7 亿元，同比增长了 6 倍。

不仅如此，乐城还有一系列创新，诸如常年设置海外创新药展示，推出首个特种药品费用补偿型医疗保险，开展"真实世界临床数据应用研究"等。这些探索，让医疗成为自贸港建设中突破最大的领域之一。

如果国内循环和国际循环是一个"8"字形，海南就在这个"8"字形的交汇点上——海南省委书记沈晓明在接受媒体采访时这样形容。坐拥独特的自然禀赋，坚持走对内对外开放的道路，海南在新发展格局中找准了定位，正在走出一条属于自己的新路。

解放思想、敢闯敢试、大胆创新，海南朝着2025年自贸港"封关"的节点稳步迈进。无数个体在海南逐梦的过程，将凝结为"自贸港精神"，它正变得日渐清晰，并将对海南的未来产生深远影响。

（文／孟群舒 舒抒 杜晨薇　图／孟群舒）

海南省商务厅厅长陈希曾长期在浦东工作，参与了上海自贸试验区的建设。2019 年 1 月起，他投身海南自贸港建设。前后两段经历，让他对自贸区和自贸港建设有了更深感悟。

海南自贸港和其他自贸区有什么异同？

陈希：自贸区和自贸港有一些共同的特性，自贸试验区和自贸港的实质都是改革开放和制度创新，敢闯敢试，其根本使命是为国家全面深化改革，坚持对外开放，发挥"试验田"作用。两者在监管方面都是比较特殊的，但又有许多不同之处。

第一，产生的时代背景不一样。2013 年上海自由贸易试验区设立时，美欧日三大经济体先后发起 TPP、TTIP 等多边贸易谈判，力图取代 WTO 的经贸规则。当时中美重启双边投资协定谈判，要求中国实施准入前国民待遇加负面清单管理模式。因此，我国要通过自贸试验区建设积累新形势下参与双边、多边、区域合作经验，为与美国等发达国家开展相关谈判提供实证样本和依据参考。今天海南自由贸易港建设的背景是经济全球化遭遇逆风和回头浪，中美经贸摩擦不断升级，中国需要更高水平的开放，以扛起全球化和多边贸易合作的大旗。

第二，有没有优惠政策。自贸区没有优惠政策，主要定位于制度创新的高地，"大胆试、大胆闯、自主改"，强调的是可复制可推广。而自贸港是"制度创新"加"优惠政策"，有很多"真金白银"的政策，如"零关税"四张清单，"两个15%"所得税优惠，不再强调可复制可推广。

第三，法律保障的力度不同。自贸区在改革过程中突破法律法规的，必须跟国家相关部门沟通，申请暂停实施或提请调法调规。在全国人大通过海南自由贸易港法之后，海南将拥有强有力的法制保障。

第四，改革的强度不同。自贸区强调制度创新，把改革经验从"盆景"变成"苗圃"，把"苗圃"变成"森林"。自贸港强调制度集成创新，幅度大，要形成体系，改革的强度和力度更大。

您先后参与了上海自贸区与海南自贸港建设，有什么感触？

陈希：参与中国第一个自贸试验区和第一个自贸港的建设，作为亲历者、见证者、参与者，倍感幸运。两地同为"第一"，国内均无可参考可借鉴的现成经验和模板，要实现"从0到1"的突破，难度非常大。推进自贸港建设，要把好方向，把握重点，蹄疾步稳，有序推进，这是做好工作的关键。具体来说，中央有明确要求的马上干，看清楚、想明白的抓紧干，看不清楚的睁大眼睛看看清楚再干，尚未想明白的静下心来想想明白再干，无论怎么干，都要防范风险，稳中求进。

您觉得，自贸精神是什么？

陈希：解放思想、敢闯敢试、大胆创新。在推进自贸港建设过程中，不能有"中场休息"，也不能有"技术暂停"。要践行"三牛"精神、特区精神，扎实推动各项工作开展和落实。

目前国际形势对海南自贸港建设可能产生什么影响？

陈希：目前的国际、国内形势，对海南自由贸易港建设来说可谓机遇和挑战并存。海南自由贸易港一头连着国内市场、一头连着国际市场，把国内国际双循环比作"8"字形的两个圈，海南就是"8"字中间的交汇点。我们希望充分利用海南的区位优势和政策优势，面向国际市场尤其是东南亚市场，背靠超大国内市场，吸引商品、资金、人才、技术等各类要素，通过海南这个平台便捷流动，紧密联系国内、国际市场，使海南成为"中转站"，成为"反应炉"，在连接和畅通国内国际双循环中发挥重要作用。

（文／孟群舒）

不远万里，万里不再远

"一带一路"倡议

"希望自己退休后，有机会沿着丝绸之路出去走一走，亲眼看看这条世界经济动脉。"

——"义新欧"中欧班列司机　黄伟

采访组：陶　峰　徐　蒙　任　翀　郑子愚　杨昱文　宋彦霖
采访时间：2021 年 3 月

北京时间 2021 年 3 月 23 日 13 时 40 分，"长赐号"货轮在苏伊士运河搁浅，导致这条全球贸易大动脉的双向航道彻底堵塞。

而在中俄边境满洲里市，一列列满载货物的中欧班列火车，停靠在边境口岸火车站场站内，有序等候检验通关。不远处的中国国门，一眼望不到头的火车往来穿行。远在上海的出口企业外贸从业者通过电话对记者讲述他们当时的焦虑：忙着拨打电话，询问中欧班列还有没有箱位、后续货物运输能不能改水路为陆路。

短短一周，不可能有太多航运货物分流铁路。当航运贸易遭遇"黑天鹅"，人们齐齐把目光投向中欧班列，就是因为近年来它一直在为全球贸易提供最为稀缺的稳定链接。

7 年前，中国提出"一带一路"倡议，赢得国际社会广泛认同。截至 2021 年 1 月底，中国已经同 140 个国家和 31 个国际组织签署了 205 份共建"一带一路"合作文件。疾驰在"一带一路"上的中欧班列，成为践行倡议的最佳案例。

2011 年重庆开出第一列"渝新欧"班列，当年中欧班列仅 17 列，只是毫不起眼的跨境货运列车。截至 2020 年底，全国已开通中欧班列专用运行线 73 条，疫情冲击下的去年全年，班列共开行 1.24 万列，同比平稳增长，总量首次突破万列大关。今年一季度，中欧班列开行列数在 2020 年同比增长 50% 的基础上，又同比增长了 15%。

新需求：不惜成本为提速

浙江义乌，距离满洲里有 3200 多公里。从这里出发的中欧班列，多路齐发，分别从满洲里、阿拉山口、霍尔果斯等口岸出境，前往欧洲。

国际贸易研究领域有个理论：贸易往来时，相隔 1 万公里的两座海港，比陆上间隔 1000 公里的两座城市更具有优势。

这是包括义乌在内的中国东部沿海地区经济腾飞的重要因素。改革开放，特别是加入 WTO 以来，中国深度融入经济全球化，参与全球产业分工，对外贸易、出口加工、跨国企业投资布局，都需要依靠海运带来的地理优势。

多年来，义乌的小商品发往仅仅 200 多公里外的宁波舟山港，直接装船出海，发往世界各地。火车的装载量远不及集装箱船，宁波舟山港、上海洋山港这样的顶级大港，一个月的货运量，就能抵上所有中欧班列一年的量。

既然坐拥天然海运优势，何以不惜成本、不远万里，再开辟一条条陆上通道？从义乌到满洲里、阿拉山口等口岸就有数千公里路程，到西欧终点城市更需经历 1 万多公里的跋涉，这样的距离，在现代全球经济体系中，怎么可能具有常态化贸易往来的价值？

对外贸行业来说，要考虑的无非两件事：规模和时间。中国建造的全球最大集装箱船，一次已经能装 2.4 万个标准箱。但船再怎么造，也不可能有火车的速度。

随着中国经济转型升级成效凸显，从义乌出口的货物结构也悄然发生着变化，高新技术产品出口出现快速增长态势。另一方面，互联网极大地加快了全球贸易的节奏，通过跨境电商平台，世界各地的急单如雪片般发向义乌，耗时漫长的海运越来越跟不上新需求。这便是义乌不惜成本、不远万里，坚持开行中欧班列的内在原因。

新通路：东海边转头西望

2014 年 12 月 9 日，第一趟"义新欧"国际铁路货运班列从义乌驶出，途经中国、哈萨克斯坦、俄罗斯、白俄罗斯、波兰、德国、法国、西班牙 8 个亚欧国家，全程 13052 公里，经过 21 天的长途跋涉和两次换轨后，那趟装载了 82 个标箱义乌小商品的班列顺利抵达马德里。这是中国小商品首次通过铁路方式运抵西班牙。

义乌国际商贸城里，人来人往，大屏幕循环播放着讲述义乌发展历史的短片。40 年来，"鸡毛换糖"精神仍留在义乌商人的骨子里。在当地人心里，做贸易从来没有教科书，做遍全球生意，靠的是拼劲和闯劲。

地处东部沿海，义乌人却转头西望，开辟新通路，同样是这股劲头的体现。而义乌的探索，是中欧班列诞生、发展的一个缩影。

作为第一列中欧班列开行地的重庆，闯出一条西进之路的愿望更加迫切。

当时伴随东部沿海成本上升和西部大开发战略，制造业大批内迁。大量跨国公司基地落地后，重庆成为全球最大笔记本电脑制造中心。开设中欧班列的初衷很简单，就是要为海量的笔记本电脑找一条出路。

与义乌不同，重庆的货物需要通过江船或陆路运输，抵达东部沿海港口后再装船出海，要到西欧，一次耗时两个月。对于更新换代越来越快的电子产品，这样的时间成本难以承受。

原有的物流途径无法支撑产业发展时，人们重新把视线放在地图上，才发现古人其实早就给出了答案，那就是陆上丝绸之路。这是一条途经新疆，直达中亚和西亚的道路，而这条线只需要往前稍微延伸一点，就可以到达欧洲。

古时的驼队换成今天的火车，速度是海运的 3 倍，价格只有飞机的五分之一，性价比极高。

2011 年，第一列中欧班列"渝新欧"搭载惠普、华硕、宏碁等品牌的笔记本电脑，从重庆出发，经阿拉山口，开往终点德国杜伊斯堡。当时各方面条件虽还不甚成熟，沿途面临重重困难和不确定性，对所有人来说那都是未知的旅程。然而中欧班列就是如此，就像改革开放中摸着石头蹚过无数条河一样，路越走越宽。

新变化："重"去也"重"返

当中欧班列列车从满洲里口岸出入境时，很多人不知道，火车底下的轨道，已经有百年历史。满洲里海关上了年纪的工作人员告诉记者，这就是 100 年前沙俄修建的中东铁路。漫天风雪中，冰冷的铁轨记录了近代中华民族历经的磨难与艰苦卓绝的斗争。

百年后的今天，还是这条铁轨，却见证了中华民族伟大复兴的新征程。国门之下，许多游客来此打卡，人们用手机拍摄呼啸而来的中欧班列，记录"一带一路"上的新貌，在社交平台上分享自豪与感动。

就在 2021 年 3 月，满洲里第二座宽轨到发场正式启用。如今，中国工作人员每天在此等候接车，从俄罗斯回来的中欧班列宽轨列车在先进国产装备帮助下，高效拆解，换上中国标准规道列车再出发，通行效率大幅提升。按照建设规划，未来满洲里到发场日接宽轨列车将达到 22 列，将有效打通中欧班列的通行"卡点"，让"一带一路"更通畅。

效率倍增，不仅仅体现在"接轨"上。中欧班列开行头几年，一大特点是"重去空返"，即出境的列车载满货物和商品，而入境的往往是空的集装箱或空车皮。近年来，"重去空返"的情况明显少了。主要原因在于随着"一带一路"倡议得到更多国家热烈响应，越来越多进口产品随着中欧班列进入中国各地，沿途各国实实在在感受到中国市场带来的巨大机遇。

在满洲里市，随处都能看到一种紫色包装纸、有巧克力涂层的俄罗斯产糖果。远在上海，这种糖也成为进口糖果中的"网红"，被称为"紫皮糖"。和绝大多数"紫皮糖"一样，"搭乘"中欧班列来到中国的，还有俄罗斯特色农作物。早在 2014 年，我国首批进口的俄罗斯油菜籽就从满洲里口岸入境，当地人称"一籽落地满盘活"，它在带动俄罗斯当地产业出口、居民增收的同时，也一举盘活了满洲里的农作物加工产业，成为国际贸易互利共赢的典型案例。

依托中欧班列这条强劲纽带，疫情下满洲里和俄罗斯后贝加尔斯克这两个边境城市依然维持着"不见面"的紧密联系。满洲里车站的副站长与俄罗斯后贝加尔斯克站的副站长每天都会带着彼此的翻译，通一次电话。说的事情琐碎却又关键，比如今天中国将接收多少俄罗斯的木材，明天又将出口多少日用品去俄罗斯，为的是协调双方的转运场地，避免货物挤压，确保中欧班列高效畅行。

满洲里市口岸办的工作人员用"向东看"来形容邻居的心态："'一带一路'途中，各国国情虽然有差异，但大家想做大对外贸易市场的想法是一致的。俄罗斯看到我们扩建堆场后，也开始对他们的堆场进行改造，希望与中方步调一致，满足两国间的贸易增长需求。"

新动脉：逆境中一天未断

疫情在全球蔓延，国际贸易脆弱不堪，意外发生的苏伊士运河堵塞事件，更是雪上加霜。而在疫情发生之前，世界经济低迷和逆全球化动向，令传统国际贸易航道、通路都充满不确定性。

如今，中欧班列连点成线、由线成网，在我国贯穿起东、中、西部各大枢纽城市和经济圈，对外连接欧亚大陆。这一开行仅仅 10 年的国际贸易路线，快速成为稳定、可靠、广受世界各国和各类市场主体欢迎的新动脉。

疫情暴发至今，国际航班骤减，大量港口码头处于半瘫痪状态，然而中欧班列没有中断过一天。

身处满洲里，目睹往来于全国各地和亚欧各国的列车在此交汇穿行，最能感受到这张国际货运动脉网的稳定与强韧。

2020 年至今，这座小城因地处中俄密切通商往来的边境，历经多轮疫情暴发，为全国所关注。但即使在全城封城管控、家家户户居家隔离之时，当地口岸仍克服巨大困难，坚持为中欧班列服务；满洲里海关工作人员连日裹在防护服里，站在冰天雪地中，奋战在这条经济动脉的最关键环节。

冬去春来，为了外防输入，来自境外的外来消费基本停滞，满洲里还未恢复往日的繁华。整座安静的小城里，动静最大的便是中欧班列的汽笛声，悦耳动听，又铿锵有力。

声声汽笛背后，是活跃在大江南北数不清的跨境贸易从业者、生产制造企业、电子商务平台……世界缺什么，中国就生产什么，合作抗疫的"生命通道"及时架起，全球产业链的"大动脉"及时修复。

声声汽笛背后，更是有条不紊运作、持续回暖复苏的中国经济。一花独放不是春，中国迎着逆流坚定扩大开放，向世界传递分享市场机遇、推动全球经济复苏的真诚愿望。

（文／徐蒙　图／任珑）

五代国门百年变迁

见证中国力量

在中国边境小城满洲里北部，跨度 100 多米的国门巍峨耸立，"中华人民共和国" 7 个大字庄严肃穆。

这里是满洲里著名的国门景区，国门、界碑等都是游客偏爱的留影地。

同样受到关注的，还有国门西侧的前四代国门模型。加上当代国门，这五个完全不同的国门，静静伫立，诉说了一段历经 120 多年的故事。

国门换代背后是国家"焕新"

第一代国门是一根用木板包着的木桩，上面钉有铁制的俄国双头鹰国徽。从严格意义上来说，它并不能被称为国门，因为木桩是俄国人设立的，位置也在俄方境内。

1900 年，俄国修建的西伯利亚铁路铺入我国境内后，改称"中东铁路"。带有双头鹰国徽的木桩是两国之间最初的界线，大约在 1902 年由俄国单方面设立。木桩向西的一面被削平，写有俄文"萨拜喀尔省铁路交界"，位置在现在的俄国后贝加尔斯克以西的马赤也夫斯克车站东约 1 公里处，距后贝加尔斯克近 10 公里。由于木桩设在两国铁路交界处，所以它被默认为第一代国门。

第二代国门建于1920年，木质拱形，面向中国的一侧用中文写着"中苏门"。它由苏联方面修建，还历经几次迁移。

当时，中苏两国界线已从马赤也夫斯克附近南移到十八里小站，即现在的后贝加尔斯克站。苏联方面在车站以东设立了这个木质国门；20世纪20年代后期，又将国门移到车站对面的苏方边防总站院内。1949年，苏联方面拆除了"中苏门"。

第三代国门修建于1968年，它不是门，而是桥，横跨中国的标准轨距铁轨和苏联的宽轨距铁轨。

该桥为铁木结构，主体用铁轨焊接而成，桥身漆为绿色，两侧的护栏嵌有木板。面西方向，写有醒目的红色标语"全世界无产者联合起来！"桥身北侧有一架铁梯，缘梯而上，可以站在桥上俯视过往车辆。

第四代国门才是中方修建的真正意义上的国门。

建于1989年的第四代国门高12.8米、宽24.45米，外表用2000多块0.5平方米的青灰色花岗岩石板镶嵌而成。国门上方悬挂着直径1.8米的国徽，并书有"中华人民共和国"七个红色大字。国门下方有标准轨和宽轨铁路各一条。由于中俄两国货运量逐年增加，在增铺铁路宽轨复线时，2007年将第四代国门拆除，开始建造第五代国门。

第五代国门就是现在人们面前的国门，总长105米，高43.7米，宽46.6米，2008年建成。乳白色的国门威严壮观，上方嵌着"中华人民共和国"七个鲜红大字，悬挂着国徽，国际铁路从下面通过。

从第一代国门到第五代国门，见证了100多年来中国所发生的翻天覆地的变化。国门变迁背后，是中国"站起来""富起来""强起来"的历程。

"北疆明珠"仍在不断"进化"

一个名叫"北疆明珠"的观光项目正在满洲里国门景区建设。登上125米高的"北疆明珠"，中俄边境风光尽收眼底：中国这边，是国门景区；俄罗斯那边，是后贝加尔斯克车站、建筑、街道。时不时地，一列列中欧班列满载货物，"轰隆隆"地驶过国门。

满洲里口岸办数据显示，2013 年，满洲里迎来第一列中欧班列"苏满欧"线，始发地分别为中国江苏苏州和欧洲波兰华沙；2014 年，"苏满欧"线实现常态化运行；2020 年，以满洲里为进出口口岸的中欧班列已有 57 条线路，全年共有 3000 多列驶过国门，同比增长 35%，约占全国中欧班列总数的 28%。

正是突飞猛进的中欧贸易量，推动第五代国门取代了第四代国门——在第五代国门下方，共有 5 条铁轨，其中 3 条已经投入使用，2 条预留线路应对继续增长的中欧贸易运输量。

"100 多年前，谁会想到这里会有那么大的贸易运输量、国门下面会有那么多条铁轨？"满洲里车站海关二级主办马树利还记得 30 年前刚加入海关时，海关大楼只是铁路中间的一间小平房，每个班次才 2 名员工。现在，车站海关的一线查验队伍已经接近 20 人，加班加点是家常便饭。"以前每天检查四五十票货物已经算了不得的工作量；现在，平均每天大约有 200 多票验货量。"疫情发生后，选择中欧班列的客户更多，最忙的时候，有报关公司一天完成了 500 票货物报关。

即便是在一线工作了 30 多年，马树利常常因为报关产品种类更新频繁，仍需要在工作同时不断学习。最近，他和同事接到一台报价 600 多万美元的采矿专用机械，名字都念不顺溜，要检查的内容也和以前很不一样。"虽然忙碌，但很有成就感，很骄傲。因为我们亲身感受到了国家的发展。"

（文／任翀）

第六章

百川激荡东到海

弄堂里的新组织

"工资是没有的。他们有的是对新中国的热爱，和自己当家作主的喜悦。"

——宝兴里首任居委会主任的女儿　黄祖菁

采 访 组：张　骏　唐　烨　王海燕　沈　阳
采访时间：2021 年 5 月

金陵东路宝兴里，单粲宝站在铺了木板的井口上，开始向居民喊话，下面霎时安静下来。1.68 米的个头，让这位曾经的高中女排队长在居民中很有"显示度"。

时至今日，单粲宝的小女儿、年过六旬的黄祖菁，转述起那场居民大会依然十分自豪："没有会场，就在弄堂中央的空地上开"，"姆妈往那里一站，很有威望"。

宝兴里是新中国成立后上海第一个居委会，单粲宝是首任居委会主任。

工资？"工资是没有的。他们有的是对新中国的热爱，和自己当家作主的喜悦。"黄祖菁说。

—

1949 年 5 月 27 日，上海解放。28 日，上海市人民政府宣告成立。

经过 28 年浴血斗争，中国共产党人带领着威武之师，以执政者的身份重回"故里"，实现当初许下的"人民当家作主"的诺言。首任市长陈毅在接管上海时说：我们接管上海，是要组织人民政府，为人民服务。

然而，走"农村包围城市"路线的中国共产党能不能治理好大上海，很多人持怀疑态度。甚至有人断言，共产党进得了大上海，不出 3 个月就要退出来。

陈毅市长不负重托。从"银元之战"到"两白一黑"，迅速稳定了金融秩序和市场供应，打开了治理上海的局面。

在基层，共产党人同样面临着考验。在上海的里弄，中共新政权如何肃清国民党反动派的残余，如何直面这个聚集着各色人等的基层社会？

这个时候，宝兴里进入了执政者的视野。

"这是个特殊的地方。"黄浦区接管委员会第五办事处主任王怡白的儿子王晓鸥告诉记者，这里靠近外滩、靠近大世界，是繁华的商业中心，里弄里却藏污纳垢，是个"流氓中心"。所以，治理好宝兴里，有样板意义。

旧社会，宝裕里、宝兴里、宝安坊、中华里——"三宝一中"这4条弄堂赫赫有名，这里"瘪三"、流氓、"燕子窠"（供人吸毒的地方）多。住在这一带的居民，单身不敢走路，晚上不敢出门，怕碰上流氓、瘪三敲诈勒索，强讨恶要。"清早起来开门，发现有人倒毙在弄堂里，也不足为奇。"

因此，王怡白开始在此"蹲点"，希望通过发动群众，来建立基层新秩序。

二

新中国成立两个多月后，宝兴里居民福利联谊会成立。

新四军出身的王怡白十分熟悉群众动员工作。在解放区，"组织起来"，发动群众分地分粮，开展民主民生运动，都有成熟的经验。共产党使用了很多有创意的办法，动员不识字的农民参与选举，其中最为人所传颂的就是豆选——用豆子来给候选人投票。

城市自然不同于农村。张济顺教授在《远去的都市：1950年代的上海》一书中写道：根据历来的革命经验并立足于上海里弄的现实，新政权的首要之举是从庞杂的非单位人群中发现"积极分子"，并将他们置于一定的组织形式之中……"以家庭妇女、失业人员、摊贩和独立劳动者为主要工作对象"并由他们组成的居委会便应运而生。

王怡白发现了单粲宝，她是住在宝兴里的一名家庭妇女，曾受过良好教育，做事心细又热情，内心深处也有投身社会、实现自身价值的渴望。

王怡白还发现了孙阿其，他是在宝兴里卖鸡粥的一名摊贩，长期过着饥寒交迫的生活，儿子、女儿都送了人，妻子给人家做佣人。孙阿其被动员出来做社区工作，表现很积极。他每天在弄堂内巡来巡去。发现有一点垃圾，便立即耐心地劝屋主打扫干净。他说："这是讨人厌的工作，但时间久后大家会了解的。"

孙阿其后来当选了市二届一次各届人民代表会议的街道居民代表，对"翻身作主"有了切身感受："今朝有了共产党，阿拉才有讲话地位，真像哑子开了口！"

三

宝兴里成立福利联谊会之后，上海里弄成立的各类组织越来越多。

数据显示，上海 1 年零 1 个月的军管期间，全市里弄组织了 118 个人民防护队，共 76907 人；16560 个清洁卫生小组，36 个里弄福利会。1950 年 11 月，市军管会发布命令，要求建立以"防特、防匪、防盗、防火"为任务的冬防服务队。"冬防"，将上海里弄居民更大规模地组织和发动起来。

1951 年 4 月，上海市举行街道里弄代表会议。这是有史以来的第一次。这次会议，是为落实陈毅市长在第二届各界人民代表会议上提出的"重点试行里弄、大厦居民代表会议的工作，大踏步地推进与扩展民主，加强人民民主制度"的要求。

时任市民政局长曹漫之在会上提出了在冬防服务队的原有基础上，充实其内容，改组为街道里弄居民委员会的初步方案。

作为"实验"，普陀区梅芳里居民委员会率先成立。据当时的报道称，居委会成立以后，居民们再不像从前连隔壁邻居也不常通话，甚至连姓也不知道了。有一位王大妈还说："从前别人的事死人也不管，现在都要学共产党那样为人民服务。"

宝兴里福利联谊会也顺势改成了居委会。原来福利联谊会的妇女代表单粲宝，被选为首任居委会主任。

到 1952 年，上海居委会组织基本做到全覆盖。全市 11555 条里弄建有居委会 1961 个，居民小组 36000 余个，居委会委员 95284 人，下设福利、文教、治保、卫生、调解、优抚、妇女等专门委员会 23115 个，委员 72169 人。

在张济顺看来，上海用新型里弄组织取代保甲制，并没有采用激烈的"一刀切"的方式，而是采用了"软着陆"。在具体推进过程中，犹如当初"瓷器店里捉老鼠"的解放上海战役一样，执政者也是采取了"宁缓毋急，宁慢毋乱""稳步前进，逐步改造"的方式，保证了上海基层的稳定。

四

在宝兴里史料陈列室，我们看到，除了协助政府维护治安、稽查户口，居委会还开展了劝募寒衣、推广"先进烧饭法"等各种各样的运动。

当时全市正开展"保卫世界和平的签名运动"，宝兴里出墙报、漫画专刊，在黑板报上登载签名活动消息，"签名的热潮已开始深入到里弄各角落去了"。在居委会有效运作下，非单位人群投身政治运动之热烈可以说是史无前例。

居委会在上海是一个创举。在当时上海的里弄里，居委会组织居民读报组、青年政治学习班、妇女儿童识字班以及夜校等，用以宣传党和国家的各项方针政策。在抗美援朝战争中，里弄居民捐献飞机大炮款项达 165 亿元（当时人民币 1 万元相当于现人民币 1 元）。在劳军与推销公债中，许多里弄妇女取下首饰，倾其积蓄认购。

上海解放头五年，里弄举办了 106 个托儿站，4632 个识字班；为居民调解的纠纷，仅 1953 年一年中有数字可考的即达 75000 多件。通过居委会这一有效渠道，居民的意见和建议上达政府，一部分立即得以解决。如安装了 5 万多户居民集体用电电表，设置了 1600 多个给水站，并增设了公用电话、路灯，修葺了危险房屋，进行了社会救济工作。

1952 年 6 月，市民政局对三个里弄和一条街道做了典型调查。结果显示，无论是工人住宅区的锦绣里，还是市中心区的中层里弄宝裕里，无论是清一色的棚户区金家巷，还是小厂小店作坊和住宅里弄纵横交错的东七浦路，都有可圈可点的新成绩。

1954 年底，上海市委政治法律委员会下属的里弄工作委员会办公室主任屠基远在《解放日报》上总结，称"居民委员会在共产党和人民政府的领导下，与里弄妇女组织一起做了不少工作，不仅密切了政府和居民群众的联系，并日益广泛地吸引了居民群众参加国家事务和公共事务的管理，对上海的经济恢复和建设工作、各项民主改革工作，都起了积极的作用"。

这是一幅保甲制下不曾有过的生动图景。

五

如果说，20世纪五六十年代的居委会，功能主要在政治动员和福利互助，那么到了改革开放之后，社会发生翻天覆地的变化，居委会在发展基层民主实践中不断探索。

"单位人变成社会人，这给社区带来了最明显的变化。"上海市街镇工作协会会长潘烈青说，社区面临的问题、涉及的工作也越来越多，原来的"小辫子"干部暴露出能力不足的问题。

从最早期的"单粲宝"们，到由企业转制进入社区的"黄菊干部"，再到如今职业化的社区工作者，"小巷总理"的力量不断加强。

朱国萍，是在上海几乎家喻户晓的"小巷总理"，几十年如一日活跃在社区，"眼中有民情、耳中有民声、心中有民事"。在她看来，居民区的事要靠居民来办，只有凝聚起群众的智慧和力量，才能为大家办更多的实事。

在中国，"小巷总理"从来不是个体，而是代表了一种制度、一种基层治理模式。"小巷总理"为什么管用？因为从其诞生的那一刻起就被中国共产党赋予了"人民当家作主"的基因。

1954年，全国人大常委会通过城市居民委员会组织条例；1989年，全国人大常委会通过城市居民委员会组织法，其中明确："居民委员会是居民自我管理、自我教育、自我服务的基层群众性自治组织"、"由城市居民群众依法办理群众自己的事情"。在法律保障下，"从人民中来，为人民服务"的理念在"小巷总理"身上体现得格外清晰。

上海对基层民主制度化的探索也从未停步。自20世纪末以来，上海采取了两个主要途径进行基层民主治理的"基建"工程：居委会民主选举——由居民选出自己的"当家人"；"议事会"制度设计——通过基层协商让更多居民参与社区公共事务。

在五里桥街道形成的居委会"三会"制度，如今在上海已被确立法律地位。《上海市居民委员会工作条例》明确，居委会应当通过听证会、协调会、评议会等形式，对涉及居民切身利益的居民区公共事务，听取居民的意见和建议，组织、引导居民有序参与自治事务。

2015年7月，上海长宁区虹桥街道基层立法联系点设立，成为全国人大常委会法工委首批设立的基层立法联系点之一。普通老百姓参与到立法中去，基层民意得到了尊重。

一幅"全过程人民民主"的图景正徐徐展开。

（文／张骏　图／海沙尔）

让人民当家作主

为基层治理探路

　　新中国成立初期，在共产党人的发动下，宝兴里居民群众成立了上海第一个居委会。新政权下，人民翻身作主，参与基层建设的热情空前高涨。

　　70 多年沧桑巨变，不仅是"第一居委"所在的石库门"换了人间"，整个社会格局也在发生根本性的变化，基层治理的内涵越来越丰富。从宝兴里出发，顺应社会变化，上海基层治理不断探索新路。

新时代，宝兴里创旧改"双百奇迹"

　　黄浦区金陵东路 443 号，宝兴居委会的一间史料陈列室内，墙壁上悬挂着一张张黑白大照片，很是醒目。"这是发起人、组织者王怡白，这是第一任户籍警屈大勇，这是第一任居委会主任单粲宝、副主任须松青，这是第一任党支部书记谢彩凤……是他们，参与、见证了申城第一个居委的诞生。"宝兴居民区党总支书记徐丽华已记不清楚多少次向人讲起这些名字与往事，但每每讲述，她依旧心潮澎湃、满怀自豪。

　　宝兴里，一片位于宁海东路和金陵东路之间的老石库门里弄，浸润荣光。新中国成立初期，在共产党人的发动下，宝兴里居民群众成立了上海第一个居委会。大家满怀热情、艰苦奋斗，让曾经脏乱差的宝兴里换了新面貌。宝兴居委会的诞生与发展，是人民群众在新中国真正当家作主的体现，也为上海乃至全国基层群众性自治组织积累了宝贵经验。

如今的宝兴里，刚刚经历过旧改。在金陵东路上，刻着"宝兴里"大字的里弄大门紧锁着，临街的里弄房屋也被木板封着。旧改完成后，居民陆续搬去了新居。不过，从大门的缝隙间，还是能窥见里弄中的场景：虽然人去楼空，但近百年的老弄堂依旧干净整洁……

旧改征收前，宝兴里荣获过"上海市文明小区"的称号。而在新中国成立前，宝兴里是旧上海有名的藏污纳垢之地。

黄祖菁生在宝兴里、长在宝兴里，她小时候常常听家中老人说起新中国成立前宝兴里的情景。"当年的宝兴里可谓乌烟瘴气，妇女一个人走在弄堂里可能会被流氓抢劫，甚至有人因吸毒死在角落里。宝兴里还有'低头弄'之称，因为弄堂内污水、粪水、泔水横流，走进来要先看脚下，要不然就会踩到。"

尽管生活环境极其恶劣，但在解放前的"暗夜"中，居民群众对此敢怒不敢言。

改变，发生在上海解放后。

为尽快摸清底数，1949 年 7 月初，黄浦区第五办事处对宝兴里开展户籍核对工作。党员干部们走进一条条弄堂、走入一户户居民家，查看与核对人口。他们发现：形势发生了变化，宝兴里居民对于里弄"一团糟"的现象，也有了强烈的改变诉求。

此时，刚刚解放的上海，百废待兴。由于各种市政管理机构还未建立，居民碰到一些日常生活问题，如旧房损毁、漏雨、房租纠纷、停电断水等，很难得到有关职能部门的帮助和解决，基层需要在自治、互助中解决部分问题。

"发动群众、依靠群众。父亲（王怡白）从我党群众工作的宝贵经验中，寻找宝兴里治理的办法。"时任黄浦区第五办事处主任、共产党员王怡白的儿子王晓鸥回忆说，父亲在深入了解宝兴里居民意愿后，决定组织居民群众，解决自身实际问题，改善当下生活环境。在解放初期，黄浦区地位也非同一般。它是上海的窗口，也是共产党能否管理大上海的"风向标"。宝兴里地处黄浦区中心位置，父亲他们以宝兴里为试点，更是为了"解剖一只麻雀，树立一个样板"，继而向全区、全市推广……

1949年9月中旬，王怡白发动起一批充满干劲的宝兴里居民积极分子，把居民群众组织起来，筹建居民福利委员会。1949年12月10日，上海第一个居民组织——宝兴里居民福利委员会诞生了。

在1949年12月30日的《文汇报》上，有过这样一段记载：办事处和分局户籍同志"分批召开了六次小型的居民座谈会，每户出席一人，男女老幼贫富会聚一堂，会上首先针对居民的思想顾虑，耐心进行解释，对他们分析治安和卫生工作的重要性……""当时召开了多次宝兴里居民代表会议，目的就是让居民们都参与进来，让大家都能为自己的事情'发声'。"徐丽华说。

在居民广泛参与的基础上，展开了居民福利联谊会选举：每幢房子推选1名居民代表，如果一幢房子有15户以上可以推选2名居民代表，5名代表推举1名居民小组长，通过反复协商、民主选举，在居民小组长选举的基础上，最终产生了宝兴里居民福利联谊会……

改善生活环境是居民当时最大的诉求，福利会成立后发起的首要工作就是大扫除。

福利会组织家家户户把房前屋后、墙头、地上打扫干净，填平地面水潭，把里弄中的垃圾清理干净，清理了多年堵塞的阴沟……里弄面貌焕然一新。福利会建立起打扫卫生的"长效机制"：组织各幢房子派居民每日负责卫生情况，福利会则派委员巡视，见到有垃圾，就劝导居民收拾。

新成立的福利会有十多名委员，大家各施所长，"如有位会写书法的委员，就负责扫盲，教妇女和失学儿童识字念书。但总体上分工不分家。福利会下设治安、卫生、文教等工作组，工作开展得有声有色。"当时的副主任须松青生前这样告诉记者。

福利会的委员们都是义务工作，没有劳动报酬，办公用品还要自掏腰包买。当时他们中流行着一句话"自吃饭，无工钿，倒贴鞋袜钿"，但他们无怨无悔、干得热火朝天。

"因为他们真正有了当家作主的感觉。"黄祖菁还有一个"身份"——

首任居委会主任单粲宝的女儿。当年32岁的单粲宝已经有了5个孩子需要照顾，但在王怡白的动员下，她毅然走出了家门，参与到福利会工作中。福利会最初没有办公场地，她就腾出家里的客堂间，让大家去那里办公、开会。

福利会还大力宣传党的方针、政策，调解各类居民纠纷；冬天组织冬防队，开展防火、防盗、防特活动；推选出妇女代表，组织妇女和失学儿童开办识字班……一切都做到居民心坎上。居民积极响应号召，参与其中。

1951年，福利会正式改名为居委会。

时光荏苒。70多年过去了，宝兴里的故事还在流传，宝兴里的精神还在延续。2020年6月，随着最后一户居民搬离，宝兴里创下了172天实现居民100%自主签约、居民100%自主搬离的旧改"奇迹"。宝兴里，再一次践行了人民当家作主的理念。

"三会"制度开启基层自治新模式

"社区企业说想给我们小区做面彩绘墙，要不要画、画什么，开个听证会吧！""小区楼房要加装电梯，楼上楼下居民意见不一致，开个矛盾协调会吧！"在上海的社区里，经常能听到居委干部把"听证会""协调会""评议会"这些词挂在嘴边。使用了20多年的"三会"制度，居民们也早已驾轻就熟。

1999年起，五里桥街道诞生了社区"三会"制度，居民的事情，居民说了算。这一探索，被认为是开启了基层民主自治的新模式。"三会"制度，是在基层党组织领导下，在街道、区职能部门支持下，由居委会主持召集的听证会、协调会和评议会，即"事前听证、事中协调、事后评议"。

无论房屋整修、设施改造、环境维护，还是工程建设，社区公共事务全都纳入听证范围。实施前听证，居民提出要看图纸；实施中再听证，居民还要看实景——"8轮听证"不止发生过一次。

在此基础上，五里桥街道还探索设立了包括议题征询会、民主恳谈会、监督合议会在内的新"三会"。议题征询会—听证会（配套公示制）、民主恳谈会—协调会（配套责任制）、监督合议会—评议会（配套承诺制），两两配合，提升了自治参与的有效性和程序的系统性。

几年后，"三会"制度走出黄浦，走向了上海各基层社区甚至国内一些城市社区，成为引导居民自治的有用"工具"。在嘉定，一社区进入住房"平改坡"全面维修期。施工前，社区召开了6次各种类别和形式的听证会，收集到200多条意见和建议。施工中又召开了27次协调会，解决了21起比较大的纠纷。工程结束后召开了4次评议会，以不同视角评价工程，使"三会"成为居民关注工程建设的绿色通道。在上海推进生活垃圾分类时，居委会也通过"三会"制度，让居民参与到小区事务中来。

"三会"制度切实解决了谁来自治、自治什么、如何自治和提升成效的问题。五里桥街道党工委书记沈永兵说，"三会"制度传承20多年且不断深化发展，具有三个特性：一个是适用范围较广，二是操作流程规范简易，三是社区参与度较高。"三会"制度作为基层民主协商平台，围绕社区公共议题，很好地调动了社区各类治理主体参与社区建设的积极性。

2017年，"三会"制度写入《上海市居民委员会工作条例》；2018年，"三会"制度入选"上海改革开放标志性首创案例"；同年，以"三会"制度为核心内容的紫荆社区工作法入选民政部100个优秀社区工作法。

"'三会'制度是上海对中国基层社会治理的重要贡献。"在复旦大学教授刘建军看来，"三会"制度不仅仅在于它能解决多少问题，更为重要的它是中国基层社会治理走向有序化、规范化的标志。"三会"制度适应了中国社会结构的快速转型，填补了生活场域和基层治理领域中的制度真空，缔造了一种与中国文化基因、新型社会结构相适应的治理模式，形成了一种本土化的治理经验。

一头连着小社区，一头直通大会堂

"我们提的建议直通最高立法机关，当然马虎不得！"虹桥街道办事处一间不大的房间里，正举办一场《中华人民共和国反食品浪费法（草案）》意见征询会。

20位来自居民区、餐饮企业、学校等不同领域的信息员对这部法律草案的条款发表意见，视频那一头是全国人大常委会法工委的工作人员。"草案提前一周就发给信息员，他们个个都是有备而来。"虹桥街道人大工委专职干部游元超对记者说。

上海长宁区虹桥街道基层立法联系点于 2015 年 7 月设立，是全国人大常委会法工委首批设立的基层立法联系点之一。

2019 年 11 月 2 日下午，正在上海考察的习近平总书记来到虹桥街道古北市民中心，参观了基层立法联系点展览室。全国人大代表、虹桥街道虹储居民区党总支书记朱国萍向总书记介绍了联系点"开门立法"的创新工作方法。总书记对现场正在参加立法意见征询的信息员代表说，你们这里是全国人大常委会建立的基层立法联系点，你们立足社区实际，认真扎实开展工作，做了很多接地气、聚民智的有益探索。我们走的是一条中国特色社会主义政治发展道路，人民民主是一种全过程的民主。所有的重大立法决策都是依照程序、经过民主酝酿，通过科学决策、民主决策产生的。

小小基层立法联系点，背后折射着"全过程人民民主"开门立法、广纳民意的大气象。记者了解到，虹桥街道基层立法联系点呈"一体两翼"的工作架构，即以信息员为主体，以顾问单位和专业人才库为"两翼"补充。在 16个居民区和 50 家区域单位内，都设有"基层立法信息采集点"。一个基层立法联系点背后，有 310 名信息员、10 家顾问单位和 10 个类型的专业人才库。

虹许居民区信息员卞小林掰着手指数："前前后后我参与了十多部法律草案的意见征询，真是让我大开眼界，大大提升了法治思维。每次我都会做很多准备工作，比如"民法总则"草案，我认真研究了三四天。"

游元超说，根据每部法律草案的不同特点，联系点制定方案挑选合适的信息员代表参与，合理确定征求意见对象范围，尽量覆盖不同群体、不同行业，力求采集意见样本的典型性和多元化。每部法律草案意见征询，至少开 4 场座谈会。

到基层立法联系点展览室参观的访客，总是会被"法条墙"上的展示材料吸引，其中一份是居民夏云龙的信息员聘书和他对"国歌法"立法的建议。80多岁的夏云龙告诉记者，在参加"国歌法"草案意见征询座谈会时，他建议公民在参加重大会议时，不仅要升国旗、行注目礼，还要高唱国歌。"没想到我提的这条建议被采纳了！我能不开心吗？"

2019 年，虹桥街道基层立法联系点还被列为全国人大的外事接待点。对于行程中的这一站，外国议长都称"不虚此行"，赞许"普通老百姓也能参与到立法中去，基层民意得到了尊重。"

随着"高大上"的立法工作逐渐走入寻常百姓家，基层立法联系点为推进全过程民主架起沟通"彩虹桥"、开启民意"直通车"。"这座'彩虹桥'，一头连着基层小社区，一头连着人民大会堂。"虹桥街道人大工委主任胡煜昂说，让最高立法者能够直接倾听到基层老百姓的声音，那么这个立法就是"接地气"的，是反映民心、顺应民意的立法，这也是我们基层立法联系点的初心和使命。截至今年 4 月底，虹桥街道基层立法联系点一共完成 55 部法律的意见征集工作，归纳整理各类意见建议 1001 条，其中 72 条建议已被采纳。

这座直通立法机关的"彩虹桥"，也在上海遍地开花。2020 年 4 月 21 日，上海市人大常委会基层立法联系点"扩点提质"工作推进会举行，扩大后的 25 家基层立法联系点名单公布。短短数月后，25 家基层立法联系点覆盖了上海 16 个区，越来越多的居民在家门口就能参与"高大上"的立法工作。

（文／唐烨 张骏 王海燕）

"四大金刚"铸重器

"万吨重担万人挑，泰山压顶不弯腰"

　　——至今仍在服役的中国首台万吨水压机旁的横幅

采 访 组：刘　锟　任　翀　俱鹤飞

采访时间：2021 年 5 月

要问上海的"四大金刚"是什么，不少人也许会立马回答：大饼、油条、粢饭、豆浆。但对于熟悉上海工业的人而言，他们有着不一样的答案——电机厂、汽轮机厂、锅炉厂和重型机器厂。

足足有六层楼高的水压机像一个钢铁巨人，炽热的钢锭送进去，在巨大的压力下，顺利地完成拔长、镦粗、切断等操作工序……上海重型机器厂的这座庞然大物，就是我国自行设计制造的 1.2 万吨自由锻造水压机。机身上"1961"的标志十分醒目。没错，60 年过去了，它依然在运转着。

20 世纪五六十年代，老闵行地区是上海工业大发展的一个缩影。作为新中国首批卫星城，以"四大金刚"为代表的机电工业制造基地落户于此，数万工人在这里扎根，铸就了中国电站装备的传奇。

大国重器应时而生

那是一个激情创业的年代。

新中国成立后，国家经济建设发展的紧迫性使得电力、冶金、重型机械和国防等行业迅速复苏，大型锻件的需求猛增，而国内当时仅有的几台中小型水压机根本无法锻造大型锻件，只能从国外高价进口。

"要掌握发展的主动权，摆脱这种依赖进口的局面，就一定要有中国自己的工业母机。"上海电气上重铸锻有限公司党委书记凌进回忆那段历史时说，1958 年，时任煤炭工业部副部长的沈鸿写信给毛主席，建议自行建造万吨水压机，毛主席批准同意。中央有关部门研究后决定，把任务下达到上海，成立由沈鸿任总设计师、林宗棠任副总设计师的设计班子，白手起家制造中国第一台万吨水压机。

当时，几乎所有设计人员都没有亲眼见过万吨级的水压机，可以参考的资料少之又少。广大设计人员迎难而上，跑遍了全国有中小型锻造水压机的工厂，认真考察和了解设备的结构原理及性能。为了避免返工修补等造成浪费，他们决定先造一台120吨的水压机和一台1200吨的试验水压机，在积累经验的基础上再正式建造1.2万吨水压机。

在制造这台万吨水压机的过程中，工程技术人员、工人师傅紧密配合，创造了"电渣创奇迹，巧缝百家衣""大摆楞木阵，银丝转昆仑""蚂蚁啃泰山，合力攻'金'关"等诸多"土洋结合"的方法，闯过道道技术难关。

这边，上海重型机器厂的万吨水压机"气势如虹"，就在同一条路上，上海汽轮机厂则在为"一丝一毫"费尽心思。

20世纪50年代，上海汽轮机厂在一个当时只能生产电动葫芦、小型水泵等产品的通用机器厂基础上诞生了。建厂伊始，工厂就接受了试制我国第一台6000千瓦汽轮机的光荣任务。

汽轮机要在高温、高压下高速运转，技术含量极高，对关键零件的加工精度有着近乎苛刻的要求，其零件允许的误差往往需要控制在1丝以内，相当于头发丝直径的七分之一。当时，图纸要求汽轮机叶根公差是0.9丝，而工厂最好的铣床公差是2丝以上。由于设备和工艺落后，加上缺乏经验，在试制过程中走了不少弯路。

为解决这一问题，1954年9月，第一机械工业部第四局召开生产技术厂长会，时任部长黄敬决定到上海蹲点。

黄敬来厂后，白天查阅图纸，了解质量难点，到现场查看，晚上与工人师傅在宿舍里讨论研究。在黄敬的鼓舞下，参加会战的数百名技术工人发扬艰苦奋斗精神，经历无数次失败，直到工厂制造的转子和叶片达到质量要求。

到这时，黄敬才放心了。离开前一天，黄敬对上海汽轮机厂全体职工留下嘱咐：造汽轮机，就是要"一丝不苟，精益求精"。从此，"一丝不苟，精益求精"精神引领着上海汽轮机厂工人制出从小容量到大容量，从火电到核电和重型燃机，从亚临界到超临界，再到超超临界，不断创造着中国汽轮机制造的新纪录。

正是在这种缺技术、少设备的情况下，"四大金刚"逢山开路，遇水架桥，生产了大量国家急需的工业装备，创下了新中国诸多"第一"：中国首台万吨水压机、中国第一套 6000 千瓦火力发电机组、中国第一套核电机组……填补了中国工业一项又一项空白，引领了中国装备制造业的发展。

"扁担电机"搞活经营

那是一个解放思想的年代。

1981 年，在改革开放春风吹拂下，广东省迎来甘蔗大丰收。但当时糖厂设备陈旧，加工能力跟不上，急需技术改造。上海电机厂的技术人员实地调研后，提出了用直流电机代替蒸汽机的改造方案。然而，更大的难题在于要和时间赛跑，因为距离开榨季节很近，只有往常电机生产周期一半不到的时间。

糖厂厂长忧心忡忡："糖厂开榨以后，农民每天用几百条船运甘蔗过来，万一设备还没装好，甘蔗处理不了就会烂掉。那时候，（只怕）几千农民会拿扁担打我们！"时任上海电机厂厂长李文华听了，拍着胸脯说："万一发生这种情况，您打电报来，我一定赶到顺德，陪您一起挨扁担！"

两位厂长的对话很快传开了，大家把这批电机叫作"扁担电机"，它的任务单前打上了紧急订货符号，一路开绿灯。设计人员昼夜伏案，生产工人更是争分夺秒。8 月，所有电机如期送达糖厂并一次试车成功，甘蔗按期开榨。糖厂工人高兴地说："我们从蒸汽时代进入了电气时代。"

1982 年 11 月 29 日，《解放日报》最早刊发《李文华和"扁担电机"——上海电机厂搞活经营的一个故事》一文提到："通过'扁担电机'的考验，全厂确实从思想上到组织上转到了'以经营为中心'，大大提高了企业在国家计划指导下的市场竞争能力。"时任国务院副总理万里读了《解放日报》刊登的这篇通讯后，有感而发，撰写署名文章，高度赞扬上海电机厂全心全意为用户服务的精神，并称之为"扁担电机精神"。

上海锅炉厂电焊工人赵黎明入厂时，正好赶上了第二次技术引进，那是1987 年。如今，他已经是上海锅炉厂的焊接专家、锅炉工匠。赵黎明回忆，20世纪 80 年代，我国电力工业发展需要更加先进的大型火电机组，从国外引进先进锅炉制造技术提上了议程，当时"掀起了一场全国范围内的技术引进浪潮"。

锅炉制造技术引进型号分为 30 万千瓦和 60 万千瓦发电容量两种，根据国家部署，由上海锅炉厂引进的是 30 万千瓦级锅炉。时任副厂长的史习仁带队前往美国、日本等国进行考察，货比三家、艰难谈判，最后选中了美国 CE 公司（美国燃烧工程公司）的技术。美国 CE 公司向上海锅炉厂提供设计、制造亚临界辅助循环专利和专有技术，并负责培养技术人才。

赵黎明记得，第一次技术引进时，锅炉用的焊接材料还是碳钢；到了第二次技术引进时，焊接材料就变成了合金钢。随着技术不断突破，"材料要求越来越高，焊接难度和压力越来越大"。

"锅炉在车间做不出来，设计得再好也是白纸一张。"赵黎明说。随着新装备不断迭代升级，炉内构造也愈发复杂，螺旋状、不规则，焊口有时在缝隙，有时甚至在背面。在小口径焊接上，当时的标准是允许 2 毫米的误差，赵黎明给自己定在 1 毫米以内。就这样，以美国 CE 公司技术为基础，以 30 万千瓦电站锅炉作为主导产品，上海锅炉厂成功开发出直流炉、控制循环炉和自然循环炉 3 种炉型。

1980 年至 1992 年，我国电力工业以每年大于 10% 的速度增长，上海锅炉厂共生产电站锅炉 592 台，装机容量达 2569.55 万千瓦，约占全国国产发电锅炉总量的三分之一。

"金刚"不老续写传奇

上海锅炉厂技术部常务副部长诸育枫对记者回忆起一个细节：当年从美国阿尔斯通公司引进 1000 兆瓦超临界塔式锅炉制造技术时，国外专家只对上海锅炉厂转让了适合于燃烧烟煤的锅炉技术，而高水分褐煤燃烧技术被视为核心技术，因担心中国抢占市场，不提供转让。但是，在欧洲主要燃烧的煤就是褐煤，如果不掌握这种技术，开拓国外市场无异于"天方夜谭"。

遭遇国外"卡脖子"，诸育枫带领团队自己上。没有可借鉴的方案，诸育枫只能翻阅无数资料，不分昼夜地计算分析、不厌其烦地现场调研，终于靠自己的本事研制出了高水分褐煤燃烧锅炉技术。如今借着"一带一路"的东风，该项技术已经在巴基斯坦实现落地，目前锅炉安装早已过半。

近年来，"四大金刚"的成绩单依旧亮眼。上海汽轮机厂通过引进技术并消化吸收，成功开发了 1000 兆瓦等级核电汽轮机技术，并在此基础上，坚持自主技术研发，成功开发了具有完全自主知识产权的 1000 兆瓦等级核电汽轮机技术，并首次应用于出口巴基斯坦卡拉奇核电项目。

上海电机厂发挥在电机及变频系统上的技术优势，通过在冶金、水利行业的应用及改造，实现了电气传动系统的绿色高效，特别是由上电成套的印度西塔拉玛水利项目，实现了 6 台 40 兆瓦立式同步电机加变频驱动系统的"一站式"交付目标，赢得了国际声誉。

在上重铸锻公司，"华龙一号"核反应堆压力容器、蒸发器、堆内构件主设备大锻件整体成套交付实现突破，掌握了异截面大直径筒体锻造成型技术等 15 项关键技术，有力支撑了我国具有完整自主知识产权核电技术的核岛主设备国产化研制任务。

如今，万吨水压机身旁，"万吨重担万人挑，泰山压顶不弯腰"的横幅依旧鲜红夺目。

（文／俱鹤飞 刘锟　图／张海峰）

上海制造
一部创业史转型史发展史，
波澜壮阔

新中国成立后，上海这个全国工业门类齐全、配套生产能力较强的综合性工业基地，承担起国家使命。

当时上海工业影响力最大的当属轻工和纺织。原上海市经委一位老领导说，新中国成立后上海轻工凭借原有基础和计划经济时期政策，获得了广阔的发展空间，以手表、自行车、缝纫机"老三件"为代表的轻工业，以及有着深厚底蕴的上海纺织业飞速发展。

进入改革开放新时期，上海轻纺迎来又一次春天。

1981 年至 1985 年的"六五"期间，上海把消费品生产放到重要地位，积极发展食品、纺织品和其他日用工业品的生产。轻工和纺织业持续发力，成为上海的两棵"摇钱树"。

结束了中国只能修表不能造表历史的上海手表厂，1958 年至 1990 年的 32 年间，共生产机械表 1.67 亿只，实现利税超百亿元；自行车业同样"转"出一片天地，新中国成立后至 1990 年，以"凤凰""永久"为代表的上海自行车累计生产了 9810 万辆，占全国自行车社会拥有量的四分之一。

纺织业更是力拔头筹。从近代一直到新中国成立后的 40 余年间，纺织业堪称上海的第一支柱产业，被亲切称为"母亲工业"。

然而，高速发展背后，危机正慢慢逼近。由于长期受计划经济影响，随着时间推移一些产品已经不适合新时期市场需求，原来的优势逐步消失。第一支柱的纺织业，在 1990 年前后呈现"老化症""衰退症"。原上海市纺织集团党委书记朱匡宇曾在一次采访中表示，1992 年上海正处在历史发展转轨的交汇点上，传统产业如纺织嬗变，新兴产业如汽车等加速兴起。是年 12 月 4 日，纺织系统召开干部大会，喊出了"第二次创业"的口号。

"壮士断臂"，1998 年 1 月 23 日，全国纺织业压锭 1000 万的第一锤在上海敲响。年末，上海纺织集团的棉纺锭从 1992 年的 220 万锭减到 100 万锭以下。"母亲工业"的巨变，也掀开了上海工业的新篇章。

当轻纺风光不再，上海工业的出路在哪里？

其实，在邓小平南方谈话精神鼓舞下，1992 年 12 月，在上海市六次党代会工作报告中就明确提出，"轿车、电子和通信、电站设备、钢铁、石油和精细化工、家用电器"为"八五"时期上海工业的发展重点。

这样的战略抉择，当初看似乎有点超前。除钢铁、石化外，其他几个都比较弱。但用发展的眼光看，这六大产业相比其他工业行业有几个显著特点：发展前景好、产业相关度较大、有一定的技术含量和产业规模、有较快的增长速度。

譬如，石油和精细化工领域，当时上海石化早已名震全国。一期工程建成投产后，上海石化总厂具有年加工原油 250 万吨，年生产乙烯 11.5 万吨、合成纤维 10.2 万吨、合成纤维单体 10.83 万吨的能力，是我国当时最大的现代化石油化纤生产基地，可每年向全国人民提供人均 1 米的化纤织物原料。时至 1992 年，上海石化已先后完成三期建设，其中二期工程建成投产后，原油利用率提升至 43%，年增合成纤维原料 20 万吨，终结了"布票"时代。

当时，上海也有全国首批汽车合资企业——上海大众。那时轿车年产量只有 1.8 万辆，却被排在六大产业之首。曾任上海市经委副主任、上海汽车工业总公司总经理的陆吉安说，当时到上汽上任后，市领导交办的首要任务甚至唯一任务就是桑塔纳轿车国产化。至 1995 年，桑塔纳轿车国产化率从开始的 2.7%提高到近 90%。短时间内，上海轿车工业向前跨越几大步，成为六大支柱"领头羊"。

六大支柱产业的崛起，深刻改变了上海工业的产业结构和布局，使上海制造开始从以初级加工为主的劳动资源密集型，向以深加工为主的技术和资金密集型转轨，奠定今日上海制造深厚的基础和基本格局，也助力上海实现从"后卫"向"前锋"的转变。到 1994 年时，六大支柱产业产值突破 1600 亿元，占全市工业半壁江山。

支柱并非一成不变。后来，生物医药替代家用电器；电站设备改为"成套设备"，进一步拓展产业内涵；钢铁制造向高端调整。20 世纪 90 年代后期，以信息业为代表的高科技产业迅速成为世界经济主要新增长点，上海迅速反应，通过 909 工程向集成电路发起冲击，当年承建 909 工程的上海华虹微电子，如今已成为中国半导体领军企业。新世纪以来，信息产品制造替代汽车产业成为第一支柱，总产值占全市工业的比重上升至 13.2%。

从传统纺织到现代汽车，再到信息产品制造，透过不断变幻的历史画卷，外界看到了在调整和发展中重新崛起、脱胎换骨的上海工业。进入 21 世纪后，上海的产业结构在"四个中心"引领下悄然发生变化：2012 年上海第三产业占 GDP 比重首次超过 60%，2016 年三产比重又首次超过 70%，对城市经济的主导和支撑地位进一步提升。

与此同时，全国工业结构趋同化引发过度竞争，六大支柱产业对上海经济的推动力开始减弱。

2015 年，上海制造突现危机。当年上海规上工业总产值同比下降 0.8 个百分点，战略新兴产业下降 1.1 个百分点，罕见出现"双降"。外界纷纷发出"上海制造怎么了"的疑问。当时外界甚至还传递出上海不再需要发展制造业的声音。但很多人未必知晓，以"造东西、造设备，尤其是造高端装备"为核心的制造业，依然是上海经济的根基所在。上海明白，没有制造业支撑，服务业就是"无源之水"。

2016 年初，上海首次提出量化指标，2020 年制造业增加值占全市 GDP 比重力争保持在 25% 左右。之后，上海又陆续出台工业供给侧结构性改革"27条"、巩固提升实体经济能级"50条"等政策举措，上海"再战制造业"的决心依然坚定。2017 年底，上海又提出全力打响四大品牌，上海制造同样被摆在了突出位置。以土地为例，虽然面临土地紧约束，但上海提出"要像保护基本农田一样，保障高端、先进制造业的用地需求"。

国产大飞机 C919 成功首飞、超大型燃气轮机加速国产化、特斯拉超级工厂投产……"十三五"期间，上海制造不但保住了基本盘，更"容光焕发"，实现 300 项高端装备自主突破、300 项新一代信息技术成果产业化。"十三五"收官之年，上海规上工业总产值 34830.97 亿元，增速也由降转增。

"十四五"甚至未来 20 年，上海制造路在何方？

上海"十四五"规划已给出答案，构建"3+6"重点产业体系，夯实以制造业为基础的实体经济，加快打造重点领域的世界级产业集群。"3"即集成电路、生物医药、人工智能，这是上海代表国家参与全球竞争的先导战略产业。两年来，国务院已先后批复三大产业创新高地实施方案。目前，上海三大产业集群优势正在形成——2020 年，集成电路产业规模超过 2000 亿元，占全国 23%，同比增长 21%；生物医药产业规模超 6000 亿元，"1+5+X"市级特色产业空间正汇聚海内外生物医药优质资源要素；人工智能产业规模近 2000 亿元，增长 30% 以上。

"6"指的是着力打造电子信息、生命健康、汽车、高端装备、先进材料、时尚消费品六大高端产业集群。正如上海市经信委主任吴金城所言，与此前六大支柱产业相比，"上海制造"的内涵更加强化"高端、数字、融合、集群、品牌"的方针。

毫无疑问，在全球新一轮产业竞争中，上海制造仍将勇当先锋。

（文／刘锟 任翀）

宝钢桩基力千钧

"宝钢人追求的不是与国内企业比，而是与世界上最优秀的钢铁企业比。"

——宝钢首任董事长　黎明

采访组：徐 蒙 张 杨 张 煜
采访时间：2021 年 6 月

1978 年 3 月 24 日，一封信送到国务院。

信中反映了宝山钢铁厂选址存在很多弱点和缺陷：地质不好，地下水位高，地势低洼；长江南侧有好几个沙洲，年年下移，会产生塌方，美国大湖地区钢铁厂出现过倒塌……

宝钢开工建设前后，全国上下有过许多争论，其中一大焦点就是"宝钢以后会不会整个滑到长江里去"。

尔后的岁月里，中国第一座现代化钢厂在上海拔地而起，成为中国改革开放的重要标志。处在今天看，"滑到长江里去"的观点有些匪夷所思，40 多年来，宝钢非但没有"位置偏移"，反而牢牢屹立在全球钢铁行业之巅，一举把国家钢铁行业水平向前推了 20 年。

可是在当时，"滑到长江里去"绝不是一个笑话。1978 年初，宝钢建设方案已经过反复论证与权衡，中央批准了国家相关部委和上海市委提交的选址、建设规模等请示报告。但这封信，还是引起国家领导人的高度重视。一个月后，国家建委组织 56 名著名专家来到宝钢现场。经 18 个昼夜的连续实地试验，一份详尽的报告直送国务院。"宝钢地基可以处理，建设钢厂绝无问题"，专家们一锤定音。

1978 年 12 月 23 日，党的十一届三中全会公报发表。同日，上海宝山月浦东，在万众瞩目之下，宝钢总厂正式动工。

这一年，是历史转折之年。解放思想、实事求是的思想路线重新确定，全党工作的着重点转移到社会主义现代化建设之上，实行改革开放的重大决策正式作出。

而作为我国社会主义现代化建设的标志性工程，宝钢建设的前期研究、论证、决策，正是在"关于真理标准的大讨论"轰轰烈烈开展之时。从建设宝钢的初衷，到与外方的一轮轮谈判，再到后来的争议与波折，宝钢项目走过的每一步，都是对于真理标准的现实回答。

震惊而又群情激奋

2020 年 12 月 23 日，93 岁的宝钢第一任董事长黎明在自己家中，通过远程的"一键炼钢"功能，下达了中国宝武 2020 年第 1 亿吨钢的炼钢指令。

随后，中国宝武党委书记、董事长陈德荣宣布："中国宝武钢铁集团有限公司 2020 年钢产量突破 1 亿吨，'亿吨宝武'，今日梦圆。"他的声音因激动而哽咽。

1978 年，我国改革开放大幕刚刚拉开之时，整个国家全年钢产量只有 3000 万吨，仅占全世界产能的 4.42%。如今，这一比重已经超过了 56%，一个企业集团的年产量就达到了一亿吨。

正是当年放眼看世界，实事求是地正视差距，才有了今天的沧桑巨变。

1977 年 9 月 16 日至 10 月 14 日，原冶金工业部副部长叶志强带队，国内各大钢铁企业负责人组成中国冶金考察团赴日本考察了近一个月。

"这是我们这群第一次穿西装、第一次打领带，难得一次出国的中国人亲眼所见。"回来后，叶志强向中央政治局详细汇报了访日的见闻和感受。

20 世纪 60 年代，中日钢铁工业还相差无几。但随后十几年时间里，日本快速发展，新建了 8 个千万吨级钢铁厂，工厂高度自动化，几个工人在空调房里操作计算机就能进行生产，水平领先中国至少 20 年。

考察时，一天日方请客，服务员送来罐装啤酒和饮料。中国考察团成员没人见过轧得跟纸一样薄的金属罐，上头印着彩色图案，还有个小环，用手指一拉就开了，所以叫"易拉罐"，而当时中国的铁皮罐头都还是焊制的，要用特制的锥子才能撬开。

日本是个岛国，没有铁矿、煤矿，就连石灰石也要靠进口，却通过引进发达国家先进技术快速发展，15 年后钢产量过亿吨，跃居世界钢铁业榜首，是当时中国钢产能的 5 倍。

这次考察带来巨大触动。我国钢铁厂曾经都是依托国内矿产资源建设，中央果断作出决策，转变原先钢铁工业发展思路，准备举全国之力，引进世界上最先进的技术，在沿海地区建立一座"吃进口矿"的超大规模现代化钢厂。

选择上海不是偶然

国家选择上海作为中国钢铁工业现代化的起点，不是偶然，这同样是基于实事求是精神的战略抉择。

当年，在上海建设这样一座钢铁厂，有两块短板：一是长江口水深不够，进口矿要建港转驳；二是地基软弱，需打桩加固，成本会大大增加。

那段时间，我国刚刚转向现代化建设，经济基础薄弱，财政资金紧张。中国当年财政收入只有1132亿元，而建这个钢铁工业基地，最少也要花300亿元。搞钢铁现代化，需要全国人民再一次"勒紧裤腰带"。发展目标和建设成本，必须同时考虑，才能得出最优解法。

当时国家计委、建委和冶金、外贸、交通、铁路等部门组成调查组，走访了上海、连云港、天津、镇海、大连等十多个地方，全面比较各地优势与不足。最终得出结论，只有上海的工业基础和综合能力足以支撑这一现代化钢铁基地。

虽然在上海建厂要付出额外成本，但调查组从实际出发，科学分析了上海得天独厚的四大优势：作为我国最大的工业城市，上海有强大的工业和科技基础作为依托；具有一支建设现代化钢厂所必备的高素质人才队伍；有一个大电网可以承受巨大的用电冲击负荷；选择上海建厂还可以综合利用水运和市场两方面的优势，地处长江入海口的上海，钢铁产品既可沿长江内销，也可依托海运便利打入国际市场。

厂址选定以后，冶金部紧急通知西安、保定、昆明、成都、长沙、武汉、上海等十多个地质勘察单位，立即组织千余名技术人员，在最短的时间内提出地质勘察综合分析的总报告。宝钢所在位置原属东海海域，地面以下60米深度范围内都是性质较为软弱的粘性地层，再往下才见砂层，直至350米左右才能到达下卧基岩。为了确保未来的钢铁基地万无一失，建设者需要掌握11.5平方公里面积内，每平方米地下每一层土壤的准确情况。

1978年3月，上海春寒料峭，细雨绵绵，11.5平方公里的地面上都是农田、泥滩和水塘。十几路勘察大军摆开阵势，数十台钻机日夜不停地向大地深处挺进，钻探队员每12个小时轮班作业，昼夜不停。

当年 5 月的一个深夜，牵头勘察工作的武汉勘察院勘察队长蒋荣生突然发现一个土质试验的数据有差错。如果全部复查一遍，那是十几万个数据，那时没有计算机，只能用手工和算盘一笔笔地计算出来，此时离最后的期限已经不到 1 个月了。蒋荣生对同事们说："对不起了，同志们，咱们都是党员，咱们要对党负责，对国家负责，就是累死，也要把问题弄清楚，宝钢工程来不得半点马虎！"

经过 13 个日日夜夜的计算，他们硬是把十几万个数字一个个重新查验了一遍，终于纠正了那个有差错的数据……

绝不走"一盘死棋"

1978 年 2 月 10 日，中日双方开始谈判宝钢项目 A 阶段事宜，即中日双方敲定宝钢厂区的总平面图。日方设计了一张完整的彩色图纸，整个生产流程从原料进厂到烧结、焦化、炼铁、炼钢、轧钢再到成品出厂是环形布局，即原料码头和成品码头并在一起。

对此，我方在谈判中明确表示反对，强烈要求厂区总平面应充分留有发展余地，要预留三号高炉的位置，使宝钢能发展到年产钢千万吨级的规模，并顺应生产流程，成品码头需设置在便于产品外运的另一端。

放眼全球，一个大型钢铁联合企业的合理规模应是千万吨级的，日本钢厂年产 1000 万吨以上的就不下 10 个。作为现代化的宝钢，年产 600 万吨钢只是第一步，今后还应有第二步、第三步。如果按环形布局，一个椭圆把所有设备全圈在里面，扩展的空间就全堵死了，宝钢的未来就是"一盘死棋"。

宝钢设计总工程师黄锦发坚决主张修改总平面图。鉴于中方设计人员的执著，日方连续修改了两个通宵，参考中方设计人员的意见，将宝钢总平面图改成了如今的直线流水形布局。

对修改总平面图，当时的总指挥许言态度十分鲜明和坚决，并且顶住了巨大的压力。他想到国家的长远利益和宝钢今后的前途，郑重地在修正后的图纸上签上了自己的名字。直线流水形总平面图为宝钢未来的扩建腾出了空间，从风、水、电、气系统的布局上，从码头到整个流程的设置上，不仅为二期工程，也为三期工程预留了空间，打下了基础。

尽管当时中国钢铁工业水平还不高，但宝钢项目和决策者、建设者们始终没有改变目标、放低标准。这也是一种实事求是，这个实际就是中国的现代化道路没有捷径可走，它既不可能一步到位地轻易实现，也不会在完成一些阶段性目标后就戛然而止。

问计实践着眼全局

建设宝钢时，引进来，是最高水平的引进；漫长的自主创新、迎头赶上的过程中，宝钢对标的，同样是世界最高水平。当一切从实际出发，踏踏实实地解决好从学习到创新的每一个问题，再宏大的目标也能步步迫近。

不少老员工还记得当年的故事：当有人宣称拿出了"国内第一"的产品时，受到了董事长黎明的批评："国家建设宝钢不是为了生产'大路货'，生产'大路货'不需要投资 300 亿元。宝钢人追求的不是与国内企业比，而是与世界上最优秀的钢铁企业比。"批评的话语，一字一句敲打在一代代宝钢人的心里。

40 多年来，宝钢以科技创新为原动力，从学习模仿到自主创新、从跟随到引领，源源不断地生产出具有高科技含量、高附加值的汽车板、硅钢、厚板等一系列产品，代表着世界钢铁的一流水平，改变了中国制造业发展所需钢材严重依赖进口、受制于人的局面。宝钢多次创造全球首发，有效支撑多项国家重大工程项目建设，为国家现代化建设和人民生活水平的提高作出了巨大贡献。

近年来，宝钢、武钢合二为一。中国宝武成立后，进一步实施快节奏、大规模联合重组。这些立足实际的改革举措，所追求的从来不是"为大而大"。就像当年宝钢建设锚定世界最先进水平不动摇，如今的中国宝武紧紧扭住供给侧结构性改革的主线，全力追求极致的效率。2020 年，宝钢股份雄居全球钢铁行业利润第一，中国宝武更是产能突破 1 亿吨。

如今，中国宝武再次从国家发展的现实要求出发，贯彻落实党中央决策部署，制定了在国内钢铁行业率先实现碳达峰、碳中和目标的时间表。站在新的历史起点上，中国"钢铁航母编队"正以"成为全球钢铁业引领者"为愿景，开启新的征程。

（文／徐蒙　图／张海峰）

技术日新月异，
那一股劲始终不变

1984 年 2 月 15 日，邓小平视察正在建设中的宝钢。在给宝钢的题词上，有一处修改明显可见——他先写了"掌握新技术，要善于创"，然后停下，对"创"字画了一个圈，以示删去，再接着写下去……于是，现在人们看到的全句是"掌握新技术，要善于学习，更要善于创新"。

这句话，成为指导和激励宝钢人不断开拓创新的精神动力。

"死磕到底"磕出"全球首发"

1985 年 9 月，宝钢一号高炉点火投产，参与的建设者们都像过节一样高兴，陆匠心就是其中之一。这套设备的投产，让中国钢铁产业装备向前迈进 20 年，缩小了与世界上最优秀钢铁企业之间的差距。

"设备跟上了，产品也要跟上。"当时才毕业三年的陆匠心和宝钢中心实验室里的前辈们暗暗下定决心：我们也要研发出能与世界先进企业产品相媲美的高难度、高附加值产品。

20 世纪 80 年代中末期，改革开放后的中国经济进入起跑阶段，汽车、机械制造、石油天然气、造船、家电、建筑、桥梁等等重要工业门类陆续发展。

但在当时，这些行业所使用的关键钢材品种几乎都依靠进口。

"我们从研发进口替代产品开始突破。"陆匠心回忆，当时上海大众也开始投产，对汽车钢板的国产化需求特别迫切，所以他就投入到国产汽车钢板的研发当中，这一干就是三十多年。

开发新产品的前几年里，陆匠心跟着师父孔冰玉驻守在 1000 多摄氏度的钢包旁边取样做实验。在这个即使寒冬腊月也能让人大汗淋漓的地方，陆匠心和师父一起，每隔一段时间就要小心翼翼地从钢包中取样分析。"如果要让汽车用钢冲压出形状复杂的零部件，就必须把含碳量降低到 0.003%。但当初，我们只能生产出含碳量约为 0.01% 的产品。"

一遍又一遍，一年又一年，宝钢研发人员终于攻克了脱碳控制等技术难关，在 1990 年 12 月生产出我国第一炉超低碳冷轧 IF 钢，填补了国内超深冲冷轧汽车钢板的空白。

不过，从技术层面看，超深冲、超低碳冷轧 IF 钢只是刚刚赶上世界先进水平，还没有形成超越。"我要学习老一辈钢铁研究人员身上那种不服输的认真劲。"陆匠心决心对更高品质的汽车钢板发起冲击。"老一辈可以对钢材表面的不明杂质死磕到底，我们也一样要为产品提升和拓展应用死磕到底。"

恰巧在这时，陆匠心了解到发达国家钢厂已经引入"供应商早期介入"（Early Vendor Involvement）模式进行产品研发，就立马组织团队前往学习。学成归来，陆匠心和团队把国外经验与中国实际相结合，在国内率先建立起了一套适合中国国情的与汽车厂开展技术合作的工作模式（宝钢 EVI 模式）。如今，宝钢每年与汽车厂合作的整车 EVI 项目已达到数十个。

2013 年 7 月，宝钢汽车钢板的研发又上一个新台阶——Q&P980 钢种成功在全球首发。自此，宝钢汽车钢板产品的研发和应用终于从"跟随"走向了"引领"。

"不走寻常路" 攻克"不对劲"

博士毕业前，齐亚猛很难想象在企业做研发会是一种怎样的场景。

如今，在宝钢股份工作 7 年后，再回过头看自己当初的选择，齐亚猛觉得来对了。"解决'卡脖子'技术，我喜欢这样的挑战。"

2014 年，齐亚猛从北京航空航天大学博士毕业，即进入宝钢股份中央研究院钢管技术中心，开始从事耐腐蚀石油管产品开发。刚到中心时，齐亚猛猜想，企业里的研究工作或许要比高校实验室轻松。但没想到，参与第一个项目，师父们就给自己上了一课。

"那只是一次看上去像产品'售后'服务式的工作。"齐亚猛回忆，当时某家油田的油管发生开裂失效，需要产品供应方宝钢的技术人员前往处理。"我以为只是一次简单的工作，只要去现场就能解决。所以在出发前什么都没准备。"师父却不这么认为。

临出发前一天晚上，师父给了齐亚猛一张纸，上面密密麻麻写满了到现场需要了解的内容、管道服役情况、使用期限等相关问题。"我被震撼了，发现企业工作的严谨性，一点也不比在高校做研究差。"

到了现场，师父带着齐亚猛从第一个流程到最后一个流程都进行了细心详尽的了解，取回失效管后开展了系统的分析，从性能、组织、探伤到腐蚀评价验证，最终确定了油管失效原因。

师父们教给齐亚猛的，除了对待研发细心、尽心的劲头，还有打破常规刨根问底的宝钢精神。"我要把这样的精神传承下去。"齐亚猛是这样想的，也是这样做的。

近年来，随着国内页岩气等新型油气资源开发技术的出现，油田现场伴水作业不断增加，各类管材腐蚀穿孔问题频频出现，造成油气田管道泄漏，从而导致环境污染严重，经济损失巨大。其中，中石化涪陵页岩气是管线腐蚀穿孔问题较突出的区块之一。

那天下午，齐亚猛接到中石化涪陵页岩气的求助电话后，立即就从上海飞往涪陵。在现场，齐亚猛发现，虽然已经采用阳极保护、缓蚀剂、内涂层等多种防腐手段，但效果均不明显，且维护成本高昂。"特别是腐蚀速度非常快。我就觉得不对劲。"

但是查阅国内外各类前沿文献后，齐亚猛发现，阳极保护、缓蚀剂、内涂层等是大家普遍采用的手段。带着"不对劲"的疑问，齐亚猛并没有迷信权威，而是决定把集输管线取样后打包，连夜运往上海的实验室进行研究。终于，结合工况分析、失效特征和腐蚀验证，齐亚猛推翻了二氧化碳和氯离子是导致集输管线腐蚀的传统认知，又结合文献调研、实地水样和失效管分析，找到管线穿孔的"元凶"是硫酸盐还原菌（SRB）等微生物。

确认主因后，齐亚猛立马结合微生物腐蚀机理和耐微生物腐蚀设计理念开始"疫苗"实验室研发。最终，他通过实验室多轮次研究，确定了最优钢种和工序工艺，在国际上首次开发出耐微生物腐蚀石油管产品。这类新产品的耐微生物腐蚀性能比常规产品高 4 倍以上。

"现在，最早的一批耐微生物腐蚀管线管已在涪陵页岩气正常服役近三年。要是常规产品，最快两个月不到就会被腐蚀穿孔。"齐亚猛自豪地说。目前，耐微生物腐蚀管线管产品已引起广泛关注，具有良好市场应用前景。

岁月有限， 但攻关无休

王增亚直到今天还记得，17 岁就进入上海第一钢铁厂的他，看到热热闹闹的炼钢场面，一下子就迷上了，这一干就是 7 年。

1978 年，身在国外援建的王增亚得知国家建设宝钢的消息，兴奋得睡不着觉。"当时觉得自己太幸运了，能参与宝钢组建这么大的历史事件，光荣！自豪！"

宝钢，是在我国成套引进国外先进技术装备基础上建设起来的现代化特大钢铁联合企业，拥有新的装备、新的工艺、新的技术。特别是转炉容积达 300吨，是当时上海最大转炉的 10 倍，操作全部由计算机控制。"据说按一个按钮，一车钢就出来了，这让我觉得非常震撼。"王增亚说，"我以前都是靠自己的眼睛，判断钢水多少度，碳含量多少。但一个人的力量终归有限，都由计算机来控制，效率就高多了。"

只是，对当时只有初中文化程度的王增亚来说，要搞明白计算机炼钢，算得上一项艰巨的任务。为了快速掌握这项技术，王增亚放弃所有的业余时间，一天 16 个小时扑在学习上，刻苦钻研。不仅是他一个人，王增亚回忆，那时候整个宝钢都沉浸在一种学习氛围中，大家都憋着一股劲，一心要把宝钢搞好，为中国的钢铁事业作更大贡献。甚至等班车的时候，还有同事拿着半导体争分夺秒地学外语。

随后，王增亚等技术骨干被宝钢派往日本专程学习。那几个月里，他如饥似渴地吸取着各种专业知识，很快就掌握了计算机转炉操作的要点，通过了考核，并获得第一个上机独立炼钢的机会。1985 年 9 月 20 日，学成回国的王增亚，终于站上了操控宝钢第一炉钢冶炼的操作台。

"我那时什么心情？两耳不闻窗外事，一心只想炼好钢。"那一刻，王增亚的周围似乎都安静了，尽管周围有很多人在围观议论，但王增亚只听得到自己脑中的声音。他和团队像平时一样，按步骤冷静操作，一气呵成，第一次就冶炼成功。宝钢 300 吨转炉的第一炉钢，就这样出世了。每次回忆起这一时刻，王增亚都会说："我当然为自己能在历史中留下一个重要瞬间感到自豪，但更值得大家记住的，是我们那一批人，一心把祖国钢铁事业搞上去的那一批宝钢人。"

今天，宝钢的生产线上，一卷卷热轧钢卷，经过冷轧产线的激光焊机，被瞬间连接在一起，形成一整条钢带，穿过轧机。每当看到这一场景，陈杰心里总是有一种满足感。这位看起来很"文气"的中年男人，在宝钢股份冷轧厂设备点检岗位已经干了 20 多年。

设备点检是一个要求仔细的岗位。20 多年前，初出茅庐的陈杰就因为求快犯过错误。当时一个项目的进度非常赶，在完整地调试完第一个设备以后，对于剩下的同型号设备，他想当然地做完初级调试就准备收工。师父发现后，对陈杰进行了严厉批评："你给我记住，时间不是这样省的。"这句话，陈杰一直记到今天。

时间不是这样省，那能不能从效率上着手呢？就这样，陈杰走上了一条向创新要效率的路。高强钢的焊接攻关，就是他的代表作。

随着汽车钢板制造水平的不断提升，高强钢成为新的发展趋势。2009 年开始，冷轧厂在 1730 轧机尝试轧制高强钢。然而想要热轧钢卷连续不断地进入轧机，需要通过激光焊机，快速融化钢卷的两端，将两个钢卷头尾焊接起来。只是，异常坚硬的高强钢却让焊机吃不消。由于配套的激光焊机原有设计只适用于普通汽车钢板，要拓展焊接高强钢难度极大。一开始，焊接三个高强钢热轧卷，就会有一个断带，大大影响了工作效率和经济效益。

3 年时间，在陈杰和团队的努力下，开发出了全新的高强薄带钢板材焊接工艺技术，自主设计了提高焊接板材热处理及焊接稳定性的专有设备，以及保护气体喷嘴高效校准技术、激光打点定位在线检测技术等，解决了高强钢焊接的大问题。高强钢的等级，从 800Mpa，到 1000Mpa，再到 1200Mpa，断带从 3 卷一次、6 卷一次、十多卷一次，到数百卷、数千卷一次。宝钢的冷轧高强薄带钢板材焊接技术和设备，已经达到国际先进生产企业水平，还申请了一系列专利。

对于这样的成就，陈杰笑着摆摆手："解决问题，就是我们的日常工作。一个问题的解决，就像一个关卡，过去了，还有下一个等着你。"

（文／张煜 张杨）

解放思想，路在脚下

"90 年代的机遇不能再错过，这是你们上海最后一次机遇了。"

——邓小平

采 访 组：孟群舒　舒　抒　戚颖璞

采访时间：2021 年 5 月

"2805 万美元，约合人民币 1.0416 亿元！" 1988 年 7 月 2 日 10 时，上海市土地管理局的小楼内，来自海外的 6 份土地投标书逐一"开标"。这是上海及新中国首次以土地批租方式向外资出让土地。听到最高出价，所有人都被震惊了：上海的土地这么值钱！

6 天后，上海市对外宣布，日本孙氏企业有限公司获得虹桥经济技术开发区 26 号地块 50 年土地使用权。

这是载入史册的一刻，它标志着新中国的土地使用权第一次作为重要的生产要素在市场流通。这是上海破解城市发展困局的大手笔，也掀开了中国土地使用制度的大变革。

唯有改革

沿着上海的延安路高架一路向西，驶过仙霞路，会看到一片鳞次栉比的高楼大厦，现代化的酒店、银行、国际贸易中心、世贸商城，蔚为壮观。稍远处，太阳广场的双子楼就挺立在 26 号地块上。

今天的上海，高楼林立。人们很难想象，眼前这片虹桥经济技术开发区，在 20 世纪 90 年代形象初成时，曾被称为上海十大景观之一。上海城市建设发展的飞跃，就始于这里，始于当年这场破釜沉舟的改革。

时光倒回 40 年前，改革开放之初的 20 世纪 80 年代，上海虽是经济巨人，却也"疾病缠身"。一方面，上海贡献了全国六分之一的财政收入，每年近 85% 的财政收入交给国家；另一方面，上海留给自己的财政资金很少，城市基础设施陈旧老化、欠账惊人。

彼时，南方省市搞起经济特区，开始迅猛发展，上海工业经济效益和财政收入却连年下滑。上海要向何处去？去哪里找建设发展的"第一笔钱"？这是时代之问，是人民之问，更是城市管理者无从回避的关键一问。

何以解忧？唯有改革。

在计划经济时代，土地不能买卖，亦不能转让。宪法规定："任何组织或者个人不得侵占、买卖、出租或者以其他形式非法转让土地。"那时候，土地像是个使用载体，只要项目成立，就可以向政府申请土地，无偿、无限期地使用。

放眼国际，土地流转所得是很多城市的重要财政来源。计划经济条件下，土地的价值不仅没发挥出来，而且浪费很大。改革开放后，随着各类市场主体涌现，经济活动日益活跃，必然要改变土地的配置和使用方式。

改革开放的过程，就是解放思想的过程。上海市委市政府敏锐认识到，唯有让土地从"使用载体"变为"生产要素"，真正走向市场，实现有效配置，从而激活土地价值，才能让上海走出"十个第一和五个倒数第一"的困境。

一个大胆的想法日渐清晰，那就是改变土地行政划拨和无偿使用的制度，掀起一场土地使用制度的大变革。对当时内外交困的上海而言，改革的希望让大家看到了一丝曙光。只不过，这场改革难度极大，要在法律、制度、政策等诸多方面进行突破创新，可谓牵一发而动全身。

缜密推进

因循守旧没有出路，畏缩不前坐失良机。对于上海，这一改革考验着操盘者的勇气和智慧。

"让土地走向市场有两种方法，一种是土地的所有权走向市场，像资本主义国家那样；一种是所有权不变，把使用权分离，让使用权在市场上流转，如香港等城市。"谭企坤曾担任上海市土地管理局第二任局长，据他回忆，考虑到我国实行土地公有制度，第二种方式成为改革的努力方向。

改革土地使用制度，不仅要解决与上位法矛盾的问题，更要冲破思想上的牢笼。一些敏感的人看到"租"字，想到的是"租界"，纷纷发出质疑：土地批租和旧上海的租界有什么不同？会不会出现新的"治外法权"？

没有思想解放，就不会有改革大突破。但思想解放，不能异想天开，不能闭门造车，更不能莽撞蛮干。通过对多位亲历者的寻访，结合《破冰——上海土地批租试点亲历者说》等著作的记录，30多年前的那场改革得以"复盘"——

改革，就要深化细化理论研究，缜密谋划。从20世纪80年代起，上海市政府就着手组织高校、社科院等机构的专家学者开展土地理论研究。在复旦大学、华东政法大学等机构相关学者的积极努力下，一些原本模糊的关系日渐清晰，并形成共识："土地所有权"不等于"土地私有权"；土地所有权与经营权可以分离；宪法中提到的"组织"不应包括国家，国家可以按照程序将土地出租给外商……这些研究，为后续改革扫清了理论障碍。

改革，就要借鉴国外有益经验，择善而从。土地流转所得是香港财政收入的重要来源。上海在1986年5月成立了沪港经济比较研究课题组，开展沪港全方位比较研究。3个月后，上海又派出考察团赴港考察，深入研究借鉴香港相关制度。不仅如此，上海市政府聘请了梁振英、简福饴、刘绍钧、罗康瑞等7位香港专业人士担任咨询顾问。在这个过程中，相关干部群众日渐认同，土地就是"黄金"，"黄金"就在脚下，解放思想才能"点石成金"。

改革，就要步步为营稳扎稳打，脚踏实地。上海在1985年率先成立了市土地管理局，对土地进行集中统一管理，彼时国家土地局尚未成立。上海市、区两级土地管理部门成立后，又率先开展了土地勘察、确权登记、发放土地证等工作，为此后开展土地批租试点打下扎实基础。次年11月，上海市土地批租领导小组成立，时任副市长倪天增和市政府副秘书长夏克强分别担任组长、副组长。

改革，尤其是重大改革就要于法有据，立法先行。"宁可放缓改革节奏，也要立法先行。"这不仅可以确保改革的规范性，还能让海外投资者感到信赖放心。历经一年多时间，上海八易其稿，在中央的支持下，《上海市土地使用权有偿转让办法》从1988年1月1日起施行。

回过头看，上海主导的这场改革，设计缜密。从一开始，上海就不满足于收取一点土地使用费、简单出售土地以获取资金，而是决心从根本上进行变革，将土地使用权作为一种生产要素，允许其进入流通领域，进而启动房地产市场，拉开了城市大发展的序幕。

1988年4月，全国人大通过宪法修正案，规定"土地使用权可以依照法律的规定转让"。同年12月，《中华人民共和国土地管理法》进行了相应修改。这意味着，国家根本大法及上位法承认了土地使用权的商品属性。上海的探索再一次引风气之先，站在了改革的最前沿。

满盘皆活

作为一座因开放而兴的大都市，上海在启动土地批租改革时，就将视野投向了国际资本，将外资作为目标客户。

1988年，刚刚完成"七通一平"的虹桥经济技术开发区26号地块被选为首块批租土地。在开展招标过程中，上海十分重视与国际通行规则和做法接轨，不仅在梁振英等香港专家的帮助下制作了国际招投标文件，还多次举行新闻发布会，并不惜重金在香港和海外刊出中英文公告，吸引海内外目标企业关注。

1988年3月22日，上海在沪港两地同时发放了"国际招标书"。日本孙氏企业创始人孙忠利在投标的那一刻，又追加了300万美元，最终以2805万美元中标。

在接受访谈时，孙忠利坦言，这一价格是以"同期日本土地价格的30%"计算出的，由于当时日本房价正处于高位，这一大胆的计算，让其投标价远高于其他竞争者，他也被香港媒体称为"孙疯子"。

但恰是这石破天惊之举，让上海的土地批租一炮打响，震惊世界。

改革创新落准一子，上海发展满盘皆活。随着第一块土地投标成功，不久后，香港又有一家公司拍下虹桥28-3C号地块，每平方米的中标价更高。之后，大批持观望态度的港资地产商不再犹豫，从20世纪90年代起开始大量在上海投资。从此，旧区启动改造，城市面貌切实改善，上海进入"一年一个样，三年大变样"的大发展时期。

"上海以前有很多棚户区，居住条件非常差。一个重要原因是没有资金，没钱改造。"在谭企坤看来，土地批租是土地价值的"孵化器"，是旧区改造的"点金术"，是城市建设的"钱袋子"，也成为全国推广的"示范本"。

那时，浦东刚刚启动开发开放，土地批租改革生逢其时，迅速在浦东复制铺开，吸附了大量开发资金，开启了浦东波澜壮阔的发展历程。

人们不会忘记邓小平当时的告诫："90 年代的机遇不能再错过，这是你们上海最后一次机遇了。"事实上，这一改革"抓住了日本地产泡沫破灭和 20 世纪 90 年代全球金融危机频发前最后的窗口期"，曾参与虹桥 26 号地块土地批租招标筹备的干部周友琪说。

统计数据显示，1988 年至 2005 年，上海批租土地 15442 幅共计 77.24 万亩，累计获得约 9000 亿元的土地出让金，极大弥补了建设资金的不足。今天城市发展面临的新问题，仍然需要用改革创新的办法来破题。

"浦东开发开放 30 年的历程，走的是一条解放思想、深化改革之路，是一条面向世界、扩大开放之路，是一条打破常规、创新突破之路。"习近平总书记在浦东开发开放 30 周年庆祝大会上的这句评价，亦可视作对上海土地批租等改革的生动概括。

奋斗不息，改革不止，一代代改革创新者的勇气和智慧，塑造了今天上海的格局和气象，更激励着上海在新时代发展的壮阔征程中，不断直面新的挑战，奋楫扬帆，破浪前行。

（文／孟群舒 戚颖璞 舒抒　图／解放日报资料）

十年之变，利在千秋

"我的理想是，要么不造，要造就造最好的桥。"

——林元培

采 访 组：戚颖璞　束　涵　王闲乐　肖雅文
采访时间：2021 年 5 月

今天的上海，每天有大量人流往返在市区和虹桥国际机场之间，有多种交通方案可选，这样的便利，在 30 年前还是天方夜谭。

"从虹桥机场到市区，只有往返两根车道，单程就要两个小时，实在太不方便了！"当年，外商来到上海时总是这样抱怨，让负责接待的工作人员十分尴尬。

市区与国际空港之间的交通巨变，是上海城市建设"脱胎换骨"的一个缩影。20 世纪 90 年代，在"一年变个样，三年大变样"的口号下，上海用不到 10 年时间便基本完成中心城区大规模基础设施更新建设，让世界为之惊叹。

负重前行，科学规划

20 世纪 90 年代，上海就像一个十分疲惫的巨人，步履蹒跚。在一些老上海人的记忆中，那时候的上海是这样的：每逢暴雨，大量瓦片房子漏雨，苏州河恶臭不堪。没有越江大桥，一到迷雾天，黄浦江轮渡停航，半个上海都要瘫痪……

1980 年 10 月 3 日，《解放日报》头版头条发表一篇署名文章《十个第一和五个倒数第一说明了什么》，曾引起轩然大波。五个倒数第一中，人均拥有道路面积、人均城市绿化面积、人均居住面积和污染排放 4 项指标都和城市基础设施建设相关。

浦东开发开放的决策，给上海带来了新的发展机遇。1992 年，邓小平连续第 5 年在上海过春节。这一年，他对上海提出了新的期望：一年变个样，三年大变样。

这座城市的奋斗热情被点燃："一定要抓住 20 世纪的尾巴！"

当时的城市基础设施严重滞后，处处是短板。可资金和人力都有限，从哪里着手，如何布局，考验着上海市委市政府。上海给出了这样一个方案，第一个三年重点修路，第二个三年重点盖房，第三个三年重点是城市管理和环境建设。

更重要的是，在规划城市建设蓝图时，上海的眼光没有停留在这三个三年。

当时的建设者回忆说，时任市委书记吴邦国曾多次提出，要以无愧于现代化国际大都市的形象，不辜负人民群众的期望。要高起点，上水平，和上海国际性大城市地位相适应，真正实现小平同志提出的"一年变个样，三年大变样"的要求。

1993 年，时任市长黄菊在作上海市政府工作报告时提出：到 2010 年，上海要基本建成国际经济、金融、贸易中心之一，基本形成国际性大城市的经济规模和综合实力；基本形成具有世界一流水平的现代化城市格局。

也就是说，上海的城市规划，从一开始就是奔着国际大都市去的。一个细节可以看出上海的雄心——

1992 年，上海把杨高路改建工程列为市政府"一号工程"。按原计划，改建后的杨高路应有双向 4 根快车道。项目负责人、原上海市市政工程管理局局长吴念祖告诉记者，经过专家组织论证，杨高路最终改为 6 根快车道。近 30 年后，吴念祖回忆起此事时十分感慨："看看现在的上海、现在的浦东，如果当初没改，肯定满足不了城市的发展需求。"

思想解放，敢为人先

1992 年 8 月 17 日，上海远洋宾馆内气氛凝重而紧张。宽大的桌面上铺着一沓沓设计图，桌对面是数位西方顶尖桥梁设计专家。他们低声交谈一会儿后，终于提起笔，写下了《专家小组对杨浦大桥设计审查报告》，概括起来就是两句话：大桥的设计、制造、施工都是现代化的；整体结构和局部构造都是安全的。

作为上海内环线工程的两大过江枢纽之一，杨浦大桥对上海城市建设而言意义非凡。20 世纪 90 年代初曾有过统计，如果只有南浦大桥没有杨浦大桥，到 1995 年，因绕行和拥堵造成的经济损失将达每年 4474.6 万元，到 2000 年这个数字将是 1.8 亿元。

设计杨浦大桥的任务交到了上海市政工程设计研究总院资深总工程师林元培手中。为了尽量减少对黄浦江航道的影响，他大胆地选择了最合理但难度也最大的斜拉桥设计。攻克一个个技术难题后，1993 年 10 月 23 日，当时世界上跨度最大的斜拉桥——杨浦大桥正式通车。

三个"三年大变样"期间，上海的建设者们攻坚克难，造就了无数个上海第一、中国第一乃至世界第一，延安高架、南北高架、地铁一号线等重大工程相继顺利完工。

除了技术上的突破,思想上的破旧立新或许更为关键。当时的上海,陷入了一个悖论:大规模城市建设需要海量资金,眼下的财政收入远远无法满足;可若停下建设脚步,财政收入的增长速度也将停滞不前。打破这个悖论,就必须突破原有的思维模式。

为解决资金问题,上海除了争取中央的支持外,还采取了许多当时看来"离经叛道"的措施。比如,实行土地批租;动员社会力量参与一些经营性项目投资,给予它们一定期限的管理和收费权;实施"两级政府三级管理",适当向区县和街道放权;以未来的城市财政收入为担保,向一些国家和国际金融机构借钱等。

"建杨浦大桥主要是向亚洲开发银行借的钱,河流污水工程改造借了世界银行的钱,建地铁一号线还向法国借了一点。"吴念祖说。作为出借方,这些国家和国际金融机构也对施工质量提出了很高的要求,这才有了多国专家一起审核杨浦大桥设计方案的一幕。客观上,此举也促进了上海在工程管理方面的规范化、现代化。

"闯禁区"必然伴随着压力。当上海提出实施"土地批租"时,有人提出质疑:"上海是不是在搞'租界'那一套?"当时,市领导说了这样一番话:"小平同志说在改革过程中允许大胆地试,这就是一个动态的过程,而不是个'立'成了以后才能'破'的静态概念。"决策层的表态,给了建设者们最大的支持,孕育出的一系列改革措施,被兄弟省市纷纷借鉴,带动了全国的发展。

上下一心,众志成城

1994 年 12 月 19 日,31 岁的上海寅丰毛纺厂工人杭伟给时任副市长夏克强写了一封信。作为成都路高架(即南北高架)工程的动迁户,他在信中建议,高架通车之前,让动迁居民代表参观工程,同时制作纪念品赠送给每户动迁居民。夏克强立即批转给工程指挥部办理。半个月后,夏克强又来到杭伟一家的临时住处,当面感谢他们为上海交通建设作出的贡献。

据统计,在 20 世纪 90 年代的建设浪潮中,上海共有 140 万人因此动迁,不少人为此作出了牺牲:杭伟一家四口人的临时住处十分狭小,晚上得有两人睡在阁楼上；静安中药厂为高架建设让路，搬迁后的临时厂房十分简陋，连吃饭的地方都没有。

"这种例子太多了，没有上海老百姓的支持，三年大变样是做不成的。"回顾当年，不止一位市领导如此感慨。上海市委市政府要求在工程建设中，要十分关心群众的利益，急群众所急，想群众所想，把好事办好。

在市民的参与和支持下，上海城市建设一步步向前推进，市民从中也获得了丰厚的回报。第二个"三年大变样"中的大规模住房建设，就极大改善了上海市民的居住条件。

改革不止，一脉相承

2000年的冬天，上海最后一家市属煤制品生产企业正式转制，这也标志着上海市区居民从此告别了靠煤球炉取暖的日子。

在三个"三年大变样"的收官之年到来时，上海已然初具一座国际化大都市的雏形：国民生产总值连续保持两位数增长；"上有高架，下有地铁，地面道路纵横交错"的立体交通网逐渐成形；2000多幢高楼、一大批住宅小区拔地而起，人均居住面积达到11.4平方米；大树进城，整治苏州河，城市环境大幅提升。

"三年大变样"为上海今天的发展打下了坚实的基础。2002年12月3日，上海赢得2010年世博会主办权，"城市，让生活更美好"的理念渐渐深入人心。"十四五"期间，上海旧改提出了160万平方米的改造新目标；在实现"一江一河"以后，又新增"一带"，即环城生态公园带，促进人与自然和谐共生，切实提高人民群众的幸福感和满意度。

城市的治理理念也在发生变化。近年来，上海推进从"以建设为主"转向"建管并举、重在管理"，进而迈向"管理为重"，推动城市管理力量下沉、重心下移，进一步提升特大城市管理的精细化水平。2021年，上海又启动了第二轮城市管理精细化的三年计划……

雄关漫道真如铁，而今迈步从头越。

（文／戚颖璞 王闲乐 束涵　图／张弛）

上海大变样：创新！城市『痛点』逐个击破

浦江飞虹

从 1992 年开始，上海正式开启了三个"三年大变样"的建设高潮。那些桩机声隆隆的岁月，为城市留下了宝贵财富。直至今日，以创新手法破解城市运行痛点，依然是建设者们的孜孜追求。

20 世纪 80 年代，上海人从浦东到浦西基本都要依靠摆渡。随着在中心城区一座座创造新纪录的大桥陆续建成，横跨浦江两岸，浦东、浦西的往来不再是个问题。

这个"越江之梦"的实现，离不开中国工程院院士、上海市政工程设计研究总院资深总工程师林元培等一批建设者的努力。上海中心城区的杨浦、南浦、卢浦、徐浦 4 座越江大桥，以及通往洋山港的东海大桥，均由他主持设计。直到今天，85 岁的他仍能清晰地回忆起杨浦大桥通车时的场景：大桥两侧和桥面上，彩旗迎风飘扬。镶嵌在主塔上的"杨浦大桥" 4 个大字由邓小平题写，在阳光照耀下格外醒目。主桥上空及大桥两旁，飘浮着 24 只悬挂着白底红字直幅标语的大气球，分别书写着"一年一个样，三年大变样""发扬大桥建设者奉献精神，加快上海城市建设步伐"。

20 世纪 90 年代的上海，正处在时代的风口浪尖上，随着浦东开发开放，杨浦大桥的建设紧锣密鼓地展开。

"杨浦大桥在设计上，有 3 种方案可供选择。"林元培说。前两种方案的设计都有先例可以参考，但可能会影响航道或岸边地基；第三种方案，采用一跨过桥，跨度达到 602 米，如果建成，将是世界上跨度最大的斜拉桥。"我的想法是，要么不造，要造就造最好的桥。"最终，林元培选择了风险较大，但最为合理的第 3 种方案。

早在 1991 年，由他主持设计的南浦大桥建成通车，就结束了黄浦江上没有桥的历史。南浦大桥的结构原型，是位于加拿大的世界第一叠合梁斜拉桥安纳西斯桥，但在实地考察时，工程师们发现，那座桥的桥面上已经出现了上百条结构裂缝。这样的安全隐患如果出现在南浦大桥上，后果不堪设想。

焦急的林元培将自己关在客厅，一遍遍看幻灯片，经过一个个不眠之夜，终于研究出 4 种解决裂缝难题的办法。直到 20 年后，南浦大桥例行大检查，桥面都没有一条结构性裂缝。

建造卢浦大桥时，林元培也选择了自己从未做过的拱桥，由于没有经验可循，需要自己推导公式、编写软件，解决结构计算和施工工艺等难题。

"有 80% 的把握，但我们会用 120% 的努力去克服困难。"林元培说道。毕竟，科研允许失败，工程却不允许，"工程师要保证自己的设计不出问题"。回过头看，林元培坦言，只有在实践中创新，才能不断进步，而创新就是在一个个困难中倒逼出来的。

地铁圆梦

772 公里，429 个车站，世界最大规模运营里程路网……短短 30 年，上海地铁的发展速度让人"难以想象"。

作为上海地铁的奠基者之一，原上海市地铁工程建设指挥部的总指挥石礼安说："在上海地铁建设中，1992 年是最难忘的。这一年，整个指挥部没休息过一天。"

1991 年，国务院批准上海地铁一号线工程正式开工后，大多数人仍觉得

"心中没底"。当时，市政府明确提出了三个阶段性目标：1991年底，恢复漕溪路路面的交通；1993年春节前，地铁一号线南段6.6公里、5个车站通车；1994年底，地铁一号线全线通车。

时间太紧迫了。地铁人首要面对的便是南段盾构工期不够。有人提出，可以先完成一条隧道，铺好钢轨，"拉风箱式"通车。根据测算，方案终于通过。

令石礼安记忆犹新的，是淮海路造地铁的过程。"按照常规施工，淮海路必须要封路两年半，但徐汇区和原卢湾区的商业税收主要就是靠淮海路的市场，当时朱镕基市长跟我说不能封那么长时间。"他回忆说，自己心里很着急，跟工程组反复商量，后来想到"一明两暗的逆筑法"，先做好地下连续墙，上面挖5米的土，再把顶板盖掉，暗挖施工。顶管上头铺管子，做路面，淮海路上照样可以通车。

被誉为"上海地铁之父"的刘建航当时住在工地上，密切关注地铁建设情况。1992年5月23日，他发现徐家汇站的数据有误。核查发现，有12根支撑没有安装，这是影响整体建设安全的大事。然而，由于工程进度十分紧张，个别工人为了抢进度还在继续挖土。刘建航只得跑到挖土机边上，明令制止，确保把支撑装上去之后再挖。

经过建设者们的奋力拼搏，地铁一号线终于在1993年1月实现了南段通车的目标。石礼安回忆："那个周末地铁指挥部照常开着协调会，只是中午吃饭的时候，多加了两个菜。"

拆房造绿

2021年底，人称上海最大"中央公园"的世博文化公园（北区）将与市民见面。这片全域面积高达2平方公里的土地，在宣布用途之初多少令人意外，用黄金岸线造绿地图什么？

答案在20年前便有迹可循。当年，上海用旧房危房最密集地区之一，换来了占地28公顷的延中绿地，它被誉为市内最早的"中央公园"。

绿地落成之时，近3000株乔木和11万株灌木簇拥，蔚然成景。然而拆房造绿的艰难踌躇，在今天看来难以想象，在当年更是一项破天荒的大胆举措。

根据测算，延中绿地原址每拆出一平方米，需要支出 1.2 万元的动迁成本，如果这些土地用于批租，每平方米收益为 3600 美元，仅一期面积就可获益 10 亿元。这意味着，建设绿地不仅没有收益，还要投入大量资源。

20 世纪 90 年代初，上海人均绿地面积"捉襟见肘"，森林覆盖率仅有 5%，改善居住环境十分紧迫。权衡之下，城市决策者下定决心建设"绿肺"，放弃"亿级"收入，从公用事业改革中挤出的造绿费用高达 27 亿元。

不足一年时间，要在城市的"水泥森林"间打造"都市森林"，需要严格的工艺操作、先进的园林技术和科学的管理方法。

"这是上海第一次建造大型开放式绿地，和过去带围墙公园的设计理念并不相同，本土设计师实践经验不足，我们特地组织相关的设计人员向先进的全球城市学习。"时任上海市园林设计院院长、全国工程勘察设计大师朱祥明表示。但延中绿地没有完全照搬国际经验，设计团队根据外方的方案结合上海的实际情况，特别是中心城区交通复杂、游客量大等特点在园路密度、走向、绿地承载量等方面进行了调整。为了达到植物多样性，生长在浙江山里的毛竹首次被引入上海，配合改良土壤等技术攻关，让 3 片总面积达 290 平方米的毛竹林扎了根，成为点睛之笔。

延中绿地首次实现了国内特大型城市中心区"拆房造绿"的重大创新。上海市原绿化管理局局长胡运骅表示，这开创了我国中心城区大型公园绿地全开放的先河，拉开了上海建造大型绿地的序幕。此后数年，市中心出现了多片"都市森林"。以此为基础，上海"环、楔、廊、园、林"的生态环境格局基本形成。

"与其他工程不同，延中绿地投资的是'自然'，它给我们带来的是长久的生态效益，这是城市可持续发展的根本保证。"时任上海市绿化委员会高级顾问、教授级高工程绪珂曾表示。用经济效益换取生态效益，园林绿化也是城市现代化的重要基础设施之一，在上海，这一理念传承至今。

（文／王闲乐 束涵 戚颖璞）

海上深港 面向全球

"建好洋山港是为了国家的利益，我们不干，谁干？"

——东海大桥建设者李森平和他的同事

采访组：胡幸阳　王　力　张　煜　赖鑫琳

采访时间：2021 年 5 月

许多年之后，站在洋山大酒店顶楼阳台，78 岁的陈祥根北望小洋山岛上林立的集装箱塔吊，回想起那些遥远的日子。

那是 20 世纪 90 年代，消息灵通的老陈听到"风声"：大小洋山岛要建深水港。那年，岛上常会来些"不速之客"，他们盯着码头，或是干脆雇船开到海上。岛民们猜测，他们大概是政府请的航运专家，过来评估洋山的开发利用价值。

老陈嗅到了商机。他拿出大半辈子的积蓄，又贷款在岛上建好酒店，洋山深水港工程好像又停滞了。整整四五年时间里，老陈有事没事就走上阳台，希望看到港口开工的动静。有邻居说："老陈，你这个'大酒店'，到时候只能当盐库放盐咯！"

后来的事情证明，陈祥根的嗅觉很灵。上海要成为国际航运中心，必须寻找优良的深水港，而洋山海区是最合适的深水港选址地。行政区划的不同，没有成为沪浙两地大合作的障碍。相反，作为跨行政区划的样板工程，洋山港成了长三角一体化的"黏合剂"。站在国家发展战略的高度，上海与浙江展现出了战略眼光和全局意识，以及相伴而生的胆识与魄力。

当全球航运业受到疫情的严重影响时，洋山港全力保障每月近 400 班国际班轮正常运转，维护国际物流供应链畅通。2020 年，在洋山港区的加持下，上海港集装箱吞吐量再破纪录，达到 4350 万标准箱，成为全球唯一连续 4 年吞吐量达到 4000 万标准箱的港口，第十一次坐稳"世界第一集装箱大港"的交椅。

终圆深港梦

时钟拨回 1992 年，党的十四大对上海发展提出了"一个龙头、三个中心"的战略定位：以浦东开发开放为龙头，建设国际经济、金融、贸易中心。到了 20 世纪 90 年代中期，随着国际形势的发展，党中央、国务院更为明确地指出，如果上海不能成为国际航运中心,经济、贸易和金融中心的作用就难以充分发挥。

建设国际航运中心,离不开深水港。上海就深水港港址的选择,先后组织专家对"北上罗泾""东进外高桥"和"南下杭州湾"等方案进行论证,但这几处均因各种原因无法满足建设要求。

后来,在嵊泗的推荐下,大小洋山岛渐渐进入了决策层的视野。大小洋山岛距离上海陆域30多公里,同时距离长江口、国际航线、宁波北仑港分别约72公里、104公里、90公里。航道平均水深15米以上,是距离上海最近的天然深水港选址。

1998年8月13日,时任上海市市长徐匡迪第一次带队前往洋山岛考察。虽然行政区划属于浙江,但大小洋山岛离上海很近,能收看上海电视台节目的当地岛民对上海的领导都很熟悉。天很热,人们在家门口放一盆淡水和新毛巾,请考察团成员擦把脸。岛上淡水非常宝贵,这是欢迎客人的最高礼仪。

那几年,前来考察的政府官员和专家学者一拨接一拨,像陈祥根这样机灵的岛民大概猜到了他们上岛的目的。却没人说得清,这项震动世界的宏伟工程到底还能不能上马。

2000年9月和10月,年近九旬的两院院士李国豪两次向中央致信,陈明建设洋山深水港的可靠性和紧迫性,引起中央高度重视。亲历者回忆,中央领导作了一个很长的批示,指出上海国际航运中心建设事关上海和国家经济社会的发展,事关长江三角洲地区和长江流域的发展。

2001年1月30日,国务院领导在上海市领导的陪同下,到大小洋山岛考察。洋山港区建设自此进入了快车道。2001年2月,国务院第94次常务会议批准洋山深水港区一期工程立项;2002年3月,国家批准洋山深水港区工程可行性报告;同年6月26日,深水港区一期工程开工建设。

海上战风浪

一期工程正式启动前两个月,每逢碰上岛外来客,陈祥根就上前打听:"洋山港什么时候开工?"从建造洋山大酒店开始,他盼了8年,终于盼到这一天。

但洋山港的建设不简单。当时的大小洋山岛上没有水、没有电、没有通信设施，建设者最初只能住在船上。

来到洋山之前，时任港口公司工程部副经理周亚平已干了18年港口建设工作。他笑称自己"什么风浪没见过"，但来到洋山之后，仍然感受到了"彻彻底底的不一样"。

"外海毕竟是外海。"周亚平说，"和内河航道的港口不一样，没有掩护的情况下，无风也有三尺浪。"

小洋山岛的陆地面积很小，还不到3平方公里，港口部分几乎全由填海而成。在周亚平看来，工程最难的部分是北围堤。"这块地方没有遮挡，即使用了当时最先进的耙吸挖泥船和斗轮绞吸两用船，在挖泥填海时，填充部分被风浪打掉的概率还是很大。"他回忆，当年在对北围堤进行合龙作业时，因为水太深，风浪又大，试了多次才成功。

北围堤的成功合龙为港口后续建设积累了经验，工程进度加快。2005年，一期工程1600米长码头岸线建成；2006年，二期工程1400米长码头岸线建成；2008年，三期工程2600米长码头岸线建成；2017年，四期工程建成，成为全球迄今一次性建设规模最大的自动化集装箱码头。洋山港现已建成23个深水泊位，可接靠目前世界上最大的集装箱船舶。

对洋山深水港这座世界上唯一建在外海岛屿上的离岸式集装箱码头来说，东海大桥和港口唇齿相依，但建桥似乎比建港更难。

时任中交三航局东海大桥项目常务副经理李森平在一次采访中透露，自己当年去欧洲参观完连接丹麦和瑞典的厄尔松海峡大桥后，感觉心里没底："欧洲的'天鹅号'起重船吊运安装能力有8000吨，当时国内根本没有这样的设备，以至于一些参与人员有了畏难情绪。"

但李森平和同事们还是义不容辞地接下了挑战，"建好洋山港是为了国家的利益，中交又是'国家队'，我们不干，谁干？"

架桥必须先打桩。"一开始，我们用内河航道的施工经验来判断海上的环境，依然用混凝土打桩。可实际情况是，海上施工环境比我们想象中要恶劣得多，海水还会锈蚀桩头，以至于打坏很多。"一位参与前期施工的工程师透露。经过各种尝试，三航局港湾院研制出了一种胶凝材料，才完全解决了打桩问题。现在，这种因洋山港而研制的经济型材料已在国内外很多造桥项目中普及开来。

除了打桩，造桥团队还克服了很多困难。比如，项目方在桩基施工中成功运用了 GPS 卫星测量定位，在恶劣海况条件下进行了跨海大桥承台施工，用多功能驳构筑了水上施工平台——这些尝试在国内都是第一次。

对标第一流

2005 年 12 月 10 日，洋山深水港正式开港，洋山保税港区同步启用，上海国际航运中心终于昂首迈进新时代。

所谓"新"，不仅在于上海港拥有了真正意义上的深水港，还在于作为国务院批准的中国第一个保税港区，洋山港实现了"港区联动"——保税区内的集装箱可直接运输至码头，不用进行排队加封。得斯威物流中国公司是最早一批入驻洋山保税港区的企业，总经理周平对此深有感触："港区联动提高了运行效率，降低了企业成本，使各方受益。很多上海港辐射圈内的客户因此政策入驻洋山保税仓。"

通过长江干支流以及铁路、公路等，洋山港与全国各地紧密相连，逐渐发展成中国"引进来，走出去"的货物集散中心，并推动上海港成为世界上最繁忙的集装箱港口。

2009 年 4 月，《国务院关于推进上海加快发展现代服务业和先进制造业建设国际金融中心和国际航运中心的意见》颁布，洋山港进入发展服务软环境与提升基础设施能力"双轮驱动"新阶段。其后，洋山四期自动化码头完成全球首次"5G+AI"智能化港区作业试点，开始探索推广智能重卡自动驾驶，进一步提升"海陆联运"通行效率。在长三角一体化国家战略的背景下，以洋山港为主要阵地的上海港开始积极推进长三角区域"同港化"战略和 ICT（内陆集装箱枢纽）创新服务模式，使"水—铁—公"集疏运通道的资源整合、协同、联动更为高效。

2020 年 1 月，洋山港又迎来建设发展的历史新阶段——国务院批复同意设立洋山特殊综合保税区。同年 5 月，特保区一期封关运行。2021 年 1 月，特保区实现全域封关验收。

依托上海自贸区临港新片区，对标全球领先的自由贸易港、自由贸易园区，特保区自设立起就在紧锣密鼓地推进各项制度创新。在区内，"一线"采用径予放行，企业可以直接提发货，"二线"由区内外双侧申报改为区外单侧申报；海关取消账册管理，区内企业得以单独设立海关账册，免于核销、单耗管理等海关常规监管环节……

高标准贸易自由化便利化的制度体系形成后，国内首单径予提发货、国内首单全球大型设备集货采购货物进境免备案手续、国内首单大批量进口汽车保税仓储展示等创新业务相继落地。值得注意的是，洋山特保区还落地了国内首单跨关区国际中转集拼业务试单。来自德国汉堡的汽车零部件被运进洋山特保区内的仓库，拆箱后再与其他货物拼箱，运去外高桥港区重新出口。临港新片区管委会特殊综合保税区处（航运处）副处长林益松告诉记者，中转集拼能带动港口的各项产业发展，这类业务的落地情况，正是国际枢纽港建设的核心评价指标。"随着国内产业转型升级，未来传统制造业比例下降后，大量业务将流向马来西亚、新加坡等国的港口。因而，前瞻性地试点开展国际中转集拼业务尤为重要。"

不过，上海港的港口航线现状对于中转集拼业务不太"友好"。远洋航线集中在洋山、近洋航线集中在外港，意味着货物到港后，还要经过陆运，费时费力。目前，沪浙两地正联合从顶层设计角度，对洋山港进行调整与再规划。眼下，沪通铁路二期工程已经开工，向北将联通外高桥港区、上海东站与浦东机场。临港管委会等也正在探索出台跨关区转运补贴政策。洋山与临港成为顶级节点，就能在以国内大循环为主体、国内国际双循环相互促进的新发展格局中，占据外联内通的战略地位。

"十三五"期间，上海国际航运中心建设完成了既定目标。进入"十四五"新阶段，洋山港将继续向世界证明上海建设国际航运中心的决心，证明中国对外开放的决心。

（文／胡幸阳　王力　张煜　图／解放日报资料）

一个个『大招』一次次打破世界纪录

"洋山精神"

1998 年，徐伟以秘书的身份，随同上海港务局领导来到芦潮港考察，他听说，上海有可能要在东海区域的大小洋山岛上建码头。那时，他心想"这怎么可能实现"，因为世界上还没有到海上建码头的先例。

但是，不可能的事真的变成了现实。

2002 年 6 月 26 日，上海国际航运中心洋山深水港区一期工程开工建设。港口公司工程部副经理周亚平来到洋山，发现情况与想象的不同：面对无风三尺浪的大海，他和施工团队需要克服诸多世界级技术难题，而且，这些难题在世界范围内都没有经验可以借鉴。

这是一次从零开始的艰苦创业，全体施工团队人员只能在实践中摸索，在摸索中创新，在创新中解决问题。但技术上的挑战只是难题之一，大小洋山岛上不仅缺水、缺电，也缺通信设施和能够供工人居住的临时住所，大家最初只能住在船上。随着工程项目的推进，施工人员的增加，这些现实问题必须解决。

2003 年上半年，徐伟主动报名，希望上岛支援洋山深水港建设。"到岛上去，肯定无法像在市区上班那样方便地照顾家人，但那时大家都充满了干劲，我们的口号是'再造一个上海港',要让上海港迈入国际大港行列。人生在世,参与这种世纪工程的机会恐怕很难有第二次。"

2003年5月,徐伟如愿登上了小洋山岛,他的工作是解决施工团队的后勤问题。当时,小洋山岛的居民逐步搬迁离开,徐伟与同事连续半个多月每天在烈日下暴走,一一丈量保留下来的房子的面积并编号,然后根据各施工单位的人数进行分配。

当一个月后这项工作完成,徐伟终于能回家看看家人时,隔壁邻居问:"你是不是刚从非洲回来?"

在岛上,各种资源都十分匮乏,尤其是淡水。居民们习惯在房顶修建一个蓄水池收集雨水,然后用明矾进行净化。平日里居民要喝水、洗澡就用一根管子将雨水接出。洋山港的建设者们也用雨水洗澡,他们必须节约,平均一周才洗一次,洗完澡全身仍是黏的。至于喝的水,只能依靠上海或舟山岛运来的桶装纯净水。

那时差不多每隔两三天,后勤团队都要派人到芦潮港码头去运水。当时上下岛大多数时候只能搭乘小渔船,遇上大风浪,许多人都晕船,吐得不成人样。但大家更心疼的是,有时桶装纯净水会因为颠簸掉落海中,因此,即便晕船再严重,护送小队都牢牢护住那些来之不易的淡水。

2005年12月10日,洋山深水港区一期工程建成投产,那些建设过程中涌现出来的精神力量,被总结为"洋山精神"。在此后的岁月中,"洋山精神"一直在岛上熠熠生辉,激励着建设者和运营者们不断突破自我,追求卓越。

2006年12月10日,洋山深水港区二期工程建成投产,码头上使用了当时世界上最先进的"双起升桥吊"。那时,24岁的张彦还是上海港外高桥港区的桥吊司机,他想去挑战一下。

张彦回忆,东海大桥的壮观,还有洋山一期、二期码头的规模都让他叹为观止。站在40多米高的巨型桥吊下仰望天空,他心想,上海港的未来一定在这里。

在外高桥港区,年轻的张彦已经崭露头角,但真正给了他舞台,让他成长为"桥吊状元"的是洋山二期码头。2007年5月起,张彦在洋山二期码头负责操作"双起升桥吊"。此后 4 年时间里,他 4 次刷新桥吊单机装卸效率的世界纪录。

奋斗的不只是张彦一人,岛上有一种争创一流的氛围,大家有一个共同的目标,即让上海港真正成为国际大港,成为国际航运中心。正是依靠这群人,上海港集装箱吞吐量一路狂飙猛进,于 2010 年首次问鼎世界第一,并由此开启连冠之路。

2017 年 12 月 10 日,洋山四期自动化码头开港,这是全球一次性建成的规模最大的自动化码头,它让上海和洋山又一次成为全球瞩目的焦点。

洋山四期由上港集团尚东分公司运营,尚东信息技术部副经理顾志华介绍,2020 年年底,洋山四期正式启用了一套数字孪生系统,在虚拟空间再造一个一模一样的洋山四期自动化码头。通过数字孪生技术,码头的智能管控系统能够在不影响真实港口运行的情况下,不断地进行测试和优化,最终提高码头运行效率。顾志华透露,目前他们正在研究利用第五代有线网络技术,实现对码头设备的远程无延时操控。对于码头来说,这种有线网络技术比 5G 更稳定可靠,受外界影响更小。未来这一技术还可以用来改造传统码头,实现所有码头作业人员坐在上海市区的办公室内,就能保证上海港 24 小时高效运转。

"洋山服务"

得斯威物流中国公司的员工周平觉得,这十几年来,洋山保税港区一直在带给他意想不到的惊喜。

第一个惊喜发生在 2009 年。那年,得斯威物流的客户北欧风情(BoConcept)希望把亚太区的物流仓从日本搬离,重新选址在上海、新加坡或者香港。得斯威物流中国公司得知情况后,立即在上海物色场地。物色过程中,周平没想到,洋山保税港区的服务"真的太周到"。

当时洋山保税港区的工作人员带着周平和他的同事们把小洋山岛、东海大桥、园区等港区重要组成部分里里外外认真地考察了一遍,之后还为他们讲解了港区内的出口退税政策。2009 年底,北欧风情亚太区物流仓落户洋山保税港区,同年,上海得斯威物流公司还在洋山保税港区成立了子公司——上海得斯威供应链有限公司。

第二个惊喜与海关、商检有关。"洋山的海关、商检堪称完美。"每当问起洋山保税港区的海关、商检时，周平都会为他们"竖个大拇指"。惊喜总是在润物细无声中出现：从报关报检合并到申报"单一窗口"；从优化流程到压缩报关时间……"正因为这些优质的服务，才使洋山成为一个更开放的窗口。"

洋山保税港区刚设立时，即享受保税区、出口加工区相关税收和外汇管理政策。到了2020年1月，洋山保税港区被升级为全国首个特殊综合保税区，功能和手续也进一步"升级"：进出境不用备案、检疫在区内、进出口单侧申报、区内实施特殊统计方式、区内自由流转并进行单侧申报。

周平介绍，自从在洋山设立子公司，得斯威在中国区的业绩蒸蒸日上。截至目前，得斯威在洋山保税港区仓库租赁面积近4万平方米，拥有员工3000多人。

为何深耕洋山的得斯威可以发展如此迅速，仅仅是因为这里"政策好，服务周到"？周平笑了，说："这些都是重要的影响因素，但更重要的是，在上海金融中心、航运中心和综保区功能的配合下，洋山已成为中国重要的商品集散地之一。"

在现在的洋山综保区，得斯威不仅可以做进出口货代业务，还可以做供应链管理、仓储、转口贸易、展览展示服务等。每天，来自长三角上中下游港口的货物在这里集聚，然后从洋山港走向世界；同样的，从世界各地远道而来的货物先在保税港区集中，然后通过铁路、公路、水路、航空等方式走向全国各地。

"如果洋山综保区内的国际中转业务流程可以走得更通畅，业务比重获得更大提升，那么洋山港可以联动并辐射发展的区域就不仅仅是长江流域，还有海外更广阔的市场。"周平十分期待。

"洋山速度"

一艘深蓝巨轮停靠在港，仰头望去，"新连云港"四个白色大字整齐地刷在船体上。就在不久前，"新连云港"轮等一批共48艘船舶的船籍港成功注册登记到"中国洋山港"。

"船舶总量是衡量船籍港航运实力的重要指标，也是区域航运产业及相关支持产业的基础。"洋山港海事局副局长韩胜红说，"此前，'中国洋山港'船舶仅有3艘，难以形成规模效应。此次批量船舶入区登记，为新片区、特保区建设国际航运服务中心打下坚实基础。"

洋山港海事局为"新连云港"轮办理转籍登记，只用2个工作日，便完成了涉船证书文书共8份。上海新远海集船舶租赁有限公司法定代表人蒋仲惊喜不已——高效的流程，让公司共节省停泊成本、船舶管理费和租金近1000万美元。依据以往的经验，全部流程办理完毕需要20天左右。

18天、1000万美元如何节省下来？韩胜红介绍，了解情况后，上海海事局主动与企业对接，深入了解实际需求，提前介入登记进程，组织业务专家与公司相关人员共同商定了全套入区登记的转籍计划。

计划分为三步：其一，由公司利用船舶定期进厂修理期间开展船舶转籍登记，以最大程度减少公司经营损失；其二，建立专属微信协调群24小时在线沟通，提前在船舶进厂前先行确定好相关登记申请流程、合同内容及申请材料；其三，在第一艘船进厂后立即启动船舶登记办理程序，采用告知承诺和容缺受理等举措，最大限度压缩船舶登记时间。

计划得以成功实施，要归功于相关政策制度的创新突破。"中国洋山港"国际船舶登记开展以来，上海海事局与临港新片区管委会特殊综合保税区处（航运处）一同探索，推出了一系列的创新举措。2020年5月，上海海事局向洋山港海事局下放及调整包含"船舶所有权登记""光船租赁登记"等36项行政执法事权，实现了海事业务"区内事，区内办"。市海事局还在临港新片区内设立船舶登记机构，优化登记办理流程，并在其他相关单位的配合下，于2020年8月为中远海运发展有限公司所属"新洋山"轮高效完成了"中国洋山港"船舶登记相关手续，起到了良好的示范作用。海事局还参与推动相关财税支持政策落地，目前符合条件的新片区国际登记船舶已可享受增值税退税和奖励支持政策。

为进一步推动船舶入区转籍，《中国（上海）自由贸易试验区临港新片区国际船舶登记管理规定》也于 2021 年发布。新规明确，满足条件的船舶可以在新片区申请办理国际船舶登记，不受中方投资人出资额不得低于 50% 的限制。新规还优化了新片区内国际船舶登记流程，实现线上线下均可申请；符合条件的申请人可以采用"一次申请，多证齐出"的多证联办模式。

随着临港新片区、洋山特殊综合保税区政策红利的日益彰显，今年以来，多家国际航运企业开始关注"中国洋山港"国际船舶登记，并向上海海事局表达了入区转籍的意向。

（文／王力 张煜 胡幸阳）

世博会，永不落幕

"城市，让生活更美好。"

——2010 年上海世博会主题

2010 年 4 月 30 日 20 时 29 分，上海黄浦江两岸，为世博怦然心动。

上海世博文化中心正在举行开幕式，场内彩旗挥舞、鼓乐震天。大屏幕上百花绽放、笑脸灿烂，舞台上少年儿童欢呼雀跃、各族青年载歌载舞；1867年巴黎世博会之际创作的《蓝色多瑙河》奏响，为上海世博会编配的《新上海协奏曲》弹起，历届世博会上展出过的新发明新产品一一呈现……黄浦江畔，五彩焰火腾空而起、辉映夜空……在这个崭新的舞台上，东道主海纳百川的胸襟和朝气蓬勃的活力展现得淋漓尽致。

这是时间对空间的倾诉，也是空间对时间的回答。

中国人首次提出举办世博会的设想，可以追溯到 19 世纪末。1894 年，中国近代改良主义思想家郑观应的名著《盛世危言》出版，书中提到"故欲富华民，必兴商务，欲兴商务，必开会场。欲筹赛会之区，必自上海始"。1902 年，梁启超再度畅想，"国民决议，在上海地方开设大博览会"。

100 多年后，梦想终于落地生根。2010 年的这个夜晚，时任中国国家主席胡锦涛宣布：中国 2010 年上海世界博览会开幕。240 多个国家地区和国际组织相聚于此，这一刻，属于世界，属于中国，属于上海。

从世界到上海

1851 年 5 月 1 日，英国伦敦水晶宫打开大门，世博会由此开始。

作为人类文明发展方向的"预言家"，世博会的发展史，恰是一部人类发展理念史。

从早年诞生于欧洲、着重展示人类在机械和建筑方面的发展，到二战后反思科技带给人的影响，再到关注人与自然协调发展的理念。经历一个半世纪历程的世博会，其理念已从高碳发展升华到低碳发展。彼时的上海，经济连续增长，努力从"制造"向"创造"转换。谋求实现新一轮更高水平发展的上海，和进入人与文化、人与环境深层次思考的世博会，不谋而合。

"城市，让生活更美好"的理念，应运而生。

至今难忘，上海世博会上，第一次呈现的城市最佳实践区。五大洲 28 国87 个城市或地区贡献了自己的智慧和实践。伦敦"零碳馆"、西班牙马德里馆的"空气树"、沪上·生态家的"追光百叶"等案例，诠释了全新的发展理念，优秀的案例随后在各地区的实际工作中被借鉴。世博园内广泛使用的、"不砍一棵树"的卫生纸和长条凳等新材料新技术，很快进入寻常百姓家。甚至进入世博会本身也是一次科技的尝试——世博会门票成为有史以来最大规模的 RFID（电子标签）应用案例……

志愿者服务也是世博会留下的重要财富之一。在长达半年的办会期间，历经上海梅雨季节、高温考验，在入馆人数高达百万、排队候场长达 10 小时的极端拥挤状态下都没有出现事故，这很大程度上归功于志愿者的耐心疏导和有效协调。世博期间，有媒体把"90 后"世博志愿者叫作"世博一代"，称这一代人具有世界眼光、文化包容心和责任意识。有学者认为，"这一代中国青年的成长，预示着中国未来全面崛起的群体担当"。

展馆内新与奇的展示，紧扣展馆外转与变的拐点，园区内的探索和模拟，触摸园区外城市的脉动。人与物的见证，会与城的发展互为映照，当 184 天的盛会完美结束，闭幕式上，国际展览局主席蓝峰致辞：这是中国的成功，也是世博事业的成功！

从办博细节到世博精神

成功，在于这是世博会第一次在发展中国家举办，第一次以城市为主题，第一次创建城市最佳实践区。成功，也在于这是世博会第一次创立网上世博会，第一次为残疾人创设生命阳光馆……更令世界瞩目的是，相比当初的承诺"7000 万"，最终上海世博会创造了 7300 多万人次的参观者总数和 10 月 16 日单日客流量 103 万这两项世博会新纪录。

这样的成绩，来源于背后的付出，不仅是简单的人力，更是上海这座城市细致入微的管理能力和随机应变的学习智慧。

当发现有游客抱怨"儿童用园区厕所有些不便"，上百个儿童厕所快速诞生；天气入秋后，爱喝热水的中国人，让中国馆 6 套"热直饮水"应运而生；排队区的遮阳设施，在 184 天里，根据人流变化，从遮阳伞变成了少占地方的遮阳棚，根据天气变化又增添了电风扇和冷风机；供人休息的区域，也从提供小折叠凳，到变成长条椅……"办一天世博改进一天工作，一直改进到 10 月 31 日晚上 11 点半。"

这样的世博精神，成为城市后续发展的富矿。

在 2010 年秋天，大学生蔡彭菲以世博会志愿者"小白菜"的身份，第一次站在了紧邻世博会浦西片区的徐汇滨江。面对黄浦江，她有一丝讶异：她原先的印象里，黄浦江只与外滩有关。

也是在 2010 年秋天，作为"十二五"期间的重点项目，南外滩滨水区综合开发进入实质性开发阶段。

还是在 2010 年秋天，上海市政协委员年末视察中介绍，本市正考虑结合"十城千辆""私人购车补贴试点"，支持公共交通应用新能源汽车，鼓励私人采购新能源汽车，从而提高新能源汽车规模化生产。彼时，大家对新能源汽车感到新奇，但并不感到陌生，因为这一年，在上海，有 1300 余辆各类新能源车辆投入运行，累计行驶里程超过 700 万公里，载客运营 1.25 亿人次，开展了世界上新能源汽车"数量最多、品种最齐、规模最大、负荷最强"的示范运行，市民有的坐到过，有的也听说了。

一些看上去微不足道的小事也发生了：这一年，上海新建改建了 40 个上海旅游咨询服务中心，完成 2800 余座厕所的设施设备和导向标志的完善；这一年，在上海的公交车站或者地铁站，即便只有两个人，也会自动排队……点点滴滴的变化，展示着全城对更美好生活的不断探索。

从时间洗礼到空间升级

时间，会赋予事物什么样的变化？空间，会如实记录下人的何种努力？

11 年后，蔡彭菲已成长为上海光启文化产业投资发展有限公司副总经理。一个昔日连徐汇有滨江都不知道的孩子，毕业后却参与到徐汇滨江各项文化活动的策划中。

岸线长 8.3 公里的黄浦滨江，已经实现沿岸公共空间的贯通与开放——北起苏州河、南至日晖港，沿着滨江"三道"（慢步道、跑步道、骑行道）可一路畅行。

　　未来，沿着黄浦滨江将有近 20 个口袋公园与生态绿地，形成"时空花园·城市漫步"的滨江景观；结合周边地块开发，黄浦滨江将打造"立体城市"，滨江两岸将成为上海面向世界的"会客厅"。

　　曾在世博会上让大家感到新奇的新能源汽车也进入寻常百姓家。根据最新出台的《上海市加快新能源汽车产业发展实施计划（2021—2025 年）》，到 2025 年，上海本地新能源汽车年产量超过 120 万辆，新能源汽车产值突破 3500 亿元，本地新能源汽车占全市汽车制造业产值 35% 以上。

　　而让 240 多个国家地区和国际组织、7300 多万参观者印象深刻的世博志愿者的爱称"小白菜"，已经成为上海人对志愿者亲切的统称。

　　时间，将一些事物改变，让一些事物成长，使一些事物扎根，潜移默化地影响了上海这座城市的空间。

　　空间，升级城市的功能，展示城市的魅力，配置城市的资源，也于无声处提升了上海运营管理的功力。

从"CBD"到"CAZ"

　　世博会筹办 8 年，上海没有一刻懈怠；举办 184 天，上海未有丝毫马虎；11 年过去了，上海片刻未曾忘却。

　　世博会的溢出效应，源源不断，持续至今，不仅是园内有限空间对园外更大空间的溢出，也是从局部产业到整条产业链，进而到整个城市发展的溢出。

　　盛会落幕之际，在关于世博会的总结中提到："要充分借鉴上海世博会先进理念，不断丰富上海社会主义现代化国际大都市的发展内涵，不失时机地抓住机遇、扩大开放。要广泛吸收运用上海世博会成果，推动上海尽快走上创新驱动、转型发展的新路。要不断总结办博的成功经验，努力将其转化为城市运行和社会管理的长效机制。要努力推广世博党建的有效做法，不断提高上海党建科学化水平。"

　　以世博会为转折点，人们对城市定位的视野变了。

　　最新的规划不再强调人们熟悉的"中央商务区"（CBD）概念，取而代之的是一个新词："中央活动区"（CAZ）。根据规划，上海将打造由"城市主中心（中央活动区）—城市副中心—地区中心—社区中心"组成的公共活动中心体系，成为城市核心功能的重要载体。其中，中央活动区是包括小陆家嘴、外滩、人民广场、世博—前滩—徐汇滨江地区、中山公园、北外滩、杨浦滨江等区域的连绵地区，面积约 71 平方公里，是作为全球城市核心功能的重要承载区。从"CBD"到"CAZ"，概念变化意味着空间布局和功能的重构，传统单一功能的商务区将成为功能更综合的区域，更强调以人为本。

而"人"这个汉字，正是当初设计世博会吉祥物"海宝"时的最初原型。

从世博会到进博会

在曾任上海图书馆馆长、中国 2010 年上海世博会主题演绎顾问吴建中博士看来，2010 年的世博会与 2018 年开始举办的进博会遥相呼应。

1850 年 8 月 3 日《北华捷报》在上海创刊，编者在发刊词中这样说道："自由贸易，无论对伦敦还是对上海来说已经不是实验，而是现实……这座城市让那些远离家乡的外国人用不同的眼光看这个世界"，编者由此预言，"上海的命运决定了它将成为永久的世界商场"。160 年后，这座城市通过举办世博会，连接世界；168 年后，这座城市通过举办进博会，主动开放市场，让世界分享中国的市场机遇。进博会向世界展示的不只是一个公平和包容的"世界商场"，而是一个大国应有的胸怀和责任。

经历世博洗礼，上海办展的能力令世界瞩目。办一届博览会除了要有严密的办展程序和规则，还要有良好的基础设施和社会环境。上海世博会不仅为进博会的成功举办积累了经验，而且城市开放的人文环境、便捷的生活设施以及一流的展示空间也为国际商贸交流打下了坚实的基础。

从世博会到进博会，上海向世界展示了其对开放的自信和成熟。从这个意义上说，"世博会既已结束，又是开始"。

（文 / 沈轶伦　图 / 徐网林）

第七章

奋力创造新奇迹

开路先锋 不变的追求

上海不是一座一般的城市。用习近平总书记的话说，"上海在党和国家工作全局中具有十分重要的地位"。

风雨百年，上海的这个地位得到一再验证，并在不同时期留下不同注解。这里是中国共产党的诞生地，是中国共产党人的初心始发地。这里也是中国最大的经济中心城市，承担着服务全国的重任。这里更是中国看世界、世界看中国的窗口，是立志辐射全国、影响全球、代表国家参与全球合作与竞争的城市。

很多时候，上海的发展，就是中国发展的一个特殊风向标。而当中国进入新时代，上海的地位依旧重要，使命则更特别。

党的十八大以来，习近平总书记五次来到上海，五次参加全国人代会上海代表团审议，对上海提出一系列期望和要求。中央的多项新战略、新部署，亦交由上海率先试点，带头探路。

许多要求，都指向这座城市的特殊身位。而这一切都有一个大前提："做好上海工作要有大局意识、全局观念，在服务全国中发展上海。"

服务国家的战略，是这座城市的使命所在，也是一种"初心"所在。而"服务"本身，又有当下的特别语境。

上海要做的不是一般的事，走的也不是一般的路。2020年11月，习近平总书记在浦东开发开放30周年庆祝大会上特别总结道，这30年的历程，"走的是一条解放思想、深化改革之路，是一条面向世界、扩大开放之路，是一条打破常规、创新突破之路"。在今天，这座城市所要担纲的，是一项被概括为12个字的特殊使命："开路先锋、示范引领、突破攻坚"。

大变局中"站出来"

2019年11月，习近平总书记连续第三年来到上海，连续第二年出席中国国际进口博览会开幕式，并对上海进行考察。

中国用进博会昭示对外开放的坚定决心，所要面对的则是经济全球化遭遇逆流，单边主义、保护主义抬头已经显著影响着外部发展环境；中美经贸摩擦的持续、科技领域遭遇"卡脖子"的挑战，亦已构成严峻考验。

几个月后，新冠肺炎疫情袭来，让所有人更深切体会了"百年未有之大变局"。危机中何以育先机，变局中又如何开新局？这是中国致力求索的命题，更是上海需要带头破解的问题。

早在 2007 年，时任上海市委书记的习近平就提出，要把上海未来发展放在中央对上海发展的战略定位上，放在经济全球化的大趋势下，放在全国发展的大格局中，放在国家对长江三角洲区域发展的总体部署中来思考和谋划。"四个放在"后来被上升为各项工作的"基点"，一再提醒这座城市应有的身位和使命。

服务引领，一直是上海的使命所在。从 2012 年开始，中央就明确期望，上海要当好全国"改革开放排头兵，创新发展先行者"。"开路先锋、示范引领、突破攻坚"的要求与之一脉相承。这意味着，上海不仅要在顺境中领头，更重要的是在挑战中开路，是在"无人区"里探路。

在不少领域，上海承担着类似"国家队"的作用。这并非自负，要表达的正是一种主动站出来的担当与责任。大变局中的服务引领，也就是要"在大国深度博弈中参与国际合作与竞争，助力国家在严峻的外部挑战中突出重围"。

这无疑是极具紧迫感的事。在上海走一走，很容易感受到这种紧迫感——西端的长三角生态绿色一体化示范区，试图探索一种从未有过的跨行政区域一体化发展的制度性经验，以打开某种过去未曾有过的发展新局面。

东面的浦东张江——全国闻名的科技创新热土，如今致力于提升创新的"策源力"。在集成电路、生物医药、人工智能等前沿领域，相当规模的头部创新资源集聚于此，又从这里向外辐射，重中之重的目标就是致力于帮助国家"突破关键核心技术封锁"。

更东面的临港，则在中美经贸摩擦一波三折的外部环境中诞生出一个自贸区"新片区"，被视作新时代上海的一张新王牌。这里既是特殊经济功能区，也是特殊监管区，所要做的归结起来就是一句话：尝试以最前沿的开放举措，为国家赢得新的竞争。

大浪潮前"动起来"

直面竞争，历来是一座卓越城市应有的自觉。这种竞争，一方面是横向的，面向外部的；另一方面也是纵向的，是向未来趋势的对标、追赶乃至引领，亦是对自身的不断超越。

上海的城市精神中有一条"追求卓越"。很多人感受得到，上海有一种被概括为"要么不做，要做就做最好"的气质，这种有些近乎完美主义的气质，长期以来培育了上海精致、认真、一丝不苟的做事作风。"追求卓越"同样意味着一种不懈的对标意识——一般意义上的"好"绝非终点，"很好"也不是终点。只要有更高的标杆在前，上海就应当去对标、去学习、去追赶甚至去超越。

2019年的那次考察，习近平明确提出了上海应当强化的"四大功能"——全球资源配置功能、科技创新策源功能、高端产业引领功能、开放枢纽门户功能。"四大功能"着眼于上海进一步的能级提升，也体现了更大幅度的战略考量。

根据总书记的阐释，上海要"积极配置全球资金、信息、技术、人才、货物等要素资源"，要"努力实现科学新发现、技术新发明、产业新方向、发展新理念从无到有的跨越"，要"努力掌握产业链核心环节、占据价值链高端地位"，要"勇敢跳到世界经济的汪洋大海中去搏击风浪、强筋壮骨"。在新的发展浪潮和竞争态势前，这都是整个国家需要着力的，上海当然有责任率先探索。同时，能否做到这些，也直接关乎上海能否赶上瞬息万变的时代潮流，甚至成为一个引领者。

变局之中，"变"是常态。疫情和外部巨变，带来了多年未遇的"强冲击""紧约束"。作为开放程度最高、离世界最近的城市之一，上海更早地感知着风雨之急，亦需要更早地做出预判、调整与回应。2018年的秋天，习近平来沪出席首届中国国际进口博览会并考察上海，向全世界推介了上海"开放、创新、包容"的城市品格，也向全世界宣布了赋予上海的三项新的重大任务——增设上海自贸试验区新片区、在上交所设立科创板并试点注册制、将长三角一体化发展上升为国家战略。

三项新的重大任务，加之需要"年年办下去，并且越办越好"的进博会，以及庆祝过30周年成就、正待以更高起点再出发的浦东开发开放，被概括为"1+3+1"的五张王牌。对照时下的全球发展态势以及未来趋势，五张王牌里，均有对应的改革策略。事实上，每一张王牌，无论涉及更高水平的对外开放，还是对内的体制机制创新，最后都指向"改革"二字。

以动真格的改革破旧立新，这是大浪潮前的应有姿态。而不断自我更新、自我超越本身，又应当是融入这座城市血脉深处的不变气质。

同时，上海亦在努力抢占一些"风口"，寻求外部考验下的"逆势突围"。近两年蓬勃兴起的在线新经济是一个，去年起被提升至城市发展指导思想之一的全面数字化转型也是一个。抓住风口，也就是要踏上浪潮，进而引领浪潮。这考验着一座城市对于未来的判断与想象，也考验当下的战略眼光和行动意志，考验是否真正意识到，"每次重大危机都可能是一次重新洗牌，都会有脱颖而出者"。

让大手笔"留下来"

当"开路先锋"，自然要努力"脱颖而出"。但对上海来说，这种脱颖而出，并非独善其身，亦不满足于局部的成果。

上海在全国历来扮演着特殊的角色，这在党的十八大以来，表现为诸多"试点"。从被点名要当"排头兵、先行者"开始，上海陆续承担了一系列国家战略性质的试点任务。从增值税改革、首创自贸试验区、建设科创中心，到推动国企改革、分类综合执法改革、司法改革、教育改革，再到规范领导干部配偶子女经商，再到群团改革，上海的改革"由点成片"，已成为名副其实的全国改革"试验田"。

许多先行先试的机会交给了上海，同时，强化改革系统集成、强化深度突破的重任也交给了上海。这无疑是一种信任和期待。重托面前，这座城市所要考虑的，不仅是一个宏观的站位与责任，同样有具体的策略和方法。

"服务大局"，这不是大词，是在具体实践中呈现的。上海一直明白一点，位居"排头"服务引领，绝非"一骑绝尘"，而恰恰要像一个"龙头"一样带动"龙身"共舞。各项战略任务，或是要为全国探一条新路、创造一个样板，或是要帮助各地借助上海的平台、网络、通道，更好地利用国内外市场资源、参与全球价值分配，又或是在更高的起点上构筑代表国家参与国际合作竞争的新平台，乃至从一个特别视角切入，诠释中国的制度优势。

这也就意味着，上海的立身行事，从出发点上要多算国家账、战略账、长远账，以此展现高站位、大格局；从落脚点上，则不仅满足于一时一地的提升，更要着眼长周期、大范围，看能否留下更多深远的、可持续的、制度性的经验。

如今在提及许多战略任务的部署实施时，上海市委主要领导都会带上一句话——"这不是小打小闹"。即便是细到每家每户的垃圾分类，看似简单的垃圾桶之变，背后需要的制度设计和改革配套却是系统性的，意义也是长期性的。"政务服务一网通办""城市运行一网统管"，貌似数字化改造工程，实质则是一整套政府运行和城市治理的流程再造，是从观念到制度到规范的系统迭代——只有触及这样的层次，改革才能行之有效，"两张网"也才担得起"牛鼻子"之名。

而那些更为宏大的发展战略，所要着眼的，就更是一座城市的集聚力、辐射力、牵引力、带动力，以及由其构成的核心竞争力。

人们应该记得，自贸区战略最初在上海试水时，上海就反复强调一个观念：自贸区改革，"不做盆景做苗圃"。如今改革"更上几层楼"，愈加全面、愈加系统，也愈加要强调这样的格局与胸怀。

上海素来被称作"大上海"，上海之大，终究大在"大格局""大手笔"，大在那些可以留得下来、传得开来的东西。

（文／朱珉迕　图／孟雨涵）

"在地球仪旁"
再谋浦东新奇迹

浦东外高桥保税区日京路 2 号，有一个不起眼的露天停车场，停车场的东南角，有一个更不起眼的老旧水泵。斑驳的黑色铁锈让整个水泵蒙上一层历史的沧桑感，就连水泵下的青灰色水泥底座都因为时间的洗刷，泛出淡淡的黄色。

1991 年 8 月 17 日清晨，就是在这个水泵下，一股透明剔亮的地下泉水从管道口喷涌而出，人们纷纷拥上前，捧一口喝，甘甜入肺。这是当年外高桥保税区打出的第一口水井，正是有了这口深井，外高桥首期动迁农民得以顺利搬进动迁房，全国第一个保税区——外高桥保税区得以按时封关运作。

一路披荆斩棘，一路雨雪风霜。30 多年来，浦东在中国改革开放中始终走在前列，不断打造新时代全国改革开放和创新发展的标杆；30 多年来，浦东从一片阡陌农田，变身一座功能集聚、要素齐全、设施先进的现代化新城，350 家跨国公司地区总部云集，上交所、期交所、中金所等要素市场密布，数千家高新技术企业蓄势待发。

2020 年 11 月 12 日，习近平总书记在浦东开发开放 30 周年庆祝大会上宣布，党中央正在研究制定《关于支持浦东新区高水平改革开放、打造社会主义现代化建设引领区的意见》，将赋予浦东新区改革开放新的重大任务。他要求，浦东要勇于挑最重的担子、啃最硬的骨头，努力成为更高水平改革开放的开路先锋、全面建设社会主义现代化国家的排头兵、彰显"四个自信"的实践范例，更好向世界展示中国理念、中国精神、中国道路。

如今，上海正深入贯彻落实总书记重要讲话精神，坚定不移吃改革饭、走开放路、打创新牌，力争创造出令世界刮目相看的新奇迹，展现出建设社会主义现代化国家的新气象。

以思想解放引领改革

浦东开发开放之初，经济条件有限，市委、市政府根据现状，要求陆家嘴、金桥、外高桥等三家开发公司先行组建起来，开展"七通一平"土地开发工作。然而，注册公司需要资金，开发建设也需要资金，当时面临的最大难题就是资金紧缺。

钱从哪里来？事情陷入僵局时，一张记账凭证给了大家改革灵感：能不能以支票背书的方式，实现"资金空转、土地实转"呢？具体来讲，首先由政府土地部门与开发公司签订土地出让合同；其次，由政府、银行、公司在支票上同时背书；再次，进行验资后工商注册登记。

政府土地部门、上投公司、开发公司坐在一起，在同一张支票上当众背书，成功实现了"资金空转、土地实转"。此事最终成为浦东开发开放的改革经典之作。

过去 30 多年，浦东之所以能实现跨越式发展，就在于以思想解放引领改革先行，从率先推开土地使用权的有偿转让到创设生产要素市场化配置的平台，从首家综合配套改革试点到首个自由贸易试验区，打破了传统观念的束缚，在先行先试中闯出了新路，为全国改革积累了经验、提供了范例。

党的十八大以来，面对新形势新任务，以习近平同志为核心的党中央果断决策启动设立上海自由贸易试验区，浦东又被赋予了"加快政府职能转变，创新对外开放模式，进一步探索深化改革开放经验"的时代重任。

2013 年 9 月 29 日，中国（上海）自由贸易试验区正式挂牌成立。8 年来，浦东已有 300 多项自由贸易试验区改革试点经验在全国复制推广，改革良种撒播神州大地，自贸试验区"头雁"引领着开放新格局。

当前，改革又到了一个新的历史关头，推进改革的复杂程度、敏感程度、艰巨程度不亚于当年。浦东深知，必须以解放思想为先导，以更大决心冲破思想观念的束缚，破除体制机制的障碍，不断砥砺大胆闯、大胆试、自主改的改革勇气。

盒马鲜生的故事，是浦东在改革中激发市场活力的典型案例。2015 年盒马鲜生在浦东创立之初，这种融合了餐饮、超市和网络订餐的"四不像"业态，应该如何办证、如何监管，一时间成了难题。为了帮助企业解决准入难题，同时又解决政府监管问题，浦东率先试点，为盒马鲜生发放了"准生证"，同时加强日常监管，有力助推了盒马鲜生发展壮大。如今，盒马鲜生已成为新零售的代表企业，其全球总部也正式落户浦东。

2020 年 11 月 11 日，国务院常务会议决定，在浦东新区开展市场准入"一业一证"改革试点，将企业需要办理的多张许可证整合为一张行业综合许可证，实现市场主体"一证准营"、全国范围有效。"一业一证"试点是国家对浦东长期以来持续推进市场准入改革的肯定，而站在开发开放新起点的浦东，也正以"一业一证"为牵引，推出更多系统集成改革举措，不断放大改革效应，更大激发市场活力。

2021 年 3 月，国家发展改革委向全国下发《关于推广借鉴上海浦东新区有关创新举措和经验做法的通知》。该《通知》梳理了浦东创新举措和经验做法共 3 类 25 项 51 条，涉及改革系统集成、制度型开放、高效能治理等 3 个方面。新一批向全国复制推广的"浦东经验"表明，解放思想、深化改革，面向世界、扩大开放，打破常规、创新突破，始终是浦东最强大的生命力。

以全球视野谋划创新

20 世纪 90 年代，浦东干部把"在地球仪旁思考浦东开发"这句话，写成美术字贴在机关食堂，尽人皆知。

如今，代表国家与世界对话，依然是浦东最迫切的任务。

开放是时代的潮流，是上海最大的优势。上海之所以能从一个小渔村发展为国际大都市，浦东之所以能从一个以农业为主的区域变为一座现代化新城，就在于勇敢拥抱时代潮流，实行高起点、宽领域、全方位的开放，并在开放中成为联通国际国内两个市场的重要桥梁，成为配置全球高端要素资源的重要枢纽。

如今的浦东正着力推动规则、规制、管理、标准等制度型开放，提供高水平制度供给、高质量产品供给、高效率资金供给，更好参与国际合作和竞争，特别是率先实行更加开放、更加便利的人才引进政策，积极引进高层次人才、拔尖人才和团队。

2020 年底，两位来上海创业的日本人黑泽和则、大坂宏彰，作为上海创徒丛林创业孵化器管理有限公司引进的海外人才，在浦东获得了全国首批针对外籍创业者发放的外国人工作许可证。首证的发放突破了外籍人才因没有聘请主体而无法办理工作许可的限制，为浦东全球"引智"创造了更为便利的环境。

上海自贸区金桥片区金京路 2095 号，是沃尔沃建筑设备（中国）有限公司所在地。起初，这里只是沃尔沃韩国工厂的一条装配线，每天只生产一两台设备。随着对外开放水平的不断提高，金桥工厂的地位迅速提升，目前工厂内的柔性生产线上一天能制造 25 台大型工程设备，市场份额占沃尔沃全球市场的四分之一。2020 年，疫情期间，沃尔沃建筑设备公司正式将亚洲总部从新加坡搬至浦东，搬家的理由之一，就是"我们渴望在浦东做全球生意"。

开放总是离不开创新，在全球视野下谋划创新，这是浦东面向国际合作竞争时肩上的"硬核担当"。2018 年，习近平总书记到张江科学城考察调研时强调，要增强科技创新的紧迫感和使命感，把科技创新摆到更加重要位置，踢好"临门一脚"，让科技创新在实施创新驱动发展战略、加快新旧动能转换中发挥重大作用。2019 年的新年贺词中，习近平总书记再次提到张江科学城——"上海张江活力四射"。

2021 年以来，百济神州自主研发的 PD-1 替雷利珠单抗（百泽安）、和黄医药创新肿瘤药索凡替尼（苏泰达）、信达生物自主研发的明星单抗药物等相继成功在海外上市。这些出自张江的国产新药，迎来了"出海"的高光时刻，也更加坚定了中国人做全球首创新药的决心。

目前，浦东新区已明确，到 2025 年建成 10 个大科学设施，形成世界一流大科学设施集群。依托上海光源、硬 X 射线自由电子激光装置等大科学设施，把张江科学城打造成全球综合能力最强的光子科学中心。

另一方面，聚焦"临门一脚"，浦东加速培育"中国芯""创新药""蓝天梦"等 6 个"千亿级"硬核产业。仅以"中国芯"为例，浦东正在推进上海集成电路设计产业园建设，力争集聚千家企业、形成千亿规模、汇聚十万人才、新增百万空间。

把最好资源留给人民

"城市是人集中生活的地方，城市建设必须把让人民宜居安居放在首位，把最好的资源留给人民。"在浦东开发开放 30 周年庆祝大会上，习近平总书记对人民城市的论述掷地有声。

30 多年来，浦东经济实现跨越式发展的同时，始终坚持把发展的新成果落实到民生领域，尤其是党的十八大以来，浦东的人民城市建设又迈上新的台阶。

何瑛 1981 年嫁到浦东陆家嘴时，丈夫家位于烂泥渡路和花园石桥路交叉口，一碰到下雨天，路上就泥泞不堪。如今，曾经的烂泥渡路已经改名为银城中路。沐浴在金色阳光下，路的北段是金茂大厦，一边是东方明珠，南段是美丽的滨江花园，路东是巍然屹立的楼群及世纪大道，路西则是最美的大道——滨江大道。走在高楼林立的大道上，浦江微风习习，无比惬意。

陆家嘴金融城腹地，繁华中藏着一个僻静去处：陆家嘴融书房。在这个 1400 多平方米的三层空间里，收藏了 5 万余册各类图书，其中约 20% 是外文图书，以满足周边白领人群的借阅需要。

这个富有品位和情趣的"城市书房"，形象地诠释了浦东是"可阅读"之城。除了陆家嘴融书房外，还有各具特色的浦东图书馆学习书房、张江科学城书房、临港大隐湖畔书局等新型阅读空间。

如今的浦东，还是一个"能漫步"之城。浦东在开发开放之初，就建设了占地 1400.7 公顷的世纪公园。近年来，浦东又建设了 6 个自然保护区、5 片楔形绿地、4 个大型生态公园，大型林地面积达到 1.9 万多公顷。黄浦江东岸 22 公里公共空间也已经贯通开放，过去的老旧厂房华丽变身为多功能的文化休闲空间。

对于新老浦东人而言，这里是放飞理想的舞台，是奋斗的热土，更是宜居的家园。在改革开放的大潮中，浦东正扬帆远航，而每一个浦东人也在奋进的航程中体验着生活的美好。

（文／王志彦　图／孟雨涵）

更高水平开放
脚步永不停滞

从空中俯瞰，上海西郊的大虹桥地区，京沪、沪宁、沪杭等多条高铁线汇聚，虹桥国际机场一派繁忙，国家会展中心巍然伫立……这里，是当之无愧的"磁力中心""流量中心"。

2021年2月4日，大虹桥又一次吸引世人的目光——国务院正式批复《虹桥国际开放枢纽建设总体方案》（以下简称《总体方案》）：到2035年，虹桥国际开放枢纽将全面建成，形成"一核两带"功能布局。

此时，中国国际进口博览会已在这里举办过三届。习近平总书记连续三年在进博会开幕式上发表讲话，阐释中国对外开放的坚定决心——

"中国将秉持开放、合作、团结、共赢的信念，坚定不移全面扩大开放，将更有效率地实现内外市场联通、要素资源共享，让中国市场成为世界的市场、共享的市场、大家的市场，为国际社会注入更多正能量。"

"经济全球化是历史潮流。长江、尼罗河、亚马孙河、多瑙河昼夜不息、奔腾向前，尽管会出现一些回头浪，尽管会遇到很多险滩暗礁，但大江大河奔腾向前的势头是谁也阻挡不了的。"

"中国开放的大门不会关闭，只会越开越大。"

……

上海是这些宣言的见证之地，也是践行之地。作为世界观察中国的一扇窗口，上海一路走来，最重要的秘诀之一就是"开放"。开放是上海最大的优势，也是在外部变局中，始终坚定的方向和价值。

"上海之所以发展得这么好，同其开放品格、开放优势、开放作为紧密相连。"这是2018年11月，习近平在全世界面前对上海的赞誉。

解读上海的开放，可以有多个视角。而这些年在大虹桥发生的事，无疑是特别的缩影。

一场盛会，一次"成人礼"

一个展搞活一座城，在虹桥商务区广袤的土地上，最吸睛的建筑物便是被人们亲切地称作"四叶草"的国家会展中心，后来，它成为举世瞩目的中国国际进口博览会的举办地……如果把大虹桥比作一个曾经青涩的少年，那么三届进博会的成功举办就是它的"成人礼"。

"进博时间"忙碌充实，"四叶草"里好戏连台。2020年11月10日，在全球疫情持续蔓延，很多大型国际展会在按下暂停键的情况下，第三届进博会在国家会展中心（上海）圆满落下帷幕，各方合作意愿热度不减，按一年计，累计意向成交额726.2亿美元，比上届增长2.1%，生动诠释着"中国机遇"的丰富内涵。

三届进博会构筑起三个进步的阶梯。如今，当你行走在虹桥商务区鳞次栉比的商务楼宇之间，会发现虹桥进口商品展示交易中心从无到有，已引进70多个国家和地区的2000多个品牌、2万多种商品；会发现虹桥海外贸易中心已经引进近30家贸易及服务机构入驻，与全球150多家贸易及投资促进机构建立了联系。如果你在虹桥商务区投资兴业，还在这里安家落户，会发现已有24家国内外知名医疗机构入驻新虹桥国际医学中心，英美日韩等十余所国际学校落户虹桥商务区……

而这背后，一切早有铺垫。

2015年，虹桥商务区管委会党组书记、常务副主任闵师林从"大浦东"的开发开放高地，转战"大虹桥"的开发开放热土。作为大虹桥翻天覆地变化的见证者、参与者和建设者，他表示："虹桥商务区历经十余年开发，按照既定的规划建设和功能打造目标，正稳步走在向全球高端资源要素配置新高地华丽转身的道路上。"

"大交通"枢纽功能全面提升。作为全国最大的现代化综合交通枢纽，虹桥机场和虹桥火车站年旅客吞吐量近9000万人次，其中越来越多的旅客变成了顾客。

"大会展"品牌形象日益凸显。三届进博会累计意向成交额达2016亿美元，越来越多的参展商变成了投资商。

"大商务"集聚效应初步显现。2021年1月，上海外资项目集中签约，虹桥商务区8个项目总投资额逾45亿美元，占全市比重达38%。目前，虹桥商务区已吸引7万多家企业和机构入驻。

也正是有了这样的积淀，大虹桥要在上海开放布局中做"枢纽"，显得水到渠成。

一个枢纽，一个突破口

以虹桥商务区为核心，北向拓展带、南向拓展带共同发力，一个总面积达7000平方公里、总常住人口1500万人、地区生产总值约2.3万亿元的"大虹桥"，已经初现雏形。

"向东看，虹桥国际开放枢纽与上海自贸试验区和临港新片区相得益彰；向西看，又与长三角生态绿色一体化发展示范区珠联璧合。"上海市社会科学界联合会主席王战说，"在新发展格局中，上海的定位是国内大循环的中心节点、国内国际双循环的战略链接。落实到具体操作中，虹桥国际开放枢纽就是这样一个点、一个突破口。"

根据《总体方案》，虹桥国际开放枢纽总面积达7000平方公里，其中上海市域范围2100平方公里。为什么这个承载国家战略的国际开放枢纽会"落户"大虹桥？曾长期在上海市发展改革委系统工作，现任上海宏观经济学会会长王思政认为，这是虹桥地区良好的历史积淀和发展现状决定的。

"国际开放枢纽选在虹桥地区，非常好地体现了承上启下的作用。因为这个地方历史上就是上海乃至国家的枢纽。"他说，虹桥有我国最早的三个枢纽机场之一——上海虹桥机场，当年是上海乃至长三角对外的唯一空中通道。改革开放后，上海在西面成立了三个开发区，虹桥开发区就是其中之一，另两个为闵行开发区和漕河泾开发区。"这是当年上海乃至中国最好的三个开发区，当年虹桥的定位就是开放型、枢纽型，后来上海的外经贸委、外资委也都搬到了这里，这里有很好的历史积淀。"

上海市政府副秘书长、市发改委主任华源回顾，从当年"轨陆空"齐全的"综合交通枢纽"到如今面向世界的"国际开放枢纽"，虹桥的建设发展主要经历了三个阶段：1.0版，综合交通枢纽催生新兴现代化商务区；2.0版，进博会大平台赋能全球高端资源要素配置新高地；3.0版，在服务新发展格局中打造长三角一体化发展国家战略承载地。

从1.0版到3.0版，历史年轮上，镌刻着一个个难忘瞬间：

2007年，时任上海市委书记习近平调研长宁区，专门提到"大虹桥"的概念。对于当时正在开工建设的虹桥综合交通枢纽，他特别指出，这既是上海的枢纽，也是长三角的枢纽。2009年建成投运后，虹桥枢纽目前已成为世界最大综合交通枢纽。

2009年，上海市委市政府决定成立虹桥商务区，初始面积86.6平方公里。2011年，以"智慧虹桥，低碳生活"为开发宗旨的虹桥商务区核心区从规划期正式进入开发建设期。

2014年，国家会展中心A、B馆率先正式竣工交付使用；2015年3月起，50万平方米展览面积全部投入使用。2018年以来，以国家会展中心为载体，三届进博会成功举办，溢出带动效应持续放大，虹桥商务区成为进出口商品集散枢纽。

2019年，党中央国务院印发《长江三角洲区域一体化发展规划纲要》；同年10月，上海市委市政府印发《关于加快虹桥商务区建设打造国际开放枢纽的实施方案》；2021年2月，国务院批复《虹桥国际开放枢纽建设总体方案》……

在2010年虹桥商务区开始土地招投标时，瑞安集团是第一个报名的外资企业。"我一直看好和认准大虹桥在上海未来发展中的重要战略地位。"瑞安集团主席罗康瑞说，"在当前逆全球化和单边主义抬头的国际背景下，中国应进一步扩大对外开放，维护经济全球化和多边贸易体制，上海应成为我国与全球合作的桥头堡，而虹桥商务区应成为上海全面推进国际化改革的试验区和特殊功能区，辐射和引领长三角一体化发展。"

两个"扇面"，一座"彩虹桥"

进博会，不是中国的"独唱"，而是世界各国的"大合唱"。同样，虹桥是上海的虹桥，更是长三角的虹桥、中国的虹桥、世界的虹桥。

国际开放枢纽方案落定伊始，上海就明确：要发挥龙头带动作用，担起服务辐射长三角的重大责任，把握提升服务能级、主动融入新发展格局的重大机遇，与苏浙皖三省携手努力，加快把大虹桥打造成为长三角强劲活跃增长极的"极中极"、联通国际国内市场的"彩虹桥"。

德国永恒力是进博会的"三朝元老"，永恒力叉车（上海）有限公司早早入驻虹桥商务区的青浦片区，也从"极中极"和"彩虹桥"获益匪浅。中国区总经理白大平说："我们能够坐享虹桥商务区的便捷物流，对于贸易来讲，可以降低成本，形成成本上的优势。此外，我们也可以和长三角境内其他公司有更好的沟通，其他兄弟企业工作人员坐高铁到虹桥以后可以短时间内直达商务区，这也节约了非常多的时间成本。"

像永恒力一样，不少跨国公司把地区总部放在大虹桥，目前，虹桥商务区已经引进了壳牌、联合利华、梅塞尔、科施博格、伊顿等380多家世界500强、外资地区总部、上市公司和长三角企业总部。

根据《总体方案》，虹桥国际开放枢纽覆盖沪苏浙两省一市。虹桥，是上海的虹桥，更是长三角的虹桥、中国的虹桥、世界的虹桥。商务部国际贸易经济合作研究院副院长张威告诉记者，上海自贸试验区打通的是国内规制跟国际规制之间的通路，虹桥国际开放枢纽的建设将会推动形成国内大循环中更加畅通的区域协调机制。

"上海自贸试验区的开放更多聚焦在生产或生产性服务业领域，而虹桥国际开放枢纽则出现了会展、医疗、跨境电商、供应链等内外兼顾的产业领域，这将更好地满足国内产业升级和消费升级，产业布局和开放布局也将得到进一步完善。"

张威还表示，此前的长三角一体化是在上海、江苏、浙江、安徽省级层面，通过管理上联通互认、修建交通基础设施等方面联动，而这次则是各省增长极之间的联动。"虹桥可能会成为上海的一个新增长极，然后带动杭州湾、苏州工业园等联动发展。联动机制丰富完善后，城市群发展趋势越发明显，这对整个中国区域经济的协调发展会是很好的探索和尝试。"

大虹桥，承载着对内、对外开放两个"扇面"的期待。这两个"扇面"，也正是理解上海更高水平开放最重要的维度所在。

（文／吴卫群　图／蒋迪雯）

织"两张网"
绘出智慧城市蓝图

2021 年 4 月 30 日傍晚，一场突如其来的大风导致市区驶往崇明的轮渡停航，恰逢 G40 高速车流量大，数百位改乘公交的市民滞留在浦东五洲大道的申崇线终点站。"我今天还能回家吗？"一些市民担忧。

情况迅速通过相应的监测系统传递到城市运行管理中心和交通、气象等部门，近 100 辆公交车第一时间调度。从接报关注到各部门协同处置完毕，再到最后一批乘客上车、发车，一共用了 1 小时 50 分钟。人们感叹："这就是上海的效率！"

效率背后蕴含的是城市治理的智慧。2021 年 6 月，"中国共产党的故事——习近平新时代中国特色社会主义思想在上海的实践"特别对话会在沪举行，面向参与视频连线的来自近 100 个国家的 740 多名代表以及现场 40 多个国家的驻华大使，上海市委书记李强特别推介了上海当前城市服务和城市管理的重要抓手"两张网"——政务服务"一网通办"和城市运行"一网统管"。

近年来，上海牢牢抓住这两项城市治理的"牛鼻子"工作，在科学化、精细化、智能化上下功夫，聚焦"高效办成一件事""高效处置一件事"，坚持从群众需求和城市治理突出问题出发，探索出了一条超大城市的治理新路。

从人海战术到智能运行

超大城市的治理，是当今世界的一大难题。

人口多，车辆多，高楼多，企业多，这就是今天我们所生活的上海的模样。一组秒速更新的数字常常被管理者们提起：近 2500 万常住人口，逾 500 万流动人口，逾 217 万家企业；抬头仰望，是约 6 万幢 24 米以上的高层建筑和逾千幢 100 米以上的高层建筑；脚下，有总里程达 772.9 公里的轨道交通穿梭飞驰，每个工作日运送逾 1100 万人次旅客，12 万公里地下管线保障城市各项基础服务供给。

城市规模越大，运行管理的面越宽，问题也会越多。新中国成立后，尤其是改革开放以来，上海持续推动城市建设管理体制的改革创新，逐渐形成了超大城市"两级政府、三级管理"的城市管理格局，2014 年上海又出台"1+6"文件，将城市管理的事权下放，推进城市管理的力量下沉、重心下移，构建起超大城市的分级管理构架。

通过一系列的机制改革，管理者们试图将管理范围从"围墙外"的街区向"围墙内"的社区覆盖，将管理时间从"8小时"向"24小时"延伸。

然而，城市规模不断扩大，要处置的事情越来越多，"上面千条线、下面一根针"的苦恼随之而来。尽管资源和权力下沉了，一些问题依然没有得到根本性的解决：基层治理权与治理任务失衡、治理抓手与治理责任失衡，都不足以支撑起这座超大城市的现代化治理体系。

"传统的网格化管理以综治管理为主，仍有覆盖不到的地方。"复旦大学国际关系与公共事务学院教授刘建军说，"如果有智能网的话，管房、管人、管地、管景点，所有治理对象都可纳入智能网络上。"

在群众享受政务服务时，曾经也面临着一些弊病带来的不便——去政府部门办事，有时不仅要提交诸多证明材料，甚至在这个部门证明了一次，到了下个部门办事还得再证明一次。

一流的城市，要有一流的治理。依靠传统的人海战术和一般的技术手段，很多问题已经看不清楚、管不过来、处理不了，从海量数据资源中寻求更优解决方案甚至及早预见潜在风险将成为趋势。

政务服务"一网通办"和城市运行"一网统管"这两项"上海首创"应运而生。

"一网通办"，就是把所有政务服务事项整合到一个门户网站上，市民和企业只要进一张网就能办各种事，享受政务服务就像网购一样方便。"一网统管"则是把城市管理信息集中到一个网络系统，通过一个屏幕就能观察全城运行情况，通过一张网就能处理方方面面的事。哪里发生交通拥堵、哪里出现积水漏水、哪里存在消防隐患，都能及时感知、快速反应、协同处置。

疫情防控中发挥了重要作用的"随申码"，就是"两张网"协同发力的最典型案例。依托政府部门海量政务数据及通信运营商、公共交通等社会数据，让"绿码通行"在方便群众的同时也精准助力疫情防控，减轻了基层人员的查验压力。

从人工协调到数据跑腿

"'一网通办'和'一网统管'是上海智慧城市、智慧政府建设的'一体两翼'，也是治理数字化的有机组成部分。"上海市政府办公厅副主任、市大数据中心主任朱宗尧说。

尽管应用的范围有所差异，但不论是"一网通办"还是"一网统管"，其实都指向同一个目标，就是在市民需求和政府管理之间寻找一个契合的模式。对于这一目标，上海早已展开了各种形式的探索。

2012 年，上海开通"12345"市民服务热线，以"对外一口受理，内部分类处理"的综合服务模式，整合了全市各条线热线电话的资源和职能。同时，群众反映的急难愁问题也通过办结工单的机制推进解决。有事就打"12345"，逐渐为广大市民所熟知。

尽管每一个电话都能得到回应，多数却无法在第一时间得到解决。试想一下，晚上睡觉时间窗外传来了噪声，拨打投诉电话后，到第二天才有相关部门来电询问，前一晚的彻夜难眠是何滋味？

有时类似问题的出现可能并不是因为接线员有"拖延症"。光是小小的"噪声扰民"就有 13 种情形，每种都得派单交由不同部门来处理：工地施工是城管处理；邻居装修要叫物业来管；隔壁家的无证宠物狗半夜"汪汪"叫得求助派出所……"多头治理"不仅造成投诉无门，也导致处置效率不高。

"'一网统管'带来的变化，就是让'协调'变成了'协同'。"上海市政府办公厅副主任、市城市运行管理中心主任徐惠丽一语道破。

一字之差，折射出治理方式的重大转变。

基层工作人员甚至各个区、各个委办局领导之间一次次的电话沟通、当面会谈、现场推进，以及上下级之间的指令分派、请示汇报，这些以往再平常不过的工作流程，如今都变成了统一机制下的"自动运转"。繁琐的流程都依靠"数据跑腿"，不仅工作人员的负担减轻，对事件的处置效率也带来了质变般的提升。

就拿消防通道违停来说，2021 年某日 9 时 54 分，市城运中心通过"城市之眼"摄像头发现浦东新区北蔡镇博华路有一辆违停车辆占据了消防通道，立即推送给浦东新区城运中心，区城运中心随即向所属街镇派单，街镇接收后下发处置任务……系统内自动派单用时不到 2 秒。15 分钟后，10 时 09 分，市城运中心接到反馈：问题已处置完毕。

又比如共享单车乱停放的管理，目前在黄浦等区已经可以通过算法对视频画面自动识别，如有违停现象系统将自动报警。"有了智能化手段来观察、预防，我们基层一线工作人员的负担大大减轻了。"黄浦区城运中心工作人员王福鸿说。

政务服务同样也通过"数据跑腿"代替了群众跑腿。自 2018 年初上海开始实施"一网通办"改革以来，平台实现了行政审批事项全覆盖，接入平台事项达 3166 项，累计实名注册个人用户达 5200 万，2020 年日均办事达 17.3 万件。

"其实群众并不关心办事要找哪个部门，他们最关心的是能不能把事办成，能不能办得快、办得方便。"市政府办公厅一位工作人员说。2020 年，"一网通办"选取一批日常办理频率高、改革需求面大的"15 件事"，开展业务流程再造和数据共享。比如小孩出生的事项办理，办事环节由 22 个减少到 2 个，累计办理时间由原来近 100 天变为不超过 25 天，办事跑动也从原先的十余次变为"最多跑一次"甚至是"零跑动"。

3 年来，"一网通办"已累计实施 357 项改革举措，形成了一批可复制推广的经验和模式。2020 年，上海"一网通办"改革还入选联合国全球电子政务调查报告经典案例。在 2021 年 5 月中央党校（国家行政学院）电子政务研究中心发布的《省级政府和重点城市一体化政务服务能力（政务服务"好差评"）调查评估报告（2021）》中，上海的得分已经位列省级政府整体指数排名第一位。

从"看急诊"到"治未病"

早在 20 世纪 60 年代，建筑学家梁思成就曾说过："城市是一门科学，它像人体一样有经络、脉搏、肌理，如果你不科学地对待它，它会生病的。"

城市是一个有机的生命体。如果说在那时我国的城市"还没有长大"，还不会得心脏病、动脉硬化、高血压等疾病，只会得伤风感冒这样的"小毛病"，如今的上海早已"长大"，更需要关注"健康风险"。

眼下，上海前后耗时 30 多年、投资数万亿元建成的大规模城市基础设施已进入超期服役或超负荷运行阶段。有专家认为，上海正迫切需要建立健全城市基础设施风险管理责任制度和保障机制。

浦江恒流，上海恒新。城市发展变化的滔滔巨浪一刻不息，也为城市治理带来了不确定性。要让这座超大城市时刻"耳聪目明"，城市治理就不能只满足于"看急诊"，高效的办事和处置还只是第一步，接下来要考虑的，应当是如何"治未病"：将被动地处置问题，变为主动地发现问题。

不久前，上海城市运行数字体征1.0版正式上线，作为国内首个"实时、动态、鲜活"的超大城市运行数字体征系统，它所要实现的正是依托遍布全城的泛感知设备和千万级的城市治理"神经元"，通过海量数据来为城市实时"体检"。

就像人的生命体征有心率、脉搏、血压、呼吸等各项指标，城市的数字体征也包含方方面面。既有气象信息、土壤质量、水质安全、垃圾清运情况等城市的"自循环系统"，也有车流、人流、物流、信息数据流、能源流等因人产生的流动指标，还有商业、旅游等社会生活指标以及政务服务、民生服务等体现城市宜居宜业的指标等。

2020年底的寒潮期间，历年冰冻天气的主要结冰点武宁路桥和曹杨路桥就在科技助力之下安然度过。相关部门在两座桥上安装了路面结冰传感器，桥面温度及是否有积水都能实时了解，一旦路面气温降到2℃，相关应急人员和工程车辆就会接到报警，准备实施防滑措施，把工作做在危险发生前。

科技为治理赋能，最终是要让治理为人民赋权。随着"两张网"建设的不断推进，群众生活与城市治理都在迎来模式创新与方式重塑，这样的城市更有序、更安全、更干净。上海这座现代化国际大都市的数字化转型也将向纵深推进，不断践行"人民城市人民建，人民城市为人民"的重要理念，让生活在城市中的每个人更有获得感，绘出一幅智慧城市的宏伟蓝图。

（文／吴頔　图／海沙尔）

党建引领基层治理
众人办好众人之事

老旧住房加装电梯"提速"，二级旧里加快改造，村居环境逐步提升……一个个民生关注，上海正以创新社会治理的方式探索破题。

在滨江、在长三角一体化示范区，党建牵引起新空间、新领域的治理架构；在楼宇、在互联网企业，党建植入经济社会最活跃的经络，引领价值导向，重塑治理空间。

与此同时，历时半年的上海居村"两委"换届于2021年5月落下帷幕。一群专业化、年轻化的村居干部进入班子。这得益于上海率先探索建立社区工作者职业体系，人才"蓄水池"满满。一群有干劲、有责任感的"小巷总理"朝气蓬勃，热情为民。

在党的诞生地和初心始发地，习近平总书记对上海基层党建和城市治理念兹在兹，从"不辱使命、不负重托"到"继续探索、走在前头"，从社会治理"核心是人、重心在城乡社区、关键在体制机制创新"到"开创人民城市建设新局面"，饱含殷殷期盼。

如今，上海正以绣花般的细心、耐心、巧心，接续书写党建引领基层治理大文章，使之深度嵌入城市发展和运行的全方位、全周期。

一条贯穿始终的"红线"

在虹口区嘉兴路街道市民驿站，80多岁的夏阿姨正在练习书法。这里是她经常来报到的地方。在这里，她可以和老伙伴们一起上兴趣班，配药、吃饭、咨询问题，都能"一站式"搞定。70多岁的蔡阿姨则看中了这里的社区食堂，用餐方便、价格实惠，让她从力不从心的"买汰烧"中"解放"出来。

破解城市治理"最后一公里"难题，就要让市民有更多获得感。

其中，一条贯穿始终的"红线"，就是"党建引领"。衣食住行、教育就业、医疗养老、文化体育、生活环境、社会秩序……近年来上海社会治理的方方面面，无不彰显出以人民为中心的理念，将党的根本宗旨贯穿始终。

市民驿站建设，就是在社区里嵌入了党建的内核——针对"一老一小"、看病、取药、助幼、就餐、社区养老等群众"家门口"的服务需求，形成15分钟城市基层党建活力圈、社区生活服务圈和网格化城市管理圈。

如今，"家门口"服务体系在上海遍地开花。以党建为引领，这些阵地不仅建立起公共服务资源条块对接机制，而且广泛撬动社会资源、挖掘社区内生资源，发现和培育更多能人、达人，在服务群众的过程中联系群众、凝聚人心，吸引更多人参与社会治理。

党建引领，关键在于通过一个个"战斗堡垒"，凝聚起治理所需的各方力量。闵行区古美街道东苑半岛花园，一个拥有别墅、商品房、动迁房等多种房屋类型的小区，过去因为公共资源问题，物业费收不齐、盗窃案频发。在"党建领航·红色物业"构想下，街道通过居民区党组织，把居委会、业委会、物业服务企业"三驾马车"串联起来，合力为居民提供服务，赢得了居民的满意度。

在上海，目前业委会中党的工作已经实现全覆盖，符合条件的业委会中94%以上建立了党组织，他们广泛开展物业党建联建，普遍推行党组织主导的听证会、协调会、评议会等社区"三会"制度。

"脱离城市基层治理谈党建就是无源之水、无本之木，城市基层治理只有在党建引领下才有腾飞翅膀。"市委组织部相关负责人说。

一场新的勇敢探索

超大城市治理，是一个世界性难题。

上海拥有2400多万常住人口，他们散布在13亿平方米的城市建筑总量内，共同构成215个街道、乡镇，以及1.3万个住宅小区。小到一个垃圾桶的摆放，大到一栋老旧楼房的改造，千万个治理难题集中暴露在基层一线。

社会治理应当和城市发展协同并进。早在20世纪90年代的社会转型期，大量人口流动造成基层管理资源和人力严重不足，上海顺应时代之潮，推出全新城市管理基本思路——"两级政府，三级管理"，后又拓展至"四级网络"。此后20年，上海城市化进程不断加速，人口规模激增，多元的主体和诉求，让基层的新问题和新挑战层出不穷，且较以往更加纷繁复杂。

顺应城市发展，上海市委于2014年正式启动"创新社会治理、加强基层建设"一号调研课题，并开展大调研。"围绕一号课题，调研组和市里召开的相关座谈会，我参加过近20个，可见这项课题调研之深入。"回想那场调研，时任静安区静安寺街道党工委书记胥燕红依然印象深刻。

那一年，四个调研组深入全市 17 个区县和街镇、居村，共调研走访 152 个街道乡镇、228 个居村，座谈访谈 4745 人，采纳各区县、相关部门的意见 402 条，几易其稿，汇总成一份对上海基层治理的全面"体检报告"。

次年 1 月，"1+6"文件重磅推出。字里行间，透露出从"管理"到"治理"的思路变化——"重心下移""权力下沉""权责一致""赋权到位"。

上海确立了以街道党工委为领导的一整套区域化党建体制；街道强化公共服务、公共管理、公共安全的主责主业；理顺条块，明确上下级责权关系；建设以"六中心"为代表的服务平台窗口；加强社区队伍建设，让基层更加有职有权有物有人。

自此，上海开启了一场勇敢探索——探索一条符合超大城市特点和规律的社会治理新路。

一轮"下沉式"赋能

"以前，街道的条线干部会顺口说'我要到我们局里开会'。他们下意识地认为，自己不是街道的人。"一名街道负责人跟记者说，基层改革之后，基层干部"叫得到人""叫得动人"了。

理顺条块关系，是基层治理的"永恒话题"。以前街镇苦于"责任无限、资源有限"，现在城管执法、房管、绿化市容等力量都下放街道，增强了街道统筹人、财、物的能力，不仅解决了"块"面临的急切问题，更是做成了"条"无法完成的任务。

从"五违四必"环境综合整治，到"组团式"为老百姓提供服务，黄浦区五里桥街道党工委书记沈永兵看到了"下沉"的力量。"力量下沉，并不是说力量归属街道，而是我们有了指挥与使用的权力，也就是综合管理权，这样就能把辖区内各个行政力量整合在一起，从而解决很多老大难问题。"沈永兵告诉记者。

有了力量，做事的主动性更强了。以嵌入式养老服务为例，不少街道统筹资源，开设了社区综合为老服务中心，嵌入短期照料、日间托养、助餐等功能，提供养老咨询和长护险对接结算等服务，并聚焦认知症照护、智能照护、医养融合，委托经验丰富的专业养老组织运营。"各方变被动为主动，充分挖掘资源、发现需求，满足了很多单一条线无法满足的多元化需求。"

资源下沉，必然要求服务下沉。改革之初，街道从"三中心"拓展为"六中心"，成为街道履行"公共服务、公共管理、公共安全"基本职责的载体。近年来，随着社会治理深化，公共服务事项进一步延伸到村居。通过技术赋能，村居服务站点设置了自助终端、开设了远程在线办理，让更多群众享受送到家门口的公共服务。

"下沉式"赋能，不止于街道，还直通居民区。2014年，上海在全国率先探索建立社区工作者职业体系。近年来，民政部门持续加强职业培训和激励保障，社区工作者队伍职业化、专业化、规范化水平稳步提升。目前，全市共有5.3万名社区工作者，平均年龄39周岁，大专以上学历占88.9%。

"上面千根线，下面一根针"，是以前对基层社区工作的形象比喻。这一轮赋能，将基层的一根"针"织密成了一张"网"。有专家评价说，制度、资源、人力、技术等各方面条件都已具备，上海这座超大城市的治理就真正拥有了坚实的基石和底盘。

一池涌动的活水

谈及上海近些年创新社会治理的成效，不论是专家学者还是一线工作者，都不约而同提到了这场震撼人心的疫情阻击战。

这场打响在城乡社区的疫情防控阻击战，不仅展现出"重心下移，资源下沉，权力下放"的实效，更凸显了上海基层社会强大的动员能力。

在疫情防控最紧急的关头，广大街镇、村居干部闻令而动，带领业委会、物业保安，夜以继日地加强小区封闭式管理。居村党组织广泛动员社区党员、志愿者和居民群众，参与"看家护院"志愿值守。登记购买口罩时，一夜间出现的"一米线""北欧式排队"，处处透着"绣花一样的精细"。

上海社会动员能力空前提升，这在多项重要任务中得到了检验。

2015年春节，上海完成了一个在许多人眼里"不可能完成的任务"：外环以内烟花爆竹基本"零燃放"，外环以外烟花爆竹燃放量明显减少。背后是申城 30 万"平安马甲"守望于街头、里弄、社区，全力配合全市 5 万名公安干警、消防战士值守"禁燃"。到 2021 年春节，上海已连续 7 个春节实现外环以内烟花爆竹基本"零燃放"。

2019 年 7 月 1 日，《上海市生活垃圾管理条例》正式实施。经过一年努力，上海居民区分类达标率从《条例》实施前的 15% 提高到 90% 以上；单位分类达标率达到 90%。垃圾分类看似围着垃圾转，实质是居民思想认同、形成自觉的过程。从"围着垃圾转"到"围着人心转"，上海社区找到了这项"最难推广的简单工作"的破解法门。

如果说社会动员能力显示了治理的"一致性"，那么基层协商能力体现了治理的"多样性"。

在上海民政局原局长、市社区研究会专家咨询委员会成员马伊里看来，不论是旧改中的"二次征询"还是老旧住房加装电梯中的征求意见，能让利益相关方充分参与协商，就是好的制度安排。"要相信他们能通过协商的办法，解决自己的利益相关问题。"她认为，在社会治理中，社会组织的专业力量不容忽视。

众人之事众人办，大事小事好商量。在杨浦区五角场大学路，开放式街区里游人如织、秩序井然。"大学路街区自我管理委员会"探索着街区自我管理、自我教育、自我服务的长效管理新模式。五角场街道创智坊居民区党支部书记陆建华坦言，通过充分发挥多元主体各自应有的功能和作用，准入业态负面清单、"露天吧"实施导则等多项共议共决制度规范瓜熟蒂落。

面向未来，进一步细化优化社会治理，离不开政府、市场、社会的相互补位。

人人都能有序参与，必将更深层次地激活社会治理这一池水。

（文／张骏 顾杰 图／王清彬）

在人民城市"诗意地栖居"

"一个城市的设计代表着居住在城市里的民众的集体目的。"当杨浦滨江岸线上的人人屋驿站坐满了前来歇脚的游客,当苏州河中环桥下的篮球场充斥着挥汗如雨的年轻人,美国城市规划师亨利·丘吉尔的这一观点,有了跨越空间与文化的最佳例证。

无论身处何时何地,我们怎样塑造城市空间,空间就赋予我们怎样生活的可能性。

2019 年,习近平总书记考察上海杨浦滨江,提出"人民城市人民建,人民城市为人民"的重要理念。这指向上海这座城市核心的建设要义,更是一次全面的、对空间与城市使用者关系的中国化阐释。

今天,上海积极打造的人民城市,就是要把更大的空间权利交还给使用它的人民;把更高品质的居住和活动空间赋予它的人民;以规划引导更合理的空间尺度,让它的人民和这座城市拥有更友好的互动关系;让人在城市,也能"诗意地栖居"。

抵达,大规划突出小尺度

2016 年,上海权威城市规划研究机构对市民进行了问卷调查。结果显示,市民最喜爱的 12 条街道中,超过九成是"永不拓宽的道路"。

上海共有 64 条"永不拓宽的道路",因为风貌独特、文化价值较高,其小而美的街区尺度也被一并保留下来了。

也许你会问,这些窄小的马路,常常人潮拥挤,不是大都市该有的空间氛围吧?恰恰相反,它们却与老百姓对高品质街区功能、布局、风格的想象完美契合。

人气颇高的武康路,路幅宽度只有 15.2 米。道路两旁的建筑多为 2 层到 5 层高度的花园住宅和小型公寓,高度普遍在 8 米至 16 米之间。从空间心理学的角度看,这样 1∶1 的街道高宽比,最能给人带来亲切感和安全感。

问卷中,获得市民"最想居住"称号的衡山路,虽然是城市的交通次干道,路幅也相对较宽,却拥有非常丰富的街边公园、咖啡馆、书店等休闲空间资源。人们喜欢衡山路,或许和它积淀的历史韵味有关,更重要的是,它有着令人舒适的街区功能。

上海充分考虑人民需求、采纳人民意见，在近年来的城市建设和更新过程中，从大规划入手，优化小尺度。

《上海市街道设计导则》在 2016 年发布后，成为上海街道规划的指导文件。其中，鼓励尺度适宜、道路细密的"小街区"，显示出上海空间规划的新趋势——不仅街区的物理形态要压缩，更要依靠功能缝合，压缩人们生活圈的距离，提高生活品质。

在《上海市城市总体规划（2017—2035 年）》中，这座城市进一步提出"15 分钟社区生活圈"的概念，更准确的表述是：构建 15 分钟社区生活圈，将生活圈作为社区公共资源配置和社会治理的基本单元。

15 分钟，要让每个市民都能抵达养老、医疗、教育、商业、交通、文体等基本公共服务设施，许多街道通过"螺蛳壳里做道场"，巧用城市空间"边角料"，不断探索着"小尺度"里的美好。

位于岳阳路永嘉路以西 150 米处的永嘉路 578 号（乙），曾经只是一栋再普通不过的毛坯建筑，不少摊贩在此集中经营。天平街道通过将这座建筑改造成"修旧如旧"的花园洋房，并在里面引入主题展览，居民的"15 分钟社区生活圈"里，又多了一个公共艺术空间。

2021 年初，上海发布的《上海市新城规划建设导则》，更进一步把"小尺度"概念，嵌入未来嘉定、松江、青浦、奉贤和临港"五个新城"的建设中——上海市规划资源局副局长许健说，"五个新城"不会是"千城一面"，除了产业、生态，城市品质、温度尤其要考量，比如：促进居住片区向复合街区转变，塑造人性化高品质空间，打造活力街区，突出小街区、密路网，率先建成无车步行的友好街区等。

人人满意的城市空间并不是只能在城市核心地带享有，郊区的新城建设，也要以老百姓的切实需求为要旨。

更新，始于每个人的家园

北外滩最后一处成片的二级旧里，位于昆明路以南的街区。老徐是那里旧改群众工作组组长，这是他参与工作的第 51 个北外滩旧改地块。原本，老徐 2010 年就应该退休的，自从干上了旧改，一眨眼又是 11 年。

上海为什么要"旧改"？截至 2020 年底，全市住在成片二级旧里以下房屋的居民还有约 5.63 万户。有些人，甚至早已把手拎马桶和痰盂，变成生活中无奈却又习以为常的一部分。还有些人，从来没有踏踏实实给自己做过一顿饭，因为七八户共用的窄小厨房里，邻居们还排着队等着用灶头。

上海迫切地、大力地推进旧改的目标与意义，就是为了能让他们，和生活在这座城市里的其他市民一样，过上舒适而有尊严的日子。说得更具体些：为了能让在低矮的阁楼住了 60 多年，却始终半弯着腰的张伯真正挺起腰杆；为了能让心心念念了半辈子却苦于空间不够的刘阿嬷给房子装一部空调；为了能让老房子靠着天井的周家老两口体会到阳光照进窗户的感觉……

人人都有人生出彩机会、人人都能有序参与治理、人人都能享有品质生活、人人都能切实感受温度、人人都能拥有归属认同——让这座城市成为宜居宜业的幸福乐园，美好愿景正一步步化为现实图景。如果说旧改是为了让人人共享城市发展红利，那么，一次次微小的社区更新，则是为了让人人加入家园建设的进程当中，在日常生活的环境中感受城市的温度。

"刘书记，我们小区的房子很漂亮，绿化很灵，但是我们这些老头、老太总觉得缺了点啥，侬想点办法呀！"

刘观锡这个长宁区协和家园小区居民区书记当得不易。虽然小区设施齐全，但老百姓总觉得不解渴，特别是没有一个场所，可以让大家聚在一起，这让老年居民们不大适应。

经过居民的反复商议，一个"空中花园"诞生了：通过吸引小区居民以及周边的驻区单位参加，大家在小区 24 号办公楼顶的 600 平方米空间里，种上了胡椒、百里香、九层塔、大叶罗勒，设计了酵素工坊、白领中庭、紫藤花亭、中式照壁等微景观。居民的"小打小闹"还激起了更大的浪花，"空中花园"不久前成了上海市农科院"现代都市农业"示范点。

杨浦区辽源花苑的 3 个小区，也是通过居民自治打破了围墙，并引入社区规划师，实现小区合并后的微更新改造。如今再看，原先的小区围墙，变成社区中心花园；暴露的管道、电线没了，取而代之的是创意墙绘。

激活，随时亲近城市空间

"上海话'逛街'叫'趟马路'，'趟'和'糖'谐音，我们这个项目就叫'糖苏河'。"42公里苏州河沿岸公共空间2020年底基本贯通，除了所有的沿河景观、道路连点成线，上海还做了这样一件事：把沿河桥底空间激活，许多十几年脏乱差的城市死角，仿佛一夜之间成了周围老百姓"趟马路"时最爱去的地方。

"糖苏河"是其中一处，位于古北路桥下。休憩区、健身区……你能想象里面竟然还扎了一座秋千？设计方负责人黄晓晨说，她曾亲眼看到一个环卫工人在秋千上荡了好一会儿。

好的城市空间是高度开放的、不排他的。45公里黄浦江岸线核心段，曾经数十年来布满了绵延的旧厂房与老码头，它们，是这河岸的"主人"。

随着2017年底黄浦江岸线的贯通开放，那些还在运转的工厂集体搬走了，即便还留下如杨树浦水厂等在地工业，但沿江的空间全部打开，每个老百姓都可以在任何时候走到离母亲河最近的地方。人民，成了这河岸永恒的主人。

22座望江驿，在浦东滨江沿线点亮夜空。游客走累了，随时可以进去接一杯水，或"蹭一蹭"无线网络；杨浦滨江岸线上的人人屋，恰如其名，人人皆可共享。给手机充个电，抑或靠在沙发上小憩一下，舒适程度毫不亚于自家的客厅。

城市空间社会学理论奠基人列斐伏尔认为，随着人类逐渐进入城市社会发展阶段，能否生产、占有、处置空间，成为衡量人之主体性的重要尺度。而对上海这座总面积达6340.5平方公里、常住人口达2487.09万的超级都市来说，又有什么比公平地享有更多城市空间更能体现人民性呢？

在广粤路上，广粤运动公园取代了被拆除的建筑市场，里面有步道、球场、绿地，填补了周边社区没有公园的遗憾；

在愚园路上，1088弄原是长宁区医药职工大学，如今却变成了愚园公共市集，还嵌入了社区食堂、社区菜场、社区艺术活动空间等配套服务；

屹立在北外滩的海鸥饭店，在它36岁时被确认将拆除重建，会变身一个精致的玻璃盒子，并成为世界级的"城市会客厅"；

华阳路街道原来的一处办公场所，因距离居民小区最近，便干脆腾出来给老百姓做综合为老服务中心，居民日间养老、买饭、配药，全在家门口……

上海越来越多的城市空间，向公众开放，为公众所共享，体现出更广大人民群众的利益。这也恰恰是一座城市能给予它的人民最具价值的东西。

（文／杜晨薇 顾杰 戚颖璞　图／黄尖尖）

这是上海的魅力
这是城市的灵魂

　　一百个人眼中有一千个"上海"。它时尚，随处可见最新鲜的潮流、最先锋的艺术；它传统，历史建筑、风貌街区被仔细呵护、活化传承；它浪漫，黄浦江清风习习，拂过外滩"万国建筑博览群"；它坚毅，新天地那处石库门是中国共产党的"产床"，开启百年奋斗征程、峥嵘岁月……

　　上海素有"大上海"的美誉，上海之大，在视野、在胸襟、在格局——作为上海"软实力"的重要构成部分，上海文化理应是上海未来不断提高城市核心竞争力和国际竞争力的关键所在。

让中国看世界 让世界看中国

　　短短半年，广告创意策划陈伟已经两次飞到上海看画展。

　　2020 年 9 月 17 日，印象派开山之作、莫奈的《日出·印象》首次来到中国，落地上海展出。几乎同一时间，爱德华·蒙克的名作《呐喊》版画也在上海亮相，让陈伟见识到疫情得到控制后"上海恢复国际文化交流之快"。2021 年 3 月，包括莫奈的名作《睡莲》《日本桥》在内的一系列印象派大师画作再次登陆上海。"我真羡慕上海市民，足不出'沪'就能享受一流的国际文化资源。"陈伟说，"许多国际一流文化展演首选上海，足见上海文化的开放程度和开放水平。"

　　上海的文化生活，不止国际风范，还有东方神韵。2021 年 6 月 12 日，市民张顺华在上海宝山国际民间艺术博览馆看到了被誉为"新中国第一份国礼"的"景泰蓝和平鸽装饰盘"。在"百年百艺·薪火相传"中国传统工艺邀请展上，来自全国各地的 1200 余位非物质文化遗产代表性传承人创作的 1500 余件（套）作品集中亮相。2019 年进博会上，凤凰自行车搭载的藤编竹筐吸引了不少海内外商家的目光。这一创意是上海大学上海美术学院的师生携手贵州遵义的藤编技艺非遗传承人设计研发的。

　　上海的开放赋予了看待传统文化的新视角，现代设计激发了市场对传统之美的向往。在上海大学上海美术学院教授、上海公共艺术协同创新中心（PACC）运营总监章莉莉看来，上海探索的不仅是产品创新，更是流程创新。

　　因为追求创新，许多前卫艺术、先锋剧目也能在上海找到知音，甚至生根发芽。根据莎士比亚戏剧《麦克白》改编的《不眠之夜》，观众不再坐在台下，而是站上舞台，近距离融入戏剧中。这一全新的沉浸式戏剧 2016 年底进入上海市场演出至今已逾千场，也成为不少年轻游客到上海必"打卡"的热门演出。

"上海对新的文化产品、艺术展演乐见其成，关键是上海城市品格中的包容。"市民周斐常在周末去小剧场看"脱口秀"，2014 年成立于上海的"笑果文化"让这一略带"冒犯"的表演形式成了年轻人中的潮流。即将举办的第十九届 ChinaJoy，则是众多热爱动漫、游戏的年轻人欢聚的盛宴。在一些年轻人看来，这里能孕育出哔哩哔哩、莉莉丝等众多二次元文化企业，关键是上海"尊重和接纳各种文化"。

做强码头 激活源头 永立潮头

近年来，上海国际艺术节、上海国际电影节、上海电视节、上海时装周等上海文化品牌，影响力正与日俱增，成为文化机构和从业人员看重的"大平台"。

第 21 届中国上海国际艺术节上，植根陕北黄土地的安塞腰鼓热热闹闹地敲进了上海的大世界。来沪演出团的团长郭歧武说，民间艺术绝不能仅限于本地，"上海不仅市场大，而且作为全国最开放的城市之一，上海能成为民间艺术扬帆出海走向世界的港口"。

做强"码头"，也要激活"源头"。

从《永不消逝的电波》选段《晨光曲》到《朱鹮》，上海出品的舞蹈连续两年在央视春节联欢晚会上惊艳全国。在中国舞蹈家协会主席冯双白看来，舞剧《永不消逝的电波》结合了舞台艺术与电影蒙太奇思维，"可以被写进舞蹈学院的教科书"；《朱鹮》主题关乎全人类共同命运，宏大命题落实在珍稀鸟类上，传递着"人与自然和谐共生"的理念。

聚焦时代命题和重大主题，更多演绎上海故事、传播上海精彩、镌刻上海印记的文化"爆款"，正在酝酿启动。

对于上海的"创作生态"，上海出品电影《1921》的导演黄建新很有感触。影片中要拍摄大量上海老建筑，上海相关部门和机构多方协调，在确保建筑安全的前提下为剧组提供了良好的拍摄环境。"电影的质感是它的生命之一，得益于上海的支持，我们的镜头敢'盯'着那些老建筑拍，因为全是真的。"

事实上，众多海内外文化"爆款"产品背后，都离不开上海。不久前河南卫视一段水下舞蹈《洛神水赋》网上刷屏，舞蹈的拍摄地是位于上海松江的图工水下摄影基地。华策影视集团创始人、总裁赵依芳赞叹："从前期筹划到项目报审报批，上海提供了全流程的'店小二'式优质服务。"

激活文化原创活力，上海一直勇立改革潮头。6月5日，原创音乐剧《生死签》在中国大戏院首演，不同于舞台产品"立项投资"模式，这部音乐剧是靠市场一步一步选出来的。2019年，上汽·上海文化广场启动首届华语原创音乐剧孵化计划，收到77个原创剧本，层层筛选后，《生死签》获得投资上演。文化广场副总经理费元洪说，孵化计划更重要的意义是在国内探索了突破原创音乐剧原有生产方式的培养机制——这也将为其他原创演艺产品培养带来启示。

红色文化 海派文化 江南文化

漫步上海，总在不经意间感受到它丰富的复合型魅力。

上海博物馆正在展出的"鼎盛千秋——上海博物馆受赠青铜鼎特展"上，汉服少女们争相与17年后第二次合体展出的国宝大盂鼎、大克鼎合影，它们是由苏州名门之后潘达于女士捐赠；如今热门"打卡地"武康大楼，是由匈牙利籍斯洛伐克建筑师邬达克设计的法国文艺复兴风格建筑……

一件文物、一幢建筑、一条弄堂，背后历史与现实交织，构筑起上海独特的文化魅力——红色文化、海派文化和江南文化交相辉映。

去年上海博物馆推出的"春风千里——江南文化艺术展"上，197件（组）文物讲述着更全面真实的"江南"：元代王冕《墨梅图轴》、南宋—元代哥窑五足洗等再现江南的生活情趣；西晋青釉堆塑楼阁飞鸟人物纹罐等体现了江南"仓廪实而知礼节"；而明代唐顺之《草书杜诗卷》等则重在讲述江南人物的责任、思想和气节。

万里长江从青藏高原一路蜿蜒奔腾，在上海吴淞口与黄浦江汇合跃入东海——越来越多的研究者认为，江南文化中蕴含着吴越文化与中原文化的交融。

上海博物馆副研究馆员谷娴子说，江南文化是"矛盾统一"——崇勇尚智又文秀典雅，安礼乐仪又旷达洒脱，治平济世又明德修身，阳春白雪又市井浮生，抱诚守真又海纳百川。"江南的人文风尚和文化特质，应该是刚柔相济的。"作家赵丽宏强调江南人文风尚的"刚柔并济"，称赞"上海留下不少激荡着英雄气概的篇章"。

被称为"万国建筑博览群"的外滩，毫无疑问是最具代表性的上海文化地标。高级工程师、华建集团设计中心方案创作部总监廖方曾经从外滩中国银行后方俯瞰这一与周边环境十分和谐的建筑——面向黄浦江，大楼分明呈现出"衔远山、吞长江"的中式望江楼风格。

中国传统文化与西方现代文化巧妙融合，形成了上海独树一帜的海派文化。然而融合背后是激烈的竞争：以上海另一处文化地标国际饭店为例，当时众多洋行凭国际背景争夺工程施工总包资格，民族企业馥记营造凭借傲人的营造资质和水准在激烈的竞争中胜出。在廖方看来，"参与国际竞争是上海一贯的城市品格"。

"江南文化、海派文化共同孕育了上海红色文化。"上海社科院研究员熊月之表示，率先传播马克思主义、荟萃八方英豪、出版党刊、武装斗争，都与上海这座城市紧密联系，映射出上海红色文化中的海派元素。"如果将海派文化比喻为立在江南文化大地上的高原，那么上海红色文化则是这座高原上的高峰。"

植根于底蕴丰厚的红色文化、江南文化和海派文化，这座城市的文化形象日益彰显，文化自信也日益增强。

文化滋养城市 细节温暖人心

蓝天白云、江鸥汽笛、巨大的厂房和高耸的塔吊，背后是影影绰绰的摩天楼……新与旧、人文与自然、百年沧桑与摩登时尚，在杨浦滨江交织。百余年前，这里是中国近代工业文明的重要发源地；40年前，这里曾是机器轰鸣、装卸繁忙的大型国有企业集聚地；如今，这里成了市民打卡、跑步、遛娃和怀旧的"公共客厅"——工业锈带变成生活秀带。

　　杨浦滨江是上海黄浦江两岸核心区 45 公里公共空间贯通的缩影。把最美的城市滨江滨河空间留给市民，让不少来上海的中外游客羡慕不已。"'一江一河'岸线保有大量城市记忆，沿河有深厚而丰富的红色文化、近代工业文化。"作家陈丹燕说，她一有空就会去江边走走逛逛。

　　被文化滋养的城市，总有些细节不经意间温暖人心。

　　上海博物馆正门左侧博物馆商店外，一间小小的门房里，消毒设施、工作人员一应俱全，"主角"是两台电子预约机。博物馆目前实施实名预约制，可很多老人不会摆弄智能手机，于是上海博物馆在寸土寸金的人民广场馆舍周边想方设法开出现场预约点，既能遮风避雨，又能保持社交距离，还能满足部分老人、游客"人工服务"的需求。老人们纷纷呼朋引伴："不要手机操作，不要麻烦儿女，身份证刷一下就能出预约券了！"

　　上海能够率先发现"数字鸿沟"问题，一个重要原因是各年龄层上海市民对文化生活强大的日常需求。在上海，市民艺术夜校一门小众的"零基础手工木艺"课程 50 秒就会被"秒杀"；本土品牌朵云、大隐，首次来沪的日本茑屋，专卖二手书的"多抓鱼"，各类新开书店让人目不暇接；百余平方米的"自习室"超越 BMW 上海体验中心成为区域内消费者最关注文化场所第二名，唯一能超越它的是浦东新区图书馆……

　　"上海之所以为上海，根本原因、深层原因在于城市的品格。"上海市教育发展基金会理事长王荣华说，"城市是人的集聚地，城市的品格集中体现了城市里这群人的品格。"

（文／简工博　图／海沙尔）

让初心薪火相传
把使命永担在肩

"我志愿加入中国共产党……"

2017 年 10 月 31 日，上海兴业路 76 号中共一大会址。习近平总书记率全体中共中央政治局常委来到这里，举起右手重温入党誓词。

这是一个特殊的历史定格。在党的十九大刚刚闭幕一周之际，中国共产党人用这样的方式，宣示不忘初心、牢记使命、永远奋斗的坚定信念。

这里是中国共产党人的精神家园。用习近平的话说，上海中共一大会址和嘉兴南湖红船，是中国共产党梦想起航的地方。"我们党从这里诞生，从这里出征，从这里走向全国执政。这里是我们党的根脉。"

在那之后，无数人涌向上海，涌向这座小小的石库门建筑。人们试图从风雨如磐的起点开始，探寻一个百年大党不断成功的奥秘；也希望借由一次次地回望初心、重温使命，来为更新更远的征程积蓄动力。

一百年前，这是一个原点；一百年后，这更是一个起点。

"上海是我们党的诞生地。"2019 年 11 月，习近平再度来到上海，谈起了这座城市的特殊身份，和这里的特殊责任——"让初心薪火相传，把使命永担在肩"。

红色地标

2021 年 6 月 3 日，毗邻中共一大会址，历时近两年兴建的中共一大纪念馆正式揭幕。同时，中共一大会址本身亦完成了保护修缮。

很多人想起几年前来自总书记的叮嘱。2017 年，习近平率中共中央政治局常委瞻仰一大会址时，要求上海一定要把这里保护好、利用好。

两年后，他再度叮嘱上海各界，"要把这些丰富的红色资源作为主题教育的生动教材"。

在党的诞生地，"红色"向来被视作一种鲜明的底色。2021 年初，红色资源保护利用和红色文化传承弘扬，被上海列入了"民心工程"。5 月，上海市人大表决通过《上海市红色资源传承弘扬和保护利用条例》，用地方立法的庄重方式，为传承弘扬红色文化提供了细致的法律准绳和制度保障。

党的百年华诞日趋临近的时候，中共一大、二大、四大纪念馆，中国共产党发起组成立地（《新青年》编辑部）旧址、中共中央政治局机关旧址（1928—1931 年）、中共中央军委机关旧址、中共中央秘书处机关（阅文处）旧址、中共中央特科机关旧址等，陆续完成了建设、修缮、布展。以之为代表，几年间，遍布全市的 600 余处红色旧址、遗迹、地标，逐一得到细致的挖掘、保护、利用。

在中共一大纪念馆揭幕的当天，一批新设置的重要革命遗址旧址纪念标识在上海亮相。它们都得到一个来自官方的称呼：党史"教室"。

这是一批特别的"教室"，有无声的"教材"，亦有有形的"教师"。在中共一大纪念馆，当上千件曾因空间限制而未能悉数展出的展品史料得以公之于众，当数字化、智能化的展陈手段带来全新的观展体验，当一个个历史人物在特定的展示场景中重新鲜活，观者对中共建党的风雨如磐，对百年历程的大浪淘沙，无疑会有更为直观真切的体悟。

而所有这些党史"教室"，都不只是一个客观的展陈之地。红色地标，是历史发生地，是历史记忆承载地，更是对当下和未来提供启示与动力的精神引领地。它们，标记着这座城市在百年党史上的特殊身位，标记着这座城市特别的信仰和精神，也标记着历史的厚重与分量。保护它们，也就不只是简单保护一个物理空间，更意在为这座城市提供精神、信仰层面的深层滋养。

从"不忘初心、牢记使命"主题教育，到全社会"四史"学习教育，再到时下日渐深入的党史学习教育，这座城市的许多人不断地在党史"教室"中接受洗礼。这是历史课，也不只是历史课。对历史的回望与学习，从不是"就史论史"，也不是"就事论事"。

2021 年 6 月，在党史学习教育的重要时刻，上海市委多次提到党史"教室"。这里要"引导全市党员干部自觉赓续党的精神血脉，弘扬上海城市精神和城市品格，激发知难而进、克难攻坚的精神状态，凝聚起创造新奇迹、展现新气象的精神力量"。

对所有人来说，这意味着特殊的时空坐标，更意味着特别的使命。

奋斗坐标

上海是党的诞生地，也是具有特殊历史使命之地。百年征途，这里不断承担着国家的战略，也持续接受着时代的考验。

新时代，大变局，新的考验接踵而至，而一切终究落到这座城市中人的肩上，特别是 200 万共产党员及其中的"关键少数"身上。

2019 年 6 月，"不忘初心、牢记使命"主题教育启动伊始，上海的党员干部们收到了四道特殊的"考题"：

如何始终保持创业初期的那股激情，在新的伟大时代创造新的发展传奇？

如何继续走在全国改革开放最前列，发挥开路先锋、示范引领、突破攻坚的作用？

如何更好代表国家参与国际合作与竞争，打造出长期可持续、不可替代的核心竞争力？

如何让工作生活在这座城市的人们更幸福，满足老百姓对美好生活的更高期待？

四个问句，很快被总结为"初心四问"。它们问及了上海的发展方向，更问及了每一名党员干部的精神状态和责任担当。

当"百年未有之大变局"加速演进时，上海的党员干部对挑战袭来的那种紧迫感，感受也日益强烈。作为今天中国改革开放的"潮头"，上海往往要率先触碰风浪、应对变局、迎接挑战。而作为一座承担着"开路先锋、示范引领、突破攻坚"使命的中心城市，上海又在不断接受来自国家的战略任务，不断在危机中寻觅"先机"，在变局中试开"新局"。

早在"初心四问"发出之前，上海的党员干部们已被告诫，必须具有"等不起的紧迫感、慢不得的危机感、坐不住的责任感"。这是这座城市从"好"向"优秀"再向"卓越"跃升的目标使然，是内部转型升级、补短扬长的需求使然，也是日趋激烈的外部竞争态势使然。所有这些，都需要落实到每一个人、每一项事务中的具体的奋斗。

2020 年，上海庆祝浦东开发开放 30 周年，其间反复提及的一个话题，就是当年的"闯劲"。很多人怀念起最初"十八勇士"在浦东，站在地球仪旁思考未来的日子。某种意义上，那也是一段"作始也简"的经历，这片日后创造了奇迹的土地，最初几乎就是一张白纸。

但创业就是这样，没有路，也要闯一条路、创一条路。如今，新时代的坐标下，这座城市的奋斗者，依然需要有那种创业般的劲。

2019年夏天，上海市委专门就干部队伍建设召开了一次全会，并通过一份专门文件。这次堪称为上海干部精神状态把脉的会上专门强调，"今天的上海依然要保持热火朝天、只争朝夕的创业氛围，依然要点燃灯火通明、挑灯夜战的创业之光，依然要追寻披荆斩棘、筚路蓝缕的创业足迹"。

无疑，在这座城市干事创业是幸运的，也是不易的，这里的特殊历史、特殊身位，注定了这里的人需要付出更多。

也正如习近平总书记所一再要求的，上海始终要"勇挑最重担子、敢啃最难啃骨头"，而这里的党员干部，"干事创业要充满激情、面对困难要富于创造、迎接挑战要勇于担当"。

信仰航标

激情、创造、担当，这并不是今天上海独有的。某种程度上，百年的历史，就是这样开篇的。

这是中国共产党的精神特质，也是中国共产党人的精神特质。

一百年前的夏天，那群被誉为"20世纪最成功创业团队"的年轻人，在石库门里走出了改变历史的第一步。历史见证了属于共产党人的特殊精神——开天辟地、敢为人先，坚定理想、百折不挠，立党为公、忠诚为民——这种首创精神、奋斗精神、奉献精神，让50余人的小团体一步步变成了9000多万人的大党，让所有为中华民族伟大复兴梦而奋斗的人，有了精神原点。

上海是这种精神的产生之地，也是见证之地，更是践行之地。

2020年1月，新冠肺炎疫情袭来之时，一句"共产党员先上"震动过无数人，并让上海医疗救治专家组组长张文宏成了"网红"。后者以其专业素养和个人风格赢得了公众的极大赞赏，而许多人想到张文宏，最先跳出的还是那句"共产党员先上"。这不仅是一个医者在危难关头的决断，更是一名党员在考验面前的选择。

在上海，这样的选择，无时无刻不在发生。这并不值得奇怪。对这座始终强调"不忘初心、不辱使命、不辱门楣"的城市来说，每一次选择都是一次检验，而每一名党员，理应都是一面旗帜、一名先锋。

初心使命之于每个人，是宏大的，更是具象的。这些年，上海告别了"燃灯者"邹碧华，告了"善梦者"钟扬，告别了疫情中倒在岗位上的钱海军、王友农，告别了苍生大医吴孟超。上海也曾见证 83 岁的牛犇宣誓入党，注视年逾九旬的于漪走上讲台，目送一批又一批白衣天使"逆行"出征……上海为痛失英才落泪，为英雄涌现喝彩，为那些平凡或不平凡的人感到骄傲。所有这些具象的人，用不同的方式和作为，构成了一幅共产党员的群像。

这是愿意为理想、为事业、为人民付出一切，甚至付出生命的人。考验随时降临在他们身上，而经得起考验的人，可以随时作出应答。而支撑他们的，正是信仰的力量。

这里是上海，信仰之路的起点。中国共产党人的信仰，随着梦想一起在此起航，接受持续百年的历练、考验。千秋伟业，百年正是风华正茂。走到今天的信仰之路，并没有画上句号。在这座城市，由中国共产党人书写的信仰的故事，会一直写下去。

我们再度回到中共一大会址。这些年，数以万计的人们在这里举起右手，重温他们曾经许下的誓词。这不只是一个仪式。2017 年的秋天，习近平总书记曾在这里说，入党誓词字数不多，记住并不难，难的是终身坚守。每个党员要牢记入党誓词，经常加以对照，坚定不移，终生不渝。

在党的百年华诞到来之际，在中国共产党的初心始发地，重温，也是为了新的起航——

"我志愿加入中国共产党，

拥护党的纲领，

遵守党的章程，

履行党员义务，

执行党的决定，

严守党的纪律，

保守党的秘密，

对党忠诚，
积极工作，
为共产主义奋斗终身，
随时准备为党和人民牺牲一切，
永不叛党。"

（文／朱珉迁　图／海沙尔）

"信仰之路" 建党百年
主题寻访记者感言

有怎样的脚步 就有怎样的路

张骏：行走历史现场，才会知道看似平静的会议桌上涌起过多少惊涛骇浪，才能体会这条前人从未走过的路上什么叫大浪淘沙、什么是向死而生，才更加真切地感受到中国共产党的伟大。

曹俊：从风雨如磐的上海启程，一切的开端称不上风调雨顺，但百年征程足以证明一个大党应势而生的意义。

茅冠隽：从前往后看历史，才能看到艰难险阻、体会开路的伟大。井冈山八角楼里的灯火，关家垴山头的弹坑，兰考那张破了洞的藤椅，我看到了选择的智慧、斗争的勇气和牺牲的觉悟，这正是信仰的力量。

孟群舒：信仰的力量可以超越现实、突破现实、改变现实，创造出逆境求生、以弱胜强、点石成金的奇迹。让这股"精气神"薪火相传，直至实现伟大复兴。

朱珉迕：路不是想出来的，不是画出来的，不是喊出来的。在太行山、延河畔、青藏高原、深圳湾，历史一再告诉我，路终究是走出来的，有怎样的脚步，就有怎样的路。

时代在变，追求信仰永不会过时

沈阳：从石库门到上海北站，从嘉兴站到红船，百年对比，沧桑巨变。

洪俊杰：百年前，树德里的火种悄悄点燃映红神州。百年后，我们要当好建党精神的传承者践行者，书写民族复兴壮美篇章。

吴頔：100 年前，平均年龄 28 岁的一大代表为中华民族带来曙光。100 年后，28 岁的我重访这条光辉建党之路，更感到青年要为民族复兴奋力起航。

周楠：再访中共四大纪念馆，终于明白，1925 年 1 月那个小小的"英文补习班"，不仅实现了中国共产党力量发展的第一次"核变"，更是一声响亮的号角。

王闲乐："我们脱层皮，群众来脱贫。"星星之火，何以燎原？答案就在这里。90 多年过去，人间已换，中国共产党人还如当年那般，为了人民，依靠人民。

肖雅文："你恐怕我去打仗而死了，没什么价值；又说你毕业后出来当教员，把青年子弟教成爱国的，为国家流血。你不愿你的爱人流血，而要别人去流血，这真是笑话了。"井冈山，陈毅安烈士写给妻子的这封信告诉我，信仰之事，只有自己去践行。

俞陶然：很多倒在长征路上的英烈不到 30 岁，那些年轻人愿意为信仰献身。今天，我们年轻人有没有信仰？又应以什么为信仰？

孔令君：几路采访，都是故地重游，想不到还能听到新故事。长征队伍过遵义已 86 年，共产党员的初心还在。

孟雨涵：在遵义会议旧址，深刻认识到我们党从小到大、从弱到强所历经的曲折和艰辛，也真正知道生长在和平年代是多么快乐和幸福。

杜晨薇：一段历史能给后世带来怎样的影响？一位老八路，话已说不清，但军歌嘹亮。女儿说，父亲只教她一件事，做个有用的好人。抗战旧地，这就是历史的重量。

戚颖璞：看似熟悉的抗战历史曾经也是陌生的，直至抛开宏大叙事、置身现场。纪念馆里观众认真求索的脸，石碑上被后来人用指尖磨出的痕迹，无数细节里，信仰的力量穿越时空。

董天晔：从山西关家垴上，无数英雄儿女慷慨赴死；到延安清凉山上，党的新闻事业筚路蓝缕，我感觉自己与革命前辈的差距还很大，要学习的东西还有很多。

栗思：百团大战旧址山路崎岖，平型关首战告捷不易，八路军老兵"打败鬼子兵"声入人心，……在我的家乡寻访抗战精神，有对先辈们无惧牺牲的敬意，更有奋力前行的动力。

束涵：踏上延安那片土地，"信仰"二字有了具象表达。西北的严寒之下，处处可见投身救国的热忱与力量。时代在变，对于信仰的追求永不会过时。

龚洁芸：涿州市三义小学，满操场幸福的娃，背后是毛主席"赶考"路上的休息地。跨越 70 多年的历史仿佛在此刻交汇，踏实谨慎、不骄不躁的作风，始终值得铭记在心。

唐烨：在西柏坡，近百岁高龄的葛桂多讲起当年"毛主席住过我家"的往事。她没什么文化，也不会用华丽辞藻，却最能打动人。人这辈子，能有一段难忘的往事留在心里，是幸福的。

章迪思：沂蒙老区，几乎人人会唱《沂蒙山小调》。在临沂市中心遭遇堵车时，我在想，当年的先辈见到今日车水马龙，应该会感到欣慰吧。

诸葛漪：在拥军模范朱呈镕身上，我们找到了沂蒙红嫂的影子——下岗女工自谋职业，创办食品厂，产品销往全国，让人感慨无论何时何地有信仰与毅力，等于胜利了一半。

那些创造奇迹的人最值得铭记

刘雪妍：越走，越没有人烟，心情也越难平静。我在戈壁滩捡了一块碎石，羡慕它曾亲眼见证过飞天奇迹，它却说，那些创造奇迹的人最值得铭记。

王倩：作为西北人，寻访"两弹一星"足迹的路上，见识到更加荒芜的西北。是什么力量让那些前辈和后生坚持在这里？寻访给了我答案，更多答案流淌在岁月的河。

刘锟：茫茫戈壁，老一辈航天人"做隐姓埋名人、干惊天动地事"。从两弹一星到载人航天、嫦娥探月，再到火星探测，正是一代代接续奋斗，让中国更加自信从容。

王海燕：从酒泉带回来一小根胡杨木，扎根戈壁的胡杨不怕风吹日晒，不惧低温严寒，像极了航天人身上那种坚韧不拔的精神。精神代代传承，谱写了飞天史诗。

车佳楠：涉及信仰，青藏高原便不只是旅行者的浪漫记忆。开路人、筑路人、守路人……我们不仅要寻找或已远去的故事，更要弥合生活与精神的距离。

胡幸阳：在海拔四五千米的高原修路护路有多难？踏足青藏高原前，我想象不到。或许只有沿着前人的脚步亲身走一趟，才会真正理解历史的厚重与伟大。

周程祎："石油工作者的岗位在地下，斗争对象是油层。"向大地要答案，何其之难？但是靠着乐观和实干，再难的事也可以其乐无穷。

徐瑞哲：没有阻力，就没有螺丝钉和钻井杆，因为它们就是用来克服阻力的。

周丹旎：每个采访对象都在重构我的东北记忆，也呈现着不同于教科书上的凡人雷锋、凡人王进喜。凛冽风沙、黑色石油背后，这里的人们有自己的诗意。

俱鹤飞：抚顺老人回忆起"雷锋叔叔"饱含的热泪，大庆铁人钻井队依然飘扬的旗帜……这是我职业生涯的第一扇大门、第一颗纽扣。

郑朕：走在雷锋走过的土地，踏入雷锋服役的军营，我能感受到当时人们被传递而来的信仰的力量，无比真实。

宰飞：重走了雷锋走过的路，重读了他的日记，他的神情在我眼前清晰起来，特别是那质朴的、真诚的、热情的笑。雷锋的笑让我相信，这个青年如此美好。

雷册渊：70 年前，唱的是"雄赳赳，气昂昂，跨过鸭绿江"；70 年后，想唱一首今天的歌："你还是从前那个少年，没有一丝丝改变。时间只不过是考验，心中信念丝毫未减"。

舒抒：亲眼看到焦裕禄坐过的那张藤椅，好像能稍微明白一点，当年焦裕禄为何不选择先治病再治沙，因为实践信仰的急迫感，已经连死亡都无法撼动。

张熠：在青年洞，八米宽的水渠从山中穿过，酒店前不起眼的水渠，原来也是一条支渠。如今林州已不缺水，红旗渠以及它所代表的精神，依旧生生不息。

程沛：林州的出租车司机骄傲地对我们说："红旗渠水不只在太行山上，还流在城里的每个角落。"一样的，信仰之水流淌在眼前，更流在我们心里，流向未来。

沈轶伦：红旗渠的地面每隔几米就有一块界碑，有当年修渠者留下的刻痕，似是在对今天发问：对后代，我们又会留下什么样的痕迹？

"模式"不断创新，信仰一脉相承

顾泳：对比经济特区 40 年，常常有一种"穿越感"。历史展现了开放魄力，更蕴含常怀"空杯精神"创新的动力。

谢飞君：当年袁庚用一句话打动清华才子：旧体制像蒲包里的一堆螃蟹，希望在特区闯出一条路，改变"你牵制我、我牵制你"，大家一起往前走。一路寻访，这样的片段不断闪现，是时代缩影，更是未来的指引。

巩持平：严宏昌是当年小岗村带头按红手印的 18 人之一。我们到访时，他手握笔头，在破碎的纸片上认字识字，指缝里还藏着一点泥土。他家还剩三分薄田，依然坚持劳作。对土地的热爱和珍视，就是本真的信仰。

海沙尔：当年按下红手印的带头人，我看到了他们指甲缝里的泥土；不同岗位上的年轻人，也在这片热土上编织着新时代的小岗梦。

陈华：在中国女排漳州基地，特地寻访了排坛老前辈钱家祥、基地老主任钟家琪的故事。如果说，郎平们是中国女排精神的金字塔尖，那成千上万个钱家祥、钟家琪们，就是坚实塔基。

侍佳妮：抚摸训练馆旧址粗糙的外墙，我对中国女排意志之坚韧，才有了身临其境的体会。

李林蔚：一开始都是落后生，如何成功"逆袭"？"苏南模式"的实践者们给出了他们的解答。今天这份答卷还在继续书写，历史的宏大叙事下，闪耀着细节的光芒。

朱凌君：去苏南，重温那股创业激情，除了怀念，更要用不断创新的"老法宝"谋求新发展。

许沁：走近"星期日工程师"，探寻长三角乡企"第一桶金"背后的智慧，历史告诉我们，时代在变，创新永不能停。

柳森：40多年来，温州人因奋力创业、不断创新、合群图强、开拓进取的精神风貌屡受赞扬。无论置身何处，遇到怎样的挑战，这样的精神都值得我们学习。

秦东颖："老法师"林勇陪我们看温州，他不喜欢用导航，坚信自己要走的路，令我们跟车跟得团团转，却每每柳暗花明。想来，当年"温州模式"的开创者，或许就是一批不用导航的"林老师"吧。

司占伟： 第一代温州创业者已然功成名就，却还说睡在厂里才踏实；年轻温商则瞄准国际，要打造"世界的温州"。"模式"不断创新，信仰一脉相承。

吴越： 过去只知道温州是座拼搏的城市。真正踏足，才从一个个勤劳踏实的背影中了解真正的温州精神。他们坚信，所以笃行。

李晔： 不止一位企业家告诉我们，"你看咱温州人，晚上没人搓麻将的""我们不怕苦，只怕穷"。将改变贫穷视作信仰，用奋斗书写传奇，这也是指引我们走向未来的力量。

生命终有尽时，而信仰超越个体

简工博： 2008 年去地震灾区采访，听了那么多悲伤故事都没有哭，回成都途中看到大片刚种下的水稻，眼泪忽然就滚下来了。这次重访，正是油菜花开的时节，看到宽敞校园里的孩子、规划超前的社区，我笑着流泪。灾难让我们懂得平凡的幸福如此可贵，而为老百姓守护这份幸福，是我们党的责任。

邬林桦： 回望汶川，天灾难测，但这不意味着我们只能陷入无所作为的恐惧和悲伤。生命在自然面前渺小而脆弱，但我们背后总有一股力量在支撑。

房颖： 原以为会是一段沉重的路，但当人们可以平静地说起过去，微笑着畅谈如今。过去或许无法过去，但总有一种信念和力量推着人往前，就像废墟中不倒的红旗、泥瓦中新发的花芽，向阳而生。

王清彬： 镜头升起，漩口中学遗址上的国旗正迎风招展，一侧山坡曾被震成"白山"，如今又郁郁葱葱。生活回到原有轨道，创伤需要慢慢抚慰，人们会相扶前行。

吴桐： 在北川，我采访了同龄人左雪。大地震那年，我们都在四川高考，大学毕业后都当了记者，她回到了家乡北川。老县城的废墟上，一束樱花正灿烂。

王潇： 重访英雄的武汉，我们想寻找那股把疫情击退的力量。从金银潭、雷神山，到老街里的小吃店、汉剧团，再到拍婚纱照成群的江滩……普通人的表达各有不同，但都击中人心。

黄杨子： 英雄城市的烟火气告诉我，武汉的一切都在变好。从每一个小家到大家，我们在落英缤纷里，见证了举国同心。

杨书源： 一直记着住在华南海鲜市场边上的独居老人陈宗兰。2020 年在家闷得最厉害时，她把洗脚桶砸了。所有的恐惧怨气似乎突然缓解了，桶里掉出的小按摩球则被她留着，成为等待解封的镇静剂。这也许是武汉人特有的个性与坚强吧。

蒋迪雯： 武汉一位出租车司机，听我们的口音来自上海，赞许了陆家嘴的高楼大厦，转而让我们猜武汉超过 200 米的高楼有多少？他把存在手机中的答案找给我们看，那种"自豪"源自心底。

顾杰： 人如何超越自己的有限？张定宇说："你要胸怀开阔，不能只想着一时一事的自我。"生命终有尽时，只有信仰才能超越个体，让人坚定做正确的事。

城市群在崛起，春天的故事在更新

刘璐： 很难想象，长江边许多美丽风景，竟曾是环境污染负面典型。"绿色发展"从抽象到鲜活，带来深刻启示。

栾吟之： 从长江上游到下游，有人经历阵痛、有人作出牺牲。点滴努力换来绿水青山，值得倍加珍惜。

卢晓川： 嘉陵江和长江交汇处界线不再分明，南通市民不再受码头硫磺味困扰……生态文明听起来很大，却切实影响每个人的幸福感。

李成东： 沿着黄金水道顺流而下，人在自然生态修复中能够亲水，也能凝聚守护长江的合力。长江大保护，最终是人民群众共建共享的大保护。

杨可欣： 三角形有稳定性，"长三角"也是。这个稳定的三角，各处又蕴藏巨大能量，遍布的水系好比一个象征——象征着循环、活力、融会贯通。

刘畅： 面朝太湖，在图影湿地，无数白色的水鸟绕着我们的游船上下分飞。绿水青山，生态文明，鸟儿不言而自明。

张凌云： 长江奔流入海前最后一道大湾，看得见曾经码头工厂的"断壁残垣"，也看得见如今的芦苇依依。"绿水青山"的背后有壮士断腕，更有每一个普通百姓的乡愁与期许。

许莺： 在中英街，一位土生土长的年轻人说："我们把青春和深圳绑在了一起。"感受到了这里人的务实、高效，特区的奇迹，就来自努力拼搏的每一刻。

李彤彤： 改革开放推动了城市群崛起，城市群崛起又奠定了粤港澳大湾区的底蕴。大湾区让"开放"在我脑海中形象化，也愈发期盼我们的国家更开放。

赖鑫琳： 深圳街头随处可见"来了就是深圳人"的标语，特区的包容和开放让人大开眼界。中国经济的再次腾飞，起点就在包容和开放上。

毛锦伟： 从塔吊林立的雄安工地、到塔影辉映的通州运河，京津冀，又一个肇始于春天的故事，正在燕赵大地雄浑落笔。

肖彤： 同事笑称，京津冀寻访就是从一个工地跑到另一个工地。脑中是千年大计的憧憬，无数建设者们正在做的，是用一砖一瓦、一草一木，将蓝图变成现实。

张煜： 曾想为京津冀预先勾勒一个清晰的"协同"画面，但失败了。走完全程，我意识到，协同并不是一个静止的状态，而是一个动态的过程。它就在那里，等你细心发现。

黄海华： 想象力再丰富，也抵不过现场的感受。雄安到底是怎样的？想象过塔吊林立工地扬尘的场景，但汽车颠簸在被轧得不平整的路上，千年大计有了真正的质感。

李茂君： 四十年前特区讲究一个"快"，如今的雄安新区在地下管网体现"慢"功夫。从效率到质量，足够的耐心也能营造一项项全国第一，引领未来。

曹飞： 我在博鳌体验了零下108℃的超低温冷疗，像这样的国内"唯一"，海南有很多。改革先行先试，意味着做难事，自贸港让我看到，除了"有唯一"，还要"做第一"。

此刻幸福生活便是"觉醒年代"延续

徐蒙： 百年前，沙俄建造中东铁路；百年后，中欧班列日夜不停。底下还是当年的铁路，曾记录旧中国积贫积弱，如今却见证中华民族伟大复兴、建设人类命运共同体的新征程。

任翀：满洲里街头，俄罗斯商品依旧琳琅满目，店主把它们快递到全国各地。疫情阻挡了俄罗斯商人的步伐，但阻挡不了"一带一路"带来的交流需求。

郑子愚：彼时古道驼队牛铃，汉风羌道联结东西，我们看到不同文明交汇。如今铁轨机车轰鸣，中欧班列互联互通，我们坚信人类命运与共。

杨昱文：再次来到满洲里，站在第 41 号界碑和国门前，改变了游客视角，真正读到一百多年来的巨大变化，这是一次深刻的"旧地重游"。

宋彦霖：看着中欧班列从远方驶来，又承载着中国特色货物远去，"信仰"二字有了具象含义。

查睿：我曾以为脱贫主要靠政策倾斜和对口帮扶，真正到了一线，笑脸相迎的村民让我明白：诚信善良肯干的人，更是关键。

陈抒怡：毗邻十八洞村、沈从文笔下的边城古镇，近些年发展有些慢。以往他们俯视周围，现在却有点着急。"不等不靠，自力更生。"这句精准扶贫的名言，从边城镇人的嘴里说出来，颇令人回味。

龚丹韵：在十八洞村举目远眺，远处千山、脚下梯田。独一无二的自然禀赋，可以让这片桃花源陷入贫困，也能让它能发展如今的产业。天地万物，一体两面，事在人为。

李楚悦：有人问《觉醒年代》有续集吗？答：你此刻的幸福生活便是。何其有幸，我们正亲历这精彩续集。

图书在版编目（CIP）数据

信仰之路 / 解放日报编著. —上海：上海三联书店，2021.12
ISBN 978-7-5426-7506-4

Ⅰ.①信… Ⅱ.①解… Ⅲ.①新闻报道-作品集-中国-当代
Ⅳ.①I253

中国版本图书馆CIP数据核字（2021）第154683号

信仰之路

编　　著 / 解放日报
责任编辑 / 姚望星
装帧设计 / 徐　徐
监　　制 / 姚　军
责任校对 / 张大伟

出版发行 / 上海三联书店
　　　　　（200030）中国上海市漕溪北路331号A座6楼
邮购电话 / 021-22895540
印　　刷 / 上海展强印刷有限公司
版　　次 / 2021年12月第1版
印　　次 / 2021年12月第1次印刷
开　　本 / 710×1000　1/16
字　　数 / 460千字
印　　张 / 30
书　　号 / ISBN 978-7-5426-7506-4/I·1721
定　　价 / 128.00元

敬启读者，如发现本书有印装质量问题，请与印刷厂联系021-66366565